許錟輝總策畫　中華章法學會主編

跨界章法學研究叢書

第六冊

# 中庸天人雙螺旋互動思想研究

陳滿銘　著

萬卷樓圖書股份有限公司出版

# 總序

　　「章法學」又稱「雙螺旋層次邏輯學」，是研究深藏於宇宙人生「萬事萬物」之間，以「陰陽二元」雙螺旋互動為基礎，產生層層「轉化」的動態作用，而形成其「雙螺旋層次邏輯」系統的一門學問。若要挖掘這種使「萬事萬物」不斷「轉化」之「雙螺旋層次邏輯」，將它們彰顯出來，則非靠由一般「科學方法」提升到哲學層面的「方法論」不可。而這些「方法論」，是可在「陰陽二元」的不斷互動下，主要經「移位」（秩序）、或「轉位」（變化）、「對比、調和」與「包孕」（聯貫 ←→ 統一），產生「互動、循環、往復而提升」之「0一二多」雙螺旋層次邏輯運動，構成其「微觀」（方法論：個別）、「中觀」（方法論原則：概括）而「宏觀」（方法論系統：體系）的完整體系，以呈現其普遍性與適應性，而由此正式打開「跨界章法學」研究的一扇扇大門 [1]。

---

1　此扇門自1974年開始逐漸打開，見陳滿銘：《比較章法學》（臺北市：萬卷樓圖書公司，2012年11月初版）。頁1-377。即以個人專著而言，除《比較章法學》外，《學庸義理別裁》（2002年）、《論孟義理別裁》（2003年）、《蘇辛詞論稿》（2003年）、《意象學廣論》（2006年）、《辭章學十論》（2006年）、《多二一（0）螺旋結構論──以哲學、文學、美學為研究範圍》（2007年）、《篇章意象學》（2011年），皆屬「跨界章法學」之性質。

# 一　微觀層面的跨界章法學

　　這主要是就「章法類型（結構）」[2] 而言的。凡是「章法」都由「陰陽二元」互動，呈現其層次邏輯關係，而形成多種類型。這種「陰陽二元」互動觀念的論述，在中國的哲學古籍裡，很容易找到。其中以《周易》與《老子》二書，為最早而最明顯。

　　在此，限於篇幅，僅舉《周易》來看，它以「陰陽」為其一對基本概念，是由此陰（斷 --）陽（連 ── ）二爻而衍為四象，再由四象而衍為八卦、六十四卦的。而八卦之取象，是兩相對待的，即乾（天）為「三連」（☰）而坤（地）為「六斷」（☷）、震（雷）為「仰盂」（☳）而艮（山）為「覆碗」（☶）、離（火）為「中虛」（☲）而坎（水）為「中滿」（☵）、兌（澤）為「上缺」（☱）而巽（風）為「下斷」（☴）；而所謂「三連」（陰）與「六斷」（☷）、「仰盂」（☳）與「覆碗」（☶）、「中虛」（☲）與「中滿」（☵）、「上缺」（☱）與「下斷」（☴），正好形成四組兩相互動之運作關係，以呈現其簡單的「二元互動」之邏輯結構。後來將此八卦重疊，推演為六十四卦，雖更趨複雜，卻依然存有這種「二元互動」的運作關係，如「坎（☵）上震（☳）下」（〈屯〉）與「震（☳）上坎（☵）下」（〈解〉）、「艮（☶）上巽（☴）下」（〈蠱〉）與「巽（☴）上艮（☶）下」（〈漸〉）、「乾（☰）上兌（☱）下」（〈履〉）與「兌（☱）上乾（☰）下」（〈夬〉）、「離上（☲）坤（☷）下」（〈晉〉）與「坤（☷）上離（☲）下」（〈明夷〉）……等，就是如此。而〈雜卦〉云：

---

2　陳滿銘：《章法學綜論》（臺北市：萬卷樓圖書公司，2003年6月初版），頁17-33。又，蒲基維：〈章法類型概說〉，《大學國文選‧教師手冊‧附錄三》（臺北市：普林斯頓國際公司，2011年7月二版修訂），頁483-523。

乾，剛；坤，柔。比，樂；師，憂。臨、觀之意，或與或求。……震，起也；艮，止也。損、益，衰盛之始也。大畜，時也；無妄，災也。萃，聚，而升，不來也。謙，輕；而豫，怡也。……兌，見；而巽，伏也。隨，無故也；蠱，則飭也。剝，爛也；復，反也。晉，晝也，明夷，誅也。井，通；而困，相遇也。咸，速也；恆，久也。渙，離也；節，止也。解，緩也；蹇，難也。睽，外也；家人，內也。否、泰，反其類也。……革，去故也；鼎，取新也。小過，過也；中孚，信也。豐，多故也；親寡，旅也。離，上；而坎，下也。……大過，顛也；頤，養正也。既濟，定也；未濟，男之窮也。姤，遇也，柔遇剛也；……夬，決也；剛決柔也。君子道長，小人道憂也。

　　這些卦的要義或特性，都兩兩互動，如剛和柔、樂與憂、與和求、起和止、衰和盛、時和災、見和伏、速和久、離和止、外和內、否和泰、去故和取新、多故和親寡、上和下……等等。由此反映宇宙人生之「雙螺旋層次邏輯」，為人生行為找出準則，以適應宇宙自然之動態規律[3]。

　　到目前為止，透過「模式研究」（人為探索）以對應「客觀存在」（自然呈現）[4]的努力結果，已發現之「章法類型」有：今昔、久

---

3　陳滿銘：〈論螺旋邏輯學的創立——以哲學螺旋與科學螺旋為鍵軸探討其體系之建構〉，《國文天地·學術論壇》31卷1期（2015年6月），頁116-136。又參見徐復觀：《中國人性論史·先秦篇》（臺北市：臺灣商務印書館，1978年10月四版），頁202；陳望衡：《中國古典美學史》（長沙市：湖南教育出版社，1998年8月一版一刷），頁182。

4　陳滿銘：〈論辭章之無法與有法——以客觀存在與科學研究作對應考察〉，彰化師大《國文學誌》23期（2011年12月），頁29-63。

暫、遠近、內外、左右、高低、大小、視角轉換、知覺轉換、時空交錯、狀態變化、本末、淺深、因果、眾寡、並列、情景、論敘、泛具、虛實（時間、空間、假設與事實、虛構與真實）、凡目、詳略、賓主、正反、立破、抑揚、問答、平側（平提側注、平提側收）、縱收、張弛、插補、偏全、點染、天（自然）人（人事）、圖底、敲擊⋯⋯等類型 [5]，都由「陰陽二元」互動所形成。大抵而論，屬於本、先、靜、低、內、小、近⋯⋯的，為「陰」為「柔」，屬於末、後、動、高、外、大、遠⋯⋯的，為「陽」為「剛」[6]。如「正反」法以「正」為「陰」而「反」為「陽」、「因果」法以「因」為「陰」而「果」為「陽」，而其他的也皆如此，以反映自然運動的雙螺旋層次邏輯準則。

　　就單以「偏（陽）全（陰）」而言，「三一」語言學派創始人王希杰認為就是「方法論」，說：「值得一提的是，在〈從偏全的觀點試解讀四書所引生的一些糾葛〉一文[7]中，滿銘教授說：『讀古書，尤其是有關義理方面的專著，很多時候是不能一味單從「偏」（局部）或「全」（整體）的觀點來瞭解其義的。讀《四書》也不例外，必須審慎地試著辨明「偏」還是「全」的觀點來加以理解，才不至於犯混同的毛病。』⋯⋯我認為，滿銘教授的這一說法是具有『方法論』意義的。」[8]

　　可見這些由「陰陽二元」互動所形成之「章法類型」（含「章法結構」），能在《周易》中尋得其哲理根源，成為「章法學」中屬於

5　陳滿銘：《章法學綜論》，頁17-32。
6　陳望衡：《中國古典美學史》，頁184。
7　陳滿銘：〈從偏全的觀點試解讀《四書》所引生的一些糾葛〉，臺灣師大《中國學術年刊》13期（1992年4月），頁11-22。
8　王希杰：〈陳滿銘教授和章法學〉，《畢節學院學報》總96期（2008年2月），頁1-5。

「微觀」層面之「方法論」；而由此呈現「微觀」層面之「跨界章法學」。

## 二　中觀層面的跨界章法學

這主要是就「章法規律」而言[9]的。由「章法類型」所形成之「章法結構」，是在「陰陽二元」互動之作用下，由「移位」或「轉位」與「對比、調和」、「包孕」而形成的。其中由「移位」呈現「秩序律」；「轉位」呈現「變化律」；「對比、調和」徹下、徹上以呈現「聯貫律」；由「包孕」徹下、徹上以呈現「統一律」。而這種「雙螺旋層次邏輯」之四大規律，乃先由「秩序」或「變化」而「聯貫」，然後趨於「統一」，形成「雙螺旋層次邏輯系統」。這種理論，可見於《周易》與《老子》[10]。在此，也只歸本於《周易》作簡要探討。

先以「秩序」而言，涉及「移位」，此乃「陰陽二元」最基本的一種互動，是在對待往來中起伏消息、迭相推盪而產生的。因為事物之發展是統一物分裂為兩相對待，而相互作用的運作過程，而此對待面的相互作用，在《周易》的《易傳》中以相互推移（剛柔相推）、相互摩擦（剛柔相摩）、與相互衝擊（八卦相盪）等各種表現形式[11]，為順向移位與逆向移位，提出了最精微的論證。就以〈乾卦〉來看，由初九的「潛龍，勿用」，移向九二的「見龍在田，利見大

---

9　「中觀」層面，原含「規律」、「族性」、「多元」與「比較」等內容，在此特舉「規律」以概其餘。參，見陳滿銘：〈章法學三觀論〉，高雄師大《國文學報》21期・特約稿（2015年1月），頁1-33。

10　陳滿銘：〈論章法四大律之方法論原則——以「多、二、一（0）」螺旋結構作系統探討〉，臺灣師大《中國學術年刊》33期・春季號（2011年3月），頁87-118。

11　馮友蘭：《中國哲學史新編》二（臺北市：藍燈文化公司，1991年12月初版），頁376。

人」，移向九三的「君子終日乾乾，夕惕若。厲，無咎」；再移向九四
的「或躍在淵，無咎」；然後躍升，移向九五的「飛龍在天，利見大
人」，形成一連串的順向位移。上九，則因已到達了極限、頂點，會
由吉變凶，漸次另形成逆向移位，開始向對待面轉化，造成另一種轉
位，故說是「亢龍有悔」了。而這種「移位」全離不開雙向「陰陽互
動」作用：

順向：　陰　⟶　陽

逆向：　陽　⟶　陰

而六爻之所以能夠用以模擬事物的運動變化，是因「六位」能體現
「道」的陰陽互動、統一之規律性。而此「六位」原則一確立，整個
自然界與人類社會的基本規律全都可加以反映，故〈說卦傳〉將其概
括為「分陰分陽」，「六位而成章」，以「六位」體現著哲學原理。「六
爻」體現著事物在一定規律支配下的變化運動過程，從時間性上可畫
分為潛在的與顯露的兩大階段，以一卦的卦象去體現，而其運動變化
即可以由此清楚地瞭解而加以掌握[12]。因此，內外卦之間可以相互往
來升降，六個爻畫之間也可以相互往來升降；通過這種往來升降的相
互作用，就使種種的轉化運動，產生了一連串的順向移位（陰→
陽）與逆向移位（陽→陰）；如：

　　1.「正反」法：「正（陰）→反（陽）」（順向）、「反（陽）→
　　　正（陰）」（逆向）

---

12 徐志銳：《周易陰陽八卦說解》（臺北市：里仁書局，2000年3月初版四刷），頁60-73。

2.「因果」法：「因（陰）→果（陽）」（順向）、「果（陽）→
   因（陰）」（逆向）

這種「移位」全離不開「陰陽二元」之互動作用，由此呈現「秩序
律」。

　　次以「變化」而言，涉及以「移位」為基礎的「轉位」[13]。由於
「陰陽」互動、生生而一，使《周易》哲學之發展形成開放的序列。
這一序列正體現在〈乾〉、〈坤〉兩卦的「用九」、「用六」上。而「用
九」、「用六」並不局限於〈乾〉、〈坤〉兩卦，而是為六十四卦發其通
例，然後每一卦位在九、六互變中，均可一一尋出因「移位」而造成
「轉位」的變動歷程。由〈乾〉、〈坤〉，而至〈既濟〉、〈未濟〉，〈序
卦〉不但說明了由運動變化而形成秩序的無窮盡歷程，也表示了宇宙
萬物由六十四卦的位位互移，運動變化到達極點時，即會形成「大反
轉」，反本而回復其根，形成另一個互動的循環系統。這一個「大反
轉」，就是一個「大轉位」。這種「大轉位」可用下圖來表示：

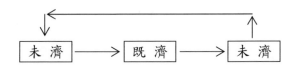

這雖是就「大轉位」而言，但「小轉位」又何嘗不是如此呢？就在這
互動的「循環系統」中，自然涵蘊著無限的陰陽之「轉位」，如下
圖：

13 陳滿銘：〈章法的「移位」、「轉位」結構論〉，臺灣師大《師大學報・人文與社會
　　類》49卷2期（2004年10月），頁1-22。又，黃淑貞：〈《周易》「移位」、「轉位」
　　論〉，《孔孟月刊》44卷5、6期（2006年2月），頁4-14。

這種互動之「循環系統」，由陰陽、剛柔的相摩相推，太儀而兩儀，兩儀而四象，四象而八卦，八卦而六十四卦；再由六十四卦的位位互移、反轉，運動變化到達極點，形成「大位移」、「大反轉」，反本而回復其根，使萬物生生而無窮。因此，《周易》講「生生之德」的「生生」，即不絕之意，也深具新陳代謝之意。說明了由「陰陽二元」互動而轉化，宇宙萬物就在一次又一次的大小「移位」、「轉位」中，循環反復，永無止境。其中以「轉位」來說，產生「陰→陽→陰」（順向）與「陽→陰→陽」（逆向）的變化，如：

　　1.「正反」法：「正（陰）→反（陽）→正（陰）」（順向）、
　　　「反（陽）→正（陰）→反（陽）」（逆向）
　　2.「因果」法：「因（陰）→果（陽）→因（陰）」（順向）、
　　　「果（陽）→因（陰）→果（陽）」（逆向）

而由此呈現「變化律」。

　　再以「聯貫」而言，這種「轉化」主要有兩種：「對比」與「調和」。以「對比」而言，也稱「異類相應的聯繫」，如上引〈雜卦〉所謂的「剛」與「柔」、「樂」與「憂」、「與」與「求」、「起」與「止」、「衰」與「盛」、「時」與「災」、「見」與「伏」、「速」與「久」、「離」與「止」、「否」與「泰」……等都是，對此，戴璉璋說：「以上各卦所標示的特性或要義：剛和柔、樂和憂、與和求、起

和止、盛和衰等等，都是異類相應的聯繫。」[14]。以「調和」而言，
是由史伯、晏嬰「同」的觀念發展出來的。原來的「同」，指「同一
物的加多或重複」，到了《周易》，則指同類事物的「相從」，〈雜卦〉
云：「屯，見而不失其居；蒙，雜而著。……大壯，則止；遯，則退
也。大有，眾也；同人，親也。……小畜，寡也；履，不處也。需，
不進也；訟，不親也。……歸妹，女之終也；漸，女歸待男行也。」
這是以「止」和「退」、「眾」和「親」、「寡」和「不處」、「不進」和
「不親」、「女之終」和「女歸待男行」等的相類而形成「同類相從的
聯繫」（調和），對此，戴璉璋說：「依〈序卦傳〉，屯與蒙都是代表事
物始生、幼稚時期的情況，〈雜卦傳〉作者用『見而不失其居』、『雜
而著』來描述屯、蒙兩掛的特性，也都是就始生的事物而言。此外引
〈大壯〉以下各卦的『止』和『退』、『眾』和『親』、『寡』和『不
處』、『不進』和『不親』、『女之終』和『女歸待男行』，都是同類相
從的聯繫。」[15]。而這所謂的「對比」、「調和」，是對應於「剛柔」來
說的[16]。如說得徹底一點，即一切「對比」與「調和」，都是由於陰
（柔）陽（剛）相對、相交、相和的結果，如單以「章法類型」來
說，「正反」法為「對比」、「因果」法為「調和」[17]。這樣結構由單一
而系統、下徹而上徹，以凸顯了相反相成的互動作用，而趨於「統
一」的「雙螺旋層次邏輯結構」；「聯貫律」即由此呈現。

14 戴璉璋：《易傳之形成及其思想》（臺北市：文津出版社，1988年11月臺灣初版），
　　頁196。
15 戴璉璋：《易傳之形成及其思想》，頁195。
16 歐陽周、顧建華、宋凡聖編著：《美學新編》（杭州市：浙江大學出版社，2001年5
　　月一版九刷），頁81。又，仇小屏：《古典詩詞時空設計美學》（臺北市：文津出版
　　社，2002年11月初版一刷），頁332。
17 仇小屏：〈論辭章章法的對比與調和之美〉，《章法學論文集》上冊（福州市：海潮
　　攝影藝術出版社，2002年12月第一版），頁78-97。

　　終以「統一」而言，主要涉及「包孕」。在《周易》六十四卦
中，除「乾」、「坤」兩卦，一為「陽之元」，一為「陰之元」外，其
他的六十二卦，全是由「陰陽二元」互動而含融、聯貫而統一的。
《周易・繫辭下》說：「陽卦多陰，陰卦多陽。其故何也？陽卦奇，
陰卦偶。」對此，清焦循注云：「陽卦之中多陰，則陰卦之中多陽。
兩相孚合捃多益寡之義也。如〈萃〉陽卦也，而有四陰，是陰多於
陽，則以〈大畜〉孚之。〈大有〉陰卦也，而有五陽，是陽多於陰，
則以〈比〉孚之。設陽卦多陽，則陰卦必多陰，以旁通之；如〈姤〉
與〈復〉、〈遯〉與〈臨〉是也。聖人之辭，每舉一隅而已。……奇偶
指五，奇在五則為陽卦，宜變通於陰；偶在五則為陰卦，宜進為
陽。」[18] 可見《周易》六十四卦，有陽卦與陰卦之分，而要分辨陽卦
與陰卦，照焦循的意思，是要看「奇在五」或「偶在五」來決定，意
即每卦以第五爻分陰陽，如是陽爻則為陽卦，如為陰爻則是陰卦[19]。
如此卦卦都產生「陰陽包孕」之作用。這種作用，如鎖定單一結構，
擴及全面，以「陽／陰或陽」而言，則可形成下列三種不同的包孕式
結構：

$$1\ 陽 - \begin{cases} 陽 \\ 陰 \end{cases} \qquad 2\ 陽 - \begin{cases} 陰 \\ 陽 \end{cases} \qquad 3\ 陽 - \begin{cases} 陽 \\ 陰 \\ 陽 \end{cases}$$

其中1、2兩種，如：

---

18 陳居淵：《易章句導讀》（濟南市：齊魯書社，2002年12月一版一刷），頁209。

19 陽卦與陰卦之分，或以為要看每一卦之爻畫線段的總數來決定，如為奇數屬陽，如
　　是偶數則為陰。見鄧球柏：《帛書周易校釋》（長沙市：湖南人民出版社，2002年6
　　月三版一刷），頁536。

  1.「正反」法:「反（陽）／反（陽）→正（陰）」、「反（陽）
   ／正（陰）→反（陽）」

  2.「因果」法:「果（陽）／果（陽）→因（陰）」、「果（陽）
   ／因（陰）→果（陽）」

這些都可形成「移位」結構外，3又可合而形成「轉位」結構，如:

  1.「正反」法:「反（陽）／反（陽）→正（陰）→反（陽）」
  2.「因果」法:「果（陽）／果（陽）→因（陰）→果（陽）」

以「陰／陽或陰」而言，則可形成下列三種不同的包孕式結構:

```
        ┌─ 陽              ┌─ 陰              ┌─ 陰
1  陰 ──┤           2  陰 ──┤           3  陽 ──┼─ 陽
        └─ 陰              └─ 陽              └─ 陰
```

其中1、2兩種，如:

  1.「正反」法:「正（陰）／反（陽）→正（陰）」、「正（陰）
   ／正（陰）→反（陽）」

  2.「因果」法:「因（陰）／果（陽）→因（陰）」、「因（陰）
   ／因（陰）→果（陽）」

這些都一樣可形成「移位」結構外，3又可合而形成「轉位」結構[20]，

---

20 其中有關於《易傳》的論述，詳見陳滿銘:〈章法包孕式結構論──以「多、二、
 一（0）」螺旋結構切入作考察〉,《江南大學學報・人文社會科學版》5卷4期（2006

如：

　　1.「正反」法：「反（陽）／正（陰）→反（陽）→正（陰）」
　　2.「因果」法：「果（陽）／因（陰）→果（陽）→因（陰）」

　　於是就在這種作用下，結構由單一而系統，以產生下徹的作用，統合了「秩序、變化、聯貫」的轉化運動，而由此呈現「統一律」。

　　可見這四大「章法規律」，對「章法類型（結構）」來說，有「概括」作用，都可從《周易》（《老子》）裡尋得其哲理源泉，成為「章法學」中屬於「中觀」層面之「方法論原則」。對此，王希杰說：「陳滿銘教授……把章法變成一門科學——可以把握，有規律規則可以遵循的學問。這是一個了不起的貢獻。……但是……法則太多，可能顯得繁瑣、瑣碎，使人難以把握的。可貴的是，陳滿銘教授……力圖建立統率這些比較具體的法則的更高的原則。……創建了四大原則：（1）秩序律（2）變化律（3）聯貫律（4）統一律……這符合科學的最簡單性原則，而且也是變化無窮的。這其實就是《周易》的『方法論原則』，乾坤兩卦，生成六十四卦。所以他的章法學是一個具有生成轉化潛能的體系，或者說是具有生成性。因此是具有生命力的。」[21]

　　可見這些由「章法類型（結構）」所形成之「章法規律」，能在《周易》中尋得其哲理根源，成為「章法學」中屬於「微觀」層面之「方法論」；而由此呈現「中觀」層面之「跨界章法學」。

---

　　年8月），頁85-90。又，陳滿銘：〈論章法包孕結構之陰陽變化——以蘇辛詞為例作觀察〉，臺北大學《中文學報》15期〔特稿〕（2014年3月），頁1-24。

21 王希杰：〈陳滿銘教授和章法學〉，頁1-5。又，陳滿銘：〈論章法四大律之方法論原則——以「多、二、一（0）」螺旋結構作系統探討〉，頁87-118。

## 三　宏觀層面的跨界章法學

　　這主要是就「雙螺旋層次邏輯系統」而言的。從根本來看,「陰陽二元」互動乃一切「轉化」之根源,就拿八卦與由八卦重疊而成的六十四卦來說,即全由「陰陽」二爻所構成,以象徵並概括宇宙人生的各種變化,〈說卦〉說的「觀變於陰陽而立卦」,就是這個意思。《易傳》以為就在這種「陰陽」的相對、相交、相和之「互動」作用下,變而通之,通而久之,於是創造了天地萬物(含人類),達於「統一」的境地 [22]。而《易傳》這種「互動」的「轉化」思想,也可推源到「和」的觀念,它始於春秋時之史伯,他從四支(肢)、五味、六律、七體(竅)、八索(體)、九紀(臟)到十數、百體、千品、萬方、億事、兆物、經入、姟極,提出「和」的觀點 [23],「作為對事物的多樣性、多元性衝突融合的體認」 [24],而後到了晏子,則作進一步之論述,認為「和」是指兩種相對事物之融而為一,即所謂「清濁、小大、短長、疾徐、哀樂、剛柔、遲速、高下、出入、周疏,以相濟也」 [25]。如此由「多樣的和(統一)」(史伯)進展到「兩樣(對待)的和(統一)」(晏子),再進一層從對待多數的「兩樣」

---

22 陳望衡:「《周易》中的陰陽理論強調的不是相反事物的對立,而是相反事務的相交、相和。《周易》認為,陰陽相交是生命之源,新生命的產生不在於陰陽的對立,而在陰陽的交感、統一。因此陰陽的相合不是量的增加,而是新質的產生,是創造。因此,陰陽相交、相合的規律就是創造的規律。」見《中國古典美學史》,頁182。

23 《國語·鄭語》,易中天注譯、侯迺慧校閱:《新譯國語讀本》(臺北市:三民書局,1995年11月初版),頁707-708。

24 張立文:《中國哲學邏輯結構論》(北京市:中國社會科學出版社,2002年1月一版一刷),頁22。

25 《左傳·昭公二十年》,楊伯俊:《春秋左傳注》(臺北市:源流文化公司,1982年4月再版),頁1419-1420。

中提煉出源頭的「剛（陽）柔（陰）」，而成為「剛（陽）柔（陰）的統一」（《易傳》），形成了「『多』（多樣事物、多樣對待）→『二』（剛柔、陰陽）→『一』（統一）」的順序，進程逐漸是由「委」（有象）而追溯到「源」（無象），很合於歷史發展的軌跡。而這種結構，如對應於「三易」（《易緯・乾鑿度》）而言，則「多」說的是「變易」、「二」說的是「簡易」，而「一」說的是「不易」。因此「三易」不但可概括《周易》之內容與特色，也可藉以呈現「多 ←→ 二 ←→ 一」的雙螺旋層次邏輯系統 [26]。

　　以順向而言，其結構為「多→二→一」，若倒過來，由「源」而「委」地來說，就成為「一→二→多」 [27] 了。在《老子》、《易傳》中就可找到這種說法，如：

　　　道生一，一生二，二生三，三生萬物。萬物負陰抱陽，沖氣以為和。（《老子・四十二章》）
　　　易有太極，是生兩儀，兩儀生四象，四象生八卦。（《周易・繫辭上》）

這樣，結合《周易》和《老子》來看，它們所主張的「道」，如僅著

---

26 《周易》六十四卦，由第一卦〈乾〉至第六十三卦〈既濟〉為一循環，而由第六十四卦〈未濟〉倒回〈乾卦〉開始為又一循環，如此不斷循環就有「螺旋」意涵在內。見陳滿銘：〈論「多」、「二」、「一（0）」的螺旋結構──以《周易》與《老子》為考察重心〉，臺灣師大《師大學報・人文與社會類》48卷1期（2003年7月），頁1-21。

27 就由「無」而「有」而「無」的整個循環過程而言，可以形成「(0)一、、二、三（多）」（正）與「三（多）、二、一（0）」（反）的螺旋關係。此種螺旋關係，涉及哲學、文學、美學……等，見陳滿銘：〈意象「多、二、一（0）」螺旋結構論──以哲學、文學、美學作對應考察〉，《濟南大學學報・社會科學版》17卷3期（2007年5月），頁47-53。

眼於其「同」，則它們主要透過「相反相成」、「返本復初」而循環不
已的螺旋作用，不但將「一→多」的順向歷程與「多→一」的逆向
歷程前後銜接起來，更使它們層層推展，「循環、往復而提高」不
已，而形成了螺旋式結構，以呈現宇宙創生、含容而轉化的萬物基本
動態規律。

　　而最值得注意的是：就在這「由一而多」（順）、「多而一」（逆）
的過程中，是有「二」介於中間，以產生承「一」啟「多」的作用
的。而這個「二」，從「道生一，一生二，二生三，三生萬物」等句
來看，該就是「一生二，二生三」的「二」。雖然對這個「二」，歷
代學者有不同的說法，大致說來，以為「二」是指「陰陽二（兩）
氣」[28]。而這種「陰陽二氣」的說法，其實也照樣可包含「天地」在
內，因為「天」為「乾」為「陽」，而「地」則為「坤」為「陰」；所
不同的，「天地」說的是偏於時空之形式，用於持載萬物[29]；而「陰
陽」指的則是偏於「二氣之良能」[30]，用於創生萬物。這樣看來，老
子的「一」該等同於《易傳》之「太極」、「二」該等同於《易傳》之
「兩儀」（陰陽），因此所呈現的，和《周易》（含《易傳》）一樣，是
「一→二→多」與「多→二→一」之原始結構。不過，值得一提
的是：（一）即使這「一」、「二」、「多」之內容，和《周易》（含《易
傳》）有所不同，也無損於這種結構的存在。（二）「道生一」的
「道」，既是「創生宇宙萬物的一種基本動力」，而它「本身又體現了
無（无）」[31]，那麼正如王弼所注「欲言無（无）耶，而物由以成；欲

---

28　以上諸家之說與引證，見黃釗：《帛書老子校注析》（臺北市：臺灣學生書局，1991
　　年10月初版），頁231。

29　徐復觀：《中國人性論史·先秦篇》，頁335。

30　朱熹：《四書集注》（臺北市：學海出版社，1984年9月初版），頁31。

31　林啟彥：《中國學術思想史》（臺北市：書林出版社，1999年9月一版四刷），頁34。

言有耶，而不見其形」[32]，老子的「道」可以說是「无」，卻不等於實際之「無」（實零）[33]，而是「恍惚」的「无」（虛零），以指在「一」之前的「虛理」[34]。這種「虛理」，如勉強以「數」來表示，則可以是「（0）」。這樣，順、逆向的結構，就可調整為「（0）一 → 二 → 多」（順）與「多 → 二 → 一（0）」（逆），以補《周易》（含《易傳》）之不足，這就使得宇宙萬物創生、含容的順、逆向歷程，更趨於完整而周延了[35]。而順、逆向的統合，可用「0一二多」來表示　其關係可用如下簡圖加以呈現：

（一）單層結構系統圖：

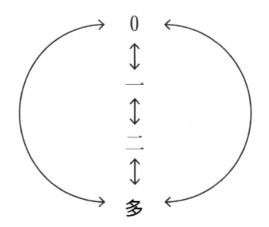

---

32 王弼：《老子王弼注》（臺北市：河洛圖書出版社，1974年10月臺景印初版），頁16。

33 馮友蘭：《馮友蘭選集》上卷（北京市：北京大學出版社，2000年7月一版一刷），頁84。

34 唐君毅：《中國哲學原論‧導論篇》（香港：新亞研究所，1966年3月出版），頁350-351。

35 陳滿銘：〈論「多、二、一（0）」的螺旋結構──以《周易》與《老子》為考察重心〉，頁1-21。

（二）多層結構系統圖：

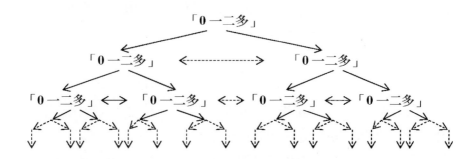

　　而此「層次邏輯」每一層的的內容或意象雖可以萬變、億變，但其雙螺旋結構卻不變，都以「陰陽二元」之互動為「二」，「秩序（移位）、變化（轉位），聯貫（包孕、對比與調和：下徹）為「多」，「統一」（包孕、對比、調和：上徹）為「一0」。

　　如此配合「章法類型（含「章法結構」）」（微觀）與「四大規律」（中觀）來看，它們的關係可表示如下簡圖：

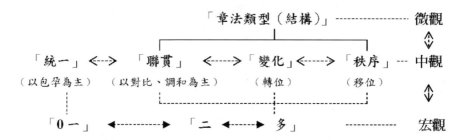

由此可見「宏觀」層的「0一二多」雙螺旋層次邏輯系統──「方法論系統」[36]，是可統合「微觀」層的「章法類型（結構）」、「中觀」層的「四大規律」（「秩序（移位）」或「變化（轉位）」、「聯貫」（以對

36 陳滿銘：〈論章法結構之方法論系統──歸本於《周易》與《老子》作考察〉，臺灣師大《國文學報》46期（2009年12月），頁61-94。

比、調和為主）與「統一（以包孕為主）」，而形成其章法學「方法論」之「三觀」體系的。而這些動態的層次邏輯理則，都同樣源出於《周易》與《老子》，清晰可辨。

可見這些由「章法類型（結構）」與「章法規律」為基礎所形成之「0一二多」雙螺旋層次邏輯系統，能在《周易》、《老子》中尋得其哲理根源，成為「章法學」中屬於「宏觀」層面之「方法論」；而由此呈現「宏觀」層面之「跨界章法學」。

綜上所述，可知「跨界章法學」是可形成其「三觀」體系的。而這一體系之確立，與「章法學」相關的研究有「雙螺旋互動」之密切關係，從四十餘年前開始，個人帶動博、碩士團隊，經由「歸納（果→因）←→演繹（因→果）」的雙螺旋互動，先從各體辭章作品之解析中，歸納為「模式」，再以演繹，歸根於《周易》與《老子》，為「模式」尋出哲理依據，如此不斷地「求異 ←→ 求同」，作「互動、循環、往復而提升」之研討，才逐漸地使「章法學」研究方法形成「方法論」體系，以呈現其「三觀」的「雙螺旋層次邏輯系統」。

對此，「三一語言學」的創始人王希杰，先論「章法學體系」時說：「章法學作為一門學問，不是有關部門章法的個別的知識，而是章法知識的總和，是一種概念的系統。章法學是一門實用性很強的學問，也有極高的學術價值。它同文章學、修辭學、語用學、文藝學、美學、邏輯學等都具有密切關係。章法學已經初步形成了一門科學。陳滿銘教授初步建立了科學的章法學體系。」[37] 再論「章法的客觀性」時就說：「凡存在的事物，都有是『章』有『法』的。德國哲學家黑格爾說：凡存在的，都是合理的。這個『理』，其實就是『章』和『法』。」然後論臺灣「章法學的方法論原則」時說：「有一篇論

---

37 王希杰：〈章法學門外閑談〉，《國文天地》18卷5期（2003年6月），頁53-57。

文,題目叫做〈談詞章學的兩種基本作法:歸納與演繹〉(《中等教育》27卷3、4期,1976年6月),歸納法和演繹法其實也就是章法學的基本方法。……章法學的成功,是歸納法的成功,這近四十種章法規則是從大量的文章中歸納出來的,一律具有巨大的解釋力,覆蓋面很強。同時也是演繹法的成功的運用,例如《章法學綜論》中的『變化律』的十五種結構,很明顯是邏輯演繹出來的,當然也是得到許多文章的驗證的。……值得一提的是,……大量運用模式化手法。這本是很好的方法,但是……可能顯得繁瑣、瑣碎,使人難以把握的。可貴的是,……並不滿足於單純地『歸納(歸納 ⟷ 演繹)法則』,他們力圖建立統率這些比較具體的法則的更高的原則。」[38]

而辭章學大家鄭頤壽,先論「臺灣辭章學研究的哲學思辨」時說:「章法學……涉及文章學、修辭學、語體學、邏輯學以及美學等諸多方面。綜合研究這諸多方面的章法現象及其理論體系的學問……臺灣學者陳滿銘教授,在研究這一方面具有突出的成就,雖非絕後,實屬空前。……新的學科建設必須站在哲學的高度,並以之作指導,才能高瞻遠矚,不斷開拓,建構科學的理論體系。中國古老的哲學多門,其中最有影響的是樸素的辯證法思想,……它具有濃厚的文化底蘊,融進了我國的許多學科、各個領域和生活,至今仍有強盛的生命力。臺灣辭章章法研究,能充分運用我國傳統(《周易》、《老子》)的辯證法。陳滿銘教授的《章法學新裁》一書,談篇章結構,就用了辯證法的觀點,……仇小屏博士的《篇章結構類型論》(上、下)也是全書用辯證法來建構體系的。」[39]又論「三觀體系」時說:「篇章辭章學的『三觀』理論建構了科學的、體系嚴密的學科理論大廈,是『篇

---

38 王希杰:〈陳滿銘教授和章法學〉,頁1-5。
39 鄭頤壽:〈臺灣辭章學研究述評〉,《國文天地》17卷10期(2001年3月),頁99-107。

章辭章學』藝術之所以能夠成『學』的最主要依據。分清這『三觀』、『大廈』的建構就有了層次性、邏輯性；抓住這『三觀』，就抓住了學科體系的『綱』和『目』。我們用『三觀』理論所作的概括、評價，應該基本上描寫了篇章辭章學的理論體系。……是從具體的『方法』到概括的『規律』，……從一個個的『章法』入手，一個、兩個、十個、三十幾個、四十幾個……『集樹成林』（微觀）之後，又由博返約，把它們分別類聚於秩序律、變化律、聯貫律、統一律之中，有總有分，形成四個章法的『族系』（中觀）。這就把章法條理化、系統化了。……（又）從分別的『章法』、『規律』到統領『全軍』的理論框架『（0）一、二、多（「多、二、一（0）」）』（宏觀）。這是認識的又一個飛躍、昇華，它加強了學科的哲學性、科學性。」[40]

又，語言風格學大家黎運漢，在論「章法學方法論體系」時說；「一門學科的建立與研究方法密切相關，學科的進步與發展有時也要依靠新的方法來解決。因此，『漢語辭章章法』要成為獨立的學科，也跟其他學科一樣，要有自己的『方法論體系』。陳滿銘教授的章法學論著中雖然沒有專章講述『方法論』，但其幾部論著中無處不散發著他在『方法論』上的自覺。……體現出其章法學具有了較為完備的『方法論體系』。」[41]

四十餘年來，臺灣章法學的研究就這樣在許多學者的支持與鼓勵下，由「章法類型（結構）」（微觀：個別）而「章法規律」（中觀：概括）而「0一二多」（宏觀：體系），形成完整的「跨界章法學」之雙螺旋層次邏輯系統，這樣由「清醒自覺」（自然）而「認知確定」

---

40 鄭頤壽：〈陳滿銘創建篇章辭章學——代序〉，見《陳滿銘與辭章章法學》（臺北市：文津出版社，2007年12月一版一刷），頁（7）-（12）。

41 黎運漢：〈陳滿銘對辭章法學的貢獻〉，《陳滿銘與辭章章法學》，頁52-70。

（人為），一路摸索，步步辛苦爬高，而在今天危然臨下，深深嘆幾口氣的同時，卻有「卻顧所來徑，蒼蒼橫翠薇」（李白〈下終南山過斛斯山人宿置酒〉詩）的感動。所謂「辛苦必有收穫」，真希望研究團隊能繼續不畏辛苦，以此為基礎，加倍努力，靈活運用具有原始性、普遍性之「章法學三觀方法論體系」，繼續多方研討，從各個角度找出「事事物物」逐層「轉化」作「雙螺旋互動」的「層次邏輯系統」，一面加深對「辭章章法學」之研究，一面擴大推出「跨界章法學」，並儘量將成果化深為淺、轉繁為簡，作積極之推廣，以期獲得各界更多的支持與鼓勵。

## 四　本叢書的推出

本叢書就是在這樣的期許與努力下，決定由章法學研究團隊積極陸續推出成果。本輯所呈現者即其初步成果，含如下六冊：

（一）顏智英的《辭章章法變化律研究》：「變化律」，是宇宙運動的規律，萬事萬物由於陰陽二元的互動而發生運動變化，變化的歷程之中又形成了「移位」、「轉位」等現象，中、西方哲人都觀察到了這些自然界運動變化的規律，而有「變化哲學」的著述產生。「變化律」，也是人心共有的心理反映，人們抽繹出自然界移位及轉位的「變化之理」，透過人之「心」，可以投射到哲學、文學、藝術等的領域，應用的範圍十分廣泛。本書即為「變化律」在文學辭章章法分析的應用，先從中、西方的哲學典籍探討變化律的哲學義涵，再落實至文學作品（以古典詩詞為考察文本）材料間關係的實際分析，歸納梳理出章法變化律會形成「移位」及「轉位」等兩大類型的章法結構，而且可以涵蓋章法所有的結構現象，

　　最後，尋繹章法變化律的心理基礎與美學特色，完整地呈現
章法變化律的理論體系，也有效凸顯出「變化律」在章法規
律系統中的重要地位。

（二）黃淑貞的《辭章章法四大律》：所有形式的存有，顯示了動
態性、聯繫性、整體性等三種基調。在「動」的歷程中，它
會產生不斷的變化；而其歷程，必然形成秩序，也必然經由
局部和局部的聯貫，逐步趨於整體的統一。章法四大律，根
植於這些邏輯規律。本書以《周易》《老子》為核心文獻，
探討秩序與變化的移位轉位，探討陰陽二元對待與對比、調
和，掌握宇宙萬物由「多」而「二」而「統一」的運行規
律。在章法層面，卯榫理論和實踐，探究四大律的原則、範
圍和內容。至此，哲學的意味和章法的內涵，終有了動態的
整體的聯繫。

（三）陳滿銘的《唐宋詞章法學》：早在二〇〇七年就有學者認為
本書作者「在當代詞學史上首要的貢獻是開創了『詞學章法
學』這一新的研究領域。」又說他：「以章法學方法來剖析
唐宋詞人創作的實踐來看。『章法學』的確能解此急。」且
說：「在完成『章法學』全部體系建構的同時，也就開創了
『詞學章法學』這一研究領域。」（曹辛華〈論陳滿銘先生
的詞學貢獻〉）過了將近十年之後，終於推出本書，而縮小
範圍，僅聚焦於「唐宋詞」，安排如下十章來探討：依序
是：章法學「三觀」系統、時空虛實、包孕邏輯、多層解
析、辭章評賞、篇章思維、篇章意象、創新潛能、潛顯互
動、章法風格。這十章，除第一章為總論，藉理論體系以統
合其他九章外，其餘九章都從不同層面或角度切入，用章法
對「唐宋詞」作兼顧「求異 ⟷ 求同」、「直覺表現 ⟷ 模

式探索」雙螺旋互動之探討，以見「唐宋詞章法學」之重要內涵，供研究者參考。

（四）蒲基維的《辭章風格教學新論》：「風格教學」是語文教學中重要的一環，也是訓練學生培育鑑賞能力、提升美感素養所必備的學習範疇。歷來對於辭章風格的分析，多偏於印象式、直覺式的批評，對於學生而言，仍舊是霧裡看花，終隔一層。本書從辭章學的意象、修辭、章法、主題等領域切入，探討風格形成的內在規律，建構具體的的理論。並以中學一綱多本的詩歌教材為分析對象，不僅理論與實務兼備，更提供教師具體可尋的風格鑑賞原則，有助於引導學生領略辭章的風格之美。

（五）陳滿銘的《陰陽雙螺旋互動論——以「0一二多」層次邏輯系統作通貫觀察》：「陰 ⟷ 陽」雙螺旋互動，主要以「0一二多」雙螺旋層次邏輯系統、大自然「轉化」四律（秩序：移位、變化：轉位、聯貫：對比與調和、統一：包孕）與方法論等三大內涵形成其系統。而就由此系統貫通「歸納（陽）⟷ 演繹（陰）」、「異（陽）⟷ 同（陰）」、「包孕（合：陰）⟷ 包孕（分：陽）」、「意（陰）⟷ 象（陽）」、「意（陰）⟷ 象（陽）」、「有法（陽）⟷ 無法（陰）」、完形「形（陽）⟷ 質（陰）」、《老子》「二（陰陽分）⟷ 三（陰陽轉化）」、《中庸》「誠（陰）⟷ 明（陽）」等內容，以見「陰⟷陽」雙螺旋互動於一斑。

（六）陳滿銘的《中庸天人雙螺旋互動思想研究》：本書作者早在民國六十九（1980）年三月就寫成《中庸思想研究》一書，由文津出版社出版。當時雖以「天人」互動為「鍵軸」來通貫全書脈絡，卻不僅未用「雙螺旋」一詞強調其「往復、提

升」之互動作用，也還沒建構成「0一二多」雙螺旋層次邏輯的完整體系來作一統合，更何況又已絕版多年。因此希望本書能在《中庸思想研究》一書之基礎上，藉近年所開創的「陰陽雙螺旋互動」與「0一二多層次邏輯系統」進行梳理、融貫，以新面貌和讀者見面。全書共八章：前七章所論，或「分」或「合」，對《中庸》「天 ⟷ 人」雙螺旋互動思想須作全面性之統整，並作相關探討；而第八章則為「綜（結）論」， 針對全書主要內容，先著眼於「思想體系」，以「中和」為核心融通相關的論點，如「仁性 ⟷ 知（智）性」、「誠 ⟷ 明」、「成己 ⟷ 成物」、「三知 ⟷ 三行」與「誠 ⟷ 至誠」等，以見其完整之思想體系；其次著眼於「義理邏輯」，舉最基本之「歸納（實證性科學） ⟷ 演繹（假設性哲學）」與「偏（曲） ⟷ 全（化）」的層次螺輯類型作說明，並以西方心理學派之「完形論」：「部分相加」≠（＜）「整體」的主要論點加以統合；然後用「0一二多」將思想體系與義理邏輯予以融通，繪製簡圖加以表示，以收一目了然的效果。希望千慮一得，能稍稍有助於《中庸》天人雙螺旋互動思想之研究與發揚，以供學者參考。

以上六冊，就「三觀系統」來說，前三冊比較偏於「中觀」，卻下徹於「微觀」，也上徹於「宏觀」；而後三冊則比較偏於「宏觀」，卻下徹於「中觀」與「微觀」。因為「三觀系統」本身形成的就是「雙螺旋互動」的關係，是無法斷然拆開的。殷切地希望繼本套叢書之後，能一輯一輯地陸續推出，以增進大眾對「跨界章法學」的了解，從而參與研究之行列。

還有，必須一提的是：本套叢書是「章法學研究系列叢書」中的

第二套，與二〇一四年出版的第一套《辭章章法學體系建構叢書》有著「雙螺旋互動」的關係。因此，閱讀時能兼顧這兩套叢書，是最為理想的。

　　值此出版前夕，念及這本叢書之所以能在極短時間內順利出版，完全要歸功於萬卷樓圖書公司總經理梁錦興先生、副總經理兼副總編輯張晏瑞先生的辛勤設計，與主編吳家嘉小姐、校對林秋芬小姐的編排與校對；為此，誠摯地向他（她）們致上萬分的謝意！

陳滿銘

序於國文天地雜誌社

2016年10月9日

# 目次

# 自序

　　筆者服務於臺灣師大國文系時，擔任「中庸」課程、沉浸於《中庸》思想多年，因深受其影響，遂於民國六十九（1980）年三月寫成《中庸思想研究》一書，由文津出版社出版。當時雖以「天人」互動為「鍵軸」來通貫全書脈絡，卻不僅未用「雙螺旋」一詞強調其「往復、提升」之互動作用，也還沒建構成「0一二多」雙螺旋層次邏輯的完整體系來作一統合，更何況又已絕版多年。因此很希望本書能在《中庸思想研究》一書之基礎上，藉近年所開創的「陰陽雙螺旋互動」與「0一二多層次邏輯系統」進行梳理、融貫，以新面貌和讀者見面。

　　既然要以「陰陽雙螺旋互動」與「0一二多層次邏輯系統」切入，就在論《中庸》之前，必須對此先作說明，因此本書安排在第一章，依次以「陰陽雙螺旋互動」、「轉化四律雙螺旋互動」與「0一二多雙螺旋層次邏輯系統」，歸本於《周易》、《老子》加以引證論述，以見雙螺旋層次邏輯「0一二多」體系建構之究竟。

　　而《中庸》一書，在我國學術思想史上，無疑地占著極其重要的地位；而它由於原僅一篇，載於《戴記》，所以起初並未受到應有的重視。不過，自漢儒把它抽出來，單獨加以解說後，即逐漸地引起大眾的注意。尤其是到了宋、元，先是二程子「表章」它，與《大學》、《論語》、《孟子》並行；再經朱子為它和《大學》作了〈章句〉，與《論語集註》、《孟子集註》，通稱「四書」；然後由元仁宗開制度之先，把章句、集註定為科舉出題的用書；於是不但成了研究孔

學者的要籍，也成為一般讀書人所必讀的書了。這樣，研讀的人既日
多，自然地，有關的著述也就接踵而出，單就朱彝尊《經義考》所載
來說，即有一百五十七種之多，而清以後的尚不包括在內；至於附在
《禮記》、《四書》及其他論著以內的有關著述或一些單篇的論文，到
目前為止，更是不斷地增加，多得不可勝數。就在這眾多有關的著述
或論文裡，當然有許多的見解，對讀者了解《中庸》一書的部分精義
而言，是有極大助益的；但無可否認地，有的卻不免各有所偏，留下
了不少的紛爭，使讀者眩惑，莫知適從。因此，如何貫通眾說，從異
求同，化偏為正，以顯露《中庸》思想的真實而完整的形神，俾能產
生其「天 ⟷ 人」互動之雙螺旋作用，而發揮其最大價值，可說是一
件要急切去做的工作。本書自第二章至第八章所作的，就是這種嘗試。

　　一般來說，書名和內容，必有著緊密的關聯；所以我們想要辨明
一本書的思想內容，是可直接先由其書名著手的；《中庸》一書，自
亦不例外。而「中庸」的名義，由於自來就有幾種不同的說法，令人
不知所從，實在有先予辨明的必要。因此，本書即先從各種可靠的先
秦典籍中，探求「中」字的源頭與「庸」字的習慣用法，再由《中
庸》的內容與《禮記》名篇的慣例上去作進一步的檢討，由「中庸」
二字的真正涵義，以見《中庸》天人雙螺旋互動思想之意蘊；這是本
書第二章所作的嘗試。

　　眾所周知，一種學術思想的形成，如同物之必有其根一樣，是一
定有其歷史傳承的。而《中庸》的作者，能夠徹底地打通隔閡，使天
命下貫而為人性、上通而為天道，並確認「成物」之「知」與「成
己」之「仁」，皆為「性之德」，當然也必是「前有所承」的。因此，
要真正了解《中庸》的思想，就非探明其淵源不可。而本書在此，先
就《詩經》與今文《尚書》，略辨其謝天、敬天、順天、畏天、怨天
與疑天的觀念，以見我國天人思想萌芽的情形；再由《尚書》的「哲

命」（智）、《詩經》的「秉彝」（仁）、《左傳》的「人受天地之中以生」（不分仁智）與孔子仁、智互動的觀念，尋得天命下貫為人性的路徑；然後據《詩經》「無聲無臭」、「於穆不已」，孔子「四時行焉，百物生焉」、「逝者如斯」和《易傳》「生生不已」的天道觀，辨明天命上通而為天道的過程，以見《中庸》天人雙螺旋互動思想的淵源所在；這是本書第三章所作的嘗試。

凡是讀過《中庸》的人，都曉得篇首「天命之謂性，率性之謂道，修道之謂教」三句話，乃《中庸》一書的綱領所在。《中庸》的作者在此，很有次序地先由首句點明「性」與「天」的關係，把聖人與學者天賦之「誠」（安行天理）通往天賦之「明」（生知天理）的大門敲開；再由次句點明「道」與「性」的關係，把聖人天賦之「明」（生知天理）與學者人為之「明」（困知、學知天理）接在一起；然後由末句點明「教」與「道」的關係，把學者人為之「明」（困知、學知天理）通向人為之「誠」（勉行、利行天理）與天賦之「誠」（安行天理）的過道「打通；使「自誠明」之性與「自明誠」之教，上下內外，融成一體。為了要完全了解這種「天（自誠明）人（自明誠）」雙螺旋互動的密切關係，自然就非進一步地根據《中庸》各章的內容，分別探明《中庸》的作者對「天」、「性」、「道」與「教」的看法不可。所以，本書作者在此，用一個「誠」（涵攝「明」）字，先就本體、變化、狀態和「報應」（趨勢）等方面，來貫通天道、鬼神、中和與天命等觀念；再把它直接注入性體裡面，來統攝仁與智，將性與天命、天道打成一片，構成「天命於人的，即是人之所以為人之性」的緊密關係；然後一線貫通「慎獨」、「致曲」、「明善」、「三達德」、「五達道」與「九經」，以見《中庸》貫乎天人的「一誠之歷程」，藉以凸顯《中庸》天人雙螺旋互動思想之兩大重要內容；這是本書第四、五兩章所作的嘗試。

　　在哲學或美學上，對所謂「對立的統一」、「多樣的統一」之概念，都非常重視，一向被目為最重要的變化規律或審美原則，而「對立的統一」，指的只是「一」與「二」；而「多樣的統一」指的則是「多」與「一」。這樣分別著眼於局部，雖凸顯出焦點之所在，卻往往讓人忽略了徹上徹下之「二」（陰陽）雙螺旋互動的居間作用，與其一體性之完整結構：「0一二多」。因此本書試從《中庸》本身，對應於《周易》（含《易傳》）與《老子》等古籍，捨異而求同，由「有象」而「無象」，找出「多→二→一（0）」之逆向結構；也由「無象」而「有象」，尋得「（0）一→二→多」之順向結構；並且透過《中庸》「誠則明矣，明則誠矣」之說，對應於《老子》「反者道之動」（四十章）、「凡物芸芸，各復歸其根」（十六章）與《周易・序卦》「既濟」而「未濟」之理，將順、逆向結構不僅前後連接在一起，形成循環不息的雙螺旋結構，並特別凸顯「二」（陰陽、剛柔、仁智）的居間（撤上撤下）功能，與「一0」的根源力量，以呈現中國宇宙人生觀之微妙精深；而由此統合第四、五章之論述；這是本書第六章所作的嘗試。

　　《中庸》的價值，除了它在學術思想上有著極高的成就，足以稱得上是「群經之總會樞要」，並對老佛思想、宋明理學和當前的西方思想，具有彌補、針砭、貫通或調和之功外，更重要的是，由於它的理論是直接建立在「真實無妄」的精神與物理之雙螺旋互動上，所以也就能夠毫無障礙地運用到人的身上來，在精神方面收到啟迪智性、發揮仁性的效益，在生理方面獲致增進健康、延年益壽的成果。本書在此不憚旁徵博引，以辨明這種事實，就是希望由此肯定《中庸》「天 ←→ 人」雙螺旋互動思想的價值，使我們能讀《中庸》而行《中庸》，以獲致「終身用之有不能盡」的益處；這是本書第七章所作的嘗試。

　　以上七章所論，或「分」或「合」，對《中庸》「天 ⟷ 人」雙螺旋互動思想須作全面性之統整，並作相關探討，於是先著眼於「思想體系」，以「中和」為核心融通相關的論點，如「仁性 ⟷ 知（智）性」、「誠 ⟷ 明」、「成己 ⟷ 成物」、「三知 ⟷ 三行」與「誠 ⟷ 至誠」等，以見其完整之思想體系；其次著眼於「義理邏輯」，舉最基本之「歸納（實證性科學）⟷ 演繹（假設性哲學）」與「偏（曲）⟷ 全（化）」的層次邏輯類型作說明，並以西方心理學派之「完形論」：「部分相加」≠（＜）「整體」的主要論點加以統合；然後用「0一二多」將思想體系與義理邏輯予以融通，繪製簡圖加以表示，以收一目了然的效果；這是本書第八章所作的嘗試。

　　經由這幾步粗淺的嘗試，但願千慮一得，能稍稍有助於《中庸》天人雙螺旋互動思想之研究與發揚；惟個人學識謭陋，誤繆掛漏，在所難免，尚祈　博雅賢達，不吝指正。

陳滿銘

序於2016年9月1日

# 第一章
# 雙螺旋層次邏輯「0一二多」體系之建構

　　大體說來，以大自然萬事萬物「轉化」的動態歷程而言，是初由原動力促使「陰陽二元」開始作「雙螺旋互動」，再經「移位」（秩序）或「轉位」（變化）與「對比、調和」（聯貫）的「轉化」過程，然後透過「包孕」徹下（陰陽分）、徹上（陰陽合），產生「相反相成」的作用，由「統一」（包孕）將「秩序」（移位）、「變化」（轉位）、「聯貫」（對比、調和）等「四大轉化」的層次邏輯規律[1]，一路帶動「雙螺旋互動」，而予以整合，終於形成「0一二多」（含順向：「(0)一→二→多」與逆向：「多→二→一(0)」）之「雙螺旋層次邏輯系統」[2]的。而此系統，就哲學而言，是屬於形而上的假設性演繹；從科學來說，是屬於形而下的實證性歸納；這樣使兩者產生

---

1　對這種大自然萬事萬物轉化的層次或螺旋邏輯加以研究的，是「雙螺旋層次邏輯學」，亦即「章法學」。王希杰：「陳滿銘教授……把章法變成一門科學——可以把握，有規律規則可以遵循的學問。這是一個了不起的貢獻。……但是……法則太多，可能顯得繁瑣、瑣碎，使人難以把握的。可貴的是，陳滿銘教授……力圖建立統率這些比較具體的法則的更高的原則。……創建了四大原則：(1)秩序律；(2)變化律；(3)聯貫律；(4)統一律……這符合科學的最簡單性原則，而且也是變化無窮的。這其實就是《周易》的方法論原則，乾坤兩卦，生成六十四卦。所以他的章法學是一個具有生成轉化潛能的體系，或者說是具有生成性。因此是具有生命力的。」見〈陳滿銘教授和章法學〉，《畢節學院學報》2008年1期，頁1-6。

2　陳滿銘：〈層次邏輯與意象（思維）系統——以「多」、「二」、「一(0)」螺旋結構作對綜合考察〉，臺灣師大《中國學術年刊》30期·春季號（2008年3月），頁255-276。

「雙螺旋互動」，既一面上徹於「哲學」，形成「方法論」或「方法論系統」，又一面下徹於「科學」，在各種學術領域作層層科學之研究，提出實證成果，以不斷創造出新知識。因此這種使「科學」與「哲學」促成「雙螺旋互動」層次邏輯「0一二多」之體系建構，是十分重要的。

## 第一節　「陰陽」雙螺旋互動

　　凡是「轉化」，都由「陰陽二元」作「雙螺旋互動」，呈現其層次邏輯關係，而形成多種「轉化」類型。這種「陰陽二元」互動觀念的論述，在我國的哲學古籍裡，很容易找到。其中以《周易》與《老子》二書，為最早而最明顯。

　　先以《周易》來看，它以「陰陽」為其一對基本概念，是由此陰（斷 --）陽（連 ─）二爻而衍為四象，再由四象而衍為八卦、六十四卦的。而八卦之取象，是兩相對待的，即乾（天）為「三連」（☰）而坤（地）為「六斷」（☷）、震（雷）為「仰盂」（☳）而艮（山）為「覆碗」（☶）、離（火）為「中虛」（☲）而坎（水）為「中滿」（☵）、兌（澤）為「上缺」（☱）而巽（風）為「下斷」（☴）；而所謂「三連」（陰）與「六斷」（☷）、「仰盂」（☳）與「覆碗」（☶）、「中虛」（☲）與「中滿」（☵）、「上缺」（☱）與「下斷」（☴），正好形成四組兩相互動之運作關係，以呈現其簡單的「二元互動」之邏輯結構。後來將此八卦重疊，推演為六十四卦，雖更趨複雜，卻依然存有這種「二元互動」的運作關係，如「坎（☵）上震（☳）下」（《屯》）與「震（☳）上坎（☵）下」（《解》）、「艮（☶）上巽（☴）下」（《蠱》）與「巽（☴）上艮（☶）下」（《漸》）、「乾（☰）上兌（☱）下」（《履》）與「兌（☱）上乾（☰）下」（《夬》）、「離上（☲）坤（☷）下」（《晉》）

與「坤（☷）上離（☲）下」（〈明夷〉）……等，就是如此。又以六十四卦而言，所形成之「陰陽二元」雙螺旋互動之關係，是這樣子的：

屯（坎上震下）和解（震上坎下）　　蒙（艮上坎下）和蹇（坎上艮下）

需（坎上乾下）和訟（乾上坎下）　　師（坤上坎下）和比（坎上坤下）

小畜（巽上乾下）和姤（乾上巽下）　履（乾上兌下）和夬（兌上乾下）

泰（坤上乾下）和否（乾上坤下）　　同人（乾上離下）和大有（離上乾下）

謙（坤上艮下）和剝（艮上坤下）　　豫（震上坤下）和復（坤上震下）

隨（兌上震下）和歸妹（震上兌下）　蠱（艮上巽下）和漸（巽上艮下）

臨（坤上兌下）和萃（兌上坤下）　　觀（巽上坤下）和升（坤上巽下）

噬嗑（離上震下）和豐（震上離下）　賁（艮上離下）和旅（離上艮下）

無妄（乾上震下）和大壯（震上乾下）大畜（艮上乾下）和遯（乾上艮下）

頤（艮上震下）和小過（震上艮下）　大過（兌上巽下）和中孚（巽上兌下）

咸（兌上艮下）和損（艮上兌下）　　恆（震上巽下）和益（巽上震下）

晉（離上坤下）和明夷（坤上離下）　家人（巽上離下）和鼎（離上巽下）

睽（離上兌下）和革（兌上離下）　　困（兌上坎下）和節（坎上兌下）

井（坎上巽下）和渙（巽上坎下）　　既濟（坎上離下）和未濟（離上坎下）

這些卦都是二二相偶的，如「坎上震下」（屯）與「震上坎下」（解）、「艮上巽下」（蠱）與「巽上艮下」（漸）、「乾上兌下」（履）與「兌上乾下」（夬）、「離以《周易》（《易傳》）來看，它以陰陽為其一對基本概念，是由此陰陽二爻而衍為四象，再由四象而衍為八卦、六十四卦的。

　　此外，〈雜卦〉云：

　　　乾，剛；坤，柔。比，樂；師，憂。臨、觀之意，或與或

求。……震，起也；艮，止也。損、益，衰盛之始也。大畜，
時也；無妄，災也。萃，聚，而升，不來也。謙，輕；而豫，
怡也。……兌，見；而巽，伏也。隨，無故也；蠱，則飭也。
剝，爛也；復，反也。晉，畫也，明夷，誅也。井，通；而
困，相遇也。咸，速也；恆，久也。渙，離也；節，止也。
解，緩也；蹇，難也。睽，外也；家人，內也。否、泰，反其
類也。……革，去故也；鼎，取新也。小過，過也；中孚，信
也。豐，多故也；親寡，旅也。離，上；而坎，下也。……大
過，顛也；頤，養正也。既濟，定也；未濟，男之窮也。姤，
遇也，柔遇剛也；……夬，決也；剛決柔也。君子道長，小人
道憂也。

這些卦的要義或特性，都兩兩互動，如剛和柔、樂與憂、與和求、起
和止、衰和盛、時和災、見和伏、速和久、離和止、外和內、否和
泰、去故和取新、多故和親寡、上和下……等等。由此反映宇宙人生
之「雙螺旋層次邏輯」，為人生行為找出準則，以適應宇宙自然「轉
化」之動態規律[3]。

　　後以《老子》來看，這種「陰陽二元」互動，也處處可見，如：

　　天下皆知美之為美，斯惡已；皆知善之為善，斯不善已。故有
　　無相生，難易相成，長短相較，高下相傾，音聲相和，前後相
　　隨。(第二章)

---

3　陳滿銘：〈論螺旋邏輯學的創立——以哲學螺旋與科學螺旋為鍵軸探討其體系之建
　　構〉，《國文天地・學術論壇》31卷1期（2015年6月），頁116-136。又參見徐復觀：
　　《中國人性論史》（臺北市：臺灣商務印書館，1978年10月四版），頁202；陳望衡：
　　《中國古典美學史》（長沙市：湖南教育出版社，1998年8月一版一刷），頁182。

寵辱若驚，貴大患若身。何謂寵辱若驚？寵為下，得之若驚，失之若驚，是謂寵辱若驚。（第十三章）

曲則全，枉則直，窪則盈，敝則新，少則得、多則惑，是以聖人抱一，為天下式。（第二十二章）

知其雄，守其雌，為天下谿；為天下谿，常德不離，復歸於嬰兒。知其白，守其黑，為天下式；為天下式，常德不忒，復歸於無極。知其榮，守其辱，為天下谷；為天下谷，常德乃足，復歸於樸。（第二十八章）

如上所引，「美」（喜）與「惡」（怒）、「善」（是）與「不善」（非）[4]、「有」與「無」、「難」與「易」、「長」與「短」、「高」（上）與「下」、「前」與「後」、「寵」（榮）與「辱」、「得」與「失」、「曲」（偏）與「全」、「枉」（曲）與「直」、「窪」與「盈」、「敝」與「新」、「少」與「多」、「重」與「輕」、「靜」與「躁」、「雄」與「雌」、「白」與「黑」等，都是兩相對待而互動的。

　　到目前為止，透過「模式研究」（人為探索）以對應「客觀存在」（自然呈現）[5]的努力結果，已發現「轉化」之「層次邏輯（章法）類型」有：今昔、久暫、遠近、內外、左右、高低、大小、視角轉換、知覺轉換、時空交錯、狀態變化、本末、淺深、因果、眾寡、並列、情景、論敘、泛具、虛實（時間、空間、假設與事實、虛構與真實）、凡目、詳略、賓主、正反、立破、抑揚、問答、平側（平提

---

4　王弼注二章：「美者，人心之所進樂也；惡者，人心之所惡疾也。美、惡，猶喜、怒也；善、不善，猶是、非也。喜、怒同根，是、非同門；故不得而偏舉也。此六者，皆陳自然不可偏舉之名數。」見《老子王弼注》（臺北市：河洛圖書出版社，1974年10月臺景印初版），頁3。

5　陳滿銘：〈論辭章之無法與有法──以客觀存在與科學研究作對應考察〉，彰化師大《國文學誌》23期（2011年12月），頁29-63。

側注、平提側收）、縱收、張弛、插補、偏全、點染、天（自然）人
（人事）、圖底、敲擊……等類型 [6]，都由「陰陽二元」互動所形
成。大抵而論，屬於本、先、靜、低、內、小、近……的，為「陰」
為「柔」，屬於末、後、動、高、外、大、遠……的，為「陽」為
「剛」[7]。如「正反」法以「正」為「陰」而「反」為「陽」、「因
果」法以「因」為「陰」而「果」為「陽」，而其他的也皆如此，以
反映自然「轉化」運動的雙螺旋層次邏輯準則。

　　就單以「偏（陽）全（陰）」而言，「三一」語言學派創始人王希
杰認為就是「方法論」，說：「值得一提的是，在〈從偏全的觀點試解
讀四書所引生的一些糾葛〉一文 [8]中，滿銘教授說：『讀古書，尤其
是有關義理方面的專著，很多時候是不能一味單從「偏」（局部）或
「全」（整體）的觀點來了解其義的。讀《四書》也不例外，必須審
慎地試著辨明「偏」還是「全」的觀點來加以理解，才不至於犯混同
的毛病。』……我認為，滿銘教授的這一說法是具有『方法論』意義
的。」[9]可見這些由「陰陽二元」互動所形成之「章法類型」，亦即
「雙螺旋層次邏輯類型」，能在《周易》、《老子》中尋得其哲理根源。

　　而這種「陰陽二元」互動，是先由統合（不分陰陽）而析分（分
陰分陽）的；兩者之分界點，就在「太極」。關於此，可用「太極
圖」[10] 表示如下：

---

6　陳滿銘：《章法學綜論》（臺北市：萬卷樓圖書公司，2003年6月初版），頁17-32。

7　陳望衡：《中國古典美學史》，頁184。

8　陳滿銘：〈從偏全的觀點試解讀《四書》所引生的一些糾葛〉，臺灣師大《中國學術
　　年刊》13期（1992年4月），頁11-22。

9　王希杰：〈陳滿銘教授和章法學〉，頁1-6。

10　陳立驤：「『無極』與『太極』係同一實存『本體』（『氣體』或「宇宙總體的存在與
　　流行」）的不同稱謂，它們都是陰陽二氣未分前的統一體，兩者指涉著本體的不同面
　　向或階段性發展，它們是『一體兩面』與『同指異名』的。惟雖如此，但『無極』

**取材自：**https://zh.wikipedia.org/wiki（**維基百科**）

其中有陰陽，黑色部分代表「陰」、白色部分代表「陽」，而陽包孕陰、陰包孕陽，兩者統合，為「分陰分陽」之 動力根源。如此有合有分，既一面上，又一面下徹，是形成大自然「轉化四律」雙螺旋互動之基本動力。

## 第二節　「轉化四律」雙螺旋互動

　　「轉化四律」的雙螺旋互動結構，是由其「二元（陰陽）」的「移位」或「轉位」、「調和或對比」與「包孕」而形成的。其中由

---

卻是比『太極』更具有『本體宇宙論』上的優先性的。」見〈周敦頤《太極圖說》「無極」與「太極」關係之研究〉，《鵝湖》33卷1期（2007年7月），頁42-52。又，周欣：「朱熹高度肯定周敦頤對『太極』的標示，正因為周敦頤標示『太極』的著眼處在於陰陽二氣的統合，而統合便必然有其構型，『理』正成為這個構型的內在依據。……朱熹又指出：『周子恐人於太極之外更尋太極，故以無極言之。既謂之無極，則不可以有底道理強搜尋也。』也就是說，『無極』為理解『太極即理』所指陳的天地萬物之理的一個方便，具有無形無象的特性，即『無聲無臭』。因此，『無極即是無形，太極即是有理。』相對於『無極』來說，無極是形上，太極是形下；相對於『陰陽』來說，太極是形上，陰陽是形下。」見〈《太極圖說解》的理學思想述略——兼論朱熹與周敦頤的思想淵源〉，《湖南農業大學學報·社會科學版》14卷5期（2013年10月），頁76-81。

「移位」呈現「秩序律」;「轉位」呈現「變化律」;「對比、調和」徹下、徹上以呈現「聯貫律」;由「包孕」徹下、徹上以呈現「統一律」。而這種「層次邏輯」之四大規律,乃先由「秩序」或「變化」而「聯貫」,然後趨於「統一」,形成雙螺旋層次邏輯系統。這種理論可見於《周易》與《老子》[11]。在此作簡要探討如下:

## 一　秩序

　　這涉及「移位」。「移位」是由陰陽兩種動力在雙螺旋互動中起伏消息、迭相推盪而產生。《易傳》中以相互推移(剛柔相推)、相互摩擦(剛柔相摩)、與相互衝擊(八卦相盪)等各種表現形式[12],為順向移位與逆向移位,對這種互動作用提出了最精微的論證。

　　而〈乾〉、〈坤〉兩卦,作為天地陰陽互動的統一體,以六爻的變化,反映這個統一體「轉化」的運動過程。從〈乾〉、〈坤〉側面,通過六爻的發展變化,研究「轉化」運動的開展[13],可以揭示出陰陽如何向對待面轉化、與推移。單舉〈乾〉卦六爻的變化來看看:

　　　　初九,潛龍勿用。
　　　　〈象〉曰:潛龍勿用,陽在下也。
　　　　九二,見龍在田,利見大人。
　　　　〈象〉曰:見龍在田,德施普也。

---

11 陳滿銘:〈論章法四大律之方法論原則——以多二一(○)螺旋結構作系統探討〉,臺灣師大《中國學術年刊》33期・春季號(2011年3月),頁87-118。

12 馮友蘭:《中國哲學史新編》二(臺北市:藍燈文化公司,1991年12月初版),頁376。

13 乾卦與坤卦的推移變化,參見徐志銳:《周易陰陽八卦說解》(臺北市:里仁書局,2000年3月初版四刷),頁127-134。

九三，君子終日乾乾，夕惕若，屬無咎。

〈象〉曰：終日乾乾，反復道也。

九四，或躍在淵，無咎。

〈象〉曰：或躍在淵，進無咎也。

九五，飛龍在天，利見大人。

〈象〉曰：飛龍在天，大人造也。

上九，亢龍有悔。

〈象〉曰：亢龍有悔，盈不可久也。

《周易》講爻的變化，常依爻在卦中的「位」來解釋。位，是空間，有上下，有內外，有陰陽。爻位由下而上，依序排列，而有初、二、三、四、五、上等不同稱謂。它是一個發展的序列，每一個位，即代表事物發展的每一個階段。因此，爻位的變換可以導致卦的變化，爻位的升降也同時象徵著事物的發展[14]。因此，「卦象」含蘊著一個上升的發展過程與「物極必反」的思想。

故〈乾〉卦，由初九的「潛龍，勿用」，移向九二的「見龍在田，利見大人」，移向九三的「君子終日乾乾，夕惕若。屬無咎」，再移向九四的「或躍在淵，無咎」，復移向九五的「飛龍在天，利見大人」，形成一連串的順向位移。上九，則因已到達了極限、頂點，會由吉變凶，漸次形成逆向移位，開始向對待面轉化，造成另一種轉位，故說是「亢龍有悔」了。

而六爻之能夠用以模擬事物的運動變化，是因「六位」能體現「道」的陰陽由對立而統一的規律性。連斗山《周易辨畫》卷三十七解釋：

---

14 戴璉璋以為在《象傳》中所見的「爻位」觀念，大致可區分為：上中下位、剛柔位、同位、反轉位、比鄰位、內外位等六種。見《易傳之形成及其思想》（臺北市：文津出版社，1989年6月臺灣初版），頁80-86。

獨而無對，天不生，地亦不成，人亦混而不分。必須兼三才而
兩之，天地人各有一陰一陽，然後遂始全而不偏，故《易》於
三畫卦重而為六也。

「六位」原則一確立，整個自然界與人類社會的基本規律全都反映
了，故《說卦傳》將其概括為「分陰分陽」，「六位而成章」，正因
「六位」體現著哲學原理。「六爻」體現著事物在一定規律支配下的
發展運動過程，從時間性上可劃分為潛在與暴露兩大階段，以一卦的
卦象去體現，它的運動變化即可藉以清楚了解與掌握[15]。因此，內外
卦之間可以相互往來升降，六個爻畫之間也可以相互往來升降；通過
這種往來升降的相互作用，就產生了種種的變化和運動，就產生了一
連串的順向移位與逆向移位。而這種「移位」全離不開雙向「陰陽雙
螺旋互動」作用：

順向：　　陰 ──→ 陽

逆向：　　陽 ──→ 陰

《周易》哲學就由此發展了一個開放的序列，這一序列不僅體現
在〈乾〉、〈坤〉兩卦，更為其他六十二卦發其通例。因此，不僅每一
卦中的六爻，由初→二→三→四→五→上，存有著「移位」現象[16]。

---

15 徐志銳：《周易陰陽八卦說解》，頁60-73。

16 白金銑：「《周易》、《易傳》之中，處處皆得見其蹤影。如：每一卦中之六爻，由陽
　　爻之初九→（移變成）九二→九三→九四→九五→上九→用九；以及陰爻之初
　　六→六二→六三→六四→六五→上六。箭頭符號，所顯示的正是《周易》所自
　　存之「位移」現象，任一爻無不是一種動態之『-being』能，無一『位』不移，無一
　　『位』不對其自身與周遭時空產生重要之刺激與影響。」見〈《周易》「位移性格」
　　哲學初詮〉，臺灣師大《中國學術年刊》23期（2002年6月），頁7。

甚而，由〈乾〉→〈坤〉→〈屯〉→〈蒙〉→〈需〉→〈訟〉→
〈師〉→〈比〉→〈小畜〉→〈履〉→〈泰〉→〈否〉→〈同人〉→
〈大有〉→〈謙〉→〈豫〉→〈隨〉→〈蠱〉→〈臨〉→〈觀〉→
〈噬嗑〉→〈賁〉→〈剝〉→〈復〉→〈无妄〉→〈大畜〉→〈頤〉
→〈大過〉→〈坎〉→〈離〉→〈咸〉→〈恆〉→〈遯〉→〈大壯〉
→〈晉〉→〈明夷〉→〈家人〉→〈睽〉→〈蹇〉→〈解〉→〈損〉
→〈益〉→〈夬〉→〈姤〉→〈萃〉→〈升〉→〈困〉→〈井〉→
〈革〉→〈鼎〉→〈震〉→〈艮〉→〈漸〉→〈歸妹〉→〈豐〉→
〈旅〉→〈巽〉→〈兌〉→〈渙〉→〈節〉→〈中孚〉→〈小過〉→
〈既濟〉，卦與卦之間，也因「移位」，而產生相反相生的有秩序的變
化歷程 [17]。到了〈未濟〉，形成大反轉，則又是一個全新的變化歷程
之開始。

　　而在《老子》書中，也可以找到諸多相應的說法。《老子》一書
以「反」字為中心，所謂「反者道之動」（四十章），老子就這樣構建
起他對立面相互依賴、相互轉化的思想。他認為天地萬物的產生、運
動與變化，不是來自外力的推動，是內動力的驅使。由於「萬物將自
化」的「反」的作用，在運動、變化中，對待雙方相反而相成，恆各
向其對立面轉化 [18]。

　　惟「反」為道之動，故「禍兮福之所倚，福兮禍之所伏」、「正復
為奇，善復為妖」（第五十八章）。惟其如此，故「曲則全，枉則直，
窪則盈，敝則新，少則得，多則惑」（第二十二章）。惟其如此，故
「飄風不終朝，驟雨不終日」（第二十三章）。惟其如此，故「以道佐
人主者，不以兵強天下，其事好還」（第三十章）。惟其如此，故「天

---

17 此六十四卦的卦序，乃是依《序卦傳》的順序。

18 姜國柱：《中國歷代思想史‧先秦卷》（臺北市：文津出版社，1993年12月初版一
　　刷），頁60。

之道其猶張弓與，高者抑之，下者舉之；有餘者損之，不足者補之」
（第七十七章）。惟其如此，故「天下之至柔，馳騁天下之至堅」（第
四十三章）、「天下莫柔弱於水，而攻堅，強者莫之能勝」（第七十八
章）。惟其如此，故「物或損而益之，或益之而損」（第四十二章）。
馮友蘭以為「凡此皆事物變化自然之通則，老子特發現而敘述之，並
非故為奇論異說」[19]。

　　因事物發展至極點，必一變而為其反面。故在向其對待面轉化的
階段過程中，「有無」可以「相生」，「難易」可以「相成」，「長短」
可以「相較」，「高下」可以相傾，「音聲」可以相和，「前後」可以
「相隨」，相反而相成，相轉而相生[20]；故產生了由「美」而「惡」
或「惡」而「美」、由「善」而「不善」或由「不善」而「善」、由
「有」而「無」或由「無」而「有」、由「難」而「易」或「易」而
「難」、由「長」而「短」或由「短」而「長」、由「上」而「下」或
由「下」而「上」、由「前」而「後」或由「後」而「前」、由「寵」
而「辱」或由「辱」而「寵」、由「得」而「失」或由「失」而
「得」、由「曲」而「全」或由「全」而「曲」……[21] 等等的順向移
位或逆向移位。這都是由於「反」的作用，使一方向另一方推移產生
「移位」的緣故。而這種「移位」全離不開雙向「陰陽互動」作用：

順向：　｜陰｜　→　｜陽｜

逆向：　｜陽｜　→　｜陰｜

---

19　馮友蘭：《馮友蘭選集》上（北京市：北京大學出版社，2000年7月一版一刷），頁
　　88。

20　「相生」，為「順向移位」；「相轉」，為「逆向移位」；這是就階段性歷程而言。若合
　　整個歷程來看，則是一個大「轉位」。

21　這一部分參見《老子》原文。

　　總而言之，事物之所以能不斷地進行」「轉化」運動而產生「移位」，是由於陰陽兩種對立趨勢產生雙螺旋互動之作用，促使事物運動不息，變化不止，而由此呈現「秩序律」。

## 二　變化

　　這涉及以「移位」為基礎的「轉位」[22]。由於剛性質的力與柔性質的力相摩，陰陽相索，八卦相盪，觸類以長，終合成《周易》六十四卦物物對待、事事交感的旁通系統[23]。如上文所提，作為天地陰陽統一體的〈乾〉、〈坤〉兩卦，以六爻的變化，反映一序列的變化發展過程，產生了位移的情形。若再按陰陽的兩個側面來看，〈乾〉〈主「統」，居於剛健主導的地位；〈坤〉主「承」，居於含容順從的地位。通過六爻運動變化的展開，又可以揭示出陰陽如何漸次向對立方轉化而互相「移位」、並形成「轉位」的運動歷程。

　　《周易》六十四卦，每卦設六個爻位。唯有〈乾〉、〈坤〉二卦，於六爻之上，又特設「用九」、「用六」兩爻，用來論述陰陽雙螺旋互動，而向對立面互相轉位之理。如〈乾〉卦：

　　　用九，見群龍無首，吉。〔爻辭〕
　　　〈象〉曰：用九，天德不可為首也。

---

22 陳滿銘：〈章法的「移位」、「轉位」結構論〉，臺灣師大《師大學報・人文與社會類》49卷2期（2004年10月），頁1-22。又，黃淑貞：〈《周易》「移位」、「轉位」論〉，《孔孟月刊》44卷5、6期（2006年2月），頁4-14。

23 「旁通」，形成了異類相應，也形成了位移。見曾春海：《儒家哲學論集》（臺北市：文津出版社，1989年5月出版），頁438。

又如〈坤〉卦：

　　用六，利永貞。

　　〈象〉曰：用六「永貞」，以大終也。

〈乾〉陽發展到上九，已成「亢龍」而「盈不可久」。只有發揮九變六的作用[24]，才可「見群龍无首」[25]。因為數變，爻必變；爻變，卦亦變。六爻的六個九變成六個六，〈乾〉卦就變成了〈坤〉卦。與此同時，〈坤〉卦則變成了〈乾〉卦。因乾坤互調其位，故〈乾〉卦「六龍」仍能繼續存在，故言「見群龍无首」。因此，「天德不可為首」，天道的互動作用永沒有終了之時。而且，〈乾〉陽就在由初九→九二

---

[24] 徐志銳：「客觀事物發展變化的規律，凡處於少壯時期的東西，都是向上繼續發展，到了老朽時期則走向衰亡。由少變老，是量變過程；老一變則衰亡，是質變過程。用七、八、九、六這四個數來模擬這一發展變化規律，於是規定七為少陽，八為少陰，陽進而陰退。陽進則七之少陽可進為九之老陽，所以凡得七、九之奇數都畫陽爻。陰退則八之少陰可退為六之老陰，所以凡得八、六之偶數都畫陰爻。七進為九，由少陽變為老陽，是量變過程，陽剛的性質並沒有改變，因而都用（─）的符號。八退為六，由少陰變為老陰，也是量變過程，陰柔的性質未改變，因而都用（--）的符號。由於性質未改變，七、八這兩個數，就叫做不變數。九、六則就叫做變數。物衰則老，老則變。九為老陽，六為老陰，衰老則發生質變，所以九、六可互變。九變六，是由陽而變為陰；六變九，是由陰而變為陽。命爻用九、六而不用七、八，以此表明陰陽剛柔在一定條件下都可以發生對立轉化，這就叫做以變動為占。為了闡明這一道理，乾、坤兩卦的六爻之上特設『用九』、『用六』兩爻，以發其通例。」見《周易陰陽八卦說解》，頁23-24。關於「大衍筮法」，可參見徐志銳：《周易陰陽八卦說解》，第二章〈說解著〉一文，頁15-36；以及王新華：《周易繫辭研究》〈演著策之法〉一文（臺北市：文津出版社，1998年4月一刷初版），頁142-150。

[25] 見，現也；首，終也。《象傳》解「見群龍无首」說：「天德不可為首也。」下文有關用九、用六的說明部分，多是參考徐志銳的說法。見《周易陰陽八卦說解》，頁127-138。

→九三→九四→九五，一序列的順向移位中，漸次向對立面轉化；然後九六互變，在整個變動歷程中，完成了「轉位」。

而〈坤〉卦是「用六」的。六之大用，在於可變為九。卦六爻的六個六皆變為九，〈坤〉卦變成了〈乾〉卦，所以「利永貞」。由於〈乾〉、〈坤〉兩卦發展到上爻，〈乾〉為「亢龍」而「盈不可久」，〈坤〉又與「龍戰」而「其道窮」。因此，對立統一體既不正固又不能長久。唯有「用六」發揮六變九的作用，六、九互變，才能使乾坤易位，而重新組成一個對立統一體，才有利於正固而長久。所以《象傳》解釋「用六」爻辭：「『用六永貞』，以大終也」。「以大終」，說的即是「〈坤〉卦之終終以乾」。唯有如此，才能「群龍无所終」；唯「群龍无所終」，才有利於對立統一體的正固而長久。而就在九、六互變，重新組成了一個對立統一體的變動歷程中，漸次地由順向移位轉為逆向移位，最後完成了乾坤互「轉位」。

約言之，由於陰陽剛柔的相摩相推，太儀而兩儀，兩儀而四象，四象而八卦，八卦而六十四卦；再由六十四卦的位位互移，運動變化到達極點，形成大反轉，反本而回復其根，使萬物生生不窮。因此，《周易》講「生生之德」的「生生」，即「不絕」之意，也深具新陳代謝之涵義[26]。這說明了陰陽產生雙螺旋互動作用而變轉，使得宇宙萬物在一次又一次的「移位」、「轉位」中[27]，循環、往復而升降，永無止境。

而《老子》也有相應的說法，所謂「反者道之動」（四十章），簡要地概括了《老子》「道」的主要內容：在運動中相反相成的對立項

---

26 楊政河：《中國哲學之精髓與創化》（臺北市：文津出版社，1982年5月出版），頁157。

27 唐君毅：《中國哲學原論・原道篇》卷二（臺北市：臺灣學生書局，1976年8月修訂再版・臺初版），頁335。

相互轉化 [28]。換言之，即一切事物的發展都要向它的反面變化，而這種變化即是「道」的運動。「反」的觀念，肯定了對立面轉化是普遍規律，也肯定了事物向自己的反面轉化，合乎規律的變化。因此，《老子》再三申明「相反相成」的道理。

　　而「反」，也包含「反本歸根」、「循環交變」之義。因為萬有變逝無常，唯「道」為「常」：

> 致虛極，守靜篤，萬物並作，吾以觀復。夫物芸芸，各復歸其根。歸根曰靜，是謂復命；復命曰常，知常曰明。不知常，妄作凶。（第十六章）
>
> 有物混成，先天地生，寂兮寥兮，獨立而不改，周行而不殆，可以為天下母。吾不知其名，字之曰道，強為之名曰大，大曰逝，逝曰遠，遠曰反。（第二十五章）
>
> 常德乃足，復歸於樸。（第二十八章）

萬物運動變化的形式，是一個循環、往復、升降的無窮發展過程。但萬變不離其宗，事物都要復歸於自己的根本。變的結果，還是要「復歸其根」[29]。因為「道」之動，既以「反」為原則，周而復始，自化不息，生一，生二，生三，生萬物。發展到極端、窮途，必會發生轉化，這種轉化在現象上好像是走向反面，實質上是向更高的境界前進，呈現出否定之否定的螺旋式上升的進程 [30]。於是，萬物再復歸於「道」、復歸於「一」，然後再二再三再萬物。這樣循環、往復、升降

---

28 李澤厚：《中國古代思想史論》（臺北市：三民書局，1996年9月初版），頁93。

29 勞思光：《新編中國哲學史》一（臺北市：三民書局，1984年1月增訂修版），頁186。

30 陳望衡：《中國古典美學史》，頁190；又，羅光：《中國哲學大綱》（臺北市：臺灣商務印書館，1999年11月二次修訂版第一次印刷），頁286-287。

的變化，常久而不息，以混成始，亦以混成終[31]。而這一個由「無
→有→無」的整個變動歷程[32]，正形成了所謂的「大轉位」。

　　至於當事物的運動變化，由「難→易→難」或由「易→難→
易」、由「長→短→長」或由「短→長→短」、由「高→下→高」
或由「下→高→下」、由「音→聲→音」或由「聲→音→聲」、由
「前→後→前」或由「後→前→後」、由「曲→全→曲」或由「全
→曲→全」、由「枉→直→枉」或由「直→枉→直」、由「窪→盈
→窪」或由「盈→窪→盈」、由「敝→新→敝」或由「新→敝→
新」、由「少→多→少」或由「多→少→多」……等形成變化，講
的也都是「轉化」條件[33]。

　　這樣，一切事物在「反」的作用下，相反又相依，變化到了頂點
與極限，便會向對待的一方轉化與發展。由此《老子》得出「物壯則
老」、「兵強則滅，木強則折」、「甚愛必大費，多藏必厚亡」，「物極必
反」的觀點。而且在整個運動變化的歷程中，由於順向移位與逆向移
位的交互作用，形成了「轉位」。這種「轉位」可用下圖來表示：

就在這互動的「循環、往復、升降」系統中，自然涵蘊著無限的陰陽

---

31　唐君毅：「老子之道體為一混成者，其生物即此混成者之開散而為器，遂失其所以為
　　混成。惟賴物生之後，再復命歸根，以歸於無，乃不失其混成，是為天門之開而再
　　闔。故此混成之道之常久，亦惟賴由萬物之終必返於此混成以見。夫然，老子之天
　　道，實以混成始，亦以混成終。」見《中國哲學原論・導論篇》（臺北市：臺灣學
　　生書局，1993年2月校訂版第二刷），頁417。
32　羅光：《中國哲學大綱》，頁283-284。
33　張立文：《中國哲學範疇導論》（臺北市：萬卷樓圖書公司，1993年4月初版一刷），
　　頁245。

雙螺旋互動之「轉位」，如下圖：

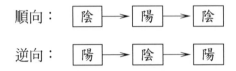

順向：　陰 → 陽 → 陰

逆向：　陽 → 陰 → 陽

這種互動系統，說明了陰陽互動而轉化，使宇宙萬物就在一次又一次
的大小「轉位」中，產生變化，永無止境，而由此呈現「變化律」。

## 三　聯貫

　　這種「轉化」有兩種：「對比」與「調和」，是可下徹用於「秩
序」與「變化」，也可上徹用於「統一」的。

　　以「對比」而言，也稱「異類相應的聯繫」，如上引〈雜卦〉所謂
的「剛」與「柔」、「樂」與「憂」、「與」與「求」、「起」與「止」、
「衰」與「盛」、「時」與「災」、「見」與「伏」、「速」與「久」、「離」
與「止」、「否」與「泰」……等都是，對此，戴璉璋說：

> 以上各卦所標示的特性或要義：剛和柔、樂和憂、與和求、起
> 和止、盛和衰等等，都是異類相應的聯繫。[34]

又如上引《老子》所謂「美」（喜）與「惡」（怒）、「善」（是）與「不
善」（非）[35]、「有」與「無」、「難」與「易」、「長」與「短」、「高」

---

34 戴璉璋：《易傳之形成及其思想》（臺北市：文津出版社，1988年11月臺灣初版），頁
196。

35 王弼注二章：「美者，人心之所進樂也；惡者，人心之所惡疾也。美、惡，猶喜、怒

（上）與「下」、「前」與「後」、「寵」（榮）與「辱」、「得」與「失」、「曲」（偏）與「全」、「枉」（曲）與「直」、「窪」與「盈」、「敝」與「新」、「少」與「多」、「重」與「輕」、「靜」與「躁」、「雄」與「雌」、「白」與「黑」等，都是以對比方式而產生互動的。

　　至於「調和」則指同類事物的「相從」，〈雜卦〉云：「屯，見而不失其居；蒙，雜而著。……大壯，則止；遯，則退也。大有，眾也；同人，親也。……小畜，寡也；履，不處也。需，不進也；訟，不親也。……歸妹，女之終也；漸，女歸待男行也。」這是以「止」和「退」、「眾」和「親」、「寡」和「不處」、「不進」和「不親」、「女之終」和「女歸待男行」等的相類而形成「同類相從的聯繫」（調和），對此，戴璉璋說：

> 依〈序卦傳〉，屯與蒙都是代表事物始生、幼稚時期的情況，〈雜卦傳〉作者用「見而不失其居」、「雜而著」來描述〈屯〉、〈蒙〉兩卦的特性，也都是就始生的事物而言。此外引〈大壯〉以下各卦的止和退、眾和親、寡和不處、不進和不親、女之終和女歸待男行，都是同類相從的聯繫。[36]

而《老子》也多處呈現這種「聯繫」，如：

> 道可道，非常道；名可名，非常名。（第一章）
> 是以聖人處無為之事，行不言之教；萬物作焉而不辭，生而不有；為而不恃，功成而弗居。夫唯弗居，是以不去。（第二章）

---

也；善、不善，猶是、非也。喜、怒同根，是、非同門；故不得而偏舉也。此六者，皆陳自然不可偏舉之名數。」見《老子王弼注》，頁3。

36 《老子王弼注》，頁195。

不上賢，使民不爭；不貴難得之貨，使民不為盜；不見可欲，始民心不亂。（第三章）

天地不仁，以萬物為芻狗；聖人不仁，以百姓為芻狗。（第五章）

居善地，心善淵，與善仁，言善信，正善治，事善能，動善時；夫唯不爭，故無尤。（第八章）

金玉滿堂，莫之能守；富貴而驕，自遺其咎。（第九章）

載營魄抱一，能無離乎？專氣致柔，能嬰兒乎？滌除玄覽，能無疵乎？

愛國治民，能無知乎？天門開闔，能為雌乎？明白四達，能無為乎？

生之，畜之。生而不有，為而不恃，長而不宰，是謂玄德。（第十章）

五色，令人目盲；五音，令人耳聾；五味，令人口爽；馳騁畋獵，令人心發狂；難得之貨，令人行妨。是以聖人為腹不為目，故去比取此。（第十二章）

古之善為士者，微妙玄通，深不可識。夫唯不可識，故強為之容：豫焉若冬涉川，猶兮若畏四鄰，儼兮其若容，渙兮若冰之將釋，敦兮其若樸，曠兮其若谷，混兮其若濁。孰能濁以靜之徐清？孰能安以動之徐生？保此道者，不欲盈；夫唯不盈，故能蔽不新成。（第十五章）

以上都是呈現「同類相從的聯繫」的例子，如一章的「常道」與「常名」，二章的「無為之事」與「不言之教」、「作焉」與「生焉」、「不辭」與「不有」與「不恃」與「弗居」，三章的「不上賢」與「不貴難得之貨」與「不見可欲」、「不爭」與「不為盜」與「心不亂」……等，皆以「同類相從」而聯繫在一起。此類例子，

　　再說，前文已提到過，到目前為止，已經發現和確立的層次邏輯類型，約四十種。而每種單一的類型，皆有其個別的「特性」（異），因此有它們獨立存在的必要，以適應千變萬化的創造模式。然而，一個具有科學化和系統性的學科研究，實應兼顧「異」與「同」，將「往下分析深入」的瑣細（異）與「往上融貫提升」的統整（同）形成雙螺旋互動之關係，因此，除了一一確立個別的層次邏輯類型之外，還必須往上就其「共性」（同），化繁為簡，有體系的整合出幾大家族，一方面使學科邁向精緻化和系統化，一方面亦使層次邏輯類型能利於廣泛應用。

　　這種家族的「共性」（同），即「族性」，而所謂的「族性」，指的即是某些層次邏輯類型所共同具有的特色。在目前所開發出來的近四十種中，可依此大致分作三類：「對比類」、「調和類」、「中性類」，而形成「三觀」。運用前二類時，在材料的選取上，就必然會選用對比或調和的材料，因此毫無疑問地會造成對比美或調和美；而且在此二類之下，針對材料的來源，還可再分成三類，即「同一事物造成對待者」、「不同事物造成對待者」，以及「皆有可能者」，又形成「三觀」。至於第三類則是陰陽二元所造成的對待關係尚未確立，可能是對比、也可能是調和，必須進一步檢視所選用的材料，才可以確定造成的是對比或是調和的關係，因此稱作「中性類」；而且此類所涵蓋的類型甚多，其中又頗多用「底」來襯托「圖」者，因此可以區分出「圖底類」（含時空、虛實），無法歸入此類者，皆歸入「其他類」。不過，必須強調的是，這種分類只是「大致如此」，並非全不能變動。

　　關於各個詳細的層次邏輯類型歸類，可以參看下表 [37]：

---

37 這種歸類表，由仇小屏所提供。見陳滿銘：《章法學綜論》，頁457-458。現已稍作調整，將「敲擊法」由「調和類」改為「中性類」。

| 對比類 | 同一事物：立破、抑揚、縱收 |
| | 不同事物：正反 |
| | 兩者皆可：張弛 |
| 調和類 | 同一事物：本末、淺深、因果、泛具、凡目、平側、點染、偏全 |
| | 不同事物：賓主、並列、情景、論敘 |
| | 兩者皆可：知覺轉換 |
| 中性類 | 圖底類：　圖底 |
| | 　時空：今昔、久暫、遠近、內外、左右、高低、大小、視角<br>　　　　變換、時空交錯 |
| | 　虛實：空間的虛實、時間的虛實、假設與事實 |
| | 其他類：　詳略、天人、眾寡、狀態變換、問答、敲擊 |

　　這種「三觀」的分類法，落於「辭章」層面而言，常被用於頗多以「篇章結構」為主題的學位論文，而蒲基維〈章法類型概說〉也用這種分類[38]，而很值得注意的是：最近大陸學者就依此分類，寫了兩篇論文：一是孫建友、羅素梅的〈論毛澤東詩詞的辭章藝術〉[39] 與宋貝貝、周紅海的〈蘇軾詞的辭章藝術〉[40]，可見這種「三觀」的分類

---

38 蒲基維：〈章法類型概說〉，《大學國文選‧教師手冊‧附錄三》（臺北市：普林斯頓國際公司，2011年7月二版修訂），頁483-522。

39 孫建友、羅素梅：〈論毛澤東詩詞的辭章藝術〉，《中文》總18期（2008年春），頁22-31。

40 宋貝貝、周紅海：「辭章章法學是當代漢語辭章學的一個分支，臺灣的陳滿銘先生是辭章章法學的奠基人。所謂章法，就是文章的組織結構，即由邏輯思維而形成的組織句、段而成篇的邏輯關係。作家在進行創作時，就會自覺或不自覺地受到章法的支配。……作為漢語辭章學中成就最突出的一個專門學科，辭章章法學將會日益理論化、科學化，它將會和修辭學、邏輯學、文學、心理學等更加緊密地結合起來，具有更強的實用性和藝術性。」見〈蘇軾詞的辭章藝術〉，阜陽師範學院學報‧社會科學版》總153期（2013年6月），頁22-26。

法，是已逐漸被接受的。

　　而這所謂的「調和」、「對比」，是對應於「剛柔」來說的[41]。如說得徹底一點，即一切「調和」與「對比」，都是由於陰（柔）陽（剛）層層相對、相交、相和的結果，如下圖：

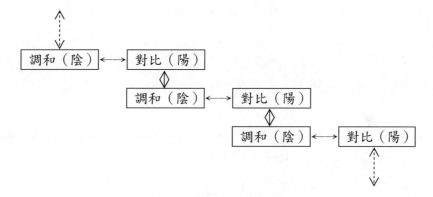

此凸顯了相反（對比）相成（調和）的雙螺旋互動作用，而呈現「聯貫律」。

## 四　統一

　　這涉及「包孕」。以「包孕」來看，「陰陽」之雙螺旋互動，不僅是互相對待，而且是互相含容、互相統一的。《老子・四十二章》所謂「萬物負陰而抱陽，沖氣以為和」，就直接指出「陰」可以包孕「陽」，即「陰／陽」，第一章的「玄之又玄」，就是這種結構。而五十八章說：「禍兮福之所倚，福兮禍知所伏」，所謂「禍」是「陽」、「福」是「陰」，就形成了「陽／陰」（上徹）與「陰／陽」（下徹）

41 歐陽周、顧建華、宋凡聖編著：《美學新編》（杭州市：浙江大學出版社，2001年5月一版九刷），頁81。又，仇小屏：《古典詩詞時空設計美學》（臺北市：文津出版社，2002年11月初版一刷），頁332。

的兩種包孕結構。又第一章說：「無，名天地之始；有，名萬物之母」、十六章說：「致虛極，守靜篤，萬物並作，吾以觀復。夫物芸芸，各復歸其根」，如此由「無」而「有」，又由「有」而「無」，則形成「陰／陽／陰」或「陽／陰／陽」的合上徹與下徹之兩種包孕結構。而這種合上徹與下徹之三層包孕結構，可見於第二十五章：

> 故道大，天大，地大，王亦大。域中有四大，而王居一焉。王法地，地法天，天法道，道法自然。

對此內容，張默生認為「四大事顯然有差等的，也好像各有各的範圍的」[42]，並以圖表示如下：

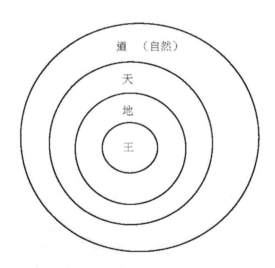

所謂「差等」、「範圍」，就是「包孕」形成的。茲將此「道」、「天」、「地」、「王」的「陰陽」與「包孕」的雙螺旋互動關係表示如下圖：

---

42 張默生：《老子章句新解》（臺北市：樂天出版社，1972年10月再版），頁30-32。

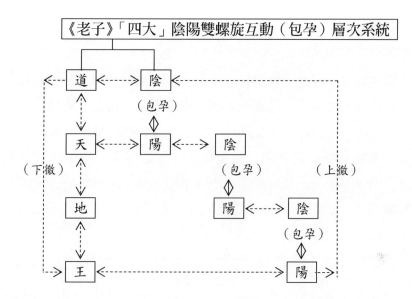

就《周易》而言，在六十四卦中，除「乾」、「坤」兩卦，一為陽之元，一為陰之元外，其他的六十二卦，全是由「陰陽二元」互動而含融、聯貫而統一的。《周易‧繫辭下》說：

陽卦多陰，陰卦多陽。其故何也？陽卦奇，陰卦偶。

對此，清焦循注云：

陽卦之中多陰，則陰卦之中多陽。兩相孚合擇多益寡之義也。如〈萃〉陽卦也，而有四陰，是陰多於陽，則以〈大畜〉孚之。〈大有〉陰卦也，而有五陽，是陽多於陰，則以〈比〉孚之。設陽卦多陽，則陰卦必多陰，以旁通之；如〈姤〉與〈復〉、〈遯〉與〈臨〉是也。聖人之辭，每舉一隅而已。……奇偶指五，奇在五則為陽卦，宜變通於陰；偶在五則為陰卦，

宜進為陽。」[43]

可見《周易》六十四卦，有陽卦與陰卦之分，而要分辨陽卦與陰卦，
照焦循的意思，是要看「奇在五」或「偶在五」來決定，意即每卦以
第五爻分陰陽，如是陽爻則為陽卦，如為陰爻則是陰卦[44]。如此卦卦
都產生「陰陽包孕」之作用。這種作用，如鎖定單一結構，擴及全
面，以「陽／陰或陽」而言，則可形成下列三種不同的包孕式結構：

$$
1\ \ 陽 \left\{ \begin{array}{l} 陽 \\ 陰 \end{array} \right. \qquad
2\ \ 陽 \left\{ \begin{array}{l} 陰 \\ 陽 \end{array} \right. \qquad
3\ \ 陽 \left\{ \begin{array}{l} 陽 \\ 陰 \\ 陽 \end{array} \right.
$$

其中1、2兩種，可形成「移位」結構（對比或調和）外，3又可合而
形成「轉位」結構（對比或調和）。

以「陰／陽或陰」而言，則可形成下列三種不同的包孕式結構：

$$
1\ \ 陰 \left\{ \begin{array}{l} 陽 \\ 陰 \end{array} \right. \qquad
2\ \ 陰 \left\{ \begin{array}{l} 陰 \\ 陽 \end{array} \right. \qquad
3\ \ 陽 \left\{ \begin{array}{l} 陰 \\ 陽 \\ 陰 \end{array} \right.
$$

其中1、2兩種，一樣各可形成「移位」結構（對比或調和）外，3又
可合而形成「轉位」結構（對比或調和）[45]。於是就在這種作用下，

---

43 陳居淵：《易章句導讀》（濟南市：齊魯書社，2002年12月一版一刷），頁209。

44 陽卦與陰卦之分，或以為要看每一卦之爻畫線段的總數來決定，如為奇數屬陽，如
　是偶數則為陰。見鄧球柏：《帛書周易校釋》（長沙市：湖南人民出版社，2002年6月
　三版一刷），頁536。

45 其中有關於《易傳》的論述，詳見陳滿銘：〈章法包孕式結構論──以「多」、「二」、

統合了「秩序、變化、聯貫」的轉化運動，而由此呈現「統一律」。

　　總結上論，可知整個宇宙人生的雙螺旋轉化運動，是由「陰陽二元」互動促成「移位」（秩序）、「轉位」（變化）、「對比、調和（徹上、徹下）」（聯貫）與「包孕（下徹）」（統一）之作用而形成的。這是所有層次邏輯系統（「0一二多」）由「初程」走向「終程」之雙螺旋互動歷程。其過程與關係，以「秩序、變化、聯貫、統一」之「轉化四律」[46]加以整合，可表示如下簡圖：

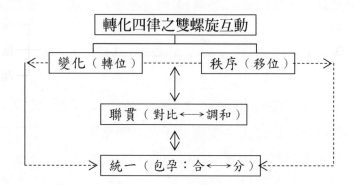

由此可見「轉化四律」在雙螺旋互動歷程中的其重要性。

# 第三節　「0一二多」雙螺旋層次邏輯系統

　　我們的祖先，生活在廣大「時空」之中，整天面對紛紜萬狀之現象界，為了探其源頭，確認其原動力，以尋得其種種變化的運動規

---

「一（0）」螺旋結構切入作考察〉，《江南大學學報・人文社會科學版》5卷4期（2006年8月），頁85-90。又，陳滿銘：〈論章法包孕結構之陰陽變化——以蘇辛詞為例作觀察〉，臺北大學《中文學報》15期〔特稿〕（2014年3月），頁1-24。

46 陳滿銘：〈論章法四大律之方法論原則——以多二一（0）螺旋結構作系統探討〉，頁87-118。

律，孜孜不倦，日積月累，先後留下了不少寶貴的智慧結晶。大致說
來，他們先由「有象」（現象界）以探知「無象」（本體界），再由
「無象」（本體界）以解釋「有象」（現象界），就這樣一順一逆，往
復探求、驗證，久而久之，終於形成了他們的動態宇宙人生觀。而這
種宇宙人生觀，各家雖各有所見，但若只求其同而不其求異，則總括
起來說，都可以從「（0）一→二→多」（順）與「多→二→一（0）」
（逆）的互動、循環、往復而提升或下降的螺旋關係[47]上加以統合。
本文即試以《周易》（含《易傳》）與《老子》為例，作一番探討。

# 一　「（0）一→二→多」的順向結構

往聖先賢，經由「有象而無象」、「無象而有象」之循環探知努
力，得以沖散層層神秘之煙霧，面對朗朗乾坤，而確認宇宙的原動
力，並且確認萬物是由它的作用而化生、孳乳的。而這種「由無而
有」的化生、孳乳過程，大致可用「（0）一→二→多」的順向結構
予以呈現。先以《周易》（含《易傳》）而言，它的六十四卦，從它
們之排列次序看，就含有這種結構。而它們所形成這種結構之過
程，在〈序卦傳〉裡就加以交代，雖然它門或許「因卦之次，託以明

---

47 凡相對相成的兩者，如仁與智、明明德與親民、天（自誠明）與人（自明誠）等，
　　都會產生互動、循環而提升的作用，而形成螺旋結構。參見陳滿銘：〈談儒家思想
　　體系中的螺旋結構〉，臺灣師大《國文學報》，2000年6月（29期），頁1-36。而所謂
　　「螺旋」，本用於教育課程之理論上，早在十七世紀，即由捷克教育家夸美紐思所
　　提出，乃「根據不同年齡階段（或年級），遵循由淺入深，由簡單到複雜，由具體
　　而抽象的順序，用循環、往復螺旋式提高的方法排列德育內容。螺旋式亦稱圓周
　　式」，見《簡明國際教育百科全書》（北京市：新華書局北京發行所，1991年6月一
　　版一刷），頁611。又，相對於人文，科技界亦發現生命之「基因」和「DNA」等都
　　呈現螺旋結構。參見約翰·格里賓著，方玉珍等譯：《雙螺旋探密——量子物理學與
　　生命》（上海市：上海科技教育出版社，2001年7月），頁271-318。

義」[48]，但由於卦、爻，均為象徵之性質，乃一種概念性符號，即一般所說的「象」，象徵著宇宙人生之變化與各種物類、事類[49]，因此也足以對應地反映出這種結構，而凸顯了六十四卦所產生相反相生的變化歷程。其上篇所謂「有天地然後萬物生焉」，及下篇所謂「有天地然後有萬物，有萬物然後有男女，有男女然後有夫婦，有夫婦然後有父子，有父子然後有君臣，有君臣然後有上下，有上下然後禮義有所錯」，將「有天地然後有萬物」之過程，錯綜了「宇宙歷程」與「人生歷程」作了相應之說明。觀於此點，勞思光在論「《易經》中的『宇宙秩序』觀念」時便說：

　　卦爻之組織，原為占卜之用；就其本身而論，只是一種符號，

---

48 戴璉璋：「韓康伯說：『凡〈序卦〉所明，非《易》之縕也。蓋因卦之次，託以明義。』（《周易注》卷九）孔穎達同意韓氏的說法，他找出六十四卦排列的原則是『二二相耦，非覆即變』（《周易正義》卷十四）。今天我們無法知道《周易》六十四卦當初是怎麼樣排列的。採取〈序卦傳〉所說的這種排列方式，也就是漢《石經》以來通行本的排列方式，究竟是基於甚麼理由，現在也很難找到正確答案了。比較〈序卦傳〉與孔氏『非覆即變』的說法，後者著眼於卦爻結構來解釋卦序，顯然比〈序卦傳〉更切合《周易》為占筮書的特性。因此說〈序卦傳〉寫作是『因卦之次，託以明義』，大體上是可信的。」見《易傳之形成及其思想》，頁186-187。

49 徐復觀：「以三畫的倍數——六爻，演變而成為六十四卦。在此演變中出現有『數』的觀念。而易由兩個基本符號衍變為六十四卦，都是象徵的性質，這即是一般所謂的『象』。古人大概是以這六十四卦、三百八十四爻的相互衍變，來象徵，甚至是反映宇宙人生的變化；在這種變化中，找出一種規律，以成立吉凶悔吝的判斷，因而漸漸找出人生行為的規律。」見《中國人性論史》，頁202。又，馮友蘭：「〈繫辭傳〉說：『易者，象也。』又說：『聖人有以見天下之賾，而擬諸其形容，象其物宜，是故謂之象。』照這個說法，『象』是模擬客觀事物的複雜（賾）情況的。又說『象也者，象此者也』；象就是客觀世界的形象。但是這個模擬和形象並不是如照像那樣下來，如畫像那樣畫下來。它是一種符號，以符號表示事物的『道』或『理』。六十四卦和三百八十四爻都是這樣的符號。」見《馮友蘭選集》上卷，頁394。

只是一種符號遊戲，本無深遠意義可說。但組成六十四重卦
後，予以一定排列，而又各定一名，代表一特殊意義，便含有
宇宙秩序觀念。例如，六十四重卦，以乾、坤為首，「乾」原
義為「上出」，故即指「發生」；「坤」原意為「地」，即指發生
所需要之資料。以乾、坤為六十四卦之首，即是以能生之形式
動力與所憑之資料為宇宙過程之基始條件。又六十四重卦，以
既濟、未濟二者為終。「既濟」是「完成」之意，「未濟」則指
「未完成」。由乾、坤開始，描述宇宙過程，至「既濟」而
止，然宇宙之生滅變化永不停止，故最後加一「未濟」，以表
宇宙過程本身無窮盡。……此外，其餘各重卦之名，亦具一定
意義，皆表示一種可能事態。因為「卦」原為占卜而設，所
以，六十四重卦所指述之事態，一方面固指宇宙歷程，另一方
面也皆可應用於人生歷程。由此，又透露出另一傳統思想，即
是：宇宙歷程與人生歷程有一種相應關係。[50]

他不但說明了由變化而形成秩序的無窮盡歷程，也指出了宇宙與人生
歷程的相應關係。而戴璉璋也說：

韓氏（康伯）在〈序卦傳〉下篇的注文中提到「先儒以〈乾〉
至〈離〉為上經，天道也。〈咸〉至〈未濟〉為下經，人事
也。」他認為這種說法是錯誤的。因為「夫《易》六畫成卦，
三才必備，錯綜天人，以效變化。豈有天道、人事篇於上下
哉？」天道人事雖不能機械地按上下經來區分，但是《周易》
的作者的主要用心處，卻的確都在這裡，即在〈序卦傳〉，我

---

50 勞思光：《新編中國哲學史》〔一〕，頁85-86。

們也可看出作者那種「錯綜天人，以效變化」的企圖。[51]

所謂「錯綜天人，以效變化」，道出了《周易》這本書的特點。在「變化」中，循「由天（天道）而人（人事）」來說的部分，所呈現的是「（一）二、多」的結構；而循「由人（人事）而天（天道）」來說的部分，則所呈現的是「多、二（一）」的結構了。其中「（一）」指「太極」，「二」指「天地」或「陰陽」、「剛柔」，「多」指「萬物」（包括人事）。雖然「太極」（「道」）與「陰陽」（「剛柔」）等觀念與作用，在〈序卦傳〉裡，未明確指出，卻皆含蘊其中，不然「天地」失去了「太極」（「道」）與「陰陽」（「剛柔」）等作用，便不可能「生萬物」（包括人事），而《周易》之作者也無法由此導生「錯綜天人，以效變化」的企圖了。

　　說明「太極」（「道」）與「陰陽」（「剛柔」）等觀念與作用，以呈現「一→二→多」結構的，在《易傳》裡，主要見於〈彖傳〉與〈繫辭傳〉：

> 大哉乾元，萬物資始，乃統天。雲行雨施，品物流行。大明終始，六位時成，時乘六龍以御天。乾道變化，各正性命。保合大和，乃利貞。首出庶物，萬國咸寧。（〈乾彖〉）
> 至哉坤元，萬物資生，乃順承天。坤厚載物，德合无疆。含弘光大，品物咸亨。牝馬地類，行地无疆，柔順利貞，君子攸行。先迷失道，後順得常。西南得朋，乃與類行。東北喪朋，乃終有慶。安貞之吉，應地无疆。（〈坤彖〉）
> 乾知大始，坤作成物。（〈繫辭上〉）

---

51 戴璉璋：《易傳之形成及其思想》，頁187。

一陰一陽之謂道，繼之者善也，成之者性也。……生生之謂
易，成象之謂乾，效法之謂坤。(同上)

是故易有太極，是生兩儀，兩儀生四象，四象生八卦。(同上)

乾坤其易之縕邪！乾坤成列而易立其中矣。(同上)

天地絪縕，萬物化醇；男女構精，萬物化生。(〈繫辭下〉)

乾坤其易之門邪！乾，陽物也；坤，陰物也。(同上)

先看〈彖傳〉，據知萬物之所以生、所以成的首要依據，有兩
種：即乾元與坤元。由於「元」乃「氣之始」[52]，因此對應於「乾，
陽物也；坤，陰物也」的說法，可知「乾元」，指陽氣之始，是「一
種剛健的創生功能」；「坤元」，指陰氣之始，為「一種柔順的含容功
能」，而萬物就在這兩種功能之作用下生成、變化。對此，戴璉璋闡
釋說：

乾元由一種剛健的創生功能來證實。所謂「剛健」，是由「變
化不已」來規定，而「變化不已」，又由「各正性命」、「保合
大和」來規定。這就是說：乾元的作用，在使萬物變化不已；
而這不已的變化，並非盲目的、機械的，它有所指歸，它使萬
物充分地、正常地實現自我，以達到高度的和諧境界。換句話
說，萬物盡其本性實現自我、以獲致高度和諧境界的過程中，
種種變化、健動的功能，都屬於乾元的作用。……坤元由一種

---

52 李鼎祚：「《九家易》曰：『陽稱大，六爻純陽，故曰大。乾者純陽，眾卦所生，天
之象也。觀乾之始，以之天德，惟天為大，惟乾則之，故曰大哉。元者，氣之始
也。』」見《周易集解》卷一（臺北市：世界書局，1963年5月初版），頁4。又戴璉
璋：「在先秦，『元』是『首』意思，指頭部。由此引申，乃有『首出』、『首要』、
『開始』、『根源』等義。」見戴璉璋《易傳之形成及其思想》，頁92。

柔順的含容功能來證實。所謂「柔順」，由「含弘光大」來規
定，而「含弘光大」又由「品物咸亨」、「德合无疆」來規定。
這就是說：坤元的作用，在使萬物蓄積富厚，而這種富厚的蓄
積，並非雜亂的、僵硬的，它有所簡別，有所融通，而簡別、
融通的指歸，則在順承乾元的創生功能，使萬物調適暢遂地完
成自我。換句話說，萬物盡其本性完成自我的過程中，種種蓄
積、順承的功能都屬於坤元的作用。[53]

如此先由「乾元」創生，再由「坤元」含容，萬物就不斷地盡其本性
而實現、完成自我，以趨於和諧之境界，所呈現的就是「一（元）、
二（乾、坤）、多（萬物）」的過程。

再看〈繫辭傳〉，所謂「乾知大始，坤作成物」、「天地絪縕，萬
物化醇」、「生生之謂易，成象之謂乾，效法之謂坤」與「繼之者善
也，成之者性也」[54]等，與〈彖傳〉之說是明顯相呼應的。而值得格
外注意的是，「一陰一陽之謂道」、「生生之謂易」、「是故易有太極，
是生兩儀，兩儀生四象，四象生八卦」、「乾坤其易之縕也」、「乾坤其
易之門也」等這些話。在這些話裡，《易傳》的作者用「易」、「道」
或「太極」來統括「陰」（坤）與「陽」（乾），作為萬物生生不已的
根源。而此根源，就其「生生」這一含意來說，即「易」，所以說

---

53 戴璉璋：《易傳之形成及其思想》，頁93。

54 李鼎祚：「虞翻曰：『繼，統也。謂乾能統天生物，坤合乾性，養化成之，故繼之者
善、成之者性也。』」見《周易集解》卷一，頁320。又，徐復觀：「『繼之者善也』
的『善』，在此處還是形而上的性質。此形而上性質的善的性格是『仁』，是『生
生』，所以其本身即要求具體實現於所生的萬物的生命之中。『成之者性也』的
『成』，即具體實現之意。『成之者』的『之』，正指的是『繼之者善也』的『善』。
善實現於萬物之中，即成為萬物在其生命中的性，所以便說『成之者性也』。」見
《中國人性論史》，頁207-208。

「生生之謂易」；就其「初始」這一象數而言，是「太極」，所以《說
文解字》於「一」篆下說「惟初太極，道立於一，造分天地，化成萬
物」[55]；就其「陰陽」這一原理來說，就是「道」，所以說「一陰一陽
之謂道」。分開來說是如此，若合起來看，則三者可融而為一。關於
此點，馮友蘭分「宇宙」與「象數」加以說明云：

> 《易傳》中講的話有兩套：一套是講宇宙及其中的具體事物，
> 另一套是講《易》自身的抽象的象數系統。〈繫辭傳·上〉
> 說：「易有太極，是生兩儀，兩儀生四象，四象生八卦。」這
> 個說法後來雖然成為新儒家的形上學、宇宙論的基礎，然而它
> 說的並不是實際宇宙，而是《易》象的系統。可是照《易傳》
> 的說法：「易與天地準」（同上），這些象和公式在宇宙中都有
> 其準確的對應物。所以這兩套講法實際上可以互換。「一陰一
> 陽之謂道」這句話固然是講的宇宙，可是它可以與「易有太
> 極，是生兩儀」這句話互換。「道」等於「太極」，「陰」、
> 「陽」相當於「兩儀」。《繫辭傳·下》說：「天地之大德曰
> 生。」《繫辭傳·上》說：「生生之謂易。」這又是兩套說法。
> 前者指宇宙，後者指易。可是兩者又是同時可以互換的。[56]

他從實（宇宙）虛（象數）之對應來解釋，很能凸顯《周易》這本書
的特色。這樣，其歷程就可用「一→二→多」的結構來呈現，其中

---

55 黃慶萱：「太極，是原始，也是無窮。從數方面來講，原始的數是一，所以《說文
　解字》於『一』篆下云：『惟初太極，道立於一，造分天地，化成萬物。』可見太
　極既為初為一；及其化成萬物，又可至於無窮。」見《周易縱橫談》（臺北市：東
　大圖書公司，1995年3月初版），頁33-34。

56 馮友蘭：《馮友蘭選集》上卷，頁286。

「一」指「太極」、「道」、「易」，「二」指「陰陽」、「乾坤」（天地），「多」指「萬物」；這和〈彖傳〉之說，是互相疊合的。

　　再以《老子》來看，簡單地說，老子是用「无、有、无」的結構[57]來組織其思想的，而其思想又以「道」作為重心，來統合「有」與「无」。所謂「无」，即「道常无名、樸」（第三十二章）之意，指無形無象；所謂「有」，是「樸散則為器」（第二十八章）之意，指有形有象。他認為宇宙人生是由「樸」（无）而「散為器」（有），又由「器」（有）而「復歸於樸」（无）的一個歷程。如單就其「由无而有」的這一面而言，則老子主要有如下之看法：

> 道可道，非常道；名可名，非常名。无，名天地之始；有，名萬物之母。（第一章）
> 道之為物，惟恍惟惚。惚兮恍兮，其中有象。恍兮惚兮，其中有物。窈兮冥兮，其中又精。其精甚真，其中有信。（第二十一章）
> 有物混成，先天地生，寂兮寥兮，獨立不改，周行而不殆，可以為天下母，吾不知其名，字之曰道，強為之名曰大。大曰逝，逝曰遠，遠曰反。（第二十五章）
> 大道氾兮，其可左右，萬物恃之而生而不辭，功成不名有，衣養萬物而不為主。（第三十四章）
> 道常无為，而无不為。（第三十七章）

---

57 此即「0、一、二、三（多）──三（多）、二、一、0」的結構，如就「有」的部分而言，可造成「一、二、多」與「多、二、一」之循環，而成為螺旋結構。參見陳滿銘：〈論章法的哲學基礎〉，臺灣師大《國文學報》32期（2002年12月），頁87-126。

天地萬物生於有，有生於无。（第四十章）

道生一，一生二，二生三，三生萬物。萬物負陰而抱陽，沖氣
以為和。（第四十二章）

從上引各章裡，不難看出老子這種由「无（無）」而「有」的主張。
所謂「道可道非常道」、「道之為物，惟恍惟惚」、「道生一，一生二，
二生三，三生萬物」、「有生於无」、「有物混成，先天地生，……可以
為天下母」等，都是就「由无（無）而有」的順向過程來說的。而這
個「道」，乃「創生宇宙萬物的一種基本動力」，如就本末整體而言，
是「无」（無）與「有」的統一體；如單就「本」（根源）而言，則因
為它「不可得聞見」（《韓非子・解老》），「所以老子用一個『無
（无）』字來作為他所說的道的特性」[58]。而「由无（無）而有」，所
說的就是「由一而多」之宇宙萬物創生的過程，所以宗白華說：

> 道的作用是自然的動力、母力，非人為的，非有目的及意志
> 的。「萬物生於有，有生於无」這個素樸混沌一團的道體，運
> 轉不已，化分而成萬有。故曰：「大道氾兮，其可左右。」（三
> 十四章）「周行而不殆。」（二十五章）「反者道之動。」（四十
> 章）「樸，則散為器。聖人用之，則為官長。」（廿八章）道體
> 化分而成萬有的過程是由一而多，由无形而有形。[59]

而徐復觀也說：

---

58 徐復觀：《中國人性論史》，頁329。

59 林同華主編：《宗白華全集》2（合肥市：安徽教育出版社，1996年9月一版二刷），
　　頁810。

　　　　宇宙萬物創生的過程，乃表明道由無形無質以落向有形有質的
　　　　過程。但道是全，是一。道的創生，應當是由全而分，由一而
　　　　多的過程。[60]

就在這「由一而多」的過程中，是有「二」介於中間，以產生承
「一」啟「多」的作用的。而這個「二」，從「道生一，一生二，二
生三，三生萬物」等句來看，該就是「一生二，二生三」的「二」。
雖然對這個「二」，歷代學者有不同的說法，大致說來，有認為只是
「數字」而無特殊意思的，如蔣錫昌、任繼愈等便是；有認為是「天
地」的，如奚侗、高亨等便是，有認為是「陰陽」的，如河上公、吳
澄、朱謙之、大田晴軒等便是。其中以最後一種說法，似較合於原
意，因為老子既說「萬物負陰而抱陽」，看來指的雖僅僅是「萬物的
屬性」，但萬物既有此屬性，則所謂有其「委」（末）就有其「源」
（本），作為創生源頭之「一」或「道」，也該有此屬性才對，所差的
只是，老子沒有明確說出而已。所以陳鼓應解釋「道生一」章說：

　　　　本章為老子宇宙生成論。這裡所說的「一」、「二」、「三」乃是
　　　　指「道」創生萬物時的活動歷程。「混而為一」的「道」，對於
　　　　雜多的現象來說，它是獨立無偶，絕對對待的，老子用「一」
　　　　來形容「道」向下落實一層的未分狀態。渾淪不分的「道」，
　　　　實已稟賦陰陽兩氣；《易經》所說「一陰一陽之謂『道』」；
　　　　「二」就是指「道」所稟賦的陰陽兩氣，而這陰陽兩氣便是構
　　　　成萬物最基本的原質。『道』再向下落漸趨於分化，則陰陽兩
　　　　氣的活動亦漸趨於頻繁。「三」應是指陰陽兩氣互相激盪而形

---

60 徐復觀：《中國人性論史》，頁337。

成的均適狀態，每個新的和諧體就在這種狀態中產生出來。[61]

而黃釗也說：

> 愚意以為「一」指元氣（從朱謙之說），「二」指陰陽二氣（從
> 大田晴軒說），「三」即「叄」，「參」也。若木《蓟下漫筆》
> 「陰陽三合」為「陰陽參合」。「三生萬物」即陰陽二氣參合產
> 生萬物。[62]

他們對「一」與「三」的說法雖有一些不同，但都以為「二」是指
「陰陽二（兩）氣」。而這種「陰陽二氣」的說法，其實也照樣可包
含「天地」在內，因為「天」為「乾」為「陽」，而「地」則為
「坤」為「陰」；所不同的，「天地」說的是偏於時空之形式，用於持
載萬物[63]；而「陰陽」指的則是偏於「二氣之良能」（朱熹《中庸章
句》），用於創生萬物。這樣看來，老子的「一」該等同於《易傳》之
「太極」、「二」該等同於《易傳》之「兩儀」（陰陽），所呈現的，和
《周易》（含《易傳》）一樣，是「一→二→多」之原始結構。不
過，值得一提的是：（一）即使這「一」、「二」、「多」之內容，和
《周易》（含《易傳》）有所不同，也無損於這種結構的存在。（二）
「道生一」的「道」，既是「創生宇宙萬物的一種基本動力」，而它

---

61 陳鼓應：《老子今注今譯及評介》（臺北市：臺灣商務印書館，1985年2月修訂十版），
　 頁106。

62 以上諸家之說與引證，見黃釗：《帛書老子校注析》（臺北市：臺灣學生書局，1991
　 年10月初版），頁231。

63 徐復觀：「中國傳統的觀念，天地可以說是一個時空的形式，所以持載萬物的；故在
　 程序上，天地應當生於萬物之先。否則萬物將無處安放。因此，一生二，即是一生
　 天地。」見《中國人性論史》，頁335。

「本身又體現了無（无）」[64]，那麼正如王弼所注「欲言無（无）耶，而物由以成；欲言有耶，而不見其形」[65]，老子的「道」可以說是「无」，卻不等於實際之「無」（實零）[66]，而是「恍惚」的「无」（虛零），以指在「一」之前的「虛理」[67]。這種「虛理」，如勉強以「數」來表示，則可以是「（0）」。這樣，「一→二→多」的順向結構，就可調整為「（0）一→二→多」或「（0）→一→二→多」，以補《周易》（含《易傳》）之不足，這就使得宇宙萬物創生、含容的順向歷程，更趨於完整而周延了。

## 二　「多→二→一（0）」的逆向結構

　　古代賢哲所直接面對的，是在神權籠罩下紛紜萬狀的大千世界，而它是「多」變而「多」樣的。他們就在這麼「多」變「多」樣的現象與神權色彩之迷惑下，不知道經過了多少歲月，藉由「有象而無象」、「無象而有象」的互動、循環、往復探究，才逐漸地化去了神權的色彩、理出了現象的本質，對應於順向的「（0）一→二→多」，而呈現了「多→二→一（0）」之逆向結構，以凸顯「有象而無象」的「歸根」歷程。

---

64 林啟彥：「『道』既是宇宙及自然的規律法則，『道』又是構成宇宙萬物的終極元素，『道』本身又體現了『無』。」見《中國學術思想史》（臺北市：書林出版社，1999年9月一版四刷），頁34。

65 王弼：《老子王弼注》，頁16。

66 馮友蘭：「謂道即是无。不過此『无』乃對於具體事物之『有』而言的，非即是零。道乃天地萬物所以生之總原理，豈可謂為等於零之『无』。」見《馮友蘭選集》上卷，頁84。

67 唐君毅：「所謂萬物之共同之理，可為實理，亦可為一虛理。然今此所謂第一義之共同之理之道，應指虛理，非指實理。所謂虛理之虛，乃表狀此理之自身，無單獨之存在性，雖為事物之所依循、所表現，或所是所然，而並不可視同於一存在的實體。」見《中國哲學原論·導論篇》，頁350-351。

　　這種「多→二→一（0）」的逆向結構，其形成是漸進的。而它
的雛形，見於古籍的雖多，如《尚書・洪範》的五行說「認知事物簡
單的多樣性」和《管子・地水》「水作為世界多樣性統一」[68]的說法就
是；但多停留在非哲學的階段，所以在此略而不談，而僅著眼於從非
哲學過渡到哲學的這一階段。如此則不得不注意到春秋時史伯與晏嬰
所體認之「和」與「同」的兩個範疇了。先看史伯之說，據《國語・
鄭語》載「史伯為桓公論興衰」：

　　公曰：「周其弊乎？」對曰：「殆於必弊者也。〈秦誓〉曰：『民
　　之所欲，天必從之。』今王棄高明昭顯，而好讒慝暗昧；惡角
　　犀豐盈，而近頑童窮固。去和而取同。夫和實生物，同則不
　　繼。以他平他謂之和，故能豐長而物歸之；若以同裨同，盡乃
　　棄矣。故先王以土與金木水火雜，以成百物。是以和五味以調
　　口，剛四支以衛體，和六律以聰耳，正七體以役心，平八索以
　　成人，建九紀以立純德，合十數以訓百體。出千品，具萬方，
　　計億事，材兆物，收經入，行姟極。故王者居九畡之田，收經
　　入以食兆民，周訓而能用之，和樂如一。夫如是，和之至也。
　　於是乎先王聘后於異姓，求財於有方，擇臣取諫工而講以多
　　物，務和同也。聲一無聽，物一無文，味一無果，物一不講。
　　王將棄是類也而與剸同。天奪之明，欲無弊，得乎？」[69]

史伯在此，擴充了《尚書・洪範》之五行說，從四支（肢）、五味、
六律、七體（竅）、八索（體）、九紀（臟）到十數、百體、千品、萬
方、億事、兆物、經入（經常的收入）、姟極（最大的極數），在具象

68　張立文：《中國哲學邏輯結構論》，頁110-114。
69　易中天注譯：《新譯國語讀本》（臺北市：三民書局，1995年11月初版），頁707-708。

之外，加入了抽象思維，提煉出「和」的觀點，「作為對事物的多樣性、多元性衝突融合的體認」[70]，可見四支、五味、六律、七體、八索、九紀到十數、百體、千品、萬方、億事、兆物、經入、姟極，即「多」（多樣），而「和」，就是「一」（統一）；顯然所形成的是「多而一」的結構。

再看晏嬰之說，據《左傳・昭公二十年》載：

> 齊侯至自田，晏子侍於遄臺，子猶馳而造焉。公曰：「唯據與我和夫！」晏子對曰：「據亦同也，焉得為和？」公曰：「和與同異乎？」對曰：「異。和如羹焉，水、火、醯、醢、鹽、梅，以烹魚肉，燀之以薪，宰夫和之，齊之以味，濟其不及，以洩其過。君子食之，以平其心。君臣亦然，君所謂可而有否焉，臣獻其否以成其可；君所謂否而有可焉，臣獻其可以去其否；是以正平而不干，民無爭心。故《詩》曰：『亦有和羹，既戒既平。鬷嘏無言，時靡有爭。』先王之濟五味、和五聲也，以平其心，成其政也。聲亦如味，一氣、二體、三類、四物、五聲、六律、七音、八風、九歌，以相成也；清濁、小大、短長、疾徐，哀樂、剛柔，遲速、高下，出入、周疏，以相濟也。君子聽之，以平其心。心平，德和。故《詩》曰『德音不瑕』。今據不然。君所謂可，據亦曰可；君所謂否，據亦曰否。若以水濟水，誰能食之？若琴瑟之專壹，誰能聽之？同之不可也如是。」[71]

---

70 張立文：《中國哲學邏輯結構論》，頁22。

71 左丘明傳，孔穎達正義：《春秋左傳正義》，《十三經注疏》（臺北市：新文豐出版公司，2001年6月初版一刷），頁2217-2218。

很明顯地，晏嬰論「同」是「同一物的加多或重複，如『以水濟水』、『琴瑟之專壹』等」[72]，與史伯之說沒什麼不同。而論「和」，則不但已由史伯之「四、五、六、七、八、九、十、百、千、萬、億、兆」溯源到「一、二、三」之「相成」，以呈現「多」，並且又進一步地推展到「清濁、小大、短長、疾徐，哀樂、剛柔、遲速、高下、出入、周疏」之「相濟」，以呈現多樣性之「二」；而此多樣性之「二」，所謂「濟其不及，以洩其過」，是彼此互動、對待的。從史的觀點看，這種互動、觀念之出現，對《周易》(《易傳》)與《老子》「二元互動」說之成熟，以及進一步用「陰陽」(剛柔)來統合「多樣性之『二』」而言，實有著過渡作用。

上文已討論過，所謂「調和」，是對應於「陰」與「柔」來說的；而所謂「對比」，是對應於「陽」與「剛」而言的[73]。如說得徹底一點，即一切「調和」與「對比」，都是由於陰(柔)陽(剛)相對、相交、相和而產生互動的結果。《易傳》云：

> 一陰一陽之謂道。(〈繫辭上〉)
> 剛柔者，立本者也；變通者，趣時者也。(〈繫辭下〉)
> 剛柔相推而生變化。……變化者，進退之象也；剛柔者，晝夜之象也。(〈繫辭上〉)
> 窮則變，變則通，通則久。(〈繫辭上〉)
> 乾坤其易之門邪！乾，陽物也；坤，陰物也。陰陽合德而剛柔

---

[72] 張立文：《中國哲學邏輯結構論》，頁23。

[73] 仇小屏：「造成最明顯、最大美感的，還是『對比』與『調和』兩種型態，因為『對比』會形成極大的反差，因此有強健、闊達、華美之感，所以趨向於『陽剛』；而『調和』則因質性之相近，產生優美、融洽、鎮靜、深沉等情緒，因此自然趨向於『陰柔』。」見《古典詩詞時空設計之研究》(臺北市：臺灣師範大學國文研究所博士論文，2001年2月)，頁329。

有體，以體天地之撰，以通神明之德。(〈繫辭下〉)

天地絪縕，萬物化醇，男女構精，萬物化生。(〈繫辭下〉)

天尊地卑，乾坤定矣；卑高以陳，貴賤位矣；動靜有常，剛柔斷矣。(〈繫辭上〉)

《周易》(含《易傳》)的作者，就在前人「有象而無象」、「無象而有象」之努力基礎下，終於確認陰陽乃一切變化，形成多樣對待之根源。就拿八卦與由八卦重疊而成的六十四卦來說，即全由陰陽二爻所構成，以象徵並概括宇宙人生的各種變化，〈說卦〉說的「觀變於陰陽而立卦」，就是這個意思。他以為宇宙之源，就在這種陰陽的相對、相交、相和之互動作用下，變而通之，通而久之，於是創造了天地萬物(含人類)，達於「統一」(和諧)的境地[74]。而這種「統一」(和諧)，可說是剛柔(陰陽)之統一，是剛柔(陰陽)相濟的，如以上引的天地(乾坤)、晝夜、高低、男女、尊卑、進退、貴賤、動靜而言，天(乾)、晝、高、男、尊、進、貴、動等為剛，地(坤)、夜、低、女、卑、退、賤、靜等為柔，它們是相應地相對而為一的。

而《老子》直接談到「陰陽」或「剛柔」的地方雖不多，卻有幾處是值得注意的：

萬物負陰而抱陽。(第四十二章)

柔弱勝剛強。(第三十六章)

弱者，道之用。天下萬物生於有，有生於无。(第四十章)

---

74 陳望衡：「《周易》中的陰陽理論強調的不是相反事物的對立，而是相反事物的相交、相和。《周易》認為，陰陽相交是生命之源，新生命的產生不在於陰陽的對立，而在陰陽的交感、統一。因此陰陽的相合不是量的增加，而是新質的產生，是創造。因此，陰陽相交、相合的規律就是創造的規律。」見《中國古典美學史》，頁182。

　　堅強者，死之徒；柔弱者，生之徒。（第七十六章）

　　強大處下，柔弱處上。（第七十六章）

　　弱之勝強，柔之勝剛，天下莫不知、莫能行。（第七十八章）

老子談到陰陽的，僅一見，在此，他雖然只落到「萬物」（多）上來說，卻該推源到「一生二」以尋其根。而談到「剛柔」的，則往往牽「強」牽「弱」，也落到「多」（萬物）上加以發揮，但「剛」為「陽」、「柔」為「陰」，是同樣該歸根於「一生二」予以確認的；因為這是老子觀察自然現象（萬物）時，從現象（萬物）中所抽離出來的二元對待之基本範疇；而所謂「弱者，道之用」，是以「道」（无）為「體」，而以「弱上剛下」（「強大處下，柔弱處上」），針對著「有生於无」之「有」，來說其「用」的[75]。可見老子的「二」，就「同」的觀點而言，是彼此相容的。

　　如此從對待多數的「兩樣」（二）中提煉出源頭的「剛柔」（陰陽），而成為「剛柔（陰陽）的統一」（《易傳》），呈現的是「『多』（多樣事物、多樣對待）→『二』（剛柔、陰陽）→『一（0）』（統一）」的過程，這是逐漸由「有象」（委）而追溯到「無象」（源）的，很合於歷史發展的軌跡。

　　這種剛柔（陰陽）之統一，指的既然是剛柔（陰陽）之相濟、適中，好像只能容許剛柔（陰陽）各半以相濟，達於絕對「適中」，亦即「大統一」（「中和」）的地步，但是天地之運，一刻不息，以致剛柔（陰陽）隨時都在互相滲透，互相轉化之中，所謂「陽卦多陰，陰卦多陽」（〈繫辭下〉）、「剛柔相推而生變化」（〈繫辭上〉）、「剛柔相

---

75 陳鼓應：「『弱者道之用』：『道』創生萬物輔助萬物時，萬物自身並沒有外力降臨的感覺，『柔弱』即是形容『道』在運作時並不帶有壓力感的意思。」見《老子今注今譯及評介》，頁155。

易」（〈繫辭下〉），這樣往往就產生「剛中寓柔」（偏剛、剛中）或「柔中寓剛」（偏柔、柔中）的「小統一」情況；而「剛中寓柔」所造成的是「對立式統一」，《周易》（含《易傳》）的主張即偏於此；「柔中寓剛」所造成的是「調和式統一」[76]，《老子》的主張即偏於此。這樣的「統一」思想，不但對中國哲學有影響，就是對文學、美學，也影響極深遠[77]。

## 三　「0一二多」之雙螺旋互動層次邏輯系統

「0一二多」含「（0）一→二→多」與「多→二→一（0）」的順、逆雙向，而順、逆雙向之所以能接軌，產生互動，是由於「反」的作用，而它就是宇宙人生「轉化」運動的最重要規律，所謂「物極必反」，說的就是這種作用。

大體說來，這個「反」，就是一切「轉化」運動的動力，使它由「相反」而「返回」而「循環」、「往復」、「升降」，形成一個雙螺旋式歷程。就以《周易》（含《易傳》）而言，其爻辭論各爻吉凶之時，

---

76 夏放：「從構成形式美的物質材料的總體關係來說，最基本的規律是『多樣的統一』，平時所謂的『和諧美』，意即是『多樣的統一』。……『多樣的統一』包括兩種基本類型：一種是多種非對立因素相互聯繫的統一，形成一種不太顯著的變化，謂之『調和式統一』；一種是各種對立因素之間的相反相成，造成和諧，形成『對立式統一』。」見《美學——苦惱的追求》（福州市：海峽文藝出版社，1988年5月一版一刷），頁108。

77 陳望衡：「《周易》強調的不是陰陽、剛柔之分，而是陰陽、剛柔之合。這一點同樣在中國美學、藝術中留下深廣的影響。中國美學向來視剛柔相濟的和諧為最高理想。中國的藝術批評學也總是以剛柔相濟作為一條最高的審美標準。於是，中國的藝術家們也都自覺地去追求剛柔的統一，並不一味地去追求純剛或純柔，而總是或柔中寓剛或剛中寓柔。劉熙載是我國清代卓越的藝術批評家，他的《藝概》一書，涉及文、詩、賦、詞、曲、書法等藝術領域，有不少精闢的論斷，他最為推崇的藝術審美理想就是剛柔相濟。」見《中國古典美學史》，頁186-187。

即呈現「反」之規律與作用；也就是說，吉象到了最後會反為凶，而凶象到了最後則反為吉。前者如〈乾〉、〈坤〉、〈泰〉、〈復〉、〈益〉、〈豐〉等卦，皆為吉利之卦，但其最後一爻，卻反而不吉，其爻辭依序為：

〈乾〉之「上九」：「亢龍有悔。」

〈坤〉之「上六」：「龍戰於野，其血玄黃。」

〈泰〉之「上六」：「城復於隍，勿用師，自亦告命，貞吝。」

〈復〉之「上六」：「迷復凶。有災眚。用行師，終有大敗，以其國君凶；至於十年不克征。」

〈益〉之「上九」：「莫益之，或擊之。立心勿恆，凶。」

〈豐〉之「上六」：「豐其屋，蔀其家。闚其戶，闃其無人。三歲不覿，凶。」

所謂「亢龍有悔」、「其血玄黃」、「勿用師」、「貞吝」或「凶」，都指出由吉反於不吉之意[78]。後者如〈否〉、〈剝〉、〈睽〉、〈蹇〉、〈損〉、〈困〉等卦，皆為凶危之卦，而其最後一爻，卻轉而為吉，其爻辭依序為：

〈否〉之「上九」：「傾否，先否後喜。」

〈剝〉之「上九」：「碩果不食，君子得輿，小人剝廬。」

---

78 馮友蘭：「照《易傳》的解釋，有些卦爻的次序，也表示『物極必反』的規律。例如，〈乾卦〉的六爻說明，一各有『聖人之德』的人，由下位逐步上升到君位。初九代表下位，九二、九三、九四，依次上升，到九五就是『飛龍在天』，成為最高的統治者了。上九比九五還高一層，可是到上九就成為『亢龍』而『有悔』了。為什麼是如此呢？〈文言〉解釋說：『亢龍有悔，窮之災也』；到了上九就要『窮則變』了。」見《馮友蘭選集》上卷，頁413。

〈睽〉之「上九」：「睽孤，見豕負塗，載鬼一車。先張之弧。
匪寇，婚媾，往，遇雨則吉。」
〈蹇〉之「上六」：「往蹇來碩，吉。利見大人。」
〈損〉之「上九」：「弗損益之。无咎，貞吉。利有攸往，得臣
無家。」
〈困〉之「上六」：「困於葛藟，於臲卼，曰動悔。有悔，征
吉。」

所謂「先否後喜」、「君子得輿」、「遇雨則吉」、「利見大人」、「无咎，
貞吉」、「征吉」，都指出由不吉反於吉之意。勞思光釋此云：

> 爻辭論各爻之吉凶時，常有「物極必反」的觀念。具體地說，
> 即是卦象吉者，最後一爻多半反而不吉；卦象凶者，最後一爻
> 有時反而吉。[79]

這說的是卦爻之「反」的作用。擴大到卦與卦之間來說，也是如此。
〈序卦〉所敘六十四卦之次序，即部分呈現了這種「反」的規律。對
此，馮友蘭加以闡釋說：

> 《易傳》認為，「物極必反」是事物變化所遵循的一個通則。
> 照〈序卦〉所說，六十四卦的次序，即表示這種通則。六十四
> 卦中，相反卦常是在一起的。例如：泰卦和否卦、剝卦和復
> 卦、震卦和艮卦、既濟卦和未濟卦，在卦象上都是相反的，可
> 是在六十四卦的排列次序中，它們是在一起的。專就這個次序

---

79 勞思光：《新編中國哲學史》〔一〕，頁85-86。

說，這可能是《易經》中原有的辯證法思想。〈序卦〉這個思想說：「泰者，通也。物不可以終通，故受之以否。」、「剝者，剝也物不可以終盡，剝窮上反下，故受之以復」、「震者，動也。物不可以終動，止之，故受之以艮；艮者，止也」。六十四卦的最後一卦是「未濟」。〈序卦〉說：「物不可窮也，故受之以未濟終焉。」「通」的事物「不可以終通」；「動」的事物「不可以終動」；這就是說它們必然要轉化為其對立面。「物不可窮」，就是說，事物是無盡的；世界無論在什麼時候總是未完成（「未濟」），就是說，永遠處在轉化的過程中。這些是《易傳》中的辯證法思想。[80]

所謂「永遠處在轉化的過程中」，正說明了一切事物的變化，都相反而相成，是永無止境的。而這種「相反相成」的變化，在《周易》（含《易傳》）中，可推擴開來，涵蓋「正變正」、「正變反」、「反變反」、「反變正」等的變化，而形成循環不已的邏輯結構。六十四卦以「屯」起、「既濟」轉、「未濟」終，就表示這種由「屯」而「既濟」而「未濟」而「屯」之循環關係，連結了天、地、人，以呈現其變化歷程。

　　就這樣，《周易》先由爻與爻的「相生相反」的變化，以形成小循環；再擴及這種變化到卦，由卦與卦「相生相反」的變化，以形成大循環。而大、小循環又互動、循環、往復不已，形成層層上升（或下降）之雙螺旋結構。關於這點，黃慶萱說：

　　《周易》的周，……有周流的意思。《周易》每卦六爻，始於

---

80 馮友蘭：《馮友蘭選集》上卷，頁412-413。

初，分於二，通於三，革於四，盛於五，終於上。代表事物的小周流。再看六十四卦，始於〈乾卦〉的行健自強；到了六十三卦的「既濟」，形成了一個和諧安定的局面；接著的卻是「未濟」，代表終而復始，必須作再一次的行健自強。物質的構成，時間的演進，人士的努力，總循著一定的周期而流動前進，於是生命進化了，文明日益發展。[81]

所謂「周流」、「終而復始」、「周期而流動前進」，說的就是《周易》變化不已的螺旋式結構。而這種結構，如對應於「三易」（《易緯・乾鑿度》）而言，則「多」說的是「變易」、「二」說的是「簡易」，而「（0）一」說的是「不易」。因此「三易」不但可概括《周易》之內容與特色，也可以呈現「多→二→一（0）」的雙螺旋結構。

以《老子》而言，強調這種「反」作用的章節，也相當地多。除見於上文之者外，另有：

故常无，欲以觀其妙；常有，欲以觀其徼。此兩者，同出而異名，同謂之玄。玄之又玄，眾妙之門。（第一章）

---

[81] 黃慶萱：《周易縱橫談》，頁236。又黃慶萱：「賈氏（公彥）為《周禮》作疏，在〈春官・大卜「掌三易之法」條下疏云：『以《周易》以純乾為首，乾為天，天能周匝於四時，故名《易》為周也。』近人錢基博力主此說，於《周易解題及其讀法》指出：『「周」之為言「周匝」也。「周而復始」也。非賈君後起之義，而孔子繫《易》以來授受之微言大義也。何以明其然？孔子繫泰之九三，曰：「无平不陂，无往不復。」〈象〉復見天地之心；而作〈序卦〉以序六十四卦相次之義；泰之受以否也，剝之窮以復也，損而不已必益，生之不已必困，如此之類，原始要終，罔不根極於復；所以深明易道之「周」也。其見義於〈繫辭下〉者，曰：「《易》之為書也不可遠；為道也屢遷，變動不居，周流六虛，上下无常，剛柔相易，不可為典要，惟變所適。」斯尤明稱易道變動之「周流六虛」焉。』周匝變易，終而復始，為《周易》的進化論。」見同註，頁3。

致虛極，守靜篤，萬物並作，吾以觀復。凡物芸芸，各復歸其根。歸根曰靜，是謂復命，復命曰常。知常曰明，不知常，妄作凶。知常容，容乃公，公乃王，王乃天，天乃道，道乃久，沒身不殆。（第十六章）

有物混成，先天地生，寂兮寥兮，獨立不改，周行而不殆，可以為天下母，吾不知其名，字之曰道，強為之名曰大。大曰逝，逝曰遠，遠曰反。（第二十五章）

知其雄，守其雌，為天下谿；為天下谿，常德不離，復歸於嬰兒。知其白，守其黑，為天下式；為天下式，常德不忒，復歸於無極。知其榮，守其辱，為天下谷；為天下谷，常德乃足，復歸於樸。（第二十八章）

反者道之動，弱者道之用。天下萬物，生於有，有生於无。（第四十章）

天下有始，以為天下母。既得其母，以知其子；既知其子，復守其母，沒身不殆。（第五十二章）

常知稽式，是謂玄德。玄德深矣遠矣，與物反矣，然後乃至大順。（第六十五章）

以上數章，除了所謂「復歸於樸」、「遠曰反（返）」、「歸根」、「復命」……等，是就「返回」來說之外；其餘的，則主要在說明「物極必反」而又「相生相成」的 道理。陳鼓應引述「反者道之動」說：

在這裡「反」字是歧義的（ambiguous）：它可以作相反講，又可以作返回講（「反」與「返」通）。但在老子哲學中，這兩種意義都被蘊涵了，它蘊涵了兩個概念：相反對立與返本復初。這兩個概念在老子哲學中都很重視的。老子認為自然界中事物

的運動和變化莫不依循著某些規律，其中的總規律就是「反」事物向相反的方向運動發展；同時事物的運動發展總要返回到原來基始的狀態。[82]

在此談到了「反」的兩種意涵。除此兩種意涵外，老子的「反」，該也有著「循環」的意思。勞思光闡釋「反者道之用」說：

> 「動」即「運行」，「反」則包含循環交變之義。「反」即「道」之內容。就循環交變之義而言，「反」以狀「道」，故老子在《道德經》中再三說明「相反相成」與「每一事物或性質皆可變至其反面」之理。[83]

而姜國柱也說：

> 「道」的運動是周行不殆，循環往復的圓圈運動。運動的最終結果是返回其根：「復歸其根」、「復歸於樸」。這裡所說的「根」、「樸」都是指「道」而言。「道」產生、變化成萬物，萬物經過周而復始的循環運動，又返回、復歸於「道」。老子的這個思想帶有循環論的色彩。[84]

這是結合「相反」之義來加以說明的。所以老子的這個「反」，與《周易》一樣，含有「相反」與「循環」的意思。而「相反」，則必有所對立，且「相生」、「相成」，如「有」與「無」、「美」與「惡」

---

82 陳鼓應：《老子今註今譯及評介》，頁154。

83 勞思光：《新編中國哲學史》，頁240。

84 姜國柱：《中國歷代思想史》，頁63。

（醜）、「善」與「不善」、「難」與「易」、「長」與「短」、「高」與
「下」、「前」與「後」、「曲」與「全」、「枉」與「直」、「窪」與
「盈」、「敝」與「新」、「少」與「多」、「雄」與「雌」、「白」與
「黑」、「榮」與「辱」、「禍」與「福」、「壯」與「老」、「強」與
「弱」、「柔」與「剛」等，都可以互動轉化，形成「既相反又相成」
之關係，而循環不已。宗白華在談老子「常道之辯證因素」時說：

> 常道，即「反者道之動」、「萬物並作，吾以觀復」。在《老
> 子》思想裡，是具有辯證法的思考因素的。它是了解物質的運
> 動、變化此外，它亦了解事物的對立矛盾。六十一章說：「牝
> 常以靜勝牡。」所以他常用剛柔、窪盈、雌雄、榮辱、善惡、
> 禍福等對立的範疇說明事物與人生。他主張相對論以為事物是
> 相對變化，相反相成。[85]

這主要說的是二元互動中「相反」之作用，以見其循環不已之「運
動」與「變化」。至於「返回」，則說的是「相反」、「循環」的必然結
果。徐復觀在論「老子的道德思想之成立」時，特別著眼於此論述說：

> 老子說到道的作用的話很多；但最切要的莫如四十章「反者道
> 之動，弱者道之用」兩句話。所謂反者道之動的「反」，即回
> 歸、回返之意。道要無窮的創生萬物；但道的自身，絕不可隨
> 萬物而遷流，應保持其虛無的本性；所以它的動，應同時即為
> 自身的反。反者，反其虛無的本性。虛無本性的喪失，即是創
> 造力的喪失。同時，道既永遠保持其虛無本性，它便不允許既

---

85 林同華主編：《宗白華全集》2，頁811-812。

生的萬物，一直殭化在形器界中，而依然要回到「無」，回到道的自身那裡去；這是萬物之「反」，也就是道之「反」。否則道之自身，便也將隨萬物殭化而殭化。這即是「常有，欲以觀其徼」（一章）、「萬物並作，吾以觀其復；夫物芸芸，各復歸其根」（十章）、「與物反矣」（六十五章）的意思。[86]

這完全從「復歸」（返回）的角度切入，說的是「相反相成」、循環不已的變化結果。而馮友蘭在論老子「對於事物知觀察」時，也認為「反」是「事物變化之一最大通則」，他說：

> 事物變化之一最大通則，則一事物若發達至於極點，則必一變而為其反面。此即所謂「反」，所謂「復」。……惟「反」為道之動，故「禍兮福之所倚，福兮禍之所伏」「正復為奇，善復為妖」（五十八章）。惟其如此，故「曲則全，枉則直，窪則盈，敝則新，少則得、多則惑」（二十二章）。惟其如此，故「飄風不終朝，驟雨不終日」（二十三章）。惟其如此，故「以道佐人主者，不以兵強天下，其事好還」（三十章）。惟其如此，故「天之道其猶張弓與，高者抑之，下者舉之；有餘者損之，不足者補之」（七十七章）。惟其如此，故「天下之至柔，馳騁天下之至堅」（四十三章）、「天下莫柔弱於水，而攻堅，強者莫之能勝」（七十八章）。惟其如此，故「物或損而益之，或益之而損」（四十二章）。凡此皆事物變化自然之通則。[87]

可見「相反相成」、循環不已，說的就是「變化」，而「變化」的結

---

86 徐復觀：《中國人性論史》，頁347。
87 馮友蘭：《馮友蘭選集》上卷，頁88。

果，就是「返回」至「道」的本身，這可說是變化中有秩序、秩序中有變化之一個循環歷程。唐君毅釋此云：

> 道之自身，……既可稱為有，亦可稱為無，即兼具能有能無知有相與無相，已成其玄妙之常者。然彼道所生物，則當其未生為無，便只具無相，不具有相；唯其未生，即尚未與道分異。當物既生，即具有相，而離其初之無相，即與道分異而與道相對。至當物復歸於無，則復無其有相，以再具無相，又不復與道分異。以道觀物，物之由未生而生，以再歸於無，及物之以其一生之歷程，分別體現道之能有能無之有相與無相，亦即由與道不分異，而分異，再歸於不分異者。此正所以使道之能有能無之有無二相，依次表現於物，使道得常表現其自己之道相於物，以成其常久存在，而不得不如此者也。由是而物之一生，以其生壯老死之事中，表現更迭而呈現之既有還無之二相，所成之變化歷程，便皆唯是道體之自身，求自同自是，以常久存在之所顯；而物之一生之變化歷程之真實內容，即唯是此道之常久。[88]

他把「道」這種「有」與「无」，「依次」、「更迭」而分分合合所形成互動、循環、往復、升降不已的「變化歷程」，說明得極清楚。

這樣，結合《周易》和《老子》來看，它們所主張的「道」，如僅著眼於其「同」，則它們主要透過「相反相成」、「返本復初」而循環、往復、升降不已的作用，不但將「（0）一→二→多」的順向歷程與「多→二→一（0）」的逆向歷程前後銜接起來，更使它們層層

---

88 唐君毅：《中國哲學原論・導論篇》，頁387-388。

推展，互動、循環、往復、升降不已，而形成了「0一二多」雙螺旋互動層次邏輯系統，以呈現宇宙創生、含容萬物之原始動態規律。

綜上所述，可知宇宙創生、含容萬物之「轉化」歷程，從《周易》（含《易傳》）與《老子》兩種古籍中，不但能由「有象」而「無象」，找出「多→二→一（0）」之逆向結構；也能由「無象」而「有象」，尋得「（0）一→二→多」之順向結構；並且主要透過《老子》「反者道之動」（四十章）、「凡物芸芸，各復歸其根」（十六章）與《周易・序卦》「既濟」而「未濟」之說，將順、逆向結構不僅前後銜接在一起，更形成一層進一層、循環、往復、升降不已的「0一二多」（含順向：「（0）一→二→多」與逆向：「多→二→一（0）」）的雙螺旋互動「轉化」規律，該是可以適應無窮，以統合各種變化的；而且所凸顯的「0一二多」的雙螺旋互動層次邏輯系統，特地從多樣的「二元互動」中提煉出「剛柔（陰陽、仁義）」[89]來統合，在「多樣」與「統一」之間，搭起一座「二」（二元互動：剛柔、陰陽、仁義）的橋樑，以發揮居間收、散之樞紐作用，擴大了「有理可說」的極大空間，這對文學、美學與哲學的研究而言，或許是會有一點點參考價值的。

---

89 《周易・說卦傳》：「昔者聖人之作易也，將以順性命之理，立天之道曰陰與陽，立地之道曰剛與柔，立人之道曰仁與義。兼三才而兩之，故易六畫而成卦，分陰分陽，迭用剛柔，故易六位而成章。」見李鼎祚：《周易集解》，頁404-405。

# 第二章
# 中庸的名義

　　《中庸》原是《禮記》的第三十一篇，自漢儒率先把它抽出來，著〈中庸說〉二篇[1]；再經梁武帝撰《中庸講疏》一卷，《私記制旨中庸義》五卷[2]，廣加闡揚；然後由程、朱取以配《大學》、《論語》和《孟子》，而合稱「四書後科舉出題的欽定用書，於是便成了盡人皆知的一部書了。這部書所以命名為「中庸」，照鄭玄的看法是：

　　　名曰「中庸」者，以其記中和之為用也；庸，用也。[3]

而朱熹《中庸章句》引程頤之說，以為：

---

1　《中庸》的篇卷，在《禮記》裡本僅一篇，而後來則說法趨於歧異，有一卷、二卷、二篇、三卷、五卷、十二卷、十三卷、十七卷，甚至四十七篇與四十九篇的不同。不過，其中一卷如梁武帝的《中庸講疏》、二卷如戴顒的《禮記中庸傳》、二篇如漢儒的《中庸說》、三卷如趙順孫的《中庸纂疏》、五卷如游酢的《中庸解義》、十二卷如吳應賓的《中庸釋論》、十三卷如陳堯道的《中庸說》、十七卷如夏良勝的《中庸衍義》，可說都是加上疏解文字後所得的篇數、卷數，在原文本身上並沒有什麼長短多寡之異；而李翱《復性書》所謂有四十七篇與《孔叢子·居衛篇》所稱有四十九篇的兩個說法，也由於一無確證，一屬偽書，無法令人採信，所以根據《禮記》，承認《中庸》原僅一篇，是最為妥當的。

2　均見《隋書》卷三十二志第二十七〈經籍一〉。其中《中庸講疏》一卷，題為梁武帝撰，而《私記制旨中庸義》五卷，卻未著撰者姓名。據王應麟《玉海》所記，則制旨《禮記·中庸義》係梁大同十年張綰、朱异、賀琛等所共撰，是一部官修之書。

3　孔穎達：《禮記正義》引，見《十三經注疏·禮記》（臺北市：新文豐出版公司，2001年6月初版），頁2189。

> 不偏之謂中，不易之謂庸；中者天下之正道，庸者天下之定
> 理。<sup>4</sup>

至於朱熹則另作說明：

> 中者，不偏不倚、無過無不及之名；庸，平常也。<sup>5</sup>

他們的說法，顯然是互有差異的；究竟是以哪一說為近呢？這就必須
從「中」字的源頭、「庸」字的訓詁、《中庸》的內容與《禮記》名篇
的慣例上去作進一層的探討了。

# 第一節　中字的源頭

　　「中」這個字，在春秋以前，就已用得頗為普遍。即以現存幾種
比較可靠的典籍而論，用「中」字者，《詩經》凡六十七見、今文
《尚書》凡二十三見<sup>6</sup>、《周易・爻辭》<sup>7</sup>凡十一見。這些「中」字，

---

4　朱熹：《四書集註・中庸》（臺北市：學海出版社，1984年9月初版），頁21。

5　朱熹：《四書集註・中庸》，頁21。

6　今文《尚書》二十九篇，依屈萬里所作的考證，疑非成於春秋之前者，有〈堯典〉
　（包括〈舜典〉）、〈皋陶謨〉、〈禹貢〉、〈甘誓〉、〈湯誓〉、〈西伯戡黎〉、〈微子〉、
　〈牧誓〉、〈金縢〉、〈洪範〉等篇，今即據以抽出，不予計算在內。見：《尚書今註
　今譯》（臺北市：臺灣商務印書館，1969年9月初版），頁3-84。

7　對於《周易・爻辭》的出現時代，韋政通曾作了謹慎的推斷說：「根據近人屈萬里
　和余永梁的考證，《周易・卦爻辭》出現的時代在周初，這大致已被公認為沒有問
　題。不過，我認為『沒有問題』的說法，恐只能限於卦辭，至於爻辭，其中有許多
　道德意義的觀念，是要到春秋初期才流行的。例如『小人勿用』，『謙謙君子』，『不
　事王侯，高尚其志』，『中行獨復』，『不恆其德』，『立心勿恆』，『中行无咎』，「有言
　不信」，『終日戒』等，這些觀念似不是周初能具備的。這至少說明爻辭是經後人整
　理過的。」見《中國哲學思想批判》（臺北市：水牛出版社，1968年版），頁32。

在當時大都有一致的用法，即非純以表方位或等第，則把它專作
「內」、「裡」之義來使用，如：

　　　于以采蘩，于澗之中。(《詩·召南·采蘩》)
　　　日以方中，在前上處。(《詩·邶風·簡兮》)
　　　厥田惟上下，厥賦中上。(《書·禹貢》)
　　　无攸遂，在中饋，貞吉。(《易·家人六二爻辭》)

很明顯地，這些「中」字，皆猶未兜出原始義的圈子，由實而虛地延
伸入道德的領域。不過，在今文《尚書》與《周易·爻辭》裡卻有著
一些例外，見於今文《尚書》的是：

　　　汝分、猷念以相從，各設中于乃心。(〈盤庚〉)
　　　爾各永觀省，作稽中德。(〈酒誥〉)
　　　非佞折獄，惟良折獄，罔非在中。(〈呂刑〉)
　　　哀敬折獄，明啟刑書胥占，咸庶中正。(仝上)
　　　永畏惟罰，非天不中，惟人在命。(仝上)
　　　屬于五極，咸中有慶。(仝上)

見於《周易·爻辭》的有：

　　　朋亡，得尚乎中行。(〈泰·九二〉)
　　　中行獨復。(〈復·六四〉)
　　　有孚中行，告公從，利用為依遷國。(〈益·六四〉)
　　　莧陸夬夬，中行无咎。(〈夬·九五〉)

在這些例外中，《尚書》所謂的「各設中于乃心」，是說「各以極至之理存于心」[8]；「作稽中德」，是說年能合乎中正的美德」；「罔非在中」，是說「目的無非在求得到公正」；「咸庶中正」，是說「庶幾乎所判的案子都可以公正」[9]；「非天不中」，是說「非天不以中道待人」[10]；「咸中有慶」，是說「如果都能公正，那就有幸福了」[11]。從表面上看，這些「中」字的意義大都不同，而實際上，卻是本末一貫的；因為能「以極至之理存于心」，便能有「中正的美德」；有「中正的美德」，自然就能公正無私地來斷案或處理事情了。

　　在《尚書》裡，不僅是用了這幾個含有道德意味的「中」字而已，對於它的真正意義，另據〈洪範篇〉所載，箕子亦曾特就其外在部分，發揮得頗為透徹，他說：

　　　　無偏無陂，遵王之義；無有作好，遵王之道；無有作惡，遵王
　　　　之路。無偏無黨，王道蕩蕩；無黨無偏，王道平平；無反無
　　　　側，王道正直。會其有極，歸其有極；曰皇極之敷言，是彝是
　　　　訓，于帝其訓。[12]

這所謂的「皇極」，就是「大中」的意思。箕子在這裡直接用「義」

---

8　蔡沈：《書經集傳》卷三（臺北市：世界書局，2009年9月版），頁57。對於「設中」
　　一詞，屈萬里有不同的解釋：「設，漢石經作衾。衾中，猶言和衷。」見《尚書今註
　　今譯》，頁61，註釋66。

9　以上三句解釋，見屈萬里：《尚書今註今譯》，頁108與頁183譯文。

10　蔡沈：《書經集傳》卷六，頁136。而屈萬里將此句譯作「並非老天不公正」，見《尚
　　書今註今譯》，頁184譯文。

11　屈萬里：《尚書今註今譯》，頁185譯文。而蔡沈亦注云：「蓋由五刑咸得其中，所以
　　有慶也。」見《書經集傳》卷六，頁136。

12　孔安國說：「皇，大；極，中也。施政教，治下民，當使大得其中，無有邪僻。」
　　見孔安國傳、孔穎達疏：《十三經注疏·尚書》，頁456。

與「道」來說「皇極」（大中），是相當進步的；因為「中」字在此已不止是呆板的、籠統的概念，而是活用的、精深的領悟了。不過，箕子的這段話出自後人追述的可能性較大 [13]，所以這種「大中」的觀念是否真的發於箕子，還是後述者所偽託，在目前是沒有十足的證據來作正確判定的。

至於《周易·爻辭》所謂「中行」，就「象」言，說的固然是爻位之居中，但以「德」言，則指的是至正的「中道」。譬如〈泰卦·九二〉，以「象」言，由於它上有六五之應，而六五正居上卦之中，乃是「中行」，於是就「德」來說，便庶幾乎能合於「中道」了 [14]，因此《易經》的「中行」，是兼指至正之「中道」而言的。

捨《詩》、《書》、《易》而外，在《儀禮》一書裡，從頭到尾都見不到一個關涉著精神修養的「中」字，而《周禮》則發現了如下三處：

以刑教中，則民不虣。（〈地官·大司徒〉）

---

13 本篇所記，係箕子向周武王陳九疇之言辭，書序以為作於武王時，見孔安國傳、孔穎達疏：《十三經注疏·尚書》，頁7。而屈萬里則以為「本篇『恭作肅』以下五語，顯襲《詩·小雅·小旻》『民雖靡膴，或哲或謀，或肅或乂』及『國雖靡止，或聖或否』諸語為之。而〈大書小旻〉之詩，蓋作於東西周之際。本篇又云：『王省惟歲，卿士惟月，師尹惟日。』師尹地位在卿士之下，與《詩》、《書》及早期金文皆不合。知此亦後人述古之作。惟本篇言五行所代表之事物，尚約而不侈；至鄭衍乃變本加厲。以此證之，可知本篇之著成，當在鄭衍之前，蓋約當戰國初年也。」見《尚書今註今譯》，頁74。

14 黃慶萱：〈周易否釋義〉一文中曾作詳盡之說明：「得，德也。古德字皆作得。尚，庶幾也。《說文》：『尚，曾也，庶幾也。從八，向聲。』中行，行能合乎中庸之道者，猶《論語·子路篇》：『不得中行而與之，必也狂狷乎。』之中行。《禮記·中庸》：『天下國家可均也，爵祿可辭也，白刃可蹈也，中庸不可能也。』由於中庸之難能，故以『尚于』表庶幾之意。就象言，六五居上卦之中，為中行；故六五象曰：『中以行願也。』九二與六五相應，為得尚于中行。」見《孔孟學報》第83期（1979年9月），頁96。

以五禮防萬民之偽，而教之中；以六樂防萬民之情，而教之
和。(仝右)
以樂德教國子：中、和、祇、庸、孝、友。(〈春官·大司
樂〉)

這三個「中」字，一單舉，二與「和」互舉，很明顯地同是指「禮樂
刑教」之根源，也就是「德性」而言的。其中最值得人注意的是：
「中」與「和」互舉，與《中庸》「喜怒哀樂之未發謂之中，發而皆
中節謂之和」的說法，關係自然十分密切；只可惜這部《周官》，在
來歷上卻有不明之嫌，從古以來即有多人認為是出自王莽時劉歆之
手。這個說法固然未必可信，但非周公所作，也非成書於春秋之前，
則是可斷言的。因此，中國在春秋以前的資料裡，可信得過，且出現
過含有道德意義之「中」字的，惟有今文《尚書》與《周易·爻辭》
而已。雖然它們出現的次數並不多，但即此而論，已足以看出「中
德」的觀念，早於春秋以前，就已在中國人的心中生根了。
　　入了春秋，一直到戰國初期，以儒家經典來說，最可靠的要推
《春秋》和《論語》兩部書，按理說，對於春秋以前即已初步形成之
「中道」觀念，在這兩部書裡該會有進一步的闡發才對，卻很意外
地，僅在《論語》一書中看到了三個「中」字是與精神修養有關的，
那就是：

子曰：「中庸之為德也，其至矣乎！民鮮久矣。」(〈雍也〉)
子曰：「不得中行而與之，必也狂狷乎！狂者進取，狷者有所
不為也。」(〈子路〉)
堯曰：「咨爾舜！天之曆數在爾躬，允執其中。」(〈堯曰〉)

這三章，頭一章編在上論，為第六篇，它與《中庸》所引孔子的話，大同而小異[15]；這是「中庸」一詞見於我國文獻的首次，與《中庸》一書的關係，自然是十分深厚的；且孔子在此既大贊「中庸」之德的偉大，並感歎「民鮮久矣」[16]，那麼，「中庸」之德在孔子之前即早已興行，是極其明顯的事實。次、末兩章編在下論，為第十三篇與二十篇，其中所謂的「中行」，乃從人的氣質上說，與上引《周易‧爻辭》的「中行」，詞意大略相同；而所謂的「允執其中」，與《偽古文尚書‧大禹謨》裡「人心惟危，道心惟微，惟精惟一，允執厥中」的十六字心傳，詳略雖不同，而涵義卻沒有什麼兩樣。當然，上論的可靠性，絕不成問題，然而下論，尤其是末五篇，則經考證為「非全部皆孔門相傳之精語」，理由是頗為充分的[17]。所以堯皇帝「允執其中」的傳國寶訓，是否可靠，仍然有待證實；不過，《中庸》曾引孔子之言，謂舜「好問而好察邇言，隱惡而揚善，執其兩端，用其中於民」（第六章），或即源出於此，這樣看來，則它又似乎毫無問題了。其實，就算它們真的，全是「孔門相傳之精語」，也不得不令人對

---

15 此章依朱熹：《四書集註‧中庸》，頁23，為第三章，《中庸》所引，在「庸」下無「之為德也」四字，在「鮮」下「久」上多一「能」字，與《論語》微異。

16 鄭玄注：「言中庸之道至矣，顧人罕能久行」，見《十三經注疏‧禮記》卷五十二，頁2193。而朱子則認為「過則失中，不及則未至，故惟中庸之德為至，然亦人所同德，初無難事，但世教衰，民不興行，故鮮能之，今已久矣。」見《四書集註‧中庸》，頁23-24。一是說「很少人能久行中庸之道」，一是說「很少人能行中庸之道，已有好長一段時間了」，說法截然不同，惟據後文孔子「道其不行矣夫」及「中庸不可能」之感歎，則顯以朱說較為合理。

17 古書每真偽混淆，不易別擇，《論語》亦不例外。錢穆曾據清儒崔述洙《洙考信錄》及日人伊藤仁齋《論語古義‧敘由》與《徂徠春臺論語》先後編說，分版本之異同、附記混入正文之誤、末五篇之可疑及上下論之相異等四例辨證，並作結論說：「據上四例，則知《論語》一書，其中亦自有別，非全部皆孔門相傳之精語，學者固當分別而觀之明矣。」見《論語要略》第一章（臺北市：臺灣商務印書館，1965年臺一版），頁4-11。

《論語》直接討論「中德」的篇章之少，而感到奇怪。這是什麼緣故
呢？要了解這個問題，就必須曉得《論語》這部書，並非是孔子所自
著的，乃是由少數親傳、再傳或三傳的弟子所記述而成。由於他們所
記述者，往往僅限於各自傳聞之所及，自然就無法概括孔子一生的言
教，於是有不少的言教，便被編入《春秋》三傳、《易經》十翼和
《禮記》中，譬如孔子曾自言：

> 假我數年，五十以學易，可以無大過矣。(《論語‧述而》)
> 五十而知天命，六十而耳順，七十而從心所欲、不踰矩。(《論
> 語‧為政》)

而太史公也說：

> 孔子晚而喜《易》，序〈彖〉、〈繫〉、〈象〉、〈說卦〉、〈文言〉。
> 讀《易》，韋編三絕。(《史記‧孔子世家》)

從這幾段話裡看來，孔子活了七十二歲，由「學《易》」而「喜
《易》」，由「知天命」而「從心所欲，不踰矩」，是不可能絕口不談
「性與天道」的，只不過是因為它義理精深，不輕易對一般弟子談論
罷了。《論語‧憲問篇》曾載：孔子有一回自歎說：「莫我知也夫！」
原來是想要藉此以引發子貢進一層之問的，結果子貢卻有所未達，而
反問：「何為其莫知子也？」於是孔子直接告訴他說：

> 不怨天，不尤人，下學而上達，知我者，其天乎！

可見子貢是不及知「性與天道」的[18]，這就難怪他要說：

> 夫子之文章，可得而聞也；夫子之言性與天道，不可得而聞
> 也。(《論語‧公冶長》)

「智」如子貢尚且如此，一般的弟子，那就更不用說了。

　　既然《論語》一書中罕見孔子「言性與天道」的文字，那就只有另從《易傳》、《春秋》三傳與《禮記》等孔門的典籍中去尋找了。先看看《易傳》，《易傳》與《中庸》的血緣，可說是最近的，它的作者，司馬遷直接指明是孔子，且更進一步地敘述其傳授源流[19]說：

> 商瞿，魯人，字子木，少孔子二十九歲。孔子傳《易》於瞿，
> 瞿傳楚人馯臂子弘，弘傳江東人矯子庸疵，疵傳燕人周子家
> 豎，豎傳淳于人光子乘羽，羽傳齊人田子莊何，何傳東武人王
> 子中同，同傳菑川人楊何，何元朔中以治易為漢中大夫。(《仲
> 尼弟子列傳》)

雖然有人懷疑太史公的這些話，乃後人所竄入，並進而認定《易傳》係漢儒的作品。但是不管怎樣，書中所引孔子思想的部分，至少還是

---

18 朱子對此曾作一番說明：「不得於天而不怨天，不合於人而不尤人，但知下學而自然
　　上達，此自言其反己自脩，循序漸進耳，無以甚異於人而致其知也。然深味其語
　　意，則見其中自有人不及知，而天獨知之妙，蓋在孔門，惟子貢之智，幾足以及此，
　　故特語以發之，惜乎其猶有所未達也。」見《四書集註‧論語》卷七，頁156。
19 孔子傳易，在《史記‧儒林列傳》裡另有記載：「自魯商瞿受易孔子，孔子卒，商瞿
　　傳易，六世至齊人田何，字子莊，而漢興。田何傳東武人王同子仲，子仲傳菑川人
　　楊何。何以易，元光元年徵，官至中大夫。齊人即墨成以易至城陽相；廣川人孟但
　　以易為太子門大夫；魯人周霸、莒人衡胡、臨菑人主父偃，皆以易至二千石。然要
　　言易者，本於楊何之家。」

可視作孔子言教的另一部分語錄的，只是其編纂之時間較遲而已；至
於其餘的部分，則即使非孔子之言，亦當是孔門弟子或後學所作[20]。
所以探求《中庸》「中」字的源頭，是不能不注意到《易傳》的。

　　「中」字在《易傳》裡用得很多，凡一百三十四見，其中關涉到
「中庸」之「中」的，共有八十個，歸納起來，作「中正」或「正
中」的，計二十見，如：

> 子曰：「龍德而正中者也。」（〈乾・文言〉）
>
> 大哉乾乎！剛健中正，純粹精也。（仝上）
>
> 位乎天位，以正中也。（〈需・彖〉）
>
> 酒食貞吉，以中正也。（〈需。五彖〉）
>
> 訟元吉，以中正也。（〈訟・五彖〉）
>
> 不終日貞吉，以中正也。（〈豫・二彖〉）
>
> 受茲介福，以中正也。（〈晉・二彖〉）
>
> 艮其輔，以中正也。（〈艮・五彖〉）
>
> 利見大人，尚中正也。（〈訟・彖〉）

---

20 吳怡曾對這個問題提出他的看法：「我們可以大膽的說，孔子不可能完全不談性與天
　道，只是在少數的場合，和少數的幾位弟子談，而編《論語》的後代弟子正好在這
　方面又無師承，當然不可得而聞，也就無法引述了。至於那另外幾位親炙孔子性與
　天道之教的弟子，再傳授、演變，便構成了《易傳》和《中庸》的思想。所以《易
　傳》和《中庸》引孔子思想的部分也可視為孔門另一派弟子所編孔子的語錄，只是
　這部著作的成書較遲，其內容又多為孔子所罕言而已。」見《中庸誠字的研究》第
　二章（臺北市：文化大學華岡出版部，1974年版），頁15。而高懷民也說：「十翼作
　者的問題成了易學家熱烈討論的問題之一，雖各家見仁見智，意見不一，大體上均
　同意歐陽修之說，即象、彖二傳為孔子作，其他則出於孔子之後。然這並不是說除
　了〈彖〉〈象〉二傳以外，其他〈文言〉、〈繫辭〉、〈說卦〉、〈序卦〉及《雜卦傳》均
　與孔子無關，歐陽修提出的是指〈十翼〉之文字，至於〈十翼〉之思想，則無疑均
　發於孔子。」見《先秦易學史》第五章（臺北市：東吳大學中國學術著作獎助委員
　會，1975年版），頁239。

顯比之吉，位正中也。（〈比·五象〉）

剛中正，履帝位而不疚。（〈履·象〉）

文明以健，中正而應，君子正也。（〈同人·象〉）

順而巽，中正以觀天下。（〈觀·象〉）

柔麗乎中正，故亨。（〈離·象〉）

中正有慶，利涉大川。（〈益·象〉）

剛遇中正，天下大行也。（〈姤·象〉）

九五含章，中正也。（〈姤·五象〉）

寒泉之食，中正也。（〈井·五象〉）

剛巽乎中正而志行。（〈巽·象〉）

中正以通，天地節而四時成。（〈節·象〉）

單作「中」的，計十五見，如：

邑人不誡，上使中也。（〈比·五象〉）

以祉元吉，中以行願也。（〈泰·五象〉）

恆不死，中未亡也。（〈豫·五象〉）

敦復无悔，中以自考也。（〈復·五象〉）

中无尤也。（〈大畜·二象〉）

剛過而中，巽而說行，利有攸往。（〈大過·象〉）

坎不盈，中未大也。（〈習坎·五象〉）

貞吉，以中也。（〈大壯·二象〉）

利貞，中以為志也。（〈損·二象〉）

引吉无咎，中未變。（〈萃·二象〉）

中有慶也。（〈困·二象〉）

鼎黃耳，中以為實也。（〈鼎·五象〉）

其事在中，大无喪也。(〈震・五象〉)

震索索，中未得也，雖凶无咎。(〈震・上象〉)

貞吉，中以行正也。(〈未濟・二象〉)

作「剛中」或「剛得中」的，計十四見，如：

初筮吉，以剛中也。(〈蒙・彖〉)

原筮元，永貞无咎，以剛中也。(〈困・彖〉)

惕中吉，剛來而得中也。(〈訟・彖〉)

剛中而應，行險而順。(〈師・彖〉)

剛中而應，大亨以正，天之道也。(〈臨・彖〉)

動而健，剛中而應，大亨以正，天之命也。(〈无妄・彖〉)

順以說，剛中而應，故聚也。(〈萃・彖〉)

巽而順，剛中而應，是以大亨。(〈升・彖〉)

健而巽，剛中而志行，乃亨。(〈小畜・彖〉)

維心亨，乃以剛中也。(〈習坎・彖〉)

其位剛得中也。(〈漸・彖〉)

剛中而柔外，說以利貞。(〈兌・彖〉)

剛柔分而剛得中。(〈節・彖〉)

柔在內而剛得中。(〈中孚・彖〉)

作「得中」或「得中道」的，計九見，如：

幹母之蠱，得中道也。(〈蠱・二象〉)

黃離元吉，得中道也。(〈離・二象〉)

貞吉，得中道也。(〈解・二象〉)

有戎勿恤，得中道也。(〈夬・二象〉)

得中而應乎剛，是以小事吉。(〈睽・象〉)

蹇利西南，往得中也。(〈蹇・象〉)

其來復吉，乃得中也。(〈解・象〉)

得中而應乎剛，是以元亨。(〈鼎・象〉)

紛若之吉，得中也。(〈巽・二象〉)

作「柔中」或「柔得中」的，計七見，如：

柔得位得中，而應乎乾。(〈同人・象〉)

柔得尊位大中而上下應之。(〈大有・象〉)

柔得中而上行。(〈觀・象〉)

柔得中乎外而順乎剛。(〈旅・象〉)

初吉，柔得中也。(〈既濟・象〉)

未濟亨，柔得中也。(〈未濟・象〉)

其要无咎，用柔中也。(〈繫・下〉)

作「中行」、「行中」或「中道」的，計六見，如：

長子帥師，以中行也。(〈師・五象〉)

包荒，得尚乎中行，以光大也。(〈泰・二象〉)

大君之宣，行中之謂也。(〈臨・五象〉)

中行得復，以從道也。(〈復・四象〉)

中行无咎，中未光也。(〈夬・五象〉)

七日得，以中道也。(〈既濟・二象〉)

也有作「中直」的，一見〈同人卦・九五象辭〉，一見〈困卦・九五象辭〉；作「黃中」的，見〈坤・文言〉；作「時中」的，見〈蒙卦・彖辭〉；作「中心」的，見〈謙卦・六二象辭〉；作「久中」的，見〈恆卦・九二象辭〉；作「中節」的，見〈蹇卦・九五象辭〉；更有作「不中」的，一見〈乾・文言〉，一見〈小過卦・彖辭〉。

　　由上舉諸例中，可以知道「中」的觀念在《易傳》裡，是極其普遍的。這種觀念，真正說來，早在最初的八卦中即已具雛形，譬如八卦，從其初象上言，☵象水，☲象火，即取「動象居中」之義。後來重八卦為六十四卦，便稱二、五之爻位為「中」，如它們屬「陽」，就是所謂的「剛中」或「剛得中」；如屬「陰」，則是所謂的「柔中」或「柔得中」。且由於「中」，以「天」言，象徵的是「至正的天道」；以「地」言，象徵的是「至正的地道」；以「人」言，象徵的是「至正的人道」。所以凡言「剛中」或「剛得中」者，必有五九或九二之爻，多示吉，如〈困卦・彖辭〉說：「貞大人吉，以剛中也」（指九五），〈訟卦・彖辭〉說：「惕中吉，剛來而得中也」（指九二）；凡言「柔中」或「柔得中」者，必有六五或六二之爻，多示小事吉，如〈小過卦・彖辭〉說：「柔得中，是以小事吉也」（指六五、六二），〈既濟卦・彖辭〉說：「初吉，柔得中也」（指六二）；而不分陰陽剛柔，稱「中」、「中正」、「正中」、「得中」、「得中道」、「中直」、「黃中」、「時中」、「中心」、「久中」或「中節」的，也大都是吉利的表徵，如〈益卦・彖辭〉說：「中正有慶，利涉大川」，〈泰卦・彖辭〉說：「以祉元吉，布以行願也」；至於稱「不中」或「中☲而不中，是以不可大事也」（以三、四言），〈震卦・上六象辭〉說：「震索索，中未得也，雖凶无咎」。可見吉與凶，固然不能不受時、空（位）等客觀因素的影響，但人類「中」與「不中」的主觀作為，則更居於關

鍵性的地位 [21]。由此看來，古聖之所以要極力宣揚「中道」，以「成己成物」，是大有深意在的。

　　再看看《春秋》三傳，三傳裡雖沒見到孔子直接論「中」的片言隻語，卻發現有兩處是與義理之「中」有關的：

> 什一者，天下之中正也。多乎什一，大桀小桀；寡乎什一，大貉小貉。什一者，天下之中正也，什一行而頌聲作矣。(《公羊傳·宣公十五年》)
> 劉子曰：「吾聞之，民受天地之中以生，所謂命也；是以有動作禮義威儀之則，以定命也。能者養以之福，不能者敗以取禍；是故君子勤禮，小人盡力。」(《左傳·成公十三年》)

上引《公羊傳》裡的「中」字，與「正」字連用，乃「公平合理」的意思，是針對田賦的「什一而藉」來說的；它與《尚書·呂刑篇》的「咸庶中正」的「中正」一詞，涵義並無兩樣。而《左傳》所載劉康公的一段話，則值得人大加注意 [22]。從這段話裡，可發現「中」已經

---

21 高懷民：「中在作為吉凶之斷的依據上，有不少時候甚至比『位』、『時』還重要，這是由於『位』和『時』是客觀境遇，人所能施力的成分小，而『中』與『不中』，則為主觀作為，人可以己力作到。大中正直之人，雖不得位，不得時，仍不失為堂堂君子；不中不正之人，得位、時之助而更長其惡。……總之，『中』是人力可行之德，『位』與『時』之失，或過不在人，而『不中』、『不正』則為人之過。由此而言，『中』也可以說是人力補救『位』、『時』之方，有此『人定勝天』之方，而人不自奮勵去行，其罪過可知了。」見《先秦易學史》第四章，頁195。

22 徐復觀：「中庸『中和』的先行思想線索，可略舉以三：一、《左傳·成十三年》劉子謂『民受天地之中以生』，則是人之本身即中，天地之中表現為氣之和，人之中自應表現為感情之均衡狀態。二、《論語》之所謂狂、狷、中行，都是從人的氣質上說的，中行是感情最能保持均衡的人。由此種中行的氣質向內推進一步，即自然會承認內在之中與外發之和。三、孔子既如此重視喜怒哀樂之得當，則其進一步的發展，即應明確找出喜怒哀樂得當的根源及其得當的明確狀態。綜合三者而形成中

升天入地，尋得了它的根源，成為天地間的「中和」之氣。經由它的作用，人降生了，也同時具備了「中德」，而為萬物之靈，這就是「所謂命」；不過，由於人受先天與後天種種因素的影響，使「中德」無法發揮效用，於是必須透過禮教，使人有「動作禮義威儀之則」，來把「中德」發揮出來，這就是所謂的「定命」。能這樣做，以發揮「中德」，順應天地「中和」本體的，便可以致福；不能這樣做，致敗壞「中德」，而牴觸天地「中和」本體的，那就只有招禍了 [23]。這段話雖僅是寥寥數語而已，卻已為我國儒家「天人合一」、「天人」雙螺旋互動的「中道」思想，立好了初步的架構，不僅給《周易》以「中」、「不中」斷吉凶的道理，從旁提供了形而上的有力依據，也為《中庸》「天命之謂性，率性之謂道，修道之謂教」的一書綱領，直接留下了思想的線索。因此，它對《中庸》而言，其重要性比起其他典籍來，是有過無不及的。

---

庸中和之說，似乎是很自然的。」見《中國思想史論集》（臺北市：臺灣學生書局，1974年5月三版），頁104。

23 牟宗三對於《左傳》這段文字曾作精詳的解釋：「中即天地之道；命，不是命運之命，而是天命之命。天既然降命而成為人之性，形成人的光明本體，但是單有本體不足恃，仍須依賴後天的修養工夫，否則天命不能定住，輕鬆一點說，天命是會溜走的。如要挽留它，那麼必要敬謹地實行後天的修養，須要有『動作禮義威儀之則』。換句話說，要有『威儀』，亦等於說要有莊敬嚴肅的氣象，如是才能貞定住自己的命。劉康公所說的『中』，後來即轉而為〈中庸首句〉『天命之謂性』了。」見《中國哲學的特質》第四講（臺北市：臺灣學生書局，1976年10月四版），頁23。而唐君毅則以為「此段文字之前數句，可與《詩經》『天生烝民，有物有則；民之秉彝，好是懿德』合看，皆似頗近孟子中庸所謂天與我以心之官、天命之謂性之說。唯其中仍有距離。……所謂『民受天地之中以生，乃所謂命也』二語，宜當釋為民受以生者即是『命』，亦即是此動作威儀之則，而『此則』原於天地，原於天地之中之意。此所謂受『命』為『則』，吾意亦可是指人生以後說，而非指生前或生之性上說。蓋此段後文，明連禍福與致敬養神言，則此『命』此『則』正宜視為超越外在於人，而非即內在於人，同於後儒所謂性者。」見《中國哲學原論‧導論篇》（香港：人生出版社，1966年月出版），頁511-512。

　　最後看看《禮記》,《禮記》的各篇,除了「中庸」以外,有許多「中」字是用作名詞以指「心」,或用作動詞以表「適合」之意的,如:

　　情動於中,故形於聲。(〈樂記〉)
　　敬而不中禮,謂之野。(〈仲尼燕居〉)

而真正用來表示道德意義的,則只有如下數處:

　　子貢越席而對曰:「敢問何以為此中者也?」子曰:「禮乎禮!
　　夫禮所以制中也。」(〈仲尼燕居〉)
　　先王焉為之立中制節。(〈三年問〉)
　　中正無邪,禮之質也。(〈樂記〉)
　　樂者天地之命,中和之紀,人情之所不能免也。(仝上)
　　言必先信,行必中正。(〈儒行〉)
　　此喪之所以三年,賢者不得過,不肖者不得不及,此喪之中庸
　　也。(〈喪服四制〉)

在這些句子裡,〈三年問〉與〈喪服四制〉篇的「中」,說的是「合理的服喪年限」,這可以說是「中庸」的觀念在儒家典籍中實際應用的明顯例子。而〈樂記〉與〈儒行〉篇的「中正」,雖然一指內在的性質,一指外在的行為,卻是本末一貫,與《尚書》、《公羊傳》的「中正」,是沒有多大差別的。至於〈仲尼燕居篇〉的「制中」和〈樂記篇〉的「中和」,則比較特殊一些。「制中」,猶言「執中」,也就是「定命」、「正命」的意思,孔子說:「禮所以制中」,與劉康公「有動

作禮義威儀之則，以定命」的說法，正好是相合的 [24]；而「中和」在〈樂記篇〉裡，與天地對舉成文，且又落到「人情」上來說，指的顯然是人類情性之本源——「天地中和之氣」而言的，這與《中庸》所說「致中和，天地位焉，萬物育焉」的「中和」，不又是上下一貫的嗎？可見「中庸」的「中」字，無論在下學或上達方面，從《禮記》的其他篇章裡，是可以找到同伴的。這也就可以證明「中庸」的「中」字，在秦漢之前，即已完全成熟了。

　　經由上文的探討，可知《中庸》「中」字的源頭，是可一直追溯到春秋以前的。在春秋以前，雖然「中德」的觀念還不十分普遍，但對「中」字的使用，卻已約略地有越過外在行為而延伸入內在性質的傾向，如《書經》所說的「設中于乃心」，就是個很好的例子。到了春秋以後，迄於秦漢之前，則由於「中德」已納入了孔門學說的範疇內，於是更趨發達而臻於成熟的地步。「中」字到了此時，不單單是被人提升到「天命」或落實到「人道」上來使用，更進而取與「庸」字連用，以至於最後導引出《中庸》「成己成物」、合天人而一的那種雙螺旋互動，既活潑而又圓融的「中和」思想，成為中華文化的核心 [25]，這可說「其來者漸」，絕非是偶然的。

　　當然，在儒家的典籍之外，《老子》和《莊子》兩書裡，也同樣地出現過一些「中」字，如《莊子》的「環中」、「養中」，《老子》的

---

[24] 竹添光鴻：「天命我以天地之中，我守其而不惌，所以保定天命也。子貢曰：『何以為此中？』子曰：『禮乎禮！禮所以制中也』，則者，禮也。」見《左傳會箋》卷十三（臺北市：廣文書局，1961年版），頁11。

[25] 徐復觀：「中庸之所謂中和，即指的是這種內在與超越合一的『性』，及由此性所發生的成己成物的和諧作用。內在所以成己，超越所以成物，內在與超越非二物，即成己與成物非二事，則二者自然得到諧和。由此而言『致中和，天地位焉，萬物育焉』，乃有其真實地內容與其確實地條貫，而不是浮言泛語。這是中國文化的核心，這是中庸承先啟後的第一貢獻。」見《中國思想史論集》，頁80。

「守中」，與《中庸》之「中」不無關係，以其思想無法肯定必在
《中庸》之前，因此只好與《孟》、《荀》一樣[26]略而不計了。

## 第二節　庸字的訓詁

　　「庸」字在中國先秦的典籍裡，使用得並不很多，以最早的《詩
經》和今文《尚書》來說，僅分別見到了七與十七次而已。至於其他
春秋前的經典，如《周易》之卦、爻辭與《儀禮》裡，則始終見不到
踪影。見於今文《尚書》的是：

　　　　疇咨若時登庸。(〈堯典〉)

　　　　靜言庸違，象恭滔天。(仝上)

　　　　汝能庸命、巽朕位。(仝上)

　　　　明試以功，車服以庸。(〈舜典〉)

　　　　有能奮庸，熙帝之載。(仝上)

　　　　舜生三十徵庸，三十在位。(仝上)

　　　　無總于貨寶，生生自庸。(〈盤庚〉)

　　　　及庸、蜀、羌、髳、微、盧、彭、濮人。(〈牧誓〉)

---

26 錢穆曾於其〈中庸新義〉一文中，就思想之異采上，推論《中庸》是匯通孔、孟、
　　老、莊的後學者所作；而崔東壁亦於其《洙泗考信錄》一書裡，從文體上論定《中
　　庸》在《孟子》之後。見錢穆：《中國學術思想史論叢》二（臺北市：東大圖書公
　　司，1993年12月版），頁285-305。其說雖皆不失為有得之見，然是否真的如此，卻
　　值得推敲，很難遽下斷語。故在一切反證尚未充足到成為定論前，仍保留地依據司
　　馬遷、鄭玄、朱熹、胡適、徐復觀和張起鈞的說法，並參酌其他意見，認定《中
　　庸》初稿係子思所作，而其整編成書，則可能在孟、莊同時或稍後，是比較妥當
　　的。關於這點，吳怡在《中庸》一書的〈懸案〉一文中曾作詳密的分析，參見《中
　　庸誠字的研究》，頁1-8。

庸庸、祗祗、威威、顯民。（〈康誥〉）

用黃義刑義殺，勿庸以次汝封。（仝上）

造民大譽，弗念弗庸。（仝上）

乃緬于酒，勿庸殺之。（〈酒誥〉）

弗克庸帝大淫泆，有辭。（〈多士〉）

天不庸釋于文王受。（〈君奭〉）

非天庸釋有夏，非天庸釋有殷。（〈多方〉）

從上引各例看來，早在《書經》時期，「庸」字即已有多種用法，其
中作「用」解的有八處，即〈堯典〉的「庸違」與「庸命」、〈舜典〉
的「車服以庸」與「徵庸」、〈盤庚〉的「自庸」、〈康誥〉與〈酒誥〉
的「勿庸」及〈多士〉的「庸帝」；作「功」或「事功」解的有兩
處，即〈堯典〉的「登庸」與〈舜典〉的「奮庸」；作「勞」解的有
兩處，即〈康誥〉的「庸庸」與「弗庸」；與「釋」連用，作「捨
棄」解的，亦有兩處，即〈君奭〉與〈多士〉的「庸釋」；作國名的
僅一處，即〈牧誓〉的「庸、蜀」[27]；可見「庸」字在尚書中，多半
是當「用」講的。

　　見於《詩經》的是：

美孟庸矣，期我乎桑中。（〈鄘風・桑中〉）

我生之初尚無庸，我生之後逢此百凶。（〈王風・兔爰〉）

魯道有蕩，齊子庸止，既曰庸止，曷又從止？（〈齊風・南
山〉）

---

27 以上各訓釋，依次見屈萬里：《尚書今註今譯》，頁7、8、12、20、64、101、111、
　 6、15、97、102、142、151與頁72。

因是謝人，以作爾庸。(〈大雅・崧高〉)

錫之山川，土田附庸。(〈魯頌・閟宮〉)

穆穆厥聲，庸鼓有斁，萬舞有奕。(〈商頌・那〉)

在這七個「庸」字中，除〈商頌〉那篇所指為大鐘，通「鏞」使用外，〈桑中・篇〉的「庸」，與「孟」一樣，是特指姓氏而言的；〈兔爰篇〉的「庸」，訓為事或勞苦；〈南山篇〉的兩個「庸」，均當「用」解，即「由此」之意[28]；而〈崧高篇〉的「庸」，乃「功」或「勳」的意思；至於〈閟官篇〉的「庸」，與「附」連用，為一合義複詞，指的則是附屬於諸侯的小國；顯然各有各的意義，是互不相同的。

　　「庸」字在《詩》、《書》裡的使用情形，大致是如此。而春秋以後的其他典籍，在個別使用的數量上，雖未見有何增加（有的反而減少），但在整個使用的範圍上，由於實際之需要，卻有著明顯增廣的趨勢。先看《春秋》、《論語》和《周易十翼》三部經書，用「庸」字的地方就特別地少，總共只見了五次而已：

楚人、秦人、巴人滅庸。(《春秋・文公十六年》)

楚人滅舒庸。(《春秋・成公十七年》)

子曰：「中庸之為德也，其至矣乎！民鮮久矣。」(《論語・雍也》)

庸言之信，庸行之謹。(《周易・乾文言》)

---

28 齊子，指齊襄公之妹、魯桓公之夫人文姜，見鄭玄箋、孔穎達疏：《十三經注疏・毛詩》，頁537。「齊子庸止」，即「文姜由此大路嫁往魯國」的意思。見陳滿銘：《中庸思想研究》（臺北市：文津出版社，1980年3月初版），頁41。

這五個「庸」字，頭一個同於《尚書・牧誓篇》「庸、蜀」之「庸」，是屬楚的一個小國；第二個與「舒」連用，指的是另一個偃姓小國；第三個與「中」連用，與《中庸》一書當然有著極密切的關係；最後兩個當「常」解，與《中庸》第十二章所說「庸德府行，庸言之謹」[29]，字義以及句義都極相近；很明顯地，這種作「常」的用法，在春秋以前是未嘗見到的。

　　再看《春秋》三傳，三傳裡所用「庸」字，除一見於《公羊傳・莊公二十二年》「庸得若是乎」，當作「何」解者外，其餘的全部集中在《左傳》一書上，其中用以表國名或人名的，共有二十四處[30]，而屬一般用法的，則亦有如下二十四處：

　　　　無庸，將自及。(〈隱公元年〉)
　　　　其後必大，晉其庸可冀乎？(〈僖公十五年〉)
　　　　庸勳親親，暱近尊賢。(〈僖公二十四年〉)
　　　　明試以功，車服以庸。(〈僖公二十七年〉)
　　　　庸非貳乎？(〈莊公十四年〉)
　　　　一扶女，庸何傷？(〈文公十八年〉)
　　　　其君能下人，能信用其民矣，庸可幾乎？(〈宣公十二年〉)
　　　　周書所謂「庸庸、祇祇」者，謂此物也夫！(〈宣公十五年〉)

---

29　《中庸》原是不分章節的，但後來為了疏解之便，曾由孔穎達分為兩卷三十三截；至朱子著《中庸章句》，則又據其內容組織，重新析為三十三章。今即依朱子所分引用，以下併用。

30　用「庸」作人名的，在《左傳》裡凡見十一次，其中五作「彌庸」或「公孫彌庸壽」，並見哀公十三年；三作「公子燭庸」或「燭庸」，見哀公二十三及昭公二十七年；一作「洩庸」，見哀公二年；又一作「徒庸」，見昭公三十二年；再一作「狐庸」，見成公七年。而當作國名的，則共十三見，其中十見於文公十六年，各一見於宣公十二、成公十七與哀公十四年。

士伯庸中行伯，君信之，亦庸士伯，此之謂明德矣。（仝上）

無庸，使重其罪。（〈成公十五年〉）

去大族不偪，敵多怨有庸。（〈成公十七年〉）

吾庸多矣，非吾憂也。（〈成公十八年〉）

雖奸之，庸知愈乎？（〈襄公十四年〉）

吾焉得死之，而焉得亡之，將庸何歸？（〈襄公二十五年〉）

吾庸多矣，非所患也。（〈襄公二十七年〉）

今此行也，豈庸有報志？（〈昭公五年〉）

庸愈乎？然則歸乎？（〈昭公十年〉）

子大叔使其除徒執用以立，而無庸毀。（〈昭公十二年〉）

雖齊不許，君庸多矣。（〈昭公十三年〉）

其庸可棄乎？（仝上）

且歸之有庸。（〈昭公二十年〉）

為政事、庸力、行務以從四時。（〈昭公二十五年〉）

此之謂不能庸先王之廟。（仝上）

而伯父有榮施，先王庸之。（〈昭公三十二年〉）

上列二十四個「庸」字的用法，約可分為四類：一是作「用」用的，計十字，如隱公元年、與成公十五與昭公十二年的「無庸」，僖公二十四年的「庸勳」，僖公二十七年的「以庸」，宣公十五年的三個「庸」，昭公五年的「豈庸」與昭公二十五年的「不能庸」[31]；二是作「何」用的，計六字，如僖公十五與昭公十三年的「其庸」、文公十八年的「庸何」、襄公十四年的「庸知」、襄公二十五年的「將庸」和昭公十年的「庸愈」；三是作「功」用的，亦六字，如宣公十五與昭

---

31 竹添光鴻說：「庸，用也；其庸者，不敢必然之辭」，見《左傳會箋》卷二十一，頁41；又說：「不能庸，言奪以為己有也」，見卷二十五，頁29。

公二十年的「有庸」、成公十八與襄公二十七年的「吾庸」、昭公十三年的「君庸」和昭公三十二年的「庸之」；四是作「豈」用的，僅二字，即莊公十四年的「庸非」和宣公十二年的「庸可」。其中作「何」或「豈」的，乃新的用法，在《詩》、《書》、《易》、《春秋》及《論語》等書裡是見不到的。

接著看《孟子》和《荀子》，它們用「庸」字的次數比《左傳》少得多，僅十數見而已，見於《孟子》的是：

> 庸敬在兄，斯須之敬在鄉人。(〈告子上〉)
> 殺之而不怨，利之而不庸。(〈盡心上〉)
> 附於諸侯曰附庸。(〈萬章〉)

見於《荀子》在有：

> 不由禮則夷固僻違，庸眾而野。(〈修身〉)
> 庸眾駑散。(全上)
> 庸言必信之，庸行必慎之。(〈不苟〉)
> 之所以接下之人百姓者，則庸寬惠。(〈王制〉)
> 書曰：「義刑義殺，勿庸以即。」(〈致士〉)
> 女庸安知吾不得之桑落之下？(〈宥坐〉)
> 有庸人，有士，有君子，有賢人，有大聖。(〈哀公〉)
> 敢問何如斯可謂庸人矣？(全上)
> 所謂庸人者，口不能道善言……則可謂庸人矣。(全上)

這十四個「庸」字，除《孟子・萬章篇》與「附」連用，訓作「附於諸侯」者外，訓作「功」的，僅《孟子・盡心篇》的「不庸」一處；訓作「何」的，亦僅《荀子・宥坐篇》的「庸安」一處；訓作「用」

的，有《荀子・王制篇》的「庸寬惠」和〈致士篇〉的「勿庸」兩處；訓作「常」的，有《孟子・告子篇》的「庸敬」和《荀子・不苟篇》的「庸言」、「庸行」等三處；而訓作「凡俗」的，則有《荀子・修身篇》的「庸眾」與〈哀公篇〉的「庸人」等六處。在此，「庸」由常的意思而引申為「凡俗」，可說是新義，是前所未見的。

　　秦漢以前，除在儒家的幾部重要經典裡可以見到「庸」字的多種用法外，在其他的子書中也同樣地可找到一些它們的蹤跡。就先以《莊子》來說，書中用「庸」字的就有十二處：

　　　惟達者知通為一，為是不用而寓諸庸。庸也者，用也；用也者，通也；通也者，得也；適得而幾矣。（〈齊物論〉）

　　　為是不用而寓諸庸，此之謂明。（仝上）

　　　庸詎知吾所謂知之非不知邪？庸詎知吾所謂不知之非知邪？（仝上）

　　　外合而內不訾，其庸詎可乎？（〈人間世〉）

　　　彼兀者也，而王先生，其與庸亦遠矣。（〈德充符〉）

　　　庸詎知吾所謂天之非人乎？（〈大宗師〉）

　　　庸詎知吾所謂吾之乎？（仝上）

　　　名雖有祈嚮，其庸可得邪？（〈天地〉）

　　　行乎無名，雖庸有光。（〈庚桑楚〉）

　　　欲惡去就於是橋起，雌雄片合於是庸有。（〈則陽〉）

在這十二個「庸」字裡，作「常」解的僅一處，見於〈則陽篇〉；作「凡人」解的亦一處，見於〈德充符〉；作「用」解的共四處，三見於〈齊物論〉，一見於〈庚桑楚〉；作「何」解的有六處，兩見於〈齊物論〉，一見於〈人間世〉，兩見於〈德充符〉，一見於〈天地篇〉。雖

然皆無新義，但與「詎」連用，成為一個合義複詞，倒是開了這種用
法的先例。

　　再就《墨子》與《韓非子》來看，「庸」字見於《墨子》的，僅
兩次：

　　　　雖雜庸民，終無怨心。(〈親士〉)
　　　　廢帝之德庸，既乃刑之于羽之郊。(〈尚賢中〉)

見於《韓非子》的，則有如下九次：

　　　　所以使庸主能止盜跖也。(〈守道〉)
　　　　握庸主之所易守。(仝上)
　　　　予汝天下而殺汝身，庸人不為也。(〈內儲說上〉)
　　　　夫賣庸而播耕者。(〈外儲說左上〉)
　　　　非愛庸客也。(仝上)
　　　　庸客而力而疾耘耕者。(仝上)
　　　　處士而驕下者，庸达人所易也；將治天下，釋庸主之所易。
　　　　(〈難一〉)
　　　　雖庸人與烏獲，不可別也。(〈八說〉)

上舉的十一個「庸」字，除《墨子・尚賢篇》的一個「庸」字訓作
「用」，而《韓非子・外儲說》的三個「庸」字通作「傭」以外，其
餘的全部當作「凡俗」解，與《荀子・修身》與〈哀公篇〉的幾個
「庸」字，用法是完全相同的。

　　以上是「庸」字在秦漢以前使用的大概情形，歸納起來，可獲致
下列三點結論：

一、早在《詩》、《書》時代，「庸」字就已具有「用」、「功」、「勞」、「國名」、「姓氏」等多種意義，而後來，則又多了「常」、「何」、「豈」、「凡俗」等不同的用法，所以就先後言，在眾多用法中，是先有「用」或「功」的意思，然後才有「常」或「凡俗」之訓釋的。

二、「庸」字在上引諸書裡作「用」解者最多，共二十七見；作「國名」、「凡俗」、「何」、「人名」與「功」解者次之，依次為十六、十三、十三、十一與十見；作「常」解者又次之，計六見；作「勞」（三見）、「豈」（兩見）或其他解者最少；所以就多寡言，在秦漢以前，「庸，用也」的本義是用得最為普遍的。

三、在先秦的重要典籍，如今文《尚書》、《毛詩》、《周易》、《論語》、《左傳》、《孟子》、《荀子》、《莊子》、《墨子》與《韓非子》裡，沒有一處是與《周禮‧春官‧大司樂篇》一樣地把「庸」當作德性看待的，可見「庸」成為德目之一，當是秦漢以後的事情。

## 第三節　中庸的意義

粗略地辨明了「中」字的源頭與「庸」字在秦漢以前的習慣用法之後，接著就必須理合《中庸》本身的內容作進一步的檢討了。先以「中」字來說，它除與「庸」並用者外，見於書裡的有下列數章：

> 喜怒哀樂之未發，謂之中；發而皆中節，謂之和。中也者，天下之大本也；和也者，天下之達道也。致中和，天地位焉，萬物育焉。（第一章）
> 舜其大知也與！舜好問而好察邇言，隱惡而揚善，執其兩端，用其中於民，其斯以為舜乎！（第六章）

　　子曰：「人皆曰予知，驅而納諸罟獲陷阱之中，而莫之知辟
也。」（第七章）

　　君子和而不流，強哉矯！中立而不倚，強哉矯！（第十章）

　　誠者，不勉而中，不思而得，從容中道，聖人也。（第二十章）

　　齊莊中正，足以有敬也。（第三十一章）

　　是以聲名洋溢乎中國。（仝上）

　　以上十一個「中」字，顯然和先秦的其他典籍一樣，有著不同的涵義
與用法，如試予歸納，則大致可分為如下三種類型：

　　第一類是與《中庸》的「中」沒有直接關係的，計五字，其中
「陷阱之中」與「中國」之中，和《毛詩・召南・采蘩篇》「于澗之
中」、《周易・家人卦・六二爻辭》「中饋」之中，一意指中央，一為
「內」或「裡」之義者，用法完全相同；而「不勉而中」與「從容中
道」兩句，雖然所說的是聖人之德，但若單就中這個字言，則與「中
節」之中一樣，只作動詞用，乃適合、切當或恰到好處的意思，這與
《論語・子路篇》「刑罰不中」和《禮記・仲尼燕居篇》所謂「敬而
不中禮」的「中」，用法亦無差別。因此，這五個「中」字和「中
庸」之「中」，自然是沒有什麼直接關係的。

　　第二類是與「中庸」之「中」有直接關係，而涵義卻偏全有別
的，共三字，其中「用其中於民」的「中」，指的是眾論中最為精善
的意見；「中立而不倚」的「中」，指的是不偏不倚的勇者氣象，「齊
莊中正」的「中」，指的是「無有邪僻」[32] 的聖人威儀。這些句子，
分別與《論語・堯曰篇》「允執其中」與《尚書・呂刑篇》「罔非在

---

32 《禮記・樂記篇》說：「中正無邪，禮之質也」，孔穎達《疏》云：「謂內心中正，無
　　有邪僻，是禮之本質也。」見《十三經注疏・禮記》，頁1677。

中」、「咸庶中正」等句，意義皆極相近，當然和「中庸」之「中」都有著密切的關係，只不過它們大都偏向於「中」字的外在意義來說，而未真正及於其內在之根源，所以這三個字是不足以涵蓋「中」字的全盤意義的。

　　第三類是與「中庸」之「中」不僅有直接關係，且又足以概括《中庸》一書內涵的，亦三字，全見於首章。這三個字有一共同特色：即皆毫無例外地領有「和」字附隨在後面，這與《周禮·地官·大司徒》「以五禮防萬民之偽而教之中，以六萬防萬民之情而教之和」、〈春官·大司樂〉以樂德教國子：中和祇庸孝友」的對舉或連用情形，是十分類似的。這「中」與「和」字所以能如此結合，乃由於它們「就其性而言是中，就其情而言是和；就其體而言是中，就其用而言是和；就其靜而言是中，就其動而言是和。合言之，只是一個中；析言之，則有中與和的分別」[33]。因此，人如果能透過修學的努力，發揮這個屬於「中」的性體之應有功能，以待人接物，有發必然能有效地從源頭上來約束其喜怒哀樂之情，使之「發而皆中節」，而臻於「和」的境界。這樣，以「仁」而言，既足以收到「成己」的效果；而以「知」來說，亦足以達至「成物」之目標[34]。「中和」是如此之重要，也就無怪《中庸》的作者在用喜怒哀樂之發與未發處說「中」說「和」後，要緊接著先承「天命之謂性」說「中也者天下之大本也」，再承「率性之謂道」說「和也者天下之達道也」，然後就「修道之謂教」的終極目標說「致中和，天地位焉，萬物育焉」了。

---

33　高明：〈中庸辨〉，《高明文輯》上（臺北市：黎明文化事業公司，1978年3月初版），頁261。

34　《中庸》第二十五章云：「誠者非自成己而已也，所以成物也。成己，仁也；成物，知也；性之德也，合外內之道也」，可見人類之性本有仁性與知性之別，而成己成物，即須靠這兩種性相互的發揮，才能達到內外圓融的地步。

這種以「中和」而合天人為一的雙螺旋互動思想，可說是《中庸》一書的綱領所在，所以《中庸》的作者特在「一篇體要」[35] 的首章結尾處，以「中和」貫穿天人來解釋「中」，是有其特殊意義的。

　　根據上面所作簡單的分析，可知在種種訓釋裡，以「中和」訓「中」最足以代表《中庸》一書的思想特色。這個貫通內外、上下的「中」字，在先秦那漫長的一段時間裡，初由「中央」的古義和本義，逐漸地從外在而內在，自下等而上達，日益伸發展，終至於成熟圓滿。這種過程從先秦的古籍裡，是斷斷續續地留有痕迹可尋的。因此把「中」訓為「中和」，絕非《中庸》作者一人一時的空前創獲，而是有其傳承的。

　　由此看來，前賢對「中」字的解釋，要以鄭玄本於《中庸》首章原文的說法，最為直接合理。當然，程子訓「中」為「不偏」、朱子訓「中」為「不偏不倚，無過無不及」，也都各有其依據，譬如《論語‧子路篇》說：

　　子曰：「不得中行而與之，必也狂狷乎！狂者進取，狷者有所不為也。」

又如《公羊傳‧宣公十五年》說：

　　什一者，天下之中正也，多乎什一，大桀小桀；寡乎什一，大貉小貉。

---

35 朱子於〈中庸首章〉後注云：「右第一章，子思述所傳之意以立言，首明荒之本原出於天而不可易，其實體備於己而不可離；次言存養省察之要，終言聖神功化之極，蓋欲學者於此，反求諸身而自得之，以去夫外誘之私，而充其本然之善，楊氏所謂一篇體要是也。」見《四書集註‧中庸》，頁22-23。

而《中庸》也說：

> 中立而不倚，強哉矯！（第十章）
> 子曰：「道之不行也，我知之矣：知者過之，愚者不及也；道之不明也，我知之矣：賢者過之，不肖者不及也。」（第四章）

這些都是非常明顯的例子，不過，由於它們一律從消極方面來形容「中」，並沒有直接指出「中」的本體是什麼？因此也就難免有不直接、不周全的缺憾了。至於程子所謂「中者天下之正道」（朱熹《中庸章句》引於篇首）[36]，則與《中庸》首章「中也者天下之大本也」的說法，雖極其類似，但程子所著重的在「道」，而《中庸》的作者卻推本於「性」，所以也還是有些差別的。

　　檢討了「中」字的訓釋，再來看看「庸」字的意義。「庸」字在《中庸》一書裡，與「中」字連用者居多，未連用的只有如下兩字：

> 庸德之行，庸言之謹。（第十三章）

這兩句話，與《周易‧乾文言》的「庸言之信，庸行之謹」，無論在句法或句義上，都非常相似，而這些「庸」字，亦均作「常」解，譬如鄭玄說：

> 庸，猶常也。言德常行也，言常謹也。

而孔穎達也說：

---

36 朱熹：《四書集註‧中庸》，頁21。

庸，常也；謂自修己身，常以德而行，常以言而謹也。[37]

這種把「庸」當作「常」的用法，在先秦雖未十分普遍，但也不乏其例，如《孟子・告子篇》的「庸敬」、《荀子・不苟篇》的「庸言」、「庸行」與《莊子・則陽篇》的「庸有」之「庸」，就是全作「常」解。因此，朱子訓「庸」為「平常」，是有充分的依據的；不過，這種訓為「常」或「平常」的「庸」字，乃屬形容性的附加詞，不但不宜於化從為主，用以專指道德的主體，而且也無法直接以「常」或「平常」之義套在《中庸》一詞之上，適切地構成一個平列或主從關係的合義複詞；再說《中庸》一書裡也明明載孔子之言說：

> 道其不行矣夫！（第五章）
> 人皆曰予知，擇乎中庸，而不能期月守也。（第七章）
> 天下國家可均也，爵祿可辭也，白刃可蹈也，中庸不可能也。
> （第九章）

可見「中庸」絕不僅是「平常」而已，否則孔子也不會發出「不行矣夫」、「不能期月守」、「不可能」的感歎了。所以朱子用「平常」來釋「中庸」之「庸」，是不十分恰當的。

至於程子訓「庸」為「不易」，乃由「常」義引申而來。這樣，固然頗合「中庸」不「平常」的內容，足以彌補朱子訓釋之缺點，然而它依舊未脫形容、附加的性質，實在不甚適合以這種詞性、字義置於「中」字下，組合成詞。不知道是程子看出了這一點，還是僅感到意猶未足，於是他又進一步轉從為主地說「庸」是「天下之定理」，

---

37 以上見鄭玄注、孔穎達疏：《十三經注疏・禮記》，頁2203-2204。

這樣的訓釋，的確使得「庸」足以和「中」分庭抗禮，以組成一個平
列關係的合義複詞，可惜它卻前無所承，在先秦的典籍裡無法找到一
個「庸」字是曾予道德化，且是可以遞作「定理」解釋的，因此程子
的訓釋還是不很圓滿的。

　　既然程、朱對「庸」字的訓釋，均不甚妥當，那麼，該作什麼解
才算合理呢？要求得這個答案，看來是只有從「庸」字的本義上去著
手探討了。許慎《說文》說：

　　　　庸，用也，从用，从庚。庚，更事也。

這種「用」的古義和本義，在先秦的各種典籍裡，用得最為廣泛，而
莊子也先於許慎在〈齊物論〉裡就說過：

　　　　庸也者，用也。

可見鄭玄訓「庸」為「用」，無疑是前有所本的。這種解釋，雖然不
適用於「庸德之行，庸言之謹」的兩個「庸」字，但是在《中庸》一
書裡也是另有依據的，譬如《中庸》第六章說：

　　　　執其兩端，用其中於民。

這兩句話，正好作了「中庸」兩字的注腳；而且以「用」之義直接套
入「中庸」一詞裡，作「中和之為用」或「用中」來解釋，也實在不
會犯上牽強的毛病。所以訓「庸」為「用」，此訓為「常」、「平常」、
「不易」或「定理」，是來得合理些的。

　　分別檢討了「中」與「庸」字的涵義，得知以鄭玄用「中和」訓

「中」，以「用」訓「庸」為最合理之後，接著就該綜合起來，對「中庸」一詞作最後的探究了。「中庸」這個詞在《中庸》一書裡，共出現過十次，其中除「擇乎中庸，而不能期月守也」（第七章）和「中庸不可能也」（第九章）已見於上文外，尚餘如下八次：

> 仲尼曰：「君子中庸，小人反中庸；君之中庸也，君子而時中；小人之中庸也，小人而無忌憚也。」（第二章）
> 子曰：「中庸其至矣乎！民鮮能久矣。」（第三章）
> 子曰：「回之為人也，擇乎中庸，得一善，則拳拳服膺而弗失之矣。」（第八章）
> （子曰：）君子依乎中庸，遯世不見知而不悔，唯聖者能之。（第十一章）
> 致廣大而盡精微，極高明而道中庸。（第二十七章）

從上引各句裡，我們可清晰地看出「中」和「庸」字，在不斷的合併使用後，已是完全融合無間，成為一個哲學上的專有名詞了。這個專有名詞，其真正形成時間，雖無法確定，但據上引孔子之言與《論語・雍也篇》所載孔子「中庸之為德也，其至矣乎！民鮮久矣！」的話來看，則它在孔子之時即已流行，乃是無可懷疑的事實。而它的意義，照鄭玄《三禮目錄》之解釋，當為「中和之為用」；這「中和之為用」，簡言之，即「中用」或「用中」。這樣以「中和之為用」或「中用」（用中）來訓「中庸」，顯然是將「中庸」兩字視作同於「執中」[38] 的一個詞結 [39]，這無疑是它最原始的詞語結構，右引第二章

---

38 高明曾於其〈中庸辨〉一文中辨中庸思想的來源說：「《論語・雍也篇》：『子曰：中庸之為德也，其至矣乎！民鮮久矣！』『中庸』的名稱，當始見於此。在孔子說這話以前，先聖都只說『執中』。《論語・堯曰篇》：『堯曰：「咨，爾舜，天之曆數在爾

的四個「中庸」及唯一另見於《禮記》的「此喪之中庸」（〈喪服四制〉），就是很好的例子。十分自然地，這個原由一個名詞加一個動詞所構成的詞結，經過一段時間的使用後，大家便不知不覺地把它完全當作一個性屬名詞的複詞看待，來表「以中和為用」（用中）的道理或德行，如見於《論語‧雍也篇》及《中庸》第三、七、八、九、十一、二十七等章的「中庸」，就是屬於這類的用法。很明顯地，以鄭玄的這種訓釋加在《中庸》或其他典籍裡的「中庸」一詞上，是無不確切明白的。

　　既然「中庸」原是用一個名詞加上一個動詞所結合而成的複詞，那麼，以這種複詞當作篇名，又是否比程、朱之說要符合《禮記》名篇的常例呢？這就必須從《禮記》其他四十八篇的篇名上去尋求答案了。《禮記》的另四十八篇篇名，除了〈文王世子〉、〈郊特牲〉、〈玉藻〉、〈仲尼燕居〉及〈孔子閒居〉等五篇係取篇首語句而成者外，其餘的大致可析為如下五類：

　　一、以人名作篇名者，計〈檀弓上下〉兩篇。

　　二、以動詞加名詞而成者，計〈奔喪〉、〈問喪〉、〈投壺〉、〈鄉飲酒義〉等四篇。

---

躬，允執其中。四海困窮，天祿永終」，舜亦以命禹。』《尚書‧大禹謨》載舜命禹之辭：『來！禹！天之歷數在汝躬，汝終陟元后。人心惟危，道心惟微，惟精惟一，允執厥中。』這段話也許是從《論語》『舜亦以命禹』這一句話衍申出來的，但『執中』這一名詞，是堯傳給舜，又由舜傳給禹，大約總是可信的。《孟子‧離婁篇下》：『孟子曰：湯執中，立賢無方。』是湯也能行『執中』之道。堯、舜、禹、湯都知道『執中』，這是孔子『中庸』思想的來源。孔子把舜的『執中』，說成「執兩用中」。中庸說：『舜其大知也與！……執其兩端，用其中於民。』於是從『用中』而衍生『中庸』這個名詞，就有《論語‧雍也篇》所記孔子的那一段話了。》見《高明文輯》（上），頁263。

39 凡是以結合關係構成句子或謂語形式的詞群，稱為詞結，如「虎嘯」是取句子形式的詞結，而「騎馬」則是取謂語形式的詞結。詳見許世瑛：《中國文法講話》（臺北市：臺灣開明書局，1966年6月版），頁28-29。

三、以形容詞加名詞而成者，計〈曲禮上下〉、〈內則〉、〈大傳〉、〈少儀〉、〈緇衣〉、〈深衣〉、〈大學〉等八篇。

四、以名詞加名詞而成者，計〈王制〉、〈月令〉、〈禮器〉、〈明堂位〉、〈蔡法〉、〈蔡義〉、〈祭統〉、〈儒行〉、〈冠義〉、〈昏義〉、〈射義〉、〈燕義〉、〈聘義〉、〈喪服四制〉等十四篇。

五、以名詞加動詞而成者，計〈曾子問〉、〈禮運〉、〈喪服小記〉、〈學記〉、〈雜記上下〉、〈喪大記〉、〈經解〉、〈哀公問〉、〈坊記〉、〈表記〉、〈服問〉、〈間傳〉、〈三年問〉、〈樂記〉等十五篇。

由上面的分類情形來看，在《禮記》所有的篇名中，以名詞加動詞結合而成者佔多數，且其中有絕大部分的篇名，如〈喪服小記〉、〈學記〉、〈樂記〉、〈解經〉、〈坊記〉、〈服問〉等，和「中庸」之釋作「用中」一樣，可以上下倒轉，說成「小記喪服」、「記學」、「記樂」、「解經」、「記坊」、「問服」，而意義卻一點也不改變，可見鄭玄把「中庸」視作一個名詞加上一個動詞的複詞來解釋，是完全合乎《禮記》名篇的常例的。至如程子訓「中」為「不偏」或「天下之正道」、訓「庸」為「不易」或「天下之定理」，而朱子訓「中」為「不偏不倚，無過無不及」、訓「庸」為「平常」，乃將「中庸」一詞先看成是一由形容詞加形容詞所組成的複詞，然後把形容詞轉作名詞來用，成為不分主從的「名詞加名詞」的形態。這樣，在表面上看，似乎與上列名詞加名詞所組成的一類篇名，非常相像，而其實，那些篇名如〈王制〉、〈禮器〉、〈儒行〉、〈昏義〉，雖皆以名詞加名詞組合而成，卻是各有主從之分，一律把上一個名詞當成領屬性的形容詞來用，這與程、朱不分主從的情形，截然不同。因此程、朱的說法，與《禮記》名篇的慣例，也是無法相合的。

經過上文的檢討，可知「中庸」一詞之意義，顯以鄭玄所釋「中和之為用」或「中用」（用中）為最正確明白，無疑地，它無論在

　　「中庸」二字的習慣用法或《中庸》一書的主要內容，甚至《禮記》
名篇的慣例上來說，都要比程、朱之說來得合理多了。而且解作「中
和之為用」，可以完全切合以「中和」而合「天 ⟷ 人」為一的雙螺
旋互動作用，足以反映《中庸》的核心內容，這是值得大家重視的。

第三章
# 中庸「天←→人」雙螺旋互動思想的淵源

## 第一節　中國天人思想的萌芽

　　自古以來，人對「天」的看法，雖有「物質」、「主宰」、「運命」、「自然」與「義理」諸義的不同[1]，但如說得籠統、原始一些，則惟有「無形」與「有形」之別而已。「有形」之「天」，指的乃物質、物理方面的「天」，亦即人類抬頭所見「其色蒼蒼」的天空[2]，它往往被人視作各種物體或生物活動的場所，是不含任何精神或價值意義的。這類的「天」，在地球形成時即已存在，而對它有所感受並進而形諸文字則較晚；就以中國來說，固然在春秋以前的典籍裡可以找到它，卻還不普遍[3]，譬如在《周易》的卦、爻辭中，只見到四個

---

1　見馮友蘭：《中國哲學史》（臺北市：臺灣商務印書館，1947年增訂八版），頁55。韋政通教授在〈從宗教看中國哲學的起源〉一文中曾據以作進一步的說明：「把天當做哲學概念看，日本人渡邊秀方曾分為三種：一是『形質的天』（或稱『形體的天』），一是『理性的天』，一是『運命的天』。據馮友蘭的歸納，中國文字中的天，共有五義：即『物質的天』、『主宰的天』、『運命的天』、『自然的天』、『義理的天』。馮說比渡邊秀方增添了二種，確已能概括中國哲學中天的諸種涵義。」見《中國哲學思想批判》（臺北市：水牛出版社，1968年版），頁5。

2　陳立夫說：「所謂天者，係指環繞地球之境界而言，環境二字即出於此。此其高高在上，故稱上天；其色蒼蒼，故稱上蒼。」見《四書道貫・致知篇》（臺北市：世界書局。1975年7月版），頁71。

3　卜辭中雖可見到許多「天」字，但都不是用以指物理的天，所以徐復觀說：「卜辭中之『天』字皆作『大』字用，似未有作天字本義用的」。然而他又說：「但我因下面

勉強算得上是「有形之天」而已：

> 飛龍在天。(〈乾・九五爻辭〉)
>
> 初登于天，後入于地。(〈明夷・上六爻辭〉)
>
> 以杞包瓜，含章，有隕自天。(〈姤・九五爻辭〉)
>
> 翰音登于天。(〈中孚・上九爻辭〉)

而在今文《尚書》裡亦僅三見：

> 湯湯洪水方割，蕩蕩懷山襄陵，浩浩滔天。(〈堯典〉)
>
> 天大雷電以風，禾盡偃，大木斯拔。(〈金縢〉)
>
> 王出郊，天乃雨。(仝上)

《周易・爻辭》的出現時間，至遲晚不過春秋初期，已被公認是不成問題的。而《尚書》的〈堯典〉和〈金縢〉兩篇的著成年代，則可能要遲到戰國之世 [4]，因此嚴格說來，《尚書》的這幾個「天」字，還是不能算在內的。至於《詩經》一書中，卻見到了如下十餘次：

> 迨天之未陰雨，徹彼桑土，綢繆牖戶。(〈豳風・鴟鴞〉)
>
> 駴彼飛隼，其飛戾天。(〈小雅・采芑〉)
>
> 鶴鳴于九皋，聲聞于天。(〈小雅・鶴鳴〉)

---

兩個理由，覺得不應因此便斷定殷代沒有天字。(一)此時天與大通用，多士之『大邑商』亦稱『天邑商』；有作「大」義之天字，亦當有作『天』本義之天字。(二)不能因今日所能看到之甲骨材料，概括殷代全部之材料。」見《中國人性論史》(臺中市：東海大學，1969年版)，頁18。

4　參見屈萬里：《尚書今註今譯》(臺北市：臺灣商務印書館，1969年9月初版)，頁3、84。

宛彼鳴鳩，翰飛戾天。(〈小雅·小宛〉)

維天有漢，監亦有光；跂彼織女，終日七襄。(〈小雅·大東〉)

明明上天，照臨下土。(〈小雅·小明〉)

上天同雲，雨雪雰雰。(〈小雅·信南山〉)

有鳥高飛，亦傅于天。(〈小雅·菀柳〉)

倬彼雲漢，為章于天。(〈大雅·棫樸〉)

鳶飛戾天，魚躍于淵。(〈大雅·旱麓〉)

倬彼雲漢，昭回于天。(〈大雅·雲漢〉)

崧高維嶽，駿極于天。(〈大雅·崧高〉)

這十幾個「天」或「上天」，經詩人詠來，顯然都未涉有特殊的精神涵義，不過，由於它們有著鶴鳴、鳩鳴、歍飛、鳶飛等生命現象的陪襯，或雨雪、雲漢及星光等物質活動的點綴，以致無不隱隱約約地流露出盎然的生氣。透過這番陪襯與點綴，無疑地，這所謂的「天」或「上天」，已非僅僅是純「機械物質活動的場合」，而是近於一種「普遍生命流行的境界」了，這是中國先哲看待「有形之天」的共通特色，與近代西洋哲學家認定是屬「冥頑的物質系統」的「天」[5]，可說是截然不同的。

　　而「無形的天」，指的則是非物質、物理方面的「天」，它是在

---

5　方東美：「近代大多數西洋哲學家，因為受了物質科學的影響，纔認定宇宙是冥頑的物質系統。宇宙只是由質與能的單位，依機械方式，在那兒離合變化。……中國先哲對於這個問題的看法，則十分圓通。宇宙根本是普遍生命之變化流行，其中物質條件與精神現象融會貫通，而毫無隔絕。因此，我們生在世界上，不難以精神寄色相，以免相染精神，物質表現精神的意義，精神貫注物質的核心，精神與物質合在一起，如水乳交溶，共同維持宇宙和人類的生命。」見《中國人生哲學概要》(臺北市：臺灣商務印書館，1969年9月初版)，頁14。

「有形之天」上注入神靈或生命而形成的。因為「有形的天」赤裸地
呈現於人類眼前的，既有四時錯行、日月代明的不變規律，也有日月
虧蝕、流星隕墜的異常現象；既有風行雨施或天朗氣清的美好時刻，
也有風雨不時或地震雷殛的天然災害，於是人在它「恩威並施」之
下，便不由得會覺得在它們的背後，必定還有個「無形的天」，憑著
它不可思議的神性與至高無上的賞罰能力在那裡主宰著一切。它不僅
可以左右人類的窮通禍福與一國的政治興衰[6]，也可以創造萬物、毀
滅萬物。這樣一來，自然就使人逐漸產生了謝天、順天、敬天、畏
天，甚至怨天、疑天的思想，譬如《詩經》上說：

> 天保定爾，以莫不興，如山如阜，如岡如陵，如川之方至，以
> 莫不增。吉蠲為饎，是用孝享，禴祠烝嘗，于公先王，君曰卜
> 爾，萬壽無疆。(〈小雅・天保〉)
> 中田有廬，疆場有瓜。是剝菹皇，獻之皇祖。曾孫壽考，受天
> 之祐。(〈小雅・信南山〉)
> 思文后稷，克配彼天。立我烝民，莫非爾極。貽我來牟（即
> 麥），帝命率育。無此疆爾界，陳常于時夏。(〈周頌・思文〉)
> 天錫公純嘏，眉壽保魯；居常與許，復周公之宇。魯侯燕喜，
> 令妻壽母。宜大夫庶士，邦國是有。既多受祉，黃髮兒齒。
> (〈魯頌・閟宮〉)
> 自天降康，豐年穰穰。來假來饗，降福無疆。顧予烝嘗，湯孫
> 之將。(〈商頌・烈祖〉)

---

6　王治心：「當時（指周朝）所承認的天，與猶太教承認的上帝，原無兩樣，以為天是
　　賞善罰惡的主宰，一切易朝更姓的政治變遷，莫不有天意存於其間，所以當武王伐
　　紂的時候，牧野誓師的言論中，有『今予發惟恭行天之罰』之語。」見《中國宗教
　　思想史大綱》第二章（臺北市：臺灣朱華書局，1965年二版），頁45。

從上引各例中，我們可以看出這些詩的作者是完全由「天」的福人一面來歌詠的。在其筆下，「天」不僅與「帝（上帝）」混而為一，更與「皇祖」或「先王」並列，其中關於「天」、「帝」混合的原因，韋政通以為「一是由於殷亡國，殷周文化自然同化的結果。一是由於周朝統治者所用的政治手段，企圖由承認殷人崇拜的上帝，因而消除其敵意，臣服于新朝。但在一個統治集團所轄的範圍中，不能同時保有兩個至上神，所以帝天混而為一」[7]；而「天」與「皇祖」、「先王」並列，則大抵緣於古代「天神降世」觀念[8]的還原，以及「配天」思想[9]的運作，譬如《詩經》上說：

> 維嶽降神，生甫及申；維申及甫，維周之翰。四國于蕃，四方于宣。（〈大雅·崧高〉）

---

7　見韋政通：〈從宗教看中國哲學的起源〉一文。他在文中對天與帝的區別也曾作如下之推斷：「大致說來，上帝或帝是商代的至上神，天是周代的至上神。證據之一，是商代卜辭中的至上神，有稱帝或上帝者，絕無稱天者。證據之二，是《詩經》、《尚書》中，天一名稱的數量，比上帝或帝要多得多。《詩》、《書》中以天為神的記載共約三百三十六次，以帝為神共約八十五次。單就《尚書》看，言天共二百〇五次，言帝祇有四十八次。這個證據還不夠充分，所以我們只能做大致的推斷。」見《中國哲學思想批判》，頁8-9。

8　天神降世的觀念，不知起於何時，據《詩經·大雅·崧高篇》「維嶽降神，生甫及申」的說法看來，至遲在周初即已流行。

9　唐君毅：「按希臘、希伯來、阿拉作之宗教思想，從無人配享上帝之說。而周則有『郊祀后稷以配天、宗祀文王於明堂以配上帝』之制，此制固尚可上溯原於殷人所敬之祖或上帝，原或即為帝嚳或帝俊而殷代已有『賓』帝之祀等。然此制之見重於《周禮》，亦因周初之思想原重人德之故。」見《中國哲學原論·導論篇》（香港：人生出版社，1966年月出版），頁506。而林耀曾在《中國哲學史·導讀》中也說：「周人承認天帝是宇宙的主宰，具有先上的權威，而祖先神的地位與之相配，但殷王朝時，殷人的祖先克配上帝，到了周朝，周人的祖先克配上帝，何以如此的『天命靡常』，它又以什麼作為依據呢？在理論上就不得不在人事方面作一番努力了。」見《國學導讀叢編》上（臺北市：康橋出版事業公司，1979年4月初版），頁418-419。

> 赫赫姜嫄，其德不回，上帝是依（附），無災無害；彌月不
> 遲，是生后稷。……奄有下國，俾民稼穡。(〈魯頌・閟宮〉)

既然有人可以由天神降生，或經上帝附身而出世，以負定國教民的責
任，那麼，在他們死後，當然就能回到天上而成為神了，因此《詩
經・大雅・文王篇》說：

> 文王在上，於昭于天；周雖舊邦，其命維新，有周不顯，帝命
> 不時；文王陟降，在帝左右。

而《尚書・君奭篇》則說：

> 我聞在昔，成湯既受命，時則有若伊尹，格于皇天。在太甲，
> 時則有若保衡。在太戊，時則有若伊陟、臣扈，格于上帝；巫
> 咸，乂王家。在祖乙，時則有若巫賢。在武丁，時則有若甘
> 盤。率惟茲有陳，保乂有殷；故殷禮陟配天，多歷年所。

這樣，一由於「其神在天」，一由於「死後，他的神靈就配合著天帝
享受祭祀」[10]，於是「皇祖」、「先王」與「天」並列，而享有天帝那
樣賜福下民的無上神力，也就是理所當然的事了。

而這些「天」、「帝」或「皇祖」、「先王」，因為發揮了正常之
「福善」能力，讓人不但享有穰穰豐年，增進健康與眉壽，更得以安
邦定國，造福民眾與子孫，以獲致無疆之福祉，所以人也就直接地用

---

10 一見屈萬里：《詩經釋義》（臺北市：中華文化出版委員會，1953年版），頁204注
　（二），一見屈萬里：《尚書今註今譯》，頁144譯文。

祭祀的方式，將自己喜愛的食物或珠寶獻給上天或皇祖，以表示真誠的謝意。這種藉「祭祀以報恩」的觀念，在春秋以前，可說相當流行，不但在《詩經》中可以見到如同上引各例的記述，就是在《尚書》裡也可以找到一些例子，如：

> 公（周公）稱不顯德，以予小子（成王），揚文武烈，奉答天命，和恆四方民，居師。惇宗將祀，稱秩元祀，咸秩無文。惟公德明，光于上下，勤施于四方，旁作穆穆，迓衡不迷文武勤教。予沖子夙夜毖祀。（〈洛誥〉）
>
> 其作大邑，其自時配皇天，毖祀于上下，其自時中乂。王厥有成命，治民今休。（〈召誥〉）
>
> 爾尚克羞饋禮，爾乃自介用逸，茲乃允惟王正事之臣；茲亦惟天若元德，永不忘在王家。（〈酒誥〉）

可見周人藉「祭祀以謝天」的意識，是相當普遍而強烈的。他們所以如此，大抵說來，乃是由於上天或先祖的愛直接觸發了他們之愛的緣故[11]。他們的這種愛，可說是對父母之愛的一種延伸，乃自然發自於內心的；它經由父母、先祖，自近而遠地一線達於天帝身上。而藉

---

11 唐君毅在〈論中國原始宗教信仰與儒家天道觀之關係兼中國哲學之起源〉一文中曾就這個問題加以分析說：「人在自以為得神之助力賜福以後，對於神同時有感恩的意識。而人在保持其天神信仰時，對於其一切意外未曾預期而獲得外在的幸福與精神之啟示，恆歸之神，而感恩意識尤強。此種感恩之意識為宗教意識中最純粹之道德意識。蓋人之所以感恩，可源於以先之慾望，然感恩本身乃感對方之愛，直接對此愛之一反應。此時吾人對此愛本身感恩，即與此愛覿禮相遇，承受之而謀有以還報之。還報之情欲發而未發，欲發而自覺一時所能發之還報，不足與所接受之愛相當，遂轉而為感恩。」見胡適、傅斯年等：《中國哲學思想史論集‧總論篇》（臺北市：水牛出版社，1976年8月版），頁176。

「祭祀以謝天」，正是他們這種愛心的自然流露，也是一種「孝」的表現，所以《詩經》上說：

　　苾芬孝祀，神嗜飲食。(〈小雅‧楚茨〉)
　　以孝以享，以介眉壽。(〈大雅‧載見〉)

在這裡，《詩經》的作者特以「孝」字與「祀」或「享」字並用，無疑地，是有充分理由的。

　　通常在感恩之情湧生後，人除了直接用祭祀的方式來表示外，還會積極地透過成自順天意識的道德行為來還報，並進一步地想藉此以贏得持久的天眷，譬如《詩經》說：

　　於穆清朝，肅雝顯相。濟濟多士，秉文之德；對越在天，駿奔走在廟。不顯不承，無射於人斯。(〈周頌‧清廟〉)
　　昊天有成命，二后受之。成王不敢康，夙夜基命宥密。於緝熙，單厥心，肆其靖之。(〈周頌‧昊天有成命〉)

所謂「秉文之德，對越在天」，所謂「夙夜基命宥密，於緝熙，單厥心」[12]，成德以順天的意思，可說是相當明顯的。又如《尚書》上說：

　　嗚呼！古我前后，罔不惟民之承保，后胥慼，鮮以不浮于天時。(〈盤庚〉)

---

12 「秉文之德」兩句，是「秉奉文王之德，順承而發揚彼在天者（文王之神在天）之意」；「夙夜基命宥密」三句，即「夙夜敬勤其始受之命，而又謹慎」之意。見屈萬里：《詩經釋義》，頁261-262、364。

惟我周王，靈承于旅，克堪用德，惟典神天。天惟式教我用
休，簡畀殷命，伊爾多方。(〈多方〉)

所謂「罔不惟民之承保、后胥慼，鮮以不浮于天時」，所謂「克堪用
德，惟典神天」[13]，用德以順天的意思，不又是十分明顯的嗎？

　其實，這種「順天以謝天」的觀念，追根究柢地說，乃是由「敬
天」意識所引發的。關於這點，唐君毅說得好：

感恩之本質，必趨向於還報，在此還報之意識中，乃對對方之
愛，先以吾之敬遇之。由敬以引出吾用以還報之愛，順吾之敬
以承對方之愛，而伸展吾之愛以直達於對方，故此中包含對方
人格價值之體驗與尊重，及我之人格價值、我之道德自我之創
建。[14]

這種說法，可從《詩》、《書》裡直接找到證據，譬如《書經·洛誥
篇》說：

王（成王）拜手稽首曰：「公！不敢不敬天之休，來相宅，其
作周匹休。公既定宅，伻來、來，視予卜休恆吉，我二人共
貞；公其以予萬億年。敬天之休；拜手稽首誨言。」

---

13　「罔不惟民之承保」三句，是說「（古時我們的先王）沒有不是保護人民的，先王
　都親愛他們；很少有不順應天時去作的」；「克堪用德」兩句，是說「能夠照著美德
　（行事），只是效法神明的老天」。見屈萬里：《尚書今註今譯》，頁58、152。

14　見唐君毅：〈論中國原始宗教信仰與儒家天道觀之關係兼釋中國哲學之起源〉一
　文，引自《中國哲學論集·總論篇》，頁176。

又如《詩經・周頌・敬之篇》說：

> 敬之敬之，天維顯思，命不易哉！無曰：「高高在上」。陟降厥
> 士，日監在茲。維予小子，不聰敬止。日就月將，學有緝熙于
> 光明。佛時仔肩，示我顯德行。

所謂的「敬天之休」，是說「敬謹地接受老天所賜予的福祥」；所謂的
「不聰敬止」，是說「聽德神之意旨而戒慎之」[15]，分別把「敬天」的
意識表現得非常明白，這可說是人對上天「福人」的一面所作的直接
反應，是極為自然的。

　　由上天福人的一面導出了周人「敬天」的意識，照樣地，其「禍
人」的一面也可使他們形成「敬天」的觀念，譬如《詩經》上說：

> 敬天之怒，無敢戲豫；敬天之渝，無敢馳驅。昊天曰明，及爾
> 出王；昊天曰旦，及爾游衍。(〈大雅・板〉)
> 浩浩皇天，不駿其德，降喪饑饉，斬伐四國。……凡百君子，
> 各敬爾身，胡不相畏？不畏于天！(〈小雅・雨無正〉)

而《尚書》上也說：

> 在後之侗，敬迓天威，嗣守文武大訓，無敢昏逾。今天降疾，
> 殆，弗興弗悟；爾尚明時朕言，用敬保元子釗，弘濟于艱難。
> (〈顧命〉)
> 眇眇予末小子，其能而亂四方，以敬忌天威。(仝上)

---

15 見屈萬里：《尚書今註今譯》，頁124及《詩經釋義》，頁274。

可見「天威」或「天怒」，如同「天休」一樣，是會使人生出「敬天」意識的，只不過是它伴隨而來的，並不是謝天、順天，而是畏天、怨天、疑天罷了。

　　「畏天」的意識是人在感受上天變常所發威怒之後產生的，它和報恩一樣，在周初即已形諸文辭，譬如上引〈小雅・無正篇〉說：「不（大）畏于天」，又如〈大雅・雲漢篇〉說：

　　　　昊既大甚，則不可推。兢兢業業，如霆如雷。周餘黎民，靡有子遺。昊天上帝，則不我遺。胡不相畏？先祖于摧。

而《尚書・酒誥篇》也說：

　　　　迪畏天，顯小民，經德秉哲。

這些都是明顯的例子。當然，人在產生了「畏天」意識後，為了使自己免於遭受天罰，也會藉祭祀或道德行為來祈求上天賜福，不過，這乃是由「勉強而行」，與上述謝天的「安行」與順天的「利行」，是稍有不同的。譬如《詩》、《書》上說：

　　　　乃惟爾商後王，逸厥逸，圖厥政，不蠲（潔）烝（祭）；天惟降時喪。（〈多方〉）
　　　　天方艱難，曰喪厥國。取譬不遠，昊天不忒。回遹（邪僻）其德，俾民大棘（困）。（〈大雅・抑〉）

在周人的觀念裡，既然是由於「不蠲烝」，以致「天惟降時喪」；而「回遹其德」，便受「昊天不忒」之報應，而「俾民大棘」，那麼，他

們不得不祭天（祖）以求天祐，「秉德」以畏「天威」，便是十分自然
的事了。因此《詩》、《書》上說：

> 我將我享，維羊維牛，維天其右之。儀式刑文王之典，日靖四
> 方，伊嘏文王，既右饗之。我其夙夜，畏天之威，于時保之。
> （〈周頌·我將〉）
> 亦惟純佑秉德，迪知天威，乃惟時昭文王，迪見冒聞于上帝，
> 惟時受有殷命哉！（〈君奭〉）

這種由「畏天之威」所引起的祭祀或「秉德」行為，無疑地，與祭祀
以謝天、「秉德」以順天的情形，是略有差異的。

　　不過，以祭祀或「秉德」來求得天眷，並不是都能如願的，因為
天神也時有賞罰失常的時候，譬如《詩經》上說：

> 天降喪亂，饑饉薦臻。靡神不舉，靡愛斯牲。圭璧既卒，寧莫
> 我聽！（〈大雅·雲漢〉）
> 天降罪罟，蟊賊內訌。昏椓靡共，潰潰回遹，實靖夷我邦。皋
> 皋訿訿，曾不知其玷；兢兢業業，孔填不寧，我位孔貶。（〈大
> 雅·召旻〉）
> 昊天不平，我王不寧；不懲其心，覆怨其正。（〈小雅·節南
> 山〉）
> 昊天疾威，弗慮弗圖；舍彼有罪，既伏其辜；若此無罪，淪胥
> 以鋪。（〈小雅·雨無正〉）

這樣，「靡神不舉」，卻「寧莫我聽」；「兢兢業業」，卻「我位孔貶」；
「舍彼有罪」，卻「覆怨其正」，那就難怪會使有些人埋怨「昊天不平

（正）」，而最後連帶地把昊天無上的權威性也沖淡了[16]，於是很自然地「皈依於神之宗教意識轉弱，創建其自我之意識轉強」[17]，譬如《詩》、《書》上說：

> 天不可信，我道惟寧王德延，天不庸釋于文王受命。（〈君奭〉）
> 若天棐（不）忱（信），我亦不敢知曰，其終出于不祥。（仝上）
> 天生烝民，其命匪諶（信）；靡不有初，鮮克有終。（〈大雅·蕩〉）
> 天命不徹（明），我不敢傚。（〈小雅·十月之交〉）

「天不可信」或「天命不徹」這類觀念的出現，和「報恩意識」的產生一樣，在中國學術思想發展史上來說，可稱得上是一件值得注意的大事，透過它，人才有機會日漸開拓理性，而「求之於人的自身」[18]，

---

16 韋政通：「怨天的詩正多，如『浩浩昊天，不駿（長）其德』（雨無正），如『民今方殆，視天夢夢』（正月），如『昊天不惠，降此大戾』（節南山），所以有人就以《詩經》做根據，而斷言原始宗教的權威，在這個時代已墜落。純就《詩經》看，雖是如此，但《詩經》只能反映當時一部分的情形，如以偏概全，以為宗教的權威在這個時代真的全面墜落，那是不確的。」見《中國哲學思想批判》，頁18。

17 見唐君毅：〈論中國原始宗教信仰與儒家天道觀之關係兼釋中國哲學之起源〉一文，《中國哲學思想論集·總論篇》，頁177。

18 梁啟超說：「迨幽厲之交，宗周將亡，詩人之對於天，已大表其懷疑態度。蓋當喪亂之際，疇昔福善禍淫之恆言，事實上往往適得其反，人類理性日漸開拓，求其故而不得，則相與疑之。」見《先秦政治思想史》第二章（臺北市：中華書局，1944年8月初版），頁28。而徐復觀也說：「觀乎夏商、殷周之際，一有失德，天命即轉向他人，於是而有『天命靡常』的觀念。更以合理之精神投射於天命之上，而又有天命不可知、不可信賴的思想。天命不可知、不可信，是說離開了自己的行為而僅靠天命，則天是不易把握，是無從信賴的。天命既無從信賴，則惟有返而求之於人的自身；這便漸漸從宗教對神的倚賴性中能一一解脫出來了。但人類要從宗教中完全解脫出來，這在周初當為時過早。」見《中國人性論史》，頁25-26。

將知行活動的重心由「天」逐漸地落實到「人（物）」的本體上來，堅實地預為「依賴於神的宗教意識，轉出自創建其道德自我之意識」[19] 構築一座橋樑。譬如《詩》、《書》上說：

> 汝不和吉言于百姓，惟汝自生毒，乃敗禍姦宄，以自災于厥身。乃既先惡于民，乃奉其恫，汝悔身何及！（〈盤庚〉）
> 天非虐，惟民自速辜。（〈酒誥〉）
> 亂匪降自天，生自婦人；匪教匪誨，時維婦寺。（〈大雅‧瞻卬〉）
> 下民之孽，匪降自天，噂沓背憎，職競由人。（〈小雅‧十月之交〉）

這種「咎由自取」的自覺，在神權重於一切的時代而言，是極為難能可貴的。人有了這份內心的自覺，才得以撥雲霧睹青天，脫下原始宗教的外衣，化除對天神那種絕對崇拜與恐怖的意識，開始正視本身及周遭的事物，從而察覺本身的責任，湧生出強烈的「憂患意識」[20]，

---

19　見唐君毅：〈論中國原始宗教信仰與儒家天道觀之關係兼釋中國哲學之起源〉一文，引自《中國哲學論集‧總論篇》。

20　徐復觀說：「在以信仰為中心的宗教氣氛之下，人感到由信仰而得救；把一切問題的責任交給於神，此時不會產生憂患意識；而此時的信心，乃是對神的信心。只有自己擔當起問題的責任時，才有憂患意識。這種憂患意識，實際是蘊蓄著一種堅強地意志和奮發的精神。……在憂患意識躍動之下，人的信心的根據，漸由神而轉移向自己本身行為的謹慎與努力。這種謹慎與努力，在周初是表現在『敬』、『敬德』、『明德』等觀念裏面。」見《中國人性論史》，頁21-22。而牟宗三也說：「中國人的憂患意識絕不是生於人生之苦罪，它的引發是一個正面的道德意識，是德之不修、學之不講，是一種責任感。由之而引生的是敬、敬德、明德與天命等等的觀念。孟子說：『人生於憂患，死於安樂』，中國人喜言：『臨事而懼，好謀而成』（《論語‧孔子語》）。憂患的初步表現便是『臨事而懼』的負責認真的態度。」見《中國哲學的特質》第三講（臺北市：臺灣學生書局，1976年10月四版），頁15。

謹慎地調整自身的知行活動，以回應「天命」，自求多福。譬如《詩經》上說：

> 無念爾祖，申修厥德；永言配命。自求多福。(〈大雅·文王〉)
>
> 靡有不孝，自求伊祜（福）。(〈魯頌·泮水〉)

這樣，禍福之機，由「操之於天」而一變為「操之於人」，自然使得古代那種「天人相與」的觀念，逐步地抹去原始宗教的神秘色彩，而趨於明朗真實，為後來的賢哲開闢了一條康莊大道，使他們能透過自反的工夫，循著「利行」的順天與「勉強行」的畏天心理，生出「憂患意識」，從而努力於「經德秉哲」，產生雙螺旋互動作用，由外而內地尋出「人道」的根源來，以開出一套「人道」思想；然後合天人為一，擴充「安行」的報恩意識，由內而上地反射出「天道」的至誠或至善來，以開出一套「天道」思想，終至於匯為中國哲學思想之主流，潤澤著廣大的土地，滋養著民族的生命，這不但值得我們大書特書，也是值得大家大聲喝采的。

## 第二節　中庸天人思想的淵源

人透過沈潛反省，在強烈「憂患意識」的驅策下，由「困知」、「勉行」而「學知」、「利行」，以有系統地從紛紜的知行活動中理出一套「人道」思想，再由外而內地尋根於「生知」、「安行」，從而把原始的報恩意識推及於整個「仁、智」的生命領域，以自覺到「人（物）之「性」本然的「誠」或「善」，然後由內而上地體貼出「天道」之「至誠」或「至善」來，這不僅在周初無法全面辦到，就是在春秋時期，也是難於圓滿達成的。因為在這段時間裡，原始宗教的權

威猶未普遍墜落，對「人道」與「人（物）性」之內涵既未有懇切的
體認，而對「人（物）性」與「天命」、「天道」間的關係，也尚無直
接而深刻的了解，以致無法一時打通「天道」、「天命」下貫而為
「性」的隔閡，嚴密地建立合「天 ←→ 人」、「知 ←→ 行」而一的雙螺
旋互動思想體系。不過，無可否認地，如果沒有這段時間的孕育滋
長，以預先開啟「人道」、「性命」和「天道」相貫通的大門，則在戰
國以後也不可能那樣順利地開花結果，通過自身之覺悟體現出粹然
「至善之天道」來。因此，探尋《中庸》「天 ←→ 人」雙螺旋互動思
想的根源，是不能不上溯到這段「天命」下貫而為「人（物）性」、
上通而為「天道」的過渡時期的。

　　「天命」的觀念，早在周初即已形成。它是由原始的「帝」和
「天」往下朝著「人（物）」的方向演進過來的 [21]。它在《詩》、《書》
上出現得頗頻繁，譬如：

　　　　侯服于周，天命靡常。殷士膚敏，祼將（助祭）于京。（〈大
　　　　雅・文王〉）
　　　　惟命不于常，汝念哉！無我殄享。（〈康誥〉）
　　　　維此文王，小心翼翼。昭事上帝，聿懷多福。厥德不回，以受
　　　　方國。（〈大雅・大明〉）
　　　　惟乃丕顯考文王，克明德慎罰，不敢侮鰥寡，庸庸、祗祗、威
　　　　威、顯民。用肇造我區夏；越我一二邦，以修我西土。惟時

---

21 韋政通說：「帝與天畢竟是原始宗教的主要觀念，從哲學史的觀點看，至多只能算
　　是哲學前期的概念，或視為哲學的胚胎，它必須繼續向前演變。演變的方向且是向
　　人身接近，然後爆發了哲學的智慧。據我的看法，天命和天道，就正是這繼續演變
　　的產物。……天命的特性，是既不混同於天，也不偏向於人，它是既在天又在人的
　　『天人之際』。天命的出現，才正式打通了人與天之間內在的關係」。見《中國哲學
　　思想批判》，頁14-15。

> 怙，冒聞于上帝，帝休。天乃大命文王，殪戎殷，誕受厥命。
> （〈康誥〉）
> 上下勤恤，其曰我受天命，丕若有夏歷年，式勿替有殷歷年，
> 欲王以小民受天永命。（〈召誥〉）
> 君奭！天壽平格，保乂有殷；有殷嗣，天滅威。今汝永念，則
> 固命，厥亂（用）明我新造邦。（〈君奭〉）

由於這種「天命」觀念的出現，居中拉近了「人」與「天」的關係，
使人在它禍福失常的衝擊下，轉生「天命靡常」、「命不于常」的觀
念，而結果得以反躬自省，導生出「憂患意識」，逐漸地懂得努力於
修德，以回應「天命」，自求多福，並進一層地「祈天永命」[22]，這從
上引諸例裡是可以看得一清二楚的。

　　而周人能感於「天命」之靡常，而湧生「憂患意識」，開始懂得
努力修德，調整自身的知行活動，以「祈天永命」，這樣正好為人類
打開了一扇「修道」（教）之門。而人也就從此曉得盡力地運用智
慧，踐履德行，在「人道」的園地上耕耘，以耕耘之豐碩收穫為跳
板，亦即所謂「通過有象者以證無象」[23]，逐步地使「天命」對顯出
來，一面更迫向人（物）類的身上，而凝為「人（物）之「性」；一
面更貼近形而上的實體，而展現「天道」。這是我國先哲「經德秉
哲」以化消天神權威所累積下來的成果。

---

22 「天命靡常」、「努力於修德，以自定其未來」及「祈天永命」的觀念，唐君毅在其
　　〈先秦天命思想之發展〉一文中，曾依次將它們約為「天命之周徧義」、「天命與人
　　德之互根義」及「天命之不已義」三者，並分別指明了它們與後世各種哲學觀念的
　　關係，詳見《中國哲學原論・導論篇》，頁504-508。
23 見牟宗三：《心體與性體》第一冊（臺北市：正中書局，1979年12月臺三版），頁
　　242。

　　那麼，經過先哲在「人道」方面的努力，究竟逐步地使「天命」對顯些什麼？換句話說，就是洞悟出「天」是命了些什麼原動力在「人（物）」之上，使人能藉以認知修德，以達於「成己⟷成物」的雙螺旋互動之地步呢，這就必須先涉及「命哲」與「秉彝」的兩個觀念了。

　　「命哲」一詞，見於《尚書・召誥篇》：

> 若生子，罔不在厥初生，自貽哲命；今天其命哲、命吉凶、命歷年。

對於這節文字，孔傳解釋說：

> 言王新即政，始服行教化，當如子之初生，習為善則善矣。自貽智命，無不在其初；為政之道，亦猶是也。今天制此三命，惟人所修；修敬德則有智，則常吉，則歷年；為不敬德則愚、凶、不長。雖說之於天，其實在人。[24]

由孔氏的解釋，可知他是以「智」或「善」來訓釋「哲」字的，這種字義，在《詩》、《書》裡用得頗普遍，譬如：

> 維此哲人，謂我劬勞；維彼愚人，謂我宣驕。（〈小雅・鴻雁〉）
> 既明且哲，以保其身。（〈大雅・烝民〉）

---

24 孔安國傳，孔穎達正義：《十三經注疏・禮記》（臺北市：新文豐出版公司，2001年6月初版），頁592-593。

> 知人則哲，能官人；安民則惠，黎民懷之。（〈皋陶謨〉）
> 廸畏天，顯小民，經德秉哲。（〈酒誥〉）

在上引各例裡，「哲」不是與「明」連用，就是和「愚」或「德」、「惠」對舉，顯然都未離「智」的意義範圍。若以這種「哲」字的意義，配合「自貽哲命」的說法來看，則它與《中庸》第二十五章「成己，仁也；成物，知也；性之德也」的「知」，可說頗為類似。不過，它正如孔傳所說的「雖說之於天，其實在人」，依然只是應然的智慧運用，並未越過「人道」的畛域，達到後來內在知性的意境，因此孔氏所謂的「敬德則有智」，既與《中庸》第二十一章「自誠明謂之性」的說法有前，而所謂的「哲命」，與真正的「性善說」，除偏全有異外，和它的成立，也是有著一大段距離的 [25]。

「秉彝」一詞，則見於《詩經‧大雅‧烝民篇》：

> 天生烝民，有物有則；民之秉彝，好是懿德。

對於這四句詩，朱子在其《詩集傳》裡曾加解釋說：

> 言天生眾民，有是物必有是則。蓋自百骸、九竅、五臟，而達

---

25 關於這點，徐復觀在其〈周初宗教中人文精神的躍動〉一文中曾加闡釋說：「『命哲』乃是天命的新內容，此一觀念，為從道德上將人與天連在一起的萌芽，這是『人由天所生』的應有的涵義。尤其召誥認為天之命哲、命吉凶、命歷年，並非預定而固定的，而是不可知的；所可知者，只看各人開始的努力如何（『知今我初服』）。因此，便有『自貽哲命』的觀念，這更和性善說很接近了。但此時『命哲』的天命，尚未進入到人的性裏面。」『自貽哲命』，不是從內轉出，而只是向上的承當、實現。因此，這依然只能算性善說的萌芽；和真正性善說的成立，還有一段相當遠的距離的。」見《中國人性論史》，頁31-32。

之君臣、父子、夫婦、長幼、朋友，無非物也，而莫不有法
焉。如視之明、聽之聰、貌之恭、言之順、君臣有義、父子有
親之類是也。是乃民所執之常性，故其情無不好此美德
者。……昔孔子讀詩至此而贊之曰：「為此詩者，其知道乎？
故有物必有則，民之秉彝也，故好是懿德」，而孟子引之，以
證性善之說。其意深矣！讀者其致思焉。[26]

照朱子的解釋，《詩經》這幾句詩的主要意思是說：天生人類的個
體，無論是耳目口鼻等官能的交接，或是君臣、父子、夫婦、長幼
（兄弟）、朋友等人倫的關係，都存在著一定的道理或原則，譬如官
能上的視明、聽聰、貌恭、言順和人倫上的「君臣有義、父子有親」
便是。而這一定的道理或原則，正屬人（物）類所執持的恆常之
「性」，也是「好善惡惡」的一種美德。初看起來，這所謂的「秉
彝」，與後來的「性善說」，說法似乎相同[27]；而所謂的「德」，與
《中庸》第二十五章「成己，仁也；成物，知也，性之德也」的
「仁」，也非常接近。然而本詩的作者在此僅是就人道上來說「秉
彝」、說「懿德」，所說的「秉彝」，既有真正的「性善說」還有所差
別，就是「懿德」，也只是指應然的合理行為，並未達到後來「內在

26 朱熹：《詩集傳》七卷十八（臺北市：臺灣商務印書館，四部叢刊，影印上海涵芬
　樓印日藏宋本），頁24-25。
27 對《詩經》這章詩義，牟宗三曾作過如下之解釋：「由『秉彝』已十分接近于說
　『性』，故孟子引之以證性善。『有物有則』，是客觀地說。『民之秉彝，好是懿德』，
　則是主觀地說，即由好懿德以見人所秉持之常性。為此詩者確有道德的洞見，亦有
　道德的真實感，故能直下從則、道，說到內心好德之實，即說到定然之秉彝之性。
　雖未明言性字，亦必然要遍至矣。故孟子直引之以證性善也。」見《心體與性體》
　第一冊，頁209。

德（仁）性的意境」[28]，所以它就「命」來說，和「哲命」一樣，是
尚未真正實入「人（物）」的「性體」裡面的。

　　繼「哲命」與「秉彝」觀念之後，進一步使「天命」下貫而為
「性」的是劉康公「民受天地之中以生，所謂命也」和孔子「仁、
智」對顯、互動的觀念。「民受天地之中以生，所謂命也」的觀念，
見於《左傳・成公十三年》：

　　劉子曰：「吾聞之，民受天地之中以生，所謂命也，是以有動
　　作禮義威儀之則，以定命也。能者養以之福，不能者敗以取
　　禍。」

孔穎達在《左傳正義》裡，對這段文字作了這樣的解釋：

　　天命之中，謂中句之氣也；民者，人也。言人受此天地中和之
　　氣以得生育，所謂命也。命者，教命之意，若有所稟受之辭，
　　故《孝經》說云：「命者，人之所稟受度」是也。命雖受之天
　　地，短長有本，順理則壽考，逆理則夭折，是以有動作禮義威
　　儀之法則以定命，言有法則命之長短得定，無法則夭折無恒
　　也。故人有能者，養其威儀禮法，以往適於福；或本分之外，
　　更得延長也。不能者敗其威儀禮法，而身自取禍；或本分之
　　內，仍有減割也。[29]

---

28　唐君毅：「《詩經》所謂『天生烝民，有物有則，民之秉彝，好是懿德』云云，仍未
　　確定此所好之懿德之內在於己，而可是好在外之嘉言懿行之德之意，此所謂『則』，
　　亦可為在『物』外對物加以規定之法則之意。」見《中國哲學原論・導論篇》，頁
　　511。
29　左丘明著、杜預注、孔穎達疏：《十三經注疏・左傳》，頁1201。

依據孔疏的說法，劉康公口中的「命」，說的乃是「教命」，為人類趨於壽考或夭折的天然生育力，這種生育力，往上而言，源於「天地中和之氣」，往外來說，貫於「動作禮義威儀之則」，是非固定不變的；因此必須藉「動作禮義威儀之則」，亦即「人道」之努力，在本分之內加以「貞定住」[30]。能如此做，則不但可以順理致福，甚至在本分之外也之延長福壽；不然，就要逆理取禍，甚至在本分之內也將減割福壽了。這顯然是就人類自然之生來說「命」，與後儒所謂之「性」，當然是仍有一段距離的[31]。不過，它卻繼「哲命」、「秉彝」之後，又具體地為「天命」注入了新的內容——「中」，這個「中」字，我們在第二章就已談過，它早在春秋以前就已延伸入道德之領域，除了單用外，又形成「中德」、「中正」、「中行」、「中道」等種種含道德意義的複詞；而所謂「天地之中」的觀念，無疑地，就是由這類道德之「中」，透過先哲的自覺，投射於天地而形成的。如此一來，「天命」原有的宗教意味自然就變得更為淡薄了。這是「天命」下降凝結而為「人（物）」之「性」的重要過程，是值得特別注意的。

　　「仁」的觀念，成於孔子，是人人盡知的事實，而「智」與「仁」對顯、互動，在《論語》一書裡，亦屢見不鮮，如孔子說：

---

30 語見牟宗三：《中國哲學的特質》第四講，頁23。

31 對劉子這段話，唐君毅曾解釋說：「此段後文，明連禍福與致敬養神言，則此『命』此『則』，正宜視為超越外在於人，而尚非即內在於人，同於後儒所謂性者。若如此說，則此所謂受『命』為『則』，詩之有物有則之『則』，亦猶近乎詩書中所謂天敘天秩之典常彝倫之『則』，與天降命於人，人當受之以『申修厥德』之『命』。故孔穎達疏此段謂命為教命之意，當適得其原意。唯劉康公之言，直接以天地之命為民之生之則，乃將民之自然之『生』，直接與上天所降之『義所當然之命』相照而言。性古為生字，則此言亦即將人性與天命相照而言之始。由此再經孔墨思想之轉折，即可漸有孟子中庸之義矣。」見《中國哲學原論・導論篇》，頁512。

里仁為美，擇不處仁，焉得知。(〈里仁〉)

不仁者不可以久處約，不可以長處樂。仁者安仁，知者利仁。
(仝上)

知者樂水，仁者樂山；知者動，仁者靜；知者樂，仁者壽。
(〈雍也〉)

可見「仁」與「智」對顯、互動的觀念，在孔子時即已成熟。這是周初「哲命」與「民之秉彝，好是懿德」觀念的融合，換句話來講，也就是《書經・酒誥》「經德秉哲」觀念由外而內的進一層發展，是非常難得的。當然，「智」與「仁」之所以能對顯、互動，是有其原因的，試看在上舉諸例中；「仁」與「智」，在表面上看，雖有「利」與「安」、「樂水」與「樂山」、「動」與「靜」、「樂」與「壽」的不同，但實際上，「不惟不相悖」，而是「反相為用」[32] 的。因為孔子既以「處仁」、「利仁」為「知」(智)，又以一體兩面之動、靜來說「仁」、「智」，而動、靜是「以體言」的，若把它們改從「情」(喜好) 和「效」上來說，則顯然就是「樂山」、「樂水」和「壽」、「樂」了 [33]。可見「仁」、「智」形成了雙螺旋互動的關係，是非比尋常的，這種密切的關係，從下列兩章的記載中更能看得明白：

樊遲問知，子曰：「務民之義，敬鬼神而遠之，可謂知矣」，問仁，曰：「仁者先難而後獲，可謂仁矣。」(〈雍也〉)

樊遲問仁，子曰：「愛人」，問知，子曰：「知人」；樊遲未達，

---

32 見朱熹：《四書集註・論語》(臺北市：學海出版社，1984年9月初版)，頁139。

33 朱熹注云：「知者達於事理，而周流無滯，有似於水，故樂水；仁者安於義理，而厚重不遷，有似於山，故樂山。動靜，以體言；樂壽，以效言。動而不括，故樂；靜而有常，故壽。」見《四書集註・論語》，頁92。

　　子曰：「舉直錯諸枉，能使枉者直」。樊遲退，見子夏曰：「鄉
　　也，吾見於夫子而問知，子曰：『舉直錯諸枉，能使枉者直』，
　　何謂也？」子夏曰：「富哉言乎！舜有天下，選於眾，舉皐
　　陶，不仁者遠矣；湯有天下，選於眾，舉伊尹，不仁者遠
　　矣。」（〈顏淵〉）

對於前一章，朱子解釋說：

　　專用力於人道之所宜，而不惑於鬼神之不可知，知者之事也；
　　先其事之所難，而後其效之所得，仁者之心也。……呂氏曰：
　　「當務為急，不求所難知；力行所知，不憚所難為。」[34]

所謂「人道之所宜」與「當務為急」，從根源上言，就是「仁」；所謂
「先其事之所難」，就是「力行所知」，亦即「知」的切實踐履；這樣
看來，「智」所以知」仁」，「仁」所以行「智」，本來就由雙螺旋互
動而合而為一的。

　　至於後一章所謂的「舉直錯諸枉」、「選於眾、舉皐陶」與「選於
眾，舉伊尹」，說的即「知」；而所謂的「使枉者直」與「不仁者遠
矣」，說的則是「仁」。這樣兼仁（愛人）、智（知人）來修己治人，
自然就能互用而雙成[35]。也正由於它們能互用而雙成，所以孔門設

---

34 見朱熹：（《四書集註‧論語》，頁92。
35 高明於〈孔子倫理學說的基本精神〉一文中曾闡釋《論語》此章涵義云：「這一次孔
　　子的答覆，『仁』是『愛人』，『知』是『知人』，最為簡潔明了。孔子的學說，一切
　　以『人』為本。『愛人』是情感的表現，『知人』是理智的表現。『仁』、『知』是相互
　　為用的，如果『愛人』而不『知人』，則『直』與『枉』不分，一樣的看待，就不
　　『能使枉者直』，這不是『愛人』之道。如果『愛人』而『知人』，『枉』與『直』
　　分辨得清楚，自能『舉直錯諸枉』，『愛人』的人都能出頭。由此可知『仁』與『知』

教，即以此為重心，譬如《論語・子張篇》載子夏之言說：

> 博學而篤志，切問而近思，仁在其中矣。

這裡所謂的「博學」、「篤志」、「切問」、「近思」，說的全是屬於
「智」方面的事，而結果卻「仁在其中」，可見由「智」求「仁」的
意思，是相當明顯的，所以朱子說：

> 四者皆學問思辨之事耳，未及乎力行而為仁也。然從事於此，
> 則心不外馳，而所存自熟，故曰：「仁在其中矣」。程子曰：
> 「博學而篤志，切問而近思，可以言仁在其中矣，學者要思得
> 之，了此即是徹上徹下之道」，又曰：「學不博則不能守約，志
> 不篤則不能力行，切問近思在己者，則仁在其中矣。」[36]

朱子在此配合《中庸》第二十章「博學之，審問之，慎思之，明辨
之，篤行之」的「誠之之目」來解釋，是非常精當的，因為《中庸》
的這幾句話，顯然就是源出於此的；惟引程子所說「志不篤則不能力
行」，將「志」當作「心志」之志來看待，則似有未妥。關於這點，
鄭浩在《論語集註述要》中就曾提出他的看法，他說：

> 孔註：「博學而篤志，廣學而厚識之也」，浩按：孔註讀志為
> 識，志、識、記，古通；篤志即厚記，亦無忘所能意，第七
> 篇：「默而識之」，集註：「識，記也」，默記之功，夫子至謂何

---

的關係。」見《高明文輯》上（臺北市：黎明文化事業公司，1978年3月初版），頁
523。

36　朱熹：《四書集註・論語卷十》，頁186。

有於我，知其為學中一項切要功夫。朱子云：「聖賢之言，常
要在目頭過，口頭轉，心頭運」，此非篤記而何？以本文順序
言之，初而學，既學而記，疑則問，終乃思而求得於己，學之
後、問之前，中間篤記一層，正不可少。若作心志之志，則四
者乃求知之序，中間何以夾此為也？學而博，記而篤，問而
切，思而近，自為篤志者矣。……此章為子最善學夫子深有得
力之言，夫子訓人求仁之功，未嘗為高深語，皆切問近思也。
《論語》一書，規模亦不外此。[37]

鄭氏所作的這番說明，理由和證據都很充分，無疑地，它是最合子夏
原義的。而所說「《論語》一書，規模亦不外此」的話，也甚有見
地，因為孔子平時所最重視的，也的確是這種「自明（智）誠
（仁）」之教，這可另從《論語・子罕篇》載顏回讚美孔子的幾句話
中獲得證明：

夫子循循然善誘人，博我以文，約我以禮。

這幾句話，照朱子的解釋是：

循循，有次序貌；誘，引進也。博文約禮，教之序也，言夫子
道雖高妙，而教人有序也。侯氏曰：「博我以文，致知格物
也；約我以禮，克己復禮也」，程子曰：「此顏子稱聖人最切當
處，聖人教人，惟此二事而已。」[38]

---

37 陳滿銘：《中庸思想研究》引（臺北市：文津出版社，1980年3月初版），頁64。
38 朱熹：《四書集註・論語卷五》，頁186。

可見「博我以文」，說的是「格物致知」，也就是「智」之事；「約我以禮」，說的是「克己復禮」，亦即「仁」之事。孔子這樣地用「先智後仁」的「教之序」來「循循然善誘人」，與上舉子夏所說的四句話，從表面上看雖各有不同，但在意義上，可說是完全相通的，因為所說的無非是「由智而仁（自明誠）」的成聖次第，只不過是，一就學上說，一就教上言，因而說詞不免有別而已。

　　經過這種自智（明）而仁（誠）的人為努力，久而久之，必能由偏而全地產生雙螺旋互動作用，而達於合「仁←→智」為一體的聖者境界，所以子夏就曾讚美孔子說：

　　　　學不厭，智也；教不倦，仁也；仁且智，夫子既聖矣。（《孟子·公孫丑上》）

「仁←→智」產生雙螺旋互動，相長而為聖，可說是人格向上發展的最高境界，人生最高的理想、價值也就在這裡。

　　「仁←→智」雙螺旋互動的作用，往內來說，是成聖，向上而言，則必遙契「天命」與「天道」，關於這點，牟宗三在孔子的〈仁與性與天道〉一文中曾說過這樣的兩句話：

　　　　仁和智的本體不是限制於個人，而是同時上通天命和天道的。

那麼，「智」與「仁」究竟是靠什麼上通「天命」和「天道」呢？這就必須牽涉到由「天命」貫下的「性」了。「性」，和「天道」一樣，孔子對它雖有至深的領悟，而平時卻很少談論它，所以在《論語》一書中，除了「性相近，習相遠」一句外，就「不可得而聞」。不過，《中庸》的作者既然會把「仁」與「智」一併納入性體裡面，以

「仁」上通於精神性之「天道」，以「智」上應於物質性之「天道」，
並且肯定人有「由仁而智（自誠明）」的天然潛能，而說：

> 成己，仁也；成物，知也；性之德也，合外內之道也。（第二
> 十五章）
> 自誠明，謂之性。（第二十一章）

這樣，必然是不會前無所承的。因此，我們在「仁」、「智」對顯、互
動的觀念外，另參孔子讀《易》至「韋編三絕」的事實，和自言「十
五而志於學，三十而立，四十而惑，五十而知天命，六十而耳順，七
十而從心所欲不踰矩」（《論語・為政篇》的成聖歷程，而斷定說《中
庸》作者的這種思想係承自孔子，該是最合理不過的了。

　　由周初的「天命哲」（智）、「民之秉彝，好是懿德」（仁），而至
劉康公的「民受天地之中以生」（不分仁智），再到孔子的「仁」、
「智」對顯、互動，可說已逐步地使「天命」下貫到人的身上而凝結
為「性」，所差的只不過是還未直接地明用「性」字把它們貫穿起來
而已 [39]。就在這步步下貫為「性」的同時，先哲也同樣地透過了自
覺，由居中的「天命」上通而尋得了「天道」，逐漸地、普遍地使
「人格神的天」轉化而為「形而上的實體」，這是宗教人文化、哲學

---

39 關於仁與性、性與天的關係，徐復觀曾加以闡發說：「天是偉大而崇高地客體，性
　是內在於人的生命中的主體。若按照傳統的宗教意識，天可以從上面，從外面，給
　人的生活行為以規定；此時作為底命主體的人性，是處於被動地消極地狀態。但在
　孔子，則天是從自己的性中轉出來；天的要求，成為主體性的要求；所以孔子才能
　說『我欲仁，斯仁至矣』這類的話。對仁作決定的是我而不是天。對於孔子而言，
　仁以外無所謂天道。……性與天道的貫通合一，實際是仁在自我實現中所達到的一
　種境界；而『我欲仁，斯仁至矣』的仁，必須是出於人的性，而非出於天，否則
　『我』便沒有這樣大的決定力量。」見《中國人性論史》，頁99。

化的必經過程，如果不經這種過程，「天命」是不可能徹底地下貫而為人（物）之「性」的[40]。

　　「天道」一詞的出現，大致說來，雖晚於「天命」[41]，而它的觀念卻早於周初即伴隨著「天」、「天命」一起萌生，如《詩經‧周頌‧維天之命篇》說：

　　　　維天之命，於穆不已；於乎不顯，文王德之純。

這章詩義，朱子曾於其《詩集傳》裡作了中肯的說明，他說：

　　　　天命，即天道也；不已，言無窮也；純，不雜也。此亦祭文王之詩，言天道無窮，而文王之德，純一不雜，與天無間，以贊文王之德之盛也。子思子曰：「『維天之命，於穆不已』，蓋曰天之所以為天也；『於乎不顯，文王之德之純』，蓋曰文王之所以為文也，純亦不已」。程子曰：「天道不已，文王純於天道，亦不已。純則無二無雜，不已則無間斷先後。」[42]

照朱子的解釋，「天命」就是「天道」，而文王能德純不已，與「天道」之「於穆」同其「不已」，是沒有什麼間隔的。由此看來，這首

---

40 參見牟宗三：《中國哲學的特質》第四講，頁23。
41 天道一詞，不見於《詩經》，而在《書經》中，則凡四見：
　　滿招損，謙受益，時乃天道。(〈大禹謨〉)
　　欽崇天道，永保天命。(〈仲虺之命〉)
　　天道福善禍淫，降災于夏。(〈湯誥〉)
　　明王奉若天道，建邦設都。(〈說命〉)
　　這些例子全出自偽古文《尚書》，可說《詩》、《書》時代是還沒出現「天道」這個詞的。
42 朱熹：《詩集傳》八卷十九，頁2。

詩的作者，顯然已初步體悟到「天」、「人」之「無間」，所以會透過
文王純一不雜的德行，理解到「天道」的健行不息。這就可以看出，
他不但對形而上的實體，有了深遠的洞悟，且對道德的踐履，也產生
了真實感和莊嚴感。這樣，一舉把「天命」原先那種人格神的意味化
掉，對儒家天人思想的發展而言，自是有其莫大的影響力。不過，他
畢竟還沒有徹底地將「天道」與「性命」打成一片，確認此「於穆不
已」就是性體，理解此「德純」即是「內在而固有的道德創造之真
幾」[43]，因此，它是需要通過孔子或後賢來進一步闡揚的；而《中
庸》的作者在《中庸》第二十六章特地引這幾句詩來明示「天道至誠
無息」之意，也就是循此作進一步闡揚的結果。再如〈文王篇〉說：

> 命之不易，無遏爾躬；宣昭義問，有虞殷自天。上天之載，無
> 聲無臭，儀刑文王，萬邦作孚。

這章詩，依朱子的解釋是：

> 言天命之不易保，故告之使無若紂之自絕於天，而布明其善譽
> 於天下。又度殷之所以廢興者，而折之於天；然上天之事，無
> 聲無臭，不可得而度也，惟取法於文王，則萬邦作而信之
> 矣。……夫知天之所以為天，又知文王之所以為文，則夫與天
> 同德者，可得而言矣。[44]

在這裡，朱子雖未明說詩中所謂「上天之載」即「天道」，然從其注

---

43 參見牟宗三：《中國哲學的特質》第四講，頁20-21及《心體與性體》第一冊，頁211-
　212。
44 朱熹：《詩集傳》六卷十六，頁4-5。

釋及此詩作者「無聲無臭」之形容看來，當是指「天道」而言的。本來「天道」之「無聲無臭」，是無象可象，無型可型，是「不可得而度」的，然而這位詩人卻透過「穆穆文王」那無聲無臭、默成其德、可型可象的具體生命與理想人格，由下而上地證出那無聲無臭、主宰興廢的「天道」來；因此，他以為「上天之事」雖「不可得而度」，而人若能「取法於文王」，則等於是取法乎天，是可以由此保住「天命」，使萬邦信孚於周朝的。當然，這與後來《中庸》的作者在《中庸》末章引以說明人類進德默成的涵義有些不同，但就「人與天同德」的觀念來說，此詩給予《中庸》作者的啟示，和上舉的〈維天之命篇〉一樣，是相當大的。

　　這種「於穆不已」、「無聲無臭」的「天道」，到了孔子身上，由於他「知天命」，遂有了不同的體現，譬如《論語·陽貨篇》載：

　　　　子曰：「天何言哉！四時行焉，百物生焉，天何言哉！」

孔子的這幾句話，朱子曾加解釋說：

　　　　四時行，百物生，莫非天理發現流行之實，不待言而可見。聖人一動一靜，莫非妙道精義之發，亦天而已，豈待言而顯哉？[45]

朱子所說的「天理」，指的就是「天道」，亦即一個宇宙生命、宇宙法則的客觀存在，它在孔子眼裡，雖無所言，卻活活潑潑地由「四時行焉，百物生焉」的自然現象見出，這和他因川流而興嘆、就川水而見道的情形，可說是一樣的。這段因川流而興嘆的記載，見於《論語·子罕篇》，原文是：

---

45　朱熹：《四書集註·論語》，頁177。

> 子在川上曰：「逝者如斯乎！不舍晝夜。」

固然，孔子在此沒有直接提到無聲無臭的「道體之本然」，然而在他讚嘆川流之不息的背後，無疑地，對「天道」的健行不息，是已有著懇切之體認的，所以朱子解釋說：

> 天地之化，往者過，來者續，無一息之停，乃道體之本然也。然其可指而易見者，莫如川流，故於此發以示人，欲學者時時省察而無毫髮之間斷也。程子曰：「此道體也，天運而不已，日往則月來，寒往則暑來，水流而不息，物生而不窮，皆與道為體，運乎晝夜，未嘗已也，是以君子法之，自然不息，及其至也，純亦不已焉。」[46]

這種「天運而不已」或「天理流行」的體認，初看起來，憑藉的是「可指而易見」的不息川流和時行物生之現象，是「智」的作用，而其實，從根源上來說，乃成自他「天下歸仁」、「渾然與物同體」的精神境界，為「仁」的展現。換句話說，也就是發揮了「自誠（仁）明（智）」的性體功能之結果，這比起《詩經》作者單從外在德行以理解天道「於穆不已」與「無聲無臭」的，自然是更進了一層了。

　　由上述可知，在孔子的眼裡，宇宙是「一個包羅萬象的大生機，無一刻不發育創造，無一地不流動貫通」[47]，此種生生不已的「天道觀」，到了《易傳》，則獲得了更普遍的闡揚，單以〈象傳〉來說吧！就有許多地方是發揮這種思想的，譬如：

---

46 朱熹：《四書集註・論語》，頁113。
47 參見方東美：《中國人生哲學概要》第二章，頁15。

> 大哉乾元！萬物資始，乃統天。雲行雨施，品物流行，大明終始，六位時成，時乘六龍以御天。(〈乾〉)
>
> 至哉坤元！萬物資生，乃順承天，坤厚載物，德合无疆。(〈坤〉)
>
> 天道下濟而光明，地道卑而上行；天道虧盈而益謙，地道變盈而流謙。(〈謙〉)
>
> 天地以順動，故日月不過，而四時不忒。(〈豫〉)
>
> 天地之道，恆久不已也，利有攸往，終則有始也。日月得天而能久照，四時變化而能久成。(〈恆〉)
>
> 天地解而雷雨作，雷雨作而百果草木皆甲坼，解之時大矣哉！(〈解〉)
>
> 天施地生，其益无方，凡益之道，與時偕行。(〈益〉)
>
> 天地相遇，品物咸章也。(〈姤〉)
>
> 天地革，而四時成。(〈革〉)
>
> 天地感，而萬物化生。(〈咸〉)

從上引各例裡，可清楚地看出〈象傳〉的作者把宇宙看成是「普遍生命之變化流行」，而這種「生命之變化流行」，乃顯現自天地之相遇、相感，是永無止息的，是不可測度的。他所以能這樣地「窮神知化」，追根究柢地說，是由於「德之盛」的緣故，因此〈繫辭下傳〉說：

> 窮神知化，德之盛也。(五章)

這所謂的「德之盛」，說得具體一些，指的就是「仁」(含智)，故〈繫辭上傳〉又說：

一陰一陽之謂道。繼之者，善也；成之者，性也。仁者見之，
謂之仁；知者見之，謂之知。百姓日用而不知，故君子之道鮮
矣。顯諸仁，藏諸用，而不與聖人同憂，盛德大業，至矣哉！
（五章）

根據這段話的前半部分，我們可知《易傳》的作者認為「天道」就是
「一陰一陽」的變化流行。萬物之化生，既是由於這種陰陽的雙螺旋
互動作用，而「天道」所賦予萬物生生之理，也不外是此「一陰一
陽」的兩個動力而已。因此在整個變化流行的過程中，全由「陰陽」
生生不已地產生雙螺旋互動作用，以支配著一切，能持續此種變化流
行的，是「善」，亦即「命」；而成就此種變化流行，使功用彰顯的，
則是「性」，亦即「仁」（也可以說是智），這是由上而下來說的 [48]。
而從後半部分裡，我們可進一步地知道「天道不是蹈空飄蕩之冥惑之

---

48 對這前半段話，朱子在周濂溪《通書注》中解釋說：「繼之者善，是天道之流行賦
與，所謂命也。成之者性，是人物稟受成質，所謂性也」，轉引自吳怡：《中庸誠字
的研究》第四章（臺北市：文化大學華岡出版部，1974年版），頁43。而高懷民也
說：「一陰一陽之謂道的道字，非指上面僅乾道變化的道，乃謂乾與坤共變的道；
乾坤往復，變變不休，故曰繼，由變化而萬物以生，故言善；成就這種變化，使變
化之功用得以彰顯的，是性。」見《先秦易學史》（臺北市：東吳大學中國學術著
作獎助委員會，1975年版），頁312。至於程石泉則說：「所謂『繼之者善也』，指的
是宇宙創化是繼續不斷、生生不已。所以〈繫辭傳〉又說『生生之謂易』。能生生
所生，所生又生能生，如此綿綿不已。古易學認為這是宇宙創化所具備的善性。
『成之者性也』即言在創化過程中，各個個體得完成其天賦的性能。在人則名為
『存仁』。凡具有仁性之人必能體認『人之所以為人』（『仁者見之謂之仁』）。同時
人有知性，故能發揮其聰明智慧（『知者見之謂之知』）。凡具有仁性和知性之人便
能體認道之為道、義之為義、而不失其正（『正道』『正義』）。因為人有仁性和知
性，於是有文化之製作、政教禮樂之設施。普通人民終日居於文化環境之中，而不
知其為文化環境（『百姓日用而不知』）。於是潛移默化、習於善良的風俗習慣，是
為『文明以正』、『以化成天下』。」見〈從比較哲學看中國人的基本信念〉一文，
《孔孟學報》第38期（1979年9月），頁40-41。

事，而是顯之于仁，由仁以實之。『藏諸用』即是藏之于生化之大
用。而生化不測之大用亦不是憑空冥惑之事，而是仁德之實功。仁即
生道」[49]，這是由下而上來說的。可見仁（智）是徹上徹下、通內通
外的，因此人修德、自然就可以順天、應天；而這種道理，在〈彖
傳〉中闡發得也很清楚，譬如：

> 乾道變化，各正性命，保合太和，乃利貞，首出庶物，萬國咸
> 寧。（〈乾〉）
> 其德剛健而文明，應乎天而順行，是以元亨。（〈大有〉）
> 利涉大川，應乎天也。（〈大畜〉）
> 日月麗乎天，百穀草木麗乎土，重明以利乎正，乃化成天下。
> （〈離〉）
> 利有攸往，順天命也；觀其所聚，而天地萬物之情可見矣。
> （〈萃〉）
> 中孚以利貞，乃應乎天地。（〈中孚〉）

上引各例所謂的「元亨」或「利貞」，指既是「天道」變化流行的過
程，也是人類踐行「仁、義、禮、智」的過程，這點，在〈文言〉裡
說明得十分明白：

> 元者，善之長也；亨者，嘉之會也；利者，義之和也；貞者，
> 事之幹也。君子體仁，足以長人；嘉會，足以合禮；利物，足
> 以和義；貞固（知而弗去之意），足以幹事。

---

49　見牟宗三：《心體與性體》第一冊，頁301。

而這種「仁、義、禮、智」的雙螺旋互動過程，在《中庸》裡，則特用了一個「誠」字來統攝，而成「一誠之歷程」[50]，所以《中庸》說：

> 誠者，天之道也；誠之者，人之道也。（第二十章）
>
> 自誠明，謂之性；自明誠，謂之教，誠則明矣，明則誠矣。（第二十一章）
>
> 誠者，自成也，而道自道也。誠者，物之終始，不誠無物，是故君子誠之為貴。誠者，非自成己而已也，所以成物也；成己，仁也；成物，知也；性之德也，合外內之道也。（第二十五章）
>
> 至誠無息，不息則久，久則徵，徵則悠遠，悠遠則博厚，博厚則高明。博厚所以載物也，高明所以覆物也，悠久所以成物也。（第二十六章）

由此看來，《中庸》的作者從「困知、學知」、「勉行、利行」的「人道」中，提煉了一個足以代表人性「真實無妄」的「誠」字來，通過「生知、安行」的「仁 ⟷ 智」本體——「性」，準確地投射入「天道」上面，產生雙螺旋互動作用，而徹底打通了「天 ⟷ 人」的隔閡，非但使一個空洞而神秘的宇宙流貫著生命與道德的力量，也把人類「由明而誠」的觀念奠下了形而上的堅實基礎，可以說「其來有自」，絕不是偶然的。

---

50 同上註。

# 第四章
# 中庸的天道思想
## ——「天 ⟷ 人」雙螺旋互動思想（一）

## 第一節　中庸對天的看法

　　《中庸》一書裡共出現過六十二個「天」字，其中作「天下」的，凡二十五見；單作「天」或「天地」的，凡二十三見；作「天之道」、「天地之道」、「天地之化育」或「天德」、「天時」的，凡八見；作「天子」的，凡四見；作「天命」或「天之命」的，凡二見。這些「天」字，除了部分與「下」（部分）或「子」（全部）字連用者外，無不或多或少地關涉著《中庸》的「天道」、「天命」思想；透過它們及其有關文句，我們是可以探究出《中庸》作者對「天」的大致看法的。

　　《中庸》的作者對「天道」的看法，係直承《詩》、《書》、《孔子》、《易傳》而來，在他談「天道」的許多章節中，將生生不已的「天道」闡發得最詳盡的，莫過於第二十六章：

> 天地之道，可一言而盡也：其為物不貳，則其生物不測。天地之道，博也，厚也，高也，明也，悠也，久也。今夫天，斯昭昭之多，及其無窮也，日月星辰繫焉，萬物覆焉；今夫地，一撮土之多，及其廣厚，載華嶽而不重，振河海而不洩，萬物載焉；今夫山，一卷石之多，及其廣大，草木生之，禽獸居之，

　　寶藏興焉；今夫水，一勺之多，及其不測，黿鼉蛟龍魚鱉生
　　焉，貨財殖焉。

在這段話裡，《中庸》的作者首先告訴我們：「天地之道」是可以用一句話來概括的，那就是「其為物不貳，則其生物不測」，這所謂的「為物」，猶言「為體」，指的是天地「運行化育之本體」[1]；而「不貳」，義同「無息」、「不已」，乃「誠」的作用[2]。因此，朱子解釋這幾句話說：

　　此以下復以天地明至誠無息之功用。天地之道，可一言而盡，
　　不過曰誠而已。不貳，所以誠也；誠故不息，而生物之多，有
　　莫知其所以然者。[3]

朱子在此特用「所以誠也」來釋「不貳」，是有所根據的，因為在此節文字之前，《中庸》的作者即曾藉聖人與天地同用、同體的境界，來強調「至誠無息」的功用，他說：

　　故至誠無息，不息則久，久則徵，徵則悠遠，悠遠則博厚，博
　　厚則高明。博厚，所以載物也；高明，所以覆物也；悠久，所
　　以成物也。博厚配地，高明配天，悠久無疆；如此者，不見而

---

1　王夫之：「其為物，物字，猶言其體，乃以運行化育之本體，既有體，則可名之曰
　　物。」見《四書箋解》（臺北市：廣文書局，1977年1月初版），頁96。
2　王夫之：「無息也，不貳也，不已也，其義一也。章句云：『誠故不息』，明以不息代
　　不貳。蔡節齋為引申之，尤極分曉；陳氏不察，乃混不貳與誠為一，而以一與不貳
　　作對，則甚矣其惑也。」見《讀四書大全說》（臺北市：河洛圖書出版社，1974年5
　　月初版），頁312。
3　朱熹：《四書集註·中庸》（臺北市：學海出版社，1984年9月初版），頁43。

章，不動而變，無為而成。

可見聖人所以能「與天地同用」、「與天地同體」[4]，乃由於他具有
「博厚」、「高明」、「悠久」等外驗[5] 的緣故；而他所以有「博厚」、
「高明」、「悠久」等外驗，則完全導源於「至誠無息」的作用。這種
道理，在第二十二和二十五章裡，也發揮得頗透徹：

> 唯天下至誠，為能盡其性；能盡其性，則能盡人之性；能盡人
> 之性，則能盡物之性；能盡物之性，則可以贊天地之化育；可
> 以贊天地之化育，則可以與天地參矣。（第二十二章）
> 誠者，非自成己而已也，所以成物也。（第二十五章）

在此，《中庸》的作者說明了「至誠無息」的作用，隱然帶著雙螺旋
互動之義涵，不但能「盡其（己）性」、「盡人之性」（成己），更能
「盡物之性」，以「贊天地之化育」（成物），而達到「與天地參」，亦
即「配天」、「配地」的最高境界。因此在第三十章，《中庸》的作者
就特別以孔子為例，用了這種「成己」、「成物」、「與天地參」（配
天、配地）的最高境界，來讚美孔子之盛德說：

> 仲尼祖述堯舜，憲章文武，上律天時，下襲水土；辟如天地之
> 無不持載，無不覆幬，辟如四時之錯行，如日月之代明。萬物

---

4 見朱熹：《四書集註‧中庸》，頁43。
5 朱熹在「微則悠遠，悠遠則博厚，博厚則高明」三句下注云：「此皆以其驗於外者
　言之，鄭氏所謂至誠之德，著於四方者是也。存諸中者既久，則驗於外者，益悠遠
　而無窮矣。悠遠，故其積也，廣博而深厚；博厚，故其發也，高大而光明。」《四
　書集註‧中庸》，頁42。

　　並育而不相害，道並行而不相悖；小德川流，大德敦化；此天
地之所以為大也。

所謂「祖述堯舜，憲章文武，上律天時，下襲水土」，說的是孔子
「成己」、「成物」、「兼內外，該本末」的功夫[6]；而自「辟如天地之
無不持載」句起至末，則由孔子聖德之足以配天、配地，說到處於
「中和」狀態下的「天地之化育」，而結出「此天地之所以為大也」
這一句話來，以見「至誠無息」之功用與「取辟之意」[7]。若單就道
理來說，顯然地，這與上引「至誠無息」、「唯天下至誠」和「誠者非
自成己而已也」的幾段話，是義出一貫的。

　　既然人可以發揮「至誠無息」的功用，以「成己」、「成物」，而
達於「配天」、」配地」的地步，那麼，這種「至誠無息」的力量，
究竟是從哪兒來的呢？這就不得不經由「率性之道」、「天命之性」而
上溯到至高無上的「天道」了。這點，可從《中庸》第三十二章的一
段話裡看出端倪：

　　唯天下至誠，為能經綸天下之大經，立天下之大本，知天地之
　　化育，夫焉有所倚。肫肫其仁，淵淵其淵，浩浩其天。苟不固
　　聰明聖智，達天德者，其孰能知之？

對這章文字，朱子曾加以闡釋說：

---

6　見朱熹：《四書集註・中庸》，頁47。
7　朱熹於「此一地之所以為大也」句下注云：「天覆地載，萬物並育於其間，而不相
　　害；四時日月，錯行代明，而不相悖。所以不害不悖者，小德之川流；所以並育並
　　行者，大德之敦化。小德者，全體之分；大德者，萬殊之本。川流者，如川之流，
　　脈絡分明，而往不息也；敦化者，敦厚其化，根本盛大，而出無窮也。此言天地為
　　道，以見上文取辟之意也。」見《四書集註・中庸》，頁47。

　　大經者，五品之人論；大本者，所性之全體也。惟聖人之德，
　　極誠無妄，故於人倫，各盡其當然之實，而皆可以為天下後世
　　法，所謂經綸之也；其於所性之全體，無一毫人欲之偽以雜
　　之，而天下之道，千變萬化，皆由此出，所謂立之也；其於天
　　地之化育，則亦其極誠無妄者有默契焉，非但聞見之知而已，
　　此皆至誠無妄自然之功用，夫豈有所倚著於物而後能哉？……
　　肫肫，懇至貌，以經綸而言也；淵淵，靜深貌，以立本而言
　　也；浩浩，廣大貌，以知化而言也。其淵、其天，則非特如之
　　而已。[8]

朱子在這裡，將「大經」釋為「五品之人倫」，以下應「肫肫其仁」，
顯然是就〈中庸篇首〉「率性之謂道」來說的；把「大本」釋為「所
性之全體」，以下應「淵淵其淵」，則是就篇首「天命之謂性」來說
的；而對「天地之化育」，雖未作直接之解釋，然據「其極誠無妄者
有默契焉」的說法與《中庸》的本文來看，則說的是「浩浩其天」的
「天德」，亦即就篇首「修道之謂教」的終極目標「致中和、天地位
焉，萬物育焉」而言的。「至誠的聖人」如此地透過「率性之道」與
「天命之性」往上契接，自然到最後就能「達天德」、「知天地之化
育」了。因此，《中庸》的作者便循著這種先哲經由自覺所踏出來的
一條大路，更進一層地確認了「天道（天地之道）」就是「至誠無
息」的本體，而有「天地之道，可一言而盡也，其為物不貳，則其生
物不測」的洞悟，並且斷然地指出：

　　誠者，天之道也。（第二十章）
　　誠者，物之終始，不誠無物。（第二十五章）

---

8　見朱熹：《四書集註・中庸》，頁48-49。

這是他透過「內在的遙契」、「通過有象者以證無象」所獲致的結果 [9]。
了解了這點，那就無怪他在說明了「天道」之「為物不貳」後，要接
著用聖人「至誠無息」之外驗來上貫於天地，而直接說「博厚」、「高
明」、「悠久」就是「天地之道」，以生發下文了。很明顯地，這所謂
「高明」，指的就是下文「日月星辰繫焉，萬物覆焉」的天德；所謂
「博厚」，總括來說，指的就是「載華嶽而不重（山），振河海而不洩
（水），萬物載焉（山和水）的地德，分開來說，指的乃是「草木生
之，禽獸居之，寶藏興焉」的山德與「黿鼉蛟龍魚鱉生焉，貨財殖
焉」的水德；而「悠久」，指的則是天光及於「無窮」（高明）、地土
及於「廣厚」、山石及於「廣大」、水量及於「不測」（博厚）的時、
空歷程。《中庸》的作者透過此種天的「高明」與「地」（包括山、
水）的「博厚」，經由「悠久」一路追溯上去，到了時、空的源頭，
便尋得「斯昭昭」、「一撮土」、「一卷石」、「一勺水」等天地的初體，
以致終於洞悟出天地會由最初的「昭昭」或「一」而「多」而「無

---

9　牟宗三在〈由仁、智、聖遙契性、天之雙重意義〉一文中，曾引《中庸》「肫肫其
　　仁」一章，對「內在的遙契」作過如下之說明：「內在的遙契，不是把天命、天道推
　　遠，而是一方把它收進來作為自己的性，一方又把它轉化而為形上的實體，這種思
　　想，是自然地發展而來的。……首先《中庸》對於『至誠』之人作了一個生動美妙
　　的描繪。「肫肫」是誠懇篤實之貌。至誠的人有誠意，有『肫肫』的樣子，便可有
　　如淵的深度，而且有深度才可有廣度。如此，天下至誠者的生命，外表看來既是誠
　　篤，而且有如淵之深的深度，有如天浩大的廣度。生命如此篤實深廣，自然可與天
　　打成一片，洋然無間了。如果生命不能保持聰明聖智，而上達天德的境界，又豈能
　　與天打成一片，從而了解天道化育的道理呢？當然，能夠至誠以上達天德，便是聖
　　人了。」見《中國哲學的特質》第六講（臺北市：臺灣學生書局，1976年10月四
　　版），頁35。而唐君毅則說：「中國先哲，初唯由『人之用物，而物在人前亦呈其功
　　用』、『物之感人、而人亦感物』之種種事實上，進以觀天地間之一切萬物之相互感
　　通，相互呈其功用，以生生不已，變化無窮上，見天道與天德。而此亦即孔子之所
　　以在川上嘆『逝者之如斯，不舍晝夜』。而以『四時行，百物生』，為天之無言之盛
　　德也。」見《哲學概論》（上）第一部（臺北市：臺灣學生書局，1985年全集校訂
　　版），頁108-109。

窮」、「不測」，以至於「博厚」、「高明」，乃是至「誠」在無息地作用
的結果。這與所謂「其為物不貳，則其生物不測」，意思是前後一貫
的，所以朱子在「今夫天」這一節文字下注說：

> 昭昭，猶耿耿，小明也；此指其一處而言之。及其無窮，猶十
> 二章「及其至也」之意，蓋舉全體而言也。振，收也；卷，區
> 也。此四條皆以發明由其不貳、不息，以致盛大，而能生物之
> 意。然天地山川，實非由積累而後大，讀者不以辭害意可也。[10]

朱子以為《中庸》的作者分「天」、「地」、「山」、「水」等四層來敘
述，為的是發明「至誠」之「不貳」、「不息」，以致「博厚」、「高
明」而能生育萬物的意思，是非常正確的。惟說「天地山川實非由積
累而後大」，則有待商榷，因為他只就天地造成之後來說，而未及於
混沌初開，地球「從太空的雲氣中凝聚形成」的時候，是顯然有所偏
差的。當然，我們也無意附會說：《中庸》的這種宇宙觀與現代科學的
宇宙觀[11]，完全相合；但至少在其進化不已上，可說是不相違背的。
　　由上述可知，在《中庸》作者的眼中，宇宙是藉著「至誠無息」
的作用，而逐漸趨於「博厚」、「高明」，以至於「生物不測」的，這
種「天道觀」，從表面上看來，與《易傳》「生生之謂易」（〈繫辭上
傳〉第五章）的「物理性天道觀」，雖然沒什麼兩樣，然而《中庸》
的作者卻成功地把本來內接於心性的「至誠」推源到「天道」上來，

---

10 朱熹：《四書集註‧中庸》，頁43。
11 對科學之宇宙觀，方東美在〈科學的宇宙觀與人生問題〉一文中曾作詳盡之介紹，
　 見《科學哲學與人生》（臺北市：明倫出版社。1978年版），頁119-238；而沈君山在
　 〈科學方法與科學的宇宙觀〉一文中亦曾作扼要之介紹，見1977年6月26及27日聯合
　 報副刊。

讓物理性的形上境界頓然放射出強烈的道德光彩，這可說是《中庸》
「天道」思想的最大特色，也是《中庸》一書的血脈所在 [12]。方東美
在《中國人生哲學概要》第二章中就曾說過：

　　中國的先哲把宇宙看作普遍生命的表現，其中物質條件與精神
　　現象融會貫通，至於混然一體，而毫無隔絕。一切至善盡美的
　　價值理想，儘管可以隨生命之流行而得著實現，我們的宇宙是
　　道德的園地，亦即是藝術的意境。[13]

他的這番話，在《中庸》一書中，無疑地，可以獲得充分的證明。
　　「至誠無息」的功用，除了可從天地之「博厚」、「高明」以及
「悠久」看出外，是可更直接地由處於天人之際的「鬼神」身上顯現
出來的，《中庸》第十六章 [14]說：

12 吳怡在《中庸誠字的研究》一書上曾比較《易傳》和《中庸》之不同說：「在《易
　傳》作者的眼光中，天道的生生不已，是由於陰陽的變化，而陰陽之所以能相推，
　能交感，而創生萬物，顯然是有宇宙動能的支配，其實陰陽本身就是一種動能，後
　代易學家把陰陽解作氣，也就是指的動能。不過《中庸》的誠字，內接於心性，乃
　是一種精神的動能。就拿《中庸》第二十六章來看，從『不息則久』，直到『文王之
　德之純』之前，這當中一大段都是配合了物理性的天道來說的。只有第一句『至誠
　無息』，和最末的『文王之所以為文也，純亦不已』，卻是就性德而論的。在這裡我
　們可以看出《中庸》作者，是有意把這個本屬於心意的誠字，推擴到天道上去。而
　其間的橋樑就是『無息』兩字。」見第四章（臺北市：文化大學華岡出版部，1974
　年版），頁48。
13 方東美：《中國人生哲學概要》（臺北市：先知出版社。1978年3月臺五版），頁20-
　21。
14 本章與第十七、十八、十九等章，徐復觀以為「都與《中庸》本文無關，這是由禮
　家所雜入到裡面上的」，見《中國人性論史》（臺中市：東海大學，1969年版），頁
　106。而高明則於〈中庸辨〉一文裡說：「第十五節（即《朱子章句》第十六
　章）……上節『父母其順矣乎』，是說事父母於生前；這一節則是說事父母於死
　後，特別提出一個『誠』字，以為後文張本。第十六節（即十七章）……承上節，

　　子曰：「鬼神之為德，其盛矣乎！視之而弗見，聽之而弗聞，
　　體物而不可遺。使天下之人，齊明盛服，以承祭祀，洋洋乎，
　　如在其上，如在其左右。詩曰：『神之格思，不可度思，矧可
　　射思！』夫微之顯，誠之不可揜如此夫！」

這裡所謂的「鬼神」，依程子的解釋是：

　　天地之功用，而造化之迹也。[15]

而張子則說：

　　鬼神者，二氣之良能也。

朱子即依此加以補充說：

　　以二氣言，則鬼者陰之靈也，神者陽之靈也；以一氣言，則至
　　而伸者為神，反而歸者為鬼，其實一物而已。[16]

---

舉舜為例，說舜以大德受命，能饗先人於宗廟，所以為大孝。第十七節（第十八
章）……仍承第十五節，更舉文王、武王、周公為例，並說明事父母於死後，葬、
祭和居喪應如何始合於中庸。第十八節（即十九章）……承上節武王、周公追祀並
祭饗先人於宗廟之事，因論孝道和祭禮的種種意義。……第十九節（即二十
章）……承上節『治國其如示諸掌乎』一句話，所以接著『哀公問政』，講『治
國』之事。」見《高明文輯》上（臺北市：黎明文化事業公司，1978年3月初版），
頁304。又說：「我們現在試就《中庸》舊本，往返誦讀，久而久之，自會覺得《中
庸》的文字，誠如黎立武所說『繩聯而珠貫』的，實在無須移易，無須改訂。」見
同書，頁300-301。
15　朱熹：《四書集註‧中庸》，頁31。
16　朱熹：《四書集註‧中庸》，頁31。

可見在程、朱他們的眼裡，「鬼神」是指「陰陽」之變化、「一氣」之聚散而言的。這種「鬼神」之德 [17]，為什麼能「體物而不可遺」，使人覺得「如在其上，如在左右」，而又可用一個「誠」字來表其不息不已之性能呢？對於這個問題，錢穆曾在〈《易傳》與《小載禮記》之〈宇宙論〉一文中闡釋得非常詳盡，他說：

> 鬼神之為德，猶言其性情功能。不僅死者之骨肉，仍有其性能存於天地之間，即死者之知氣，亦有其性能之存於天地之間，而永不撕滅。……此種德性，彌綸周浹於天地萬物之中，而即為天地萬物之實體，此即謂萬物莫勿具此民性。而就此德性觀之，則更無所謂物我死生天人之別。物我死生天人之別，皆屬表面。論其內裡，則莫非以具此德性而始成為物我死生天人。故物我死生天人至此便融成一體，一切皆無逃於此體之外，故曰鬼神體物而不可遺也。惟其體物而不可遺，故使人覺其洋洋乎，如在其上，如在其左右。蓋盈天地莫非此一種鬼神之體之德性所流動而充滿，而人亦宇宙中萬物之一物，亦自具此體，具此德性。而人之為人，尤為天地萬物中之最靈。故人之於鬼神，其相感應靈通為尤著。故人與鬼神自能在同一體同一德性上相感格相靈應，此種感格靈應之驗，則在人之祭祀之時尤為親切而昭著。此義在《戴記‧祭義祭統》諸篇發揮至明備。《禮運》亦言之，曰：「人者，其天地之德，陰陽之交，鬼神之會，五行之秀氣也。」其實此處所謂天地鬼神五行，亦莫非

---

17 朱熹說：「為德，猶言性情功效。」見《四書集註‧中庸》，頁31。而王夫之則進一層地補充說：「氣中所有之理，是性；其化育萬物，以與人相感通者，是情；其推行往來，以成物者，是功；其昭著於上下，而吉凶類應者，是效。」見《四書箋解》，頁64-65。

> 陰陽，亦莫非一氣之化。……儒家於此陰陽一氣之化之中，而
> 指出其一種不息不已之性能，而目之曰誠。又於此陰陽一氣之
> 化之中而指出其一種流動充滿感格靈應之實體而稱之曰鬼神，
> 故人生即一誠之終始，亦即一鬼神之體之充周而浹洽，故曰：
> 「人者，鬼神之會。」然則又何待於人之死而後始見其所謂鬼
> 神哉？[18]

由此看來，「鬼神」是通「物我」、「死生」、「天人」一化的媒介，為
天地「至誠無息」的一種「發見」[19]，透過它，人才能更加無扞格地
與宇宙融會貫通，而使精神和物質不斷產生雙螺旋互動，融為一體。
因而我們可以這麼說：人所以能通「天德」而達「物情」，交「鬼
神」而合「大道」，就是由於人用「至誠」之心去感應「鬼神之德」
的緣故，《易傳》說：

> 陰陽不測之謂神。(〈繫辭傳上〉)
> 神者，妙萬物而為言者也。(〈說卦傳〉)

可見「神（鬼）」，與「誠」一樣，都屬天地大化所具有的一種「性

---

18 見錢穆：《中國學術思想史論集》二（臺北市：東大圖書公司，1977年2月初版），頁
　240-573。

19 朱熹在「誠之不可揜如此夫」句下注云：「誠者，真實無妄之謂。陰陽合散，無非
　實者，故其發見之不可揜如此。」見《四書集註‧中庸》，頁31。而趙順孫亦引侯
　氏說：「只是鬼神非誠也，經不曰鬼神，而曰：『鬼神之為德，其盛矣乎！』鬼神之
　德，誠也，易曰：『形而上者，謂之道；形而下者，謂之器』，鬼神，亦器也，形而
　下者也。」見趙順孫：《四書纂疏‧中庸》（臺北市：文史哲出版社，1986年10月再
　版），頁416。

德」[20]，只不過是「誠」特就其「不息不已」言，而「神」則據其「變化不測」來說而已。所以由上而下來看，天地是先具「不息不已」之「誠」，然後才生「變化不測」之「神」的，譬如《中庸》第二十六章說：

　　天地之道，可一言而盡也，其為物不貳，則其生物不測。

這幾句話，說的不正是這種「由誠生神」的道理嗎？所以「由誠生神」是足以概括「天地之道」的。而由內而外來看，人本著誠去窮理，若能歸納日積月累的小知，把它們提升為大知[21]，則必然可以達到「生神」、「知來」的境界，譬如《荀子・不苟篇》說：

---

20 錢穆在《易傳》與《小載禮記》中之〈宇宙論〉一文中說：「《易傳》載記時亦不兼舉鬼神而特單稱之曰神。凡其言神，即猶之言鬼神也。《易傳》云：『神無方而易無體。』夫鬼神尚無方所，更何論於人格性，神只是天地造化之充周流動而無所不在者。……《易傳》又或不單言神而兼言神明，如曰：『以體天地之撰，以通神明之德。』又曰：『以通神明之德，以類萬物之情。』此皆證神明即為天地與萬物，亦胥由其德性以言之也。」見《中國學術思想史論叢》（二），頁270。

21 大知與小知，語出《莊子・齊物論》：「大知閒閒，小知間間」，對這兩句話，成玄英疏云：「閒閒，寬裕也；間間，分別也。」見《莊子集釋》（臺北市：華正書局，2005年1月版），頁25。吳怡說：「中庸的下學能夠上達，在上達之後，所得的知，已不是粗淺的、外在的知識，而是純淨的、內在的睿智」。這所謂的「粗淺的、外在的知識」，即是「小知」；所謂的「純淨的、內在的睿智」，則是「大知」。見《中庸誠字的研究》第五章，頁57。而方東美在〈中國哲學之通性與特性〉一文中也說：「哲學家不是各個人都富有天才。有多少人只有平凡的才能，所以在知識上面一件件地累積，累積到高級的知識，才看到一切低級的知識是一種束縛，而不是解放。這樣子層層累積，層層解放，就可以看出原來的層層束縛，才培養出來，成為智慧！這是由漸修而頓悟。」見方東美：《方東美先生演講集》（臺北市：黎明文化事業公司。1980年10月再版），頁58-59。他所謂「低級的知識」，就是指「分別」的「小知」而言；而所謂「高級的知識」或「智慧」，則是指「寬裕」的「大知」而言的。

公生明，偏生闇，端愨生通，詐偽生塞，誠信生神，夸誕生惑。

而《易·繫辭傳上》第十一章則說：

神以知來，知以藏往。

所謂「誠信生神」，所謂「神以知來」，即「誠信以知來」的意思，這是極其明顯的，而「至誠」功用之大，也可以由此看得出來，所以《中庸》第二十四章說：

至誠之道，可以前知。國家將興，必有禎祥；國家將亡，必有妖孽；見乎蓍龜，動乎四體。禍福將至，善，必先知之；不善，必先知之。故至誠如神。[22]

《中庸》這樣地以「至誠」來貫通上下內外，使居間的「鬼神（陰陽）」道德化，化消了其玄秘性，比起《易傳》來，自然是要圓滿多了。

經過上文的探討，可知促成天地萬物化生不測的，乃「至誠」的力量，這是就其「動能」[23]而言的，如從其所呈現的境界或狀態來

---

22 對於這章文義，吳怡曾作如下之闡釋：「《中庸》『至誠如神』一語所強調的，決不是『見乎蓍龜』的占卜，而是『動乎四體』的至誠表現。所以經過了《中庸》作者的這一歸結，他說『至誠之道，可以前知』，就等於用至誠揚棄了『前知』，他說『至誠如神』，就等於用至誠代替了神。」見《中庸誠字的研究》，頁47。

23 陳立夫：「誠既為動能，動能之表現為波，如光波、聲波、電波、力波等」，見《四書道貫·誠意篇》（臺北市：世界書局。1975年7月版），頁251。這是就物理現象來說明誠是一種物理性的動能。而吳怡則以為「中庸的誠字，內接於心性，乃是一種精神的動能」，見《中庸誠字的研究》，這是透過心性來確定誠是一種精神性的動能。根據中庸的內容看，誠是該兼指精神與物質兩種動能而言的。

說，則是所謂的「中和」了。所以《中庸》的首章說：

> 中也者，天下之大本也；和也者，天下之達道也。致中和，天
> 地位焉，萬物育焉。

這所謂的「中和」，本來是指人的性情而言的，因為在這一段話之
前，《中庸》的作者即已先為此二字下了定義說：「喜怒哀樂之未發，
謂之中；發而皆中節，謂之和」，對這幾句話，朱子曾作如下解釋：

> 喜怒哀樂，情也；其未發，則性也；無所偏倚，故謂之中。發
> 而皆中節，情之正也；無所乖戾，故謂之和。[24]

可見「中」是以「性」言，而「和」則以「情言」，指的乃「無所偏
倚」和「無所乖戾」的心理狀態，亦即「至誠」的一種存在與表現。
很明顯地，先作了這番說明之後，《中庸》的作者才好接著就「性」
說「中」是「天下之大本」、就「情」說「和」是「天下之達道」。這
「大本」和「大道」的意義，照朱子的解釋是：

> 大本者，天命之性、天下之理皆由此出，道之體也；達道者，
> 循性之謂，天下古今之所共由，道之用也。[25]

「大本」既是「天命之性」、「天下之理」之所從出，而「大道」則為
天下古今之所共由，那麼，一個人若能透過「至誠之性」的發揮，而

---

24 朱熹：《四書集註・中庸》，頁22。
25 朱熹：《四書集註・中庸》，頁22。

達到這種是屬「大本」和「大道」的「中和」狀態，則所謂「天地萬物，本吾一體，吾之心正（中），則天地之心亦正矣；吾之氣順（和），則天地之氣亦順矣」[26]，不僅是可以「成己」，而且也是足以「成物」的。於是《中庸》的作者便又接著說：「致中和，天地位焉，萬物育焉」，這三句話，從其涵義來看，顯然與上引「誠者非自成己而已」和「唯天下至誠，為能盡其性」的兩段話，是彼此相通的，因為「誠」能盡性，則必然可以「致中和」，所以我們可以把這兩段話說成：「誠者，非自致其中和而已也，所以致物之中和也」和「唯天下至誠，為能致其中和；能致其中和，則能致人之中和；能致人之中和，則能致物之中和；能致物之中和，則可以贊天地之中和；可以贊天地之中和，則可以與天地參矣」，這樣，意思是一點也不變的。

　　由內而外來說是如此，若由上而下來說，則宇宙之間所呈顯的，又何嘗不原是「萬物各盡其性所達到之一種恰好的境界或狀態」呢？因為「天地雖大，萬物雖繁，其得安住與滋生，必其相互關係處在一『中和』狀態中。換言之，即是處在一恰好的情況中。如是而始可有存在，有表現。故宇宙一切存在，皆以得『中和』而存在。宇宙一切表現，皆以向『中和』而表現。宇宙一切變動，則永遠為從某一『中和狀態』趨向於另一『中和狀態』變動。換言之，此乃宇宙自身永遠要求處在一恰好的情況之下一種不斷的努力」[27]。在正常之情況下，天地能這樣生生不已地達到「中和」境界，自然地，四時之錯行、日月之代明，以及萬物之化生，也都將各「不相害」、互「不相悖」了。所以《中庸》的作者，在「至誠」之外，又以「中和」二字，藉其雙螺旋互動之作用，來貫通「天 ⟷ 人」，並確定了人類「修道」

26 朱熹：《四書集註・中庸》，頁22。
27 錢穆：《中庸新義・中和篇》，《中國學術思想史論叢》（二），頁294-295。

的終極目標是在於「致中和，天地位焉，萬物育焉」，是有其極深刻、極懇切的體驗的。

　　毫無疑問地，天地發揮了「至誠」之功能至極致，粹然至善的「中和」狀態或境界，是可以圓滿達到的。不過，在通常，卻會由於種種內外因素的影響，使得「至誠之性」無法發揮其全體功能，以隨時保持「中和」的境界或狀態，以致導生各種「不善」的現象出來。譬如「人」，雖然一生下來就具備了「天命之性（誠）」，可藉以和他人或外物交接，達到和諧的境界，但卻不免時受「氣稟」、「人欲」（即形氣之私）的遮蔽，使本體無法大放其明，以致在喜怒哀樂之情發出的時候，不能有效地加以約束，讓它們「皆中節」（中節是善，不中節是惡），因而在認知與踐行上都不免產生了偏差，終於形成「不善」的思想和行為。《中庸》的作者所以主張人要「盡其性」、「盡人之性」（成己），也就是由於這個緣故。又如「物」，雖是「誠」所化生的，帶著有「無息」的動力，卻也往往因本身及外來因素的種種限制，而無法發揮原有的動能，遂致產生了種種的缺憾現象，就以一棵桃樹來說吧！只要它充足地發揮其生性（誠），而與土壤之性、雨水之性以及陽光溫度之種種配合，都調和得中，達到一恰好的情形與境界，那麼，在一般的狀況下，該是可以長得丈餘高，而結兩寸大小的果實的；但由於風雨不時，土壤貧瘠，而陽光又不足之故，破壞了「中和」的狀態，使得它不但不能長高結果，甚且枯萎而死，這可說是常見的現象。《中庸》的作者所以主張人要「盡物之性」、「贊天地之化育」（成物），使「成己⟷成物」形成雙螺旋互動關係，也就是由於這個緣故。

　　既然天地之間，不免有「不善」或缺憾的現象，那就無怪《中庸》的作者要特別強調如下兩句話了：

　　　　天地之大也，人猶有所憾。（第十二章）

可這兩句話，朱子解釋說：

　　　　愚謂人所憾於天地，如覆載生成之偏，及寒暑災祥之不得其正
　　　　者。[28]

在此，朱子以為「人所憾於天地」的，是「寒暑災祥之不得其正
者」，這是很正確的；惟所謂「覆載生成之偏」，則有點問題。關於這
點，趙順孫在其《中庸纂疏》裡即引《朱文公集》作了如下之修正與
補充：

　　　　問所憾，恐非謂天能生覆，而不能形載；地能形載，而不能生
　　　　覆。恐只在於陰陽寒暑或乖其常，吉凶災祥之或失其宜，品類
　　　　之枯敗夭折而不得遂其理；此雖天地，不能無憾，人固不能無
　　　　憾，此也。曰：既是不可必望其全，便是有未足處。[29]

可見天地之間，本來就不免有「不得其正」或「未足」的種種現象，
因此天地間所呈現的各種現象，是非完全可法的，對於此點，陳大齊
在其〈耕耘小穫〉一文中就曾提出他的看法：

　　　　法天主義，即犯有混同真偽與善惡之弊，其理論根據已非正
　　　　確，與同奉法天主義的敵論對諍，更無足資攻守裕如的堅固陣
　　　　線。故法天主義，非可採取。不過以法天為標榜的學派，事實

---

28　朱熹：《四書集註‧中庸》，頁28。
29　趙順孫：《四書纂疏‧中庸》，頁362-363。

上僅於天然現象中讓其認為可法的，取以為法，並非漫無限
制，盡取一切以為法。此一實際情形，正表示天然現象之非盡
可取法，亦表示法天之非無瑕的主張。[30]

這麼說來，人若想從紛紜的天然現象中，辨出「真偽善惡」來，則非
謹慎地作一番「博學之，審問之，慎思之，明辨之」（《中庸》第二十
章）的工夫不可了。而《中庸》第二十章說：

不明乎善，不誠乎身矣。

誠之者，擇善而固執之者也。

所謂「明善」、「擇善」，說的不正是這個意思嗎？

嚴格說來，對於人和物因無法發揮「至誠之性」所造成的種種
「不善」或缺憾現象，身為萬物之靈的人類，是有責任而且也必須加
以改善的；因為天地之間，惟有人類才具有完整的「仁 ←→ 智」性
德，可藉以「成己 ←→ 成物」，達到「贊天地之化育」的終極目標；
而人類也實在唯有這麼做，才能以本身之「中和」，促成萬物之「中
和」，而與宇宙的「大中和本體」相感相應，形成雙螺旋互動系統，
以獲致個人或群體之福祉；否則就將與宇宙之「大中和本體」，互起
衝突，而遭到殃禍了。所以《中庸》第十七章說：

天之生物，必因其材而篤焉，故栽者培之，傾者覆之。詩曰：
「嘉樂君子，憲憲令德，宜民宜人，受祿于天，保佑命之，自
天申之」，故大德者必受命。

---

30 陳大齊：〈耕耘小穫〉，《孔孟月刊》十五卷一期（1976年9月），頁1-5。

這段文字，照趙順孫《中庸纂疏》所引呂氏的解釋是：

> 天命之所屬，莫踰於大德。至於祿位名壽之皆極，則人事至
> 矣，天命申矣。天之萬物，其所以為吉凶之報，莫非因其所自
> 取也，植之固者，加雨露之養，則其末必盛茂；植之不固者，
> 震風凌雨，則其本先撥。至於人事，則得道者多助，失道者寡
> 助。是皆因其材而篤焉，栽者培之，傾者覆之者也。古之君
> 子，既有憲憲之令德，而又有宜民宜人之大功，此宜受天祿
> 矣，故天保佑之，申之以受天命，此大德所以必受命，是亦栽
> 者培之之義與？……命雖不易，惟至誠不息，亦足以移之，此
> 大德所以必受命。[31]

從《中庸》的本文和呂氏的解釋裡，足以看出《中庸》的作者是在有
意地告訴我們：「天命」是隨著人類「至誠不息」的表現而移易的。
他在這段文字中，一面以「天之生物」為喻，一面引《詩》為證，而
最後得出「大德者必受命」的結論，目的就是會強調「大德」，也就
是「至誠無息」的重要，以回應章首，把舜以大孝，「德為聖人」，而
「格天受命」的原因，交代清楚[32]。由於他如此強調人類德行的重
要，肯定了人類自主的能力，使得原始宗教承傳下來的「天命」觀念
化除了許多神性，而差不多轉為一種「天然的法則」了。當然我們不
得不承認這「大德者必受命」一語，依然帶有原始「天命」觀念的殘
餘意味，但是如果我們不十分拘泥於詞面的意義，則又何嘗不能把它

---

31 趙順孫：《四書纂疏・中庸》，頁420。
32 《中庸》的作者在第十七章的開頭就先引孔子的話說：「舜其大孝也與！德為聖人，
　尊為天子，富有四海之內，宗廟饗之，子孫保之。故大德必得其位，必得其祿，必
　得其名，必得其壽。」

看成是天然的不變法則呢？因為人「盡其性」，以致「中和」，而成就
「大德」，則在正常的情況下，他也可以逐步地「盡人之性」，以致人
之「中和」，而受到大眾的擁護；這既是得人，也是得天，是亙古不
變的原理。然而，無可否認地，有「大德」的聖人，在「盡人之性」
的過程中，由於有許多「不得其常」的人為或天然因素，如政教環境
或個人遺傳，使他無法一一加以掌握，而在有限的時間內，設法予以
改善，所以也就未必能「宜民宜人」，而被「尊為天子」。這可以說是
一切在「不得其常」的情況下所造成的結果，是不能以常理來看待
的，因此，趙順孫《四書纂疏・中庸》引侯氏說：

> 舜，匹夫也，而有天下，此所謂必得者，先天而天弗違也。孔
> 子，亦匹夫也，亦德為聖人也，而不得者，後天而奉天時也。
> 必得者，理能常也；不得者，非常也。得其常者，舜也；不得
> 其常者，孔子也。

又引楊氏說：

> 孔子常衰周之時，猶之生非其地也，雖其雨露之滋，而牛羊斧
> 斤相尋於其上，則其濯濯然也，豈足怪哉！

侯氏和楊氏，以舜或孔子為例來說明這種「得其常」或「不得其常」
的道理，朱子以為明白而盡意，他說：

> 楊氏所辨孔子不受命之意，則亦程子所謂非常理者盡之。而侯
> 氏所推，以謂舜得常，而孔子不得其常者，尤明白也。[33]

---

33 以上三則引文，見趙順孫：《四書纂疏・中庸》，頁420。

由此看來，《中庸》「大德者必受命」一語，乃特就常理說，是無法顛撲得破的，而這所謂的「命」，顯然地，指的也就等於是「中節」的人情所獲得的一種天然「報應」[34]了。

　　「命」字在《中庸》裡，除了上引的第十七章與首章外，又見於第十四與二十六兩章。見於十四章的是：

　　　　君子居易以俟命，小人行險以徼幸。

這兩句話，按照李沛霖的疏解是：

　　　　易者，中庸也；俟命者，得其分之所當得，故無怨尤；險者，
　　　　反中庸也；徼幸者，求其理之所不當得，故多怨尤。君子胸中
　　　　平易，所居而安，素位而行也；富貴貧賤，惟聽天之所命，不
　　　　願乎外也。[35]

他把「俟命」疏解為「得其分之所當得」，正是朱子在《中庸章句》裡所注「不願乎其外」的另一個說法，用詞雖異，而涵義則一。其實，這所謂的「得其分之所當得」或「不願乎其外」，如說得徹底一點，則無非是「循天理」的意思，亦即「反身而誠」的一種表現，所以趙順孫《四書纂疏・中庸》引楊氏說：

---

34 程子說：「知天命，是達天理，必受命，是得其應也。命者，是天之付與，如命令之命。天之報應，皆如影響，得其報者，是常理也；不得其報者，非常理也。」見趙順孫：《四書纂疏・中庸》引，頁419。而陳立夫也說：「命字之義，實無涉於迷信，廣義言之，實指趨勢而言也。過去種如何之因，今日即得如何之果，此謂命，不僅不迷信，且極合乎理則學之道理也。」見《人理學研究》第十八講（臺北市：中華書局，1972年3月初版），頁196。

35 陳滿銘：《中庸思想研究》引（臺北市：文津出版社，1980年3月初版），頁100。

> 君子居其位，若固有之，無出位之思，素其位也。萬物皆備於
> 我，反身而誠，樂莫大焉，何願乎外之有？故能素其位而行，
> 無入而不自得也。[36]

這樣看來，這個「俟命」之命，與上述「受命」之命，從根源來說，
該是沒什麼不同的。

　　另見於二十六章的是：

> 詩云：「維天之命，於穆不已」，蓋曰天之所以為天也。「於乎
> 不顯，文王之德之純」，蓋曰文王之所以為文也；純亦不已。

這裡所謂的「天之命」，在第二章探討《中庸》天人思想的淵源時，
即曾引朱子《詩集傳》的說法，直接指出它就是「天道」。如今把朱
子的這種解釋移到這裡來，也還是一樣貼切的。原就包含三個部分：
頭一部分，從篇首「故至誠無息」至「無為而成」止，主要是在說明
「至誠之德，既著於四方」[37]，至其極致，是可以「博厚配地，高明
配天，悠久無疆」的；中間部分是從「天地之道，可一言而盡也」至
「貨財殖焉」止，也就是本章開頭所引的那一段，乃先承上個部分的
「博厚」、「高明」、「悠久」，由人證天，指出它們就是「天地之道」，
然後舉天、地、山、水之形成為例，來證明「至誠無息」的功用；最
後部分就是上引的這段文字，在這段文字裡，《中庸》的作者承上個
部分的「天地之道」，特地引《詩》把它與「聖人之德」上下串聯在
一起，以闡明「至誠無息」的重要。全章共二百五十二字，可以說始

---

36 趙順孫：《四書纂疏‧中庸》，頁402。
37 鄭玄語，見鄭玄注、孔穎達疏：《十三經注疏‧禮記》（臺北市：新文豐出版公司，
　　2001年6月初版），頁2232。

終以一個「至誠無息」貫穿其間，先由「聖德」說到「天道」，又由「天道」歸結到「聖德」，將「天 ←→ 人」的雙螺旋互動關係充分地闡發出來，脈絡是十分清楚的。可見這裡所說的「天之命」，指的就是「天道」，與一般所謂的「天命」，顯然有所不同。

從上面的引述裡，可以看出《中庸》的作者，已靈妙地把「至誠無息」的動能，由人證入天體，並從本體、變化（不測）、境界（狀態）及「報應」各方面，來貫通「天道」、「鬼神」、「中和」與「天命」等觀念，使得本來被人視為一個空寂、神秘的形而上境界流貫著生命與道德的不息力量，以呈現出豐實內容與和悅進取的氣象，為「日常生活中最普遍、最親切的觀念，奠下了形而上的基礎」[38]，這對儒學的整個發展來說，無疑地，影響是既深且遠的。

## 第二節　中庸對性的規定

前面我們已探討了《中庸》的作者對「天」的看法，現在接著要研究的是他對「性」的認識。

「性」字在《中庸》裡，一共出現過十次，依次是：

> 天命之謂性，率性之謂道。（第一章）
>
> 自誠明，謂之性。（第二十一章）
>
> 唯天下至誠，為能盡其性，能盡其性，則能盡人之性；能盡人之性，則能盡物之性；能盡物之性，則可以贊天地之化育；可以贊天地之化育，則可以與天地參矣。（第二十二章）
>
> 誠者，非自成己而已也。所以成物也。成己，仁也；成物，知

---

38　見吳怡：《中庸誠字的研究》第四章，頁49。

也；性之德也，合外內之道也。（第二十五章）

在這些提到「性」字的文句中，最關緊要的，是首章「天命之謂性」
的一句話，它是在《中庸》以前「根本不曾出現過的驚天動地的一句
話」。打從周初的「命哲」、「秉彝」觀念起，一直到劉康公「民受天
地之中以生」及孔子「仁 ←→ 智」對顯、互動的自覺，固然已使「天
命」步步下貫到人類「仁 ←→ 智」的生命本體，但並不曾像《中庸》
的作者那樣直接而明確地用「性」來統攝「仁」、「智」，而與「天
命」、「天道」融為一體，構成「天命於人的，即是人之所以為人之
性」的緊密關係，顯現人之所以為人的最大價值 [39]。因此，《中庸》
「天命之謂性」這一句話的出現，對儒學來說，實在是非常重要的。
對這句話，鄭玄曾注說：

> 天命謂天所命生人者，是謂性。命木神則仁，金神則義，火神
> 則禮，水神則信，土神則知。[40]

鄭注在此以「仁、義、禮、智、信」五常釋「性」，若就其承傳上
看，則顯然是受了班固《白通虎通義》的影響，其〈禮樂篇〉說：

---

39 徐復觀：「『天命之謂性』，這是子思繼承曾子對此問題所提出的解答；其意思是認
　為孔子所證知的天道與性的關係，乃是『性由天所命』的關係。天命於人的，即是
　人之所以為人之性。這一句話，是在子思以前，根本不曾出現過的驚天動地的一句
　話。……『天命之謂性』，決非僅只於把已經失墜了的古代宗教的天人關係，在道
　德基礎之上，與以重建；更重要的是：使人感覺到，自己的性，是由天所命，與天
　有內在的關聯；因而人與天，乃至萬物與天，是同質的，因而也是平等的。天的無
　限價值，即具備於自己的性之中，而成為自己生命的根源，所以在生命之自身、在
　生命活動所關涉到的現世，即可以實現人生崇高的價值。」見《中國人性論史》，頁
　117-118。
40 見鄭玄注、孔穎達疏：《十三經注疏‧禮記》，頁2189。

　　　　人無不含天地之氣，有五常之性者。

而〈情性篇〉則說：

　　　　五常者何？仁、義、禮、智、信也。

這樣來釋「性」，雖不無根據 [41]，但恐未能悉合《中庸》作者的原
義，因為在《中庸》裡，除了指明「仁」與「知（智）」是「性之
德」外，對於「禮」、「義」、「信」等，皆僅就「性」的「發見於外」
之用來說，而未嘗指出它們就是「充積於中」的性體，譬如：

　　　　義者，宜也，尊賢為大。親親之殺、尊賢之等，禮所生也。
　　　　（第二十章）
　　　　（君子）溫故而知新，敦厚以崇禮。（第二十七章）
　　　　言而民莫不信，行而民莫不說。（第三十一章）
　　　　君子不動而敬，不言而信。（第三十三章）

因此，以「仁、義、禮、智、信」五常來釋「性」，只能說是「東漢
人意見」[42]，與《中庸》說「性」本義，是不全相合的。而朱子在
《中庸章句》裡則解釋說：

---

41 《孟子·告子篇上》：「惻隱之心，仁也；羞惡之心，義也；恭敬之心，禮也；是非
　　之心，智也。仁義禮智，非由外鑠我也，我固有之也。」
42 錢穆在《中庸新義申釋》中說：「鄭注以仁義禮智信五常釋性，此正是東漢人意見，
　　此一意見，便已與先秦時代人說性字本義大異其趣。《中庸》果如鄭注，以性為仁
　　義禮智信五常，何以下文忽然突地舉出喜怒哀樂，而猶不著仁義禮智信一字？」見
　　《中國學術思想史論叢》（二），頁308。

命猶令也，性即理也。天以陰陽五行化生萬物，氣以成形，而
理亦賦焉，猶命令也；於是人物之生，因各得其所賦之理，以
為健順五常之德，所謂性也。[43]

在這段話裡，朱子首先提出了「性即理」的新觀點，然後以「理氣二
元論」來解釋萬物成形賦理的真相，從而把理命、健順五常之「德」
和「性」的關係提明，可說是深入聖域後所體悟出來的見解。而這種
見解，在《或問》裡，發揮得尤為透徹，他說：

天命之謂性，言天之所以命乎人者，是則人之所以為性也。蓋
天之所以賦與萬物，而不能自已者，命也；吾之得乎是命以
生，而莫非全體者，性也。故以命言之，則曰元亨利貞，而四
時五行，庶類萬化，莫不由是而出；以性言之，則曰仁義禮
智，而四端五典，萬事萬物之理，無不統於其間。蓋在天在
人，雖有性命之分，而其理則未嘗不一；在人在物，雖有氣稟
之異，而其理則未嘗不同；此吾之性所以純粹至善，而非若
荀、楊、韓子之所云也。[44]

依朱子這種解釋，人與物雖然「都是氣依理而凝聚造作的結果」，但
所得之氣，卻偏全各有不同。而人由於得其全，所以那原本是天地
「元亨利貞」之「理」，便通過「命」，純粹而周徧地降而為「仁義
禮智」之「性」；而物則由於「得其偏」，所以也就不免差上一大截，
「不過只通得一路」而已[45]。這種觀點，儘管有部分是因襲了《周

---

43 朱熹：《四書集註‧中庸》，頁21。
44 趙順孫：《四書纂疏‧中庸》引，頁268-269。
45 戴璉璋說：「依據朱子、退溪的理氣二元論，天地間一切人物草木鳥獸的生成，都

易・文言》的說法[46]，然而在程子之後，他卻更周密地用一個能以簡
駁繁的「理」字來貫通「性命」、「物我」，把「元亨利貞」和「仁義
禮智」打成一片，以呈顯一個善美而莊嚴的理世界，這對後世學術思
想的影響，無疑是極大的。不過，這是否即《中庸》作者的原義呢？
那就恐怕未必然了；因為這個屬性理之「理」，在秦漢之前，既未為
一般學者所察識[47]；而在《中庸》一書中，也無法找到它的蹤跡。所
以我們要了解《中庸》對「性」的看法，直接從《中庸》本文中去探
尋，該是比較可靠的。

　　我們在上一節裡已談過，《中庸》的作者已妥貼地用「至誠無
息」四字，從本體、變化、境界和「報應」各方面，徹底貫通了「天
道」、「鬼神」、「中和」與「天命」等觀念，把原本遮蓋在天表面的那

---

是氣依理而凝聚造作的結果。一物之生，氣賦以形而理定其性。所以就理言，『天
下無性（理）外之物』，『枯槁之物亦有性』，『物之無情者亦有理』，而且此性此理
是人物同源──皆源出天理。就氣言，則因『二氣五行交感萬變』，所以『人物之
生有精粗之不同』，朱子說：『自一氣而言，則人物皆受是氣而生；自精粗而言，則
人得其氣之正且通者，物得其氣之偏且塞者。惟人得其正，故是理通而無所塞；物
得其偏，故是理塞而無所知』（《語錄》卷四），由於得氣的偏正不同，所以人、物
有別。人『識道理，有知識』，所以『理通而無所塞』，物雖『間有知者』，也『不
過只通得一路』，所以一般而論是『理塞而無所知』。在物那裡，無所謂窮理盡性的
問題；在人這裡，實然的存在，還有稟賦上昏明清濁的差異。除了『上知生知之
資，是氣清明純粹而無一毫昏濁』以外，一般而論，都有資質的偏蔽，必須加上窮
理的工夫，才真能『理通而無所塞』，盡其定然之性。」見〈朱子與退溪的窮理思
想〉，《鵝湖月刊》5卷6期（1965年12月），頁4-5。

46 《易・乾文言》：「元者，善之長也；亨者，嘉之會也；利者，義之和也；貞者，事
之幹也。君子體仁足以長人，嘉會足以合禮，利物足以和義，貞固足以幹事；君子
行此四者，故曰乾元亨利貞。」

47 錢穆在《中庸新義申釋》中說：「至朱子所釋性即理也，此更顯然是宋儒語，先秦時
代決無此觀念。《韓詩外傳》有曰：『聖人何以不可欺也？曰：聖人以己度人者也。
以心度心，以情度情，以類度類，古今一也。類不悖，雖久而理，故性緣理而不迷
也。』此祇說性當緣理而迷，卻並未說性即是理。」見《中國學術思想史論叢》
（二），頁311。

種宗教的神秘彩霧驅散，而呈露出「一誠流貫」的形而上境界[48]。顯然地，這與「天命之謂性」這句話，是有著直接而密切的關係的，因為《中庸》的作者既然認定「性」是天所命的，那麼，「天道之至誠」也必透過「命」，隨著人的出生而賦予人，以凝結為「性」，成為人類生生不已，真實無妄的精神動能；更何況，在觀念的形成上來說，那「天道之至誠」，原本就是由「人道之至誠」，經「天命之性」，向上投射而得以確認的呢！因此，唐君毅認為《中庸》是「即誠言性」[49]，而錢穆在其《中庸新義・中和篇》裡也說：

> 性則賦於天，此乃宇宙之至誠。[50]

這樣以《中庸》解《中庸》，自然比一般注家主觀的意見，要可靠得多了。

　　既然「性即誠」，而「誠」，在人而言，又是「真實無妄」的精神動能，那麼，在《中庸》作者的眼裡，「性」該是「純粹至善」的，這與《詩》、《書》上所說的「性」，顯已大有差別。譬如《詩》、《書》上說：

---

48 方東美在〈原始儒家思想之因襲及創造〉一文中曾說：「在儒家，雖然孔子也注重宗教，但是在宗教生活裡面，他將『禮』同『儀』完全分開來；儀是外在的，禮是內在的精神標準。以中庸的名詞來說，是以精神意義的『誠』、『至誠』來說明天道、地道、人道——三才之道。這等於是把古代傳統上面宗教的神觀念，給祂哲學化，變做哲學的真理對象。」見方東美：《演講集》，頁133。

49 唐君毅：「今觀中庸之言性，更可見其為能釋除莊荀之流對心之性之善之疑難，以重申孟子性善之旨，而以一真實之誠，為成己成物之性德，以通人之自然生命、天地萬物之生命、與心知之明，以為一者。」見《中國哲學原論・原性篇》（香港：新亞書院研究所，1968年2月初版），頁59。

50 錢穆：《中國學術思想史論叢》（二），頁283-306。

> 豈弟君子，俾爾彌爾性，似先為酋（成就）矣。（〈大雅・卷
> 阿〉）
> 非先王不相我後人，惟王淫戲用自絕。故天棄我：不有康食，
> 不虞天性，不廸率典。（〈西伯戡黎〉）
> 王先服殷御事，比介于我有周御事，節性，惟日其邁。（〈召
> 誥〉）

對於這三個「性」字，梁啟超在《儒家哲學》第六章裡曾加分析說：

> 性字，在孔子以前，乃至孔子本身，都講得很少。孔子以前
> 的，在書經上除偽古文講得很多可以不管外，真的祇有兩處：
> 〈西伯戡黎〉有「不虞天性，不廸率典」、〈召誥〉有「節性惟
> 日其邁」。不虞天性的「虞」字，鄭康成釋為「審度」，說紂王
> 不審度天性，即不節制天性之謂，我但看節性惟日其邁，意思
> 就很清楚。依鄭氏的說法，虞字當作節字解，那末書經所說的
> 性，都不是一個好東西，應當節制祂才不是生出亂子來。《詩
> 經・卷阿篇》「豈弟君子，俾爾彌爾性」，語凡三見，朱《詩集
> 傳》根據鄭箋說：「彌，終也；性，猶命也」，然則性即生命，
> 可以勉強作為性善解。其實「性」字，造字的本意原來如此，
> 性即「生」加「小」，表示生命的心理。照這樣講，《詩經》所
> 說性字，絕不含好壞的意思。《書經》所說「性」字，亦屬中
> 性，比較偏惡一點。[51]

梁任公在這裡說「性」的本義，原為「表示生命的心理」，是相當正
確的，所謂「生命的心理」，說得原始、具體一些，亦即如徐復觀所

---

[51] 梁啟超：《儒家哲學》（臺北市：中華書局，1956年臺一版），頁1-110。

說的，乃指「人生而有之欲望、能力等而言，有如今日所說之本能」[52]。如果照這樣來解釋，則上引的「彌爾性」、「不虞天性」和「節性」，說的依次就是「滿足你的欲望」、「不能節制天生的欲望」和「節制欲望」的意思。「欲望」，不用說，是每個人都有的，原該獲得合理的滿足才對，不過，如任其恣縱，而不加以節制，則不免將「生出亂子來」了，所以「欲望「的本身，可說「絕不含好壞的意思」，只是在其程度上的「適中」或「過與不及」分出善與惡來而已。由此可知，《詩》、《書》上的「性」，仍僅就「情」上說，而還未真正貫入「喜怒哀樂之未發」的性體中，這樣，自然就與《中庸》所說的「天命之性」，大異其趣了。

　　《詩》、《書》上的「性」字，由於說的是就「情」而言的欲望或本能，所以便像〈召誥〉所謂的「節性」一樣，必須講求節制；而《中庸》，則由於指的本是「真實無妄」的「至誠」，所以就不講節制，而有「率性」、「盡性」的主張，譬如首章所謂的「率性之謂道」，與第二十二章所謂的「唯天下至誠，為能盡其性」，就是很好的證明。因此，梁啟超在其《儒家哲學》第六章中又說：

　　　性善一說，中庸實開其端，中庸起首幾句便說：「天命之謂

---

52 徐復觀在〈生與性、一個方法上的問題〉一文中，對「性」字的本義有精確的解說：「許氏《說文》:『性，人之陽氣，性善者也，從心，生聲。』按以陰陽釋性情，乃起於漢初。許氏對性字的解釋，乃以漢儒之說為依據，固非性字之本義；而對『從心，生聲』，亦無進一步之說明。謹按由現在可以看到的有關性字早期的典籍加以歸納，性之原義，應指人生而即有之欲望，能力等而言，有如今日所說之『本能』。其所以從心者，心字出現甚早，古人多從知覺感覺來說心；人的欲望、能力，多通過知覺感覺而始見，亦即須通過心而始見，所以性字便從心。其所以從生者，既係標聲，同時亦即標義；此種欲望等等作用，乃生而即有，且具備於人的生命之中，在生命之中，人自覺有此種作用，非由後起，於是稱此生而即有的作用為性；所以性字應為形聲兼會意字。」見《中國人性論史》，頁6。

性，率性之謂道，修道之謂教」，率性，另有旁的解法，若專從字面看，朱子釋為「率，循也」，率與節不同，節講抑制，含有性惡的意味；率講順從，含有性善的意味。又說「唯天下至誠，為能盡其性……」這段話，可以作「率性之道」的解釋，「率性」為孟子性善說的導端，「盡性」成為孟子擴充之說的依據，就是照我們本來的性放大之，充滿之，中庸思想很有點同孟子相近。[53]

由此看來，《中庸》的作者已直透「性」的本原，由「至誠」顯現出它的「至善」來[54]，其價值意義，可說是非常大的。

「性」之德，總括來說，固然只是一個「誠」，但若分開來說，則實有「仁」、「智」之別。這從上引《中庸》第二十五章的一段話中可以看出，所謂「成己，仁也；成物，知（智）也；性之德也」，意思是十分明顯的。對這段文字，朱子曾注說：

誠雖所以成己，然既有以自成，則自然及物，而道亦行於彼矣。仁者，體之存；知者，用之發；是皆吾性之固有，而無內外之殊。[55]

---

53 梁啟超：《儒家哲學》，頁1-110。

54 牟宗三：「對於性之規定的第一路，是從天命、天道的傳統觀念開始，而以中庸『天命之謂性』為總結。這是繞到外面而立論的，其中所謂性簡直就是創造性或者創造的真幾。但這似乎很抽象。於此，人們可以問：這個性的具體內容是什麼呢？我們是否可以直接肯定它就是善呢？我們在上講裏，常提到它總是超越意義的性、價值意義的性。如此，它似乎是善的，它有道德的函義。然它這個道德的函義，似乎尚不能從它自身來證明。如此似乎尚不可以直接地肯定它就是善的；如果一定要賦予此『性』一個『道德的函義』——善，充其量僅可認為是一種默許，絕不能直接地說它就是『道德（上）的善』。」見《中國哲學的特質》，頁60。

55 朱熹：《四書集註‧中庸》，頁42。

在此，朱子以為「仁」與「知（智）」，雖有體用之分，卻皆屬「吾性之固有」，是沒有什麼內外的分別的。關於這點，王船山在《讀四書大全說》中，也作了如下的闡釋：

> 有其誠，則非但成己，而亦以成物矣；以此誠也者，原足以成己，而無不足於成物，則誠之而底於成，其必成物審矣。成己者，仁之體也；成物者，知之用也；天命之性、固有之德也。而能成己焉，則仁之體立也；能成物焉，則知之用行也；仁知咸得，則是復其性之德也。統乎一誠而已，物胥成焉，則同此一道，而外內固合焉。[56]

可見「仁」和「知（智）」，都是「性」的真實內容，而「誠」則「是人性的全體顯露，即是仁與知的全體顯露」[57]。這樣說來，在《中庸》作者的眼中，「性」顯然包含了兩種互為作用的精神潛能：一是屬「仁」的，即仁性，乃人類與生俱來的一種成己「成德」力量；一是屬「知」的，即知性，為人類生生不已的一種成物（認知）動能。前者可說是「誠」的動力[58]，後者可說是「明」的泉源；兩者非但為人人所共有，而且也是交相作用的，也就是說：如果顯現了部分的「仁性」（誠），就能連帶地顯現部分的「知性」（明）；同樣地，顯現了部分的「知性」（明），就能連帶地顯現部分的「仁性」（誠）。正由於這種交互的雙螺旋作用，有先後偏全之差異，故使人在「盡性」上也就有了兩條內外、天人銜接的路徑：一是由「誠（仁性）而明（知

---

56 王船山：《讀四書大全說》，頁299-300。
57 見徐復觀：《中國人性論史》，頁156。
58 中庸之誠，有就全、就終而言者，必涵攝智與仁，如「唯天下至誠」就是；亦有就偏、就始而言者，指的是「實有其仁」，如「自誠明」或「自明誠」之誠便是。

性）」，這是就先天潛能的提發來說的；一是由「明（知性）而誠（仁
性）」，這是就後天修學的努力而言的。所以《中庸》第二十一章說：

　　自誠明，謂之性；自明誠，謂之教；誠則明矣，明則誠矣。

從這一章裡，我們可以曉得，人能「由誠而明」，乃出於人性天然的
作用，而「由明而誠」，則係成自後天人為的教育。而這「天然」
（性）與「人為」（教）的兩種產生雙螺旋互動作用，如一旦能內外
銜接，凝合無間，則所謂「誠則明矣，明則誠矣」，必臻於「亦誠亦
明」的「至誠」境界。到了此時，「仁」既必涵攝著「智」，足以「成
己」，而「智」亦必本之於「仁」，足以「成物」了。
　　那麼，何以「仁」必涵攝著「智」，「智」必本之於「仁」，然後
足以「成己成物」呢？這就必須作進一步的探討了。就先以「仁」必
攝「智」這一點來說吧！在《孟子・公孫丑篇下》有這麼一段記載：

　　燕人畔，王曰：「吾甚慚於孟子。」陳賈曰：「王無患焉！王自
　　以為與周公，孰仁且智？」王曰：「惡！是何言也！」曰：「周
　　公使管叔監殷，管叔以殷畔。知而使之，是不仁也；不知而使
　　之，是不智也。仁、智，周公未之盡也，而況王乎？賈請而解
　　之。」見孟子，問曰：「周公何人也？」曰：「古聖人也。」
　　曰：「使管叔監殷，管叔以殷畔也，有諸？」曰：「然。」曰：
　　「周公知其將畔而使之與？」曰：「不知也。」「然則聖人且有
　　過與？」曰：「周公，弟也；管叔，兄也。周公之過，不亦宜
　　乎？且古之君子，過則改之；今之君子，過則順之。」

從這段對答裡，我們知道周公使管叔監殷，原是出於一片愛兄之仁

心，而結果周公卻由於一時不能做到「仁且智」的地步，以致造成了
管叔武庚以叛周而最後被殺的憾事 [59]。這在周公來說，固然是難以避
免的，因為身為弟弟的周公，實在萬萬也想不到做哥哥的管叔會起來
造反，但無論怎樣，單就「使管叔監殷」這一事而言，周公是不能不
負「不知而使之，是不智」的過失的。又如《孟子‧離婁篇上》說：

> 離婁之明、公輸子之巧，不以規矩，不能成方圓；師曠之聰，
> 不以六律，不能正五音；堯舜之道，不以仁政，不能平治天
> 下。今有仁心仁聞，而民不被其澤，不可法於後世者，不行先
> 王之道也。故曰：徒善不足以為政，徒法不足以自行。詩云：
> 「不愆不忘，率由舊章」，遵先王之法而過者，未之有也。聖
> 人既竭目力焉，繼之以規矩準繩，以為方員平直，不可勝用
> 也；既竭目力焉，繼之以六律正五音，不可勝用也；既竭心思
> 焉，繼之以不忍人之政，而仁覆天下矣。故曰：為高必因丘
> 陵，為下必因川澤，為政不因先王之道，可謂智乎？

孟子在此，很清晰地告訴我們：一個人君只憑「仁心仁聞」，而不竭
智力去行「先王之道」，是不足以「平治天下」的。關於這點，范氏
即曾舉齊宣王與梁武帝為例來說明：

> 齊宣王不忍一牛之死，以羊易之，可謂有仁心；梁武帝終日一
> 食蔬素，宗廟以麵為犧牲，斷死刑必為之涕泣，天下知其慈
> 仁，可謂有仁聞；然而宣王之時，齊國不治；梁武之末，江南

---

[59] 《史記‧管蔡世家》：「武王既崩，成王少，周公旦專王室，管叔、蔡叔疑周公為之
不利於成王，乃挾武庚作亂。周公旦承成王命伐誅武庚，殺管叔，而放蔡叔，遷
之。」

　　　　大亂，其故何哉？有仁心仁聞，而不行先王之道故也。[60]

可見「徒善」（仁有仁心仁聞），而不「竭心思」（智）去學「先王之
道」，了解先王之用心，把它們確實地推行出來，是「不足以為政」
的，是不智的。這個道理，在《禮記・學記篇》裡，也闡發得很清
楚，它的作者在起首即說：

　　　　發慮憲，求善良，足以謏聞，不足以動眾；就賢體遠，足以動
　　　　眾，未足以化民。君子如欲化民成俗，其必由學乎！玉不琢，
　　　　不成器；人不學，不知道；故古之王者，建國君民，教學為先。

所以治國平天下，除了要有澤被四海之仁心外，還須竭盡心思，勤學
先王之道，以凝就睿智，才能妥當地將「舊章」付諸實施，而達到真
正仁民愛物之目的；否則，即使有「仁覆天下」的宏願，也將徒有
「求善良」、「就賢體遠」的仁心仁聞，而無法「化民成俗」、「平治天
下」了。因而《孟子》在〈離婁篇上〉又說：

　　　　愛人不親，反其仁；治人不治，反其智。……行有不得者，皆
　　　　反求諸己，其身正（仁且智），而天下歸之。

所謂「治民」，乃「愛人」的具體表現，《孟子》主張在人「不親」、
「不治」時，要「反其仁」、「反其智」、「仁必攝智」的意思，可說是
相當明顯的。
　　「仁」既須涵攝著「智」，以破愚免過，收到真正仁人愛物的效

---

60 朱熹：《四書集註・孟子》引，頁291。

果；當然，「智」也必本之於「仁」，才不致使它產生偏差，而形成種種的迷惑或災禍。譬如《大學》第九章說：

　　　心誠求之，雖不中，不遠矣。

這片誠心（仁心）可以說就是人「格物致知」、「明善辨惑」的一個母體。歷代聖賢，教人為學，必先「存誠」、「立大本」，即是此意；因為人若能存藏這片仁心，以發揮「誠」的功能，便能無私而不欺己；這樣，他的「喜怒哀懼愛惡欲」[61] 之情，才能「發而皆中節」；能發揮「誠」的功能，使「喜怒哀懼愛惡欲」之情，發而皆「中節」，自然地，在他心目之間就不會形成任何認知上的障礙，而對真偽善惡，也就能一一辨明，不致陷入迷惑了。《論語·顏淵篇》載子張、樊遲問「辨惑」，孔子答子張說：

　　　愛之欲其生，惡之欲其死；既欲其生，又欲其死，是惑也。

答樊遲說：

　　　一朝之忿，忘其身以及其親，非惑與？

可知「惑」起自過當的愛惡與忿懥之情──「不仁」，其實，豈止是愛惡與忿懥之情而已，其他的種種情感，如奪於私欲，發而不中節時，都會使人在認知的過程中犯上偏差的毛病。譬如《大學》第七章說：

---

61　《禮記·禮運篇》：「何謂人情？喜、怒、哀、懼、愛、惡、欲七者，弗學而能。……
　　故聖人所以治人七情，脩十義，講信修睦，尚禮讓，去爭奪，舍禮何以治人？」

> 身（心）有所忿懥，則不得其正；有所恐懼，則不得其正；有
> 所好樂，則不得其正；有所憂患，則不得其正。心不在焉，視
> 而不見，聽而不聞，食而不知其味。

從這段話裡，我們曉得一個人在其所發「忿懥」、「恐懼」、「好樂」、
「憂患」之「情」過正時，心就「不得其正」，這可說是內心不能存
「仁（誠）」的必然結果，而這種結果也必然蒙蔽人的認知能力——
「知性」，這樣，當然就難免會「心不在焉，視而不見、聽而不聞，
食而不知其味」了。而第八章也說：

> 人之其所親愛而辟（偏私之意）焉，之其所賤惡而辟焉，之其
> 所畏敬而辟焉，之其所哀矜而辟焉，之其所敖惰而辟焉，故好
> 而知其惡，惡而知其美者，天下鮮矣；故諺有之曰：「人莫知
> 其子之惡，莫知其苗之碩。」

這種因心有所偏、情有所蔽——不仁，而導致認知上的偏差，但見一
偏，不見其全——好而不知其惡，惡而不知其美（「莫知其子之惡，
莫知其苗之碩」），甚至產生錯覺、顛倒是非，如《孟子》所謂「安其
危，而利其菑，樂其所以亡者」（〈離婁上〉），便是由於存心不誠
（仁），無以去私的緣故。人患了這種弊病，修身已不可得，更不用
說是齊國治國平天下了。如果人再以此種有了偏執或錯誤的「已知」
作為依據，去推求那無涯之「未知」，則勢必一偏再偏，一誤再誤，
使得知「明」與仁（誠）判為兩途，終至形成偏激、邪惡的思想與行
為。這樣，不僅將害人害己，且又要為禍社會國家；孟子從前所以要
大聲疾呼「我亦欲正人心，息邪說，距詖行，放淫辭」（〈滕文公
下〉），就是看出了這種禍害的重大。因此，人在認知的過程中，如果

不能時時存誠（仁）立本，使志氣清明，義理昭著，則必為外誘所惑，而犯下誤圓為方，以美為惡的錯誤。由此可知，「智」必本為於「仁」，是一點也不錯的。

　　這樣看來，《中庸》的作者隱然帶著「循環、往復而提升（或下降）」的雙螺旋互動義涵，充分肯定人類天然認知（智）與成德（仁）潛能的互動作用，已踏實地為人類「成己」、「成物」之目標，開啟了一條無限向上的大道，不僅給人以十足的信心，更對人類的前途提供了充分的保證。

# 第五章
# 中庸的人道思想
## ——「天 ⟷ 人」雙螺旋互動思想（二）

## 第一節　中庸對道的重視

　　在上一章裡，我們已討論過，人都可以發揮部分天然的精神動能，由誠（發揮仁性）而達於明（發揮知性）的地步，這可說是從「偏」（入德）的觀點來說的；若自「全」（成德）的角度來看，那麼，能毫「無欠闕」、自自然然地使「天命」呈現、流行，而臻於「自誠明」境界的，則無疑是聖人了。所以《中庸》第二十章說：

> 誠者，不勉而中（仁），不思而得（知），從容中道，聖人也。

對這幾句話，朱子曾解釋說：

> 聖人之德，渾然天理，真實無妄，不待思勉，而從容中道也。……不思而得，生知也；不勉而中，安行也。[1]

而趙順孫在《中庸纂疏》中，也據此引陳氏加以補充說：

> 聖人純是天理合下，無欠闕處，渾然無變動，徹內外本末，皆

---

1　朱熹：《四書集註・中庸》（臺北市：學海出版社，1984年9月初版），頁39。

　　　真實無一毫之妄。不待思而自得，此生知也；不待勉而自中，
　　　此安行也。且如人行路，須是照管方行出路中，不然則蹉向邊
　　　去；聖人如不看路，自然在路中間行，所謂從容無不中道，此
　　　天道也。[2]

在此，朱子和陳氏以「安行」釋「不勉而中」，以「生知」釋「不思
而得」，是確切不可移易的。因為「不待勉而自中」，指的就是「仁
性」的自然發揮，即所謂的「誠」[3]，而「不待思而自得」，指的則是
「知性」的自然發揮，即所謂的「明」。這樣「先言仁（誠），而後言
知（明）」[4]，毫無疑問地，說的正是第二十一章「自誠明謂之性」的
道理。而「自誠明謂之性」這一句中的「性」字，照字面上看來，與
篇首「天命之謂性」的「性」字，好像沒什麼差別；而其實，它所講
的是「所性」，亦即「性」的作用，而非「性」的本體，這情形與
「自明誠之謂教」的「教」，講的是「所教」（即教的事情），而非
「教」的本身，可說完全相同，所以朱子《語錄》說：

　　　此性謂是性之也，此教字是學知也；此一字卻是轉一轉說，與
　　　首章「天命之謂性」、「修道之謂教」二字，義不同。

而呂氏也說：

---

2　趙順孫：《四書纂疏・中庸》（臺北市：文史哲出版社，1986年10月再版），頁468。
3　此處的「誠」，指與「明」對顯、互動者言。
4　趙順孫：《中庸纂疏》引蔡氏云：「不勉而中，不思而得，先言仁，後言知；擇善而
　　固執之，先言知，後言仁；亦可見聖人、君子之德而不亂。」見趙順孫纂疏：《四書
　　纂疏・中庸》，頁469。

> 自誠明，性之者也；自明誠，反之者也。性之者，自成德而
> 言，聖人之所性也；反之者，自志學而言，聖人之所教也。成
> 德者，至於實然不易之地，理義皆此出也天下之理，如目睹耳
> 聞，不慮而知，不言而喻，此之謂誠則明；志學者，致知以窮
> 天下之理，則天下之理，皆得卒亦至於實然不易之地，至簡至
> 易，行其所無事，此之謂明則誠。[5]

可見「自誠明」，是就「性」的作用上說，乃聖人「不勉」、「不思」
地把「性」的功能發揮至極致所必得的結果。而「不勉」、「不思」地
把「性」的功能發揮至極致，若換句話來說，乃是首章所謂「率性」
的意思。這「率性」二字，照鄭玄的解釋是：

> 性也者，生之質命，人所稟受度也。率，循也；循性行之謂
> 道。[6]

而朱子則說：

> 率，循也。……人物各循其性之自然。[7]

從上引的注釋看來，鄭、朱兩人的說法，除了一純就「人」，一兼指
「物」來說明外，其餘的都沒有什麼不同。對此，徐復觀在《中國人
性論》中配合《中庸》的「誠明」（仁、知）說加以申論說：

---

5　以上二則引文，見趙順孫：《四書纂疏・中庸》，頁503-505。
6　鄭玄注、孔穎達疏：《十三經注疏・禮記》（臺北市：新文豐出版公司，2001年6月初版），頁2189。
7　朱熹：《四書集註・中庸》，頁21。

誠是實有其仁；「誠則明矣」（二十一章），是仁必涵攝有知；
因為明即是知。「明則誠矣」（同上），是知則必歸於仁。誠明
的不可分，實係仁與知的不可分，因為仁知皆是性的真實內
容，即是性的實體。誠是人性的全體顯露，即是仁與知的全體
顯露。因仁與知，同具備於所命的人性、物性之中；順著仁與
知所發出的，即成為具有普遍性的中庸之德之行；而此中庸之
德之行，所以成己，同時即所以成物，合天人物我於尋常生活
行為之中。[8]

可見「人性」（成己）與「物性」（成物）都是「天所命」的。　當
然，「物」在正常的情況下，能夠「循性」，也將與「人」一樣，是
「莫不自然各有當行之路」[9] 的；惟這裡所謂的「率性」，據下句
「修道之謂教」所指的對象來推斷，在《中庸》作者的原義裡，當也
只是專就「人」來說，而未把「物」包括在內 [10]。因此，「率性」兩
字，只能當作「順著人性向外發出」來解釋，才算合理；而聖人「順
著人性向外發出」，而形成行為的準則，為「群體所共由共守」，則此
準則就是所謂的「道」[11]，上引呂氏所說「成德者，至於實然不易之

---

8　徐復觀：《中國人性論史》（臺中市：東海大學，1969年版），頁156。

9　朱熹：「道，猶路也。人物各循其性之自然，則其日用事物之間，莫不各有當行之
　　路，是則所謂道也。」同上註。

10　王夫之：「天命之謂性，兼人物言，乃程子備中庸以論道，須如此說。若子思本旨，
　　則止說人性，何曾說到物性上；物之性卻無父子、君臣等五倫，可謂之天生，不可
　　謂之天命。至於率性之謂道，亦兼物說，尤為不可，牛率牛性，馬率馬性，豈是
　　道？若說牛耕馬乘，則是人拿著他做，與猴子演戲一般，牛馬之性何嘗要耕要乘，
　　此人為也，非天命也。此二句斷不可兼物說。」見《四書箋解》（臺北市：廣文書
　　局，1977年1月初版），頁40-41。

11　徐復觀：「『率性之謂道』，是說，順著人性向外發而為行為，即是道。這意味著道即
　　含攝於人性之中；人性以外無所謂道。人性不離生命而獨存，也不離生活而獨存；
　　所以順性而發的道，是與人的生命、生活連在一起，其性格自然是中庸的。因此，

地，理義（道）皆此出也」，說的正是這個意思。針對這種「天命之謂性」觀念之出現，徐復觀指出：

> 孔子所證知的天道與性的關係，乃是「性由天所命」的關係。天命於人的，即是人之所以為人之性。這一句話，是在子思以前，根本不曾出現過的驚天動地的一句話。「天生烝民」、「天生萬物」，這類的觀念，在中國本是出現得非常之早。但這只是泛泛地說法，多出於感恩的意思，並不一定會覺得由此而天即給人與物以與天平等的性。有如人種植許多生物，但這些生物，並不與人有什麼內在的關聯。所以在世界各宗教中，都會認為人是由神所造。但很少能找出神造了人，而神即給人以與神自己相同之性的觀念，說得像《中庸》這樣的明確。

又說：

> 即為一超越而普遍性的存在；天進入於各人生命之中，以成就各個體之特殊性。而各個體之特殊性，既由天而來，所以在特殊性之中，同時即具有普遍性。此普遍性不在各個體的特殊性之外，所以此普遍性即表現而為每一人的「庸言」、「庸行」。各個體之特殊性，內涵有普遍性之天，或可上通於有普遍性之天，所以每一人的「庸言」、「庸行」，即是天命的呈現、流行。[12]

---

就此處而言，所謂率性之謂道，等於是說，順著各人之性所發出來的，即是『中庸』之道。『性』具存於各個體之中；道由群體所共由共守而見。個體必有其特殊性；共由共守，則要求有普遍性。順著性發出來的即是道，則性必須為特殊性與普通性之統一體；而其根據則為『天命之謂性』的天。」見《中國人性論史》，頁119。

12 徐復觀：《中國人性論史》，頁117-119。

可見《中庸》的作者，已經由「性」，將「天」與「人」從內在打成一片了。而《中庸》的作者在篇首說了這樣「驚天動地」的一句「天命之謂性」後，接著便說：

　　率性之謂道。

這樣依循著「性」以凝就行為的準則——「道」，在一般常人而言，是不能圓滿地做到的，因為一般人，即使能局部地「率性」，由「誠」而「明」，也至多僅能「行庸德、謹庸言」，以形成個別的、瑣細的「道」，卻無法毫無欠缺地凝就「群體所共由共守」的準則，亦即所謂的「至道」，於是這種「凝道」的重擔，便責無旁貸地落在「至誠」的聖人肩上[13]。《中庸》第二十七章說：

　　大哉！聖人之道，洋洋乎，發育萬物，峻極于天。優優大哉！
　　禮儀（大儀則）三百，威儀（小儀則）三千，待其人而後行，
　　故曰：苟不至德，至道（指禮儀與威儀）不凝焉。

所謂「苟不至德，至道不凝焉」，非聖人無以「率性成道」的意思，是表示得非常明白的。實在說來，也幸好有聖人能「順著人性向外發出」，全面做到「自誠明」的地步，才有可能「經綸天下之大經」，於「人倫各盡其當然之實，而皆可以為天下後世法」[14]，以至於「立天下之大本」，而使常人也能透過聖人所凝就的「至道」（達道），逐漸

---

13 王陽明：「眾人亦率性也，但率性在聖人份上較多，故『率性之謂道』屬聖人事；聖人亦修道也，但修道在賢人分上多，故『修道之謂道』屬賢人事。」見王守仁著，葉鈞點註：《傳習錄》（臺北市：臺灣商務印書館，1967年4月初版），頁210。

14 趙順孫：《四書纂疏‧中庸》，頁565-566。

「由明而誠」地發揮性體的功能，達於完全「復其初」[15] 的終極目標；也才有可能更進一步地「知天地之化育」，使「物」也能發揮它們各自的「誠性」，以「贊天地之化育」；這樣，不僅可在「成己」方面，「盡人之性」以提發精神動能，來純化人倫園地，而且也可在「成物」方面，「盡物之性」以利用物質力量，來改善物質世界，使人類過著真正幸福美滿的生活。所以朱子在《或問》中就說：

> 天命之性，仁義禮智而已。循其仁之性，則自父子之親，以至於仁民愛物，皆道也；循其義之性，則自君臣之分，以至於敬長尊賢，亦道也；循其禮之性，則恭敬辭讓之節文，皆道也；循其智之性，則是非邪正之分別，亦道也。蓋所謂性者，無一理之不具，故所謂道者，不待外求，而無所不備；而所謂性者，無一物之不得。故所謂道者，不假人為，而無所不周。雖鳥獸草木之生，僅得形氣之偏，而不能有以通貫乎全體，然其知覺運動，榮悴開落，亦皆循其性，而各有其自然之理焉。至於虎狼之父子、蜂蟻之君臣、豺獺之報本、雎鳩之有別，則其形氣之所偏，又反有以存其義理之所得，尤可見天命之本然，初無間隔，而所謂道者，亦未嘗不在是也。是豈有待於人為，而亦豈人之所得為哉？……蓋天命之性、率性之道，皆理之自然，而人物之所同得者也；人雖得其形氣之正，然其清濁厚薄之稟，亦有不能不異者。是以賢知者或失之過，愚不肖者或不能及；而得於此者，亦或不能無失於彼。是以私意人欲或生其間，而於所謂性者，不免有所昏蔽錯雜，而無以全其所受之正；性有不全，則於所謂道者，因亦有所乖戾舛逆，而無以適

---

15 朱熹：《四書集註・中庸》，頁1。

乎所行之宜。惟聖人之心，清明純粹，天理渾然，無所虧闕，
故能因其道之所在，而為之品節防範，以立教於天下，使夫過
不及者有以取中焉。……夫如是，是以人無知愚，事無大小，
皆得有所持循據守，以去其人欲之私，而復乎天理之正；推而
至於天下之物，則亦順其所欲，違其所惡，因其材質之宜，以
致其用，制其取用之節，以遂其生，皆有政事之施焉。此則聖
人所以財成天地之道，而致其彌縫輔贊之功，然亦未始外乎人
之所受乎天者而強為之也。[16]

　　在這一大段話中，朱子未直接用《中庸》之「誠」，而以「仁義
禮智」四端說「性」，並由一個「理」字來貫通「天 ⟷ 人」、「物
⟷ 我」與「性 ⟷ 道」，雖然與《中庸》之原義，不免有些微的出
入，然於「道」之內容、聖人所以能率性而為「道」，以「成己 ⟷
成物」的道理，以及常人何以「於所謂道者」有所「乖戾舛逆」的原
因，卻都說明得頗為精詳，這對讀者了解《中庸》「率性之謂道」這
句話的真正涵義而言，無疑是有極大幫助的。
　　既然惟有聖人才能「順著人性向外發出」，以凝就「至道」，那
麼，聖人究竟是如何「率性而為道」的呢？我們要了解這個問題，則
非從「忠恕」探究起不可了。「忠恕」一詞，在《中庸》裡，只一見
於第十三章：

　　　忠恕違道不遠，施諸己而不願，亦勿施於人。

這幾句話，乃出自孔聖之口；而另在《論語·里仁篇》裡，也曾有如
下一段相關的記載：

---

16 轉引自趙順孫：《四書纂疏·中庸》，頁270-274。

> 子曰：「參乎！吾道一以貫人，」曾子曰：「唯。」子出，門人
> 問曰：「何謂也？」曾子曰：「夫子之道，忠恕而已矣。」

這兩段話，顯然地，是有著密切的關係的；很可惜的是：孔子和曾子
在此，對於這兩字的真正意義，除了孔子為了生發下文，特別著重在
「君子之道」上，用「施諸己而不願，亦勿施於人」兩句，單就「恕
之事」[17] 作簡單說明外，都未曾作整體性、直接性的明確訓釋；而後
來加以註釋的雖多，卻大都又似乎概不分偏全本末，只一味地在偏
處、末處繞圈，如孔穎達《禮記正義》說：

> 忠者，內盡於心；恕者，外不欺物。恕，忖；忖度其義於人違
> 去也。[18]

邢昺《論語疏》說：

> 忠，謂盡中心也，恕，謂忖己度物也。[19]

朱子《論語集註》說：

> 盡己之謂忠，推己之謂恕。[20]

---

17　王夫之：「章句云：『忠恕之事』，一事字顯出在事上合一。」見《讀四書大全說》卷
　　二（臺北市：河洛圖書出版社，1974年5月初版），頁197。
18　鄭玄注、孔穎達疏：《十三經注疏・禮記》，頁2204。
19　何晏注、邢昺疏：《十三經注疏・論語》，頁96。
20　朱熹：《四書集註・論語》，頁77。

順趙孫《論語纂疏》引陳氏說：

> 忠是就心說，是盡己之心，無不真實者；恕是就待人接物說，
> 只是推己心之所真實者，以及人物而已。[21]

這些解釋，捨句式外，無論在用詞或意義上來說，都是非常相近的；
他們同樣地在「中心」、「己心」、「心」或「己」這個實體上，加一個
性屬動詞的「盡」、「忖」或「推」字，似乎都不免帶有喧賓奪主和
「勉強」的意味，這是他們固執地僅著眼於人為「教」而忽略天賦
（性）來訓釋所導致的偏差。有了這種偏差，那就無怪會有許多學者
一直把「忠恕」認作是入德或求知的方法，而非本體了，譬如真德秀
在《真西山集》卷三十一說：

> 孔子告曾子一貫之理，本是言誠；曾子恐門人理會未得，故降
> 下一等，而告之以忠恕。[22]

章太炎在〈訂孔下〉卻說：

> 心能推度曰恕，周以察物曰忠。故夫聞一以知十，舉一隅而以
> 三隅反者，恕之事也；周以察物，舉其徵符，而辨其骨理者，
> 忠之事也。[23]

而胡適之在《中國古代哲學史》也說：

---

21 趙順孫：《四書纂疏·論語》，頁804。
22 陳滿銘：《中庸思想研究》引（臺北市：文津出版社，1980年3月初版），頁131。
23 見《章太炎全集》3（上海市：上海人民出版社，1984年版），頁326-327。

> 我的意思，以為孔子說的「一以貫之」，和曾子說的「忠恕」，
> 只是要尋出事物的條理系統，用來推論，要使人聞一知十，舉
> 一反三，這是孔門的方法論，不單是推己及人的人生哲學。[24]

從這些說法中，我們可清晰地看出，他們顯然係就道德的實踐論或
知識的方法論來解釋「忠恕」，是未把「忠恕」當作「性之德」來看
待的。

　　其實，「忠恕」二字，是大可不必「實」上帶「虛」地添加
「盡」、「推」等字，以顯其義的。我們只須就字的形體看，便知
「忠」就是「中心」（不偏之心）的意思，而「恕」則是「如心」（無
私之心）的意思[25]。顯而易見地，它們的主體是「心」，而「中」和
「如」，則是屬於限制性、無形性的兩個附加詞。這種釋義，可謂直
截了當，一眼即可領會，比起孔、朱等人的「增字為訓」來，無疑
地，是要妥當得多了。

　　既然「忠恕」該是直貼心體而言的「中心」和「如心」，那麼與
《中庸》所說的「中和」，關係是至為密切的，〈中庸首章〉說：

> 喜怒哀樂之未發，謂之中；發而皆中節，謂之和。中也者，天
> 下之大本也；和也者，天下之達道也。

這裡所謂的「喜怒哀樂之未發」，說的是「天命」之性，而所謂的
「發而皆中節」，指的乃「率性」之情 [26]；至於所謂的「中」、「和」，

---

24 參見《胡適學術文集‧中國哲學史》上（北京市：中華書局，1998年版），頁77-
　　78。

25 賈公彥說：「如心曰恕，如下從心；中心曰忠，中下從心；謂言出於心，皆有忠實
　　也。」見鄭玄注、賈公彥疏：《十三經注疏‧周禮》，頁435。

26 率性之情，必中節，即恕；反之必不中節，即不恕。而中節是善，不中節則為惡。

則是「天命之性」、「率性之情」所孕就的一種心理狀態，而呈現這種
「中和」狀態的心體，那就是所謂的「忠恕」了。因此，「忠恕」既
可透過「性」上通於「天道」，與「至誠」同源；也能夠隨著「情」
下貫於「人道」，與孝慈共脈[27]，可以說透過雙螺旋互動之作用，是
徹上徹下，通內通外，合天人而為一的。故朱子在《論語集註》裡引
程子說：

> 忠者，天道；恕者，人道。忠者，無妄；恕者，所以行乎忠
> 也。忠者，體；恕者，用；大本達道也。……「維天之命，於
> 穆不已」，忠也；「乾道變化，各正性命」，恕也。[28]

顧亭林在其《日知錄》中也說：

> 夫子之道，忠恕而已矣；忠也者，天下之大本（中）也；恕也
> 者，天下之達道（和）也。[29]

而呂維祺在《伊洛大會語錄》裡則說：

> 天地聖賢夫婦，同此忠恕耳。天地為物不貳，故元氣流行，化
> 育萬物，此天地之忠恕，即天地之貫也；聖人至誠不息，故盡

---

因此程伊川云：「性即理也。天下之理，原其所自來，未有不善；喜怒哀樂未發，何
嘗不善；發而中節，則無往而不善。發不中節，然後為不善。故凡言善惡，皆先善
而後惡；言吉凶，皆先吉而後凶；言是非，皆先是而後非。」見朱熹著，張伯行集
解：《近思錄集解》（臺北市：世界書局，1900年1月版），頁22。

27 《論語‧為政篇》：「孝慈則忠。」

28 朱熹：《四書集註‧論語》，頁77。

29 顧炎武：《日知錄集釋》（京都：中文出版社，1978年版），頁153。

> 人盡物，贊化育，參天地，此聖人之忠恕，即聖人之貫也；賢
> 人亦此忠恕，但或勉強而行，未免有作輟純雜之不同，故有貫
> 有不貫，而其實處即與聖人同；即愚夫婦亦此忠恕，但為私欲
> 遮蔽，不能忠恕，即不能貫，或偶一念之時亦貫，而其實處亦
> 即與聖人同。……忠恕只是一個心，實心為忠，實心之運為
> 恕，即一也。[30]

可見「忠恕」即屬「下學」之事，亦是「上達」之事；既屬「學者」
之事，亦是「聖人」之事；是不宜單從學者下學一面來看的，否則，
內外上下，就無法「一以貫之」了。

　　由上述可知，「忠恕」是就「中和」、「性情（中節之情）」來說的
一種「性德」，換句話說，也就是人發揮「仁、智之性」後，呈現著
「中和」狀態的一種心體。這樣，自然就無怪聖人可以由此而凝就出
「道」來了，所以孔子在說了「忠恕違道不遠，施諸己而不願，亦勿
施於人」三句話後，接著便就「恕」來說明「君子之道」說：

> 君子之道四，丘未能一焉：所求乎子以事父，未能也；所求乎
> 臣以事君，未能也；所求乎弟以事兄，未能也；所求乎朋友先
> 施之，未能也。

若把這文字和「忠恕違道不遠」三句合併起來看，我們可得知「恕」
的表現，是可分為兩類的：一是消極性的，那就是「施諸己而不願，
亦勿施於人」；一是積極性的，那就是「所求乎子以事父」、「所求乎
臣以事君」、「所求乎弟以事兄」、「所求乎朋友先施之」。由於這兩種

---

30 陳孟雷編：《古今圖書集成·學行典（上）》（臺北市：鼎文書局，1977年版），頁
　1257-1258。

「恕」，並立根於「忠」，兼及「施」與「勿施」，牢籠既周遍，植基亦深厚，所以自然就成了群德的總匯（安行忠恕是仁，利行、勉行忠恕是義），試看所謂的「所求乎子以事父」，既是「恕」，也是「孝」；所謂的「所求乎臣以事君」，既是「恕」，也是「敬」[31]；所謂的「所求乎弟以事兄」，既是「恕」，也是「悌」；所謂的「所求乎朋友先施之」，既是「恕」，也是「信」。而「施諸己而不願，亦勿施於人（父、君、兄、朋友）」，固然是「恕」，又何嘗不是「孝」、不是「敬」、不是「悌」、不是「信」呢？可見同樣的一個「恕」「藏乎身」，是可隨著所待對象的不同，而衍生出各種不同的道德行為來的。因此，如果有一個人，他的「天命之性（包括知性與仁性）」能夠發揮它的功能，而保有「中心」（忠），那麼，一旦受到刺激，變「性」（中）為「情」（和）、轉「忠」（中）為「恕」（和），則必能化消形氣之私，使自己的喜怒哀樂之情，在「知性」與「仁性」的疏導下，發而皆中節，達到「至誠」（亦誠亦明）的境界；用此種心境（和）、心體（恕）來待人，自然就能做到「孝、敬、悌、信」的地步。不僅是「孝、敬、悌、信」而已，其他的種種德行，以此類推，也同樣地，全可成自這麼一個「忠恕」的心體，源於這麼一個「中和」的心境。所以不單單是「修身」、「齊家」的根本在此，即連「治國」、「平天下」的基石也立於此，《大學》第九章「釋齊家治國」說：

> 所謂治國，必先齊其家者，其家不可教，而能教人者，無之。故君子不出家，而成教於國；孝者，所以事君也；弟者，所以事長也；慈者，所以使眾也。〈康誥〉曰：「如保赤子」，心誠求之（恕），雖不中，不遠矣；未有學養子，而后嫁者

---

31　《大學》第三章云：「為人臣，止於敬。」

也。……是故君子有諸己，而后求諸人；無諸己，而后非諸人。所藏乎身不恕，而能喻諸人者，未之有也。

而第十章「釋治國平天下」也說：

所謂平天下，在治其國者，上老老，而民興孝，上長長，而民興弟，上恤孤，而民不倍，是以君子有絜矩之道（即恕道）也。所惡於上，毋以使下；所惡於下，毋以事上；所惡於前，毋以先後；所惡於後，毋以從前；所惡於右，毋以交於左；所惡於左，毋以交於右，此之謂絜矩之道。詩云：「樂只君子，民之父母」，民之所好好之，民之所惡惡之（恕），此之謂民之父母，詩云：「節彼南山，維石巖巖，赫赫師尹，民具爾瞻」，有國者不可以不慎，辟（偏，即不恕之意），則為天下僇矣。

在第九章裡，《大學》的作者先由「所以修身而教於家」的「孝」、「悌」、「慈」諸德，推及於治國的事情上面，以分別作為「事君」、「事長」、「使眾」的母德，然後歸結出一個「恕」字，以統攝「孝」、「悌」、「慈」，理脈是十分清楚的。而在第十章，則照樣地，先由「孝」、「悌」、「慈」說起，以引出「絜矩之道」（恕道）來作一番說明，然後分別就人君「恕」與「不恕」的結果，各引《詩》加以闡釋，以見「絜矩之道」對「平天下」的重要。很明顯的，他所說，也就是這種一貫的道理。

不過，由於一般的人，大都無法有效地發揮「仁智之性」的應有功能，臻於「至誠」（亦是至明）的境界，於是在平時待人接物，轉「性」為「情」、變「忠」為「恕」的時候，就未必能隨時都「思而得」（知）、「勉而中」（仁），而不產生一絲一毫的偏差；這樣，即使

存著「施諸己而不願，亦勿施於人」的「恕心」去對待自己的「父、君（領袖）、兄、友」，當然也就未必能完全「中道」，而毫無偏差地做到「孝」、「悌」、「慈」、「信」的地步。然而，由此產生的偏差，正如《大學》第九章所謂「心誠求之，雖不中，不遠矣」，一定不會很大，所以《中庸》的作者在第十三章引孔子的話說：

> 道不遠人，人之為道，而遠人，不可以為道。詩云：「伐柯伐柯，其則不遠」，執柯以伐柯，睨而視之，猶以為遠，故君子以人治人，改而止。忠恕違道不遠，施諸己而不願，亦勿施於人。

孔子在此，拿「執柯以伐柯」所產生的偏差作為譬喻，來說明人由「恕」行道，而結果卻不免遠「道」的道理，以引出「忠恕違道不遠」的一句話來，其目的就是要告訴大家：要行道是不能捨近求遠的，一定要本著「恕」（無私之心）去做，這樣，即使難免會像「執柯以伐柯」一樣產生些微的偏差，但所謂「君子以人治人（恕），改而止」，是可原諒的。鼓勵勸勉的意思，可說表示得非常明白，因此他在就「恕」講了「君子之道四」後，接著又說：

> 庸德之行，庸言之謹，有所不足，不敢不勉；有餘不敢盡；言顧行，行顧言，君子胡不慥慥爾！

所謂「君子胡不慥慥爾」，黽勉之意，是極為殷切的。

「恕」，就學者的入德（偏）處來說，既可以「違道不遠」，而減少過失；那麼，如就聖人的成德（全）上而言，則更足以凝就各種道德行為的標準，而成為「君子之道」了，所以《論語・衛靈公篇》說：

　　子貢問曰：「有一言而可以舉身行之者乎？」子曰：「其恕乎！
　　己所不欲勿施於人。」

「恕」能衍生各種不同的道德行為，而凝為「君子之道」，那自然是
可以終身奉行了。
　　而這種由「恕」凝成，「可以終身行之」的「君子之道」，如就其
發端處言，則是從「夫婦之倫」開始的，這點，《中庸》的作者在第
十二章中，就曾交代得很清楚：

　　君子之道，造端乎夫婦，及其至也，察乎天地。

而在第十五章裡也說：

　　君子人道，辟如行遠，必自邇；辟如登高，必自卑。詩曰：
　　「妻子好合，如鼓瑟琴；兄弟既翕，和樂且耽；宜爾室家，樂
　　而妻帑」，子曰：「父母其順矣乎！」

這樣由「夫婦之倫」開始，推擴到「兄弟」、「子女」、「父母」身上，
自然就能由近及遠、由親及疏地再推及於「君臣」、「朋友之交」，而
成為「君子之道四」，而如果由此再進一步地擴充，則變為《尚書·
舜典》所謂的「五典」或〈泰誓篇〉所謂的「五常」，亦即《孟子·
滕文公篇》所說的「父子有親，君臣有義，夫婦有別，長幼有序，朋
友有信」了。這五種倫常，可以說是「天下古今所共由之路」[32]，也

---

32　朱熹：《四書集註·中庸》，頁35。而牟宗三也說：「嚴格講，天倫只限於父子、兄
　　弟。夫婦並不是天倫，但亦為一倫。父慈子孝，兄友弟恭，這是天理合當如此的。
　　孔子說：『子之愛親、命也。不可解於心。無所逃於天地之間。』（莊子『人間世

就是「天下之達道」，所以《中庸》的第二十章說：

> 天下之達道五，所以行之者三。曰：君臣也，父子也，夫婦
> 也，昆弟也，朋友之交也，五者，天下之達道也；知仁勇三
> 者，天下之達德也；所以行之者一也。

《中庸》的作者在此指出「五達道」就是「君臣、父子、夫婦、昆弟
（即長幼）、朋友之交」，與《孟子》的說法，除用詞與順序稍異外，
在實質上並沒有什麼不同。惟他由「達道」推原到「大本」，直接指
明所以行「五達道」的就是「知（智）、仁、勇」，則是《書經》和
《孟子》所未曾談到的。這種以「三達德」行「五達道」的說法，初
看起來，好像在「忠恕」之外，別有「三達德」專門用以行「五達
道」似的，而其實，用詞雖各異，而其義卻屬一貫，因為「仁」和
「知（智）」，本來就同是「性之德」，這在上一章第二節中，我們已
談得很清楚。而一個人如能發揮性體的功能，無疑地，就能發揮「仁
德」和「智德」；能發揮「仁德」和「智德」，則必然呈現處於「中
和」狀態的心體──「忠恕」，這樣，他自能踐行「君子之道」或
「五達道」了。而如果再由此自偏而全地達於「至誠」的聖者境界，
那麼，他不但能毫無欠缺地踐行「達道」，更足以凝就「至道」，「為
天下後世法」，以助成人類與自然的生機（中和）。因此，在《中庸》

---

引）。夫婦相敬如賓，其中除情愛外，亦有一定的道理，故《中庸》云：『君子之道
造端乎夫婦』。故夫婦也是一倫。師友一倫，代表真理之互相啟發，此即慧命相續。
倫之所以為倫，皆因後面有一它的道理使它如此，而這一定的道理也不是生物學或
社會學的道理。皆是道德的天理一定如此，所以其所成之倫常也都是不變的真理。
聖人制禮盡倫，為天地立心，為生民立命，有嚴肅的意義。周公制禮，因而演變成
五倫，孔子就在這裡說明其意義，點醒其價值。」見《中國哲學的特質》第十二講
（臺北市：學生書局，1976年10月四版），頁90-91。

作者的眼中，「智、仁」與「忠恕」，是同出一源，且是足以「行道」、「凝道」，使人「成己←→成物」的。至於「勇」，則屬人在「成智（明）成仁（誠）」上不可或缺的一種「發強剛毅」的力量，是伴隨著「仁←→智」而一直存在的。《論語・憲問篇》說：

　　仁者必有勇。

而《中庸》第二十章則說：

　　知恥（智之事）近乎勇。

這兩句話，一就「成德（全）」上言，一就「入德（偏）」處說，雖然偏全各有不同，卻同樣地把「仁」與「勇」、「智」與「勇」的關係，分別表示得頗為明白。而且《中庸》第二十章也說：

　　或生而知之，或學而知之，或困而知之，及其知之，一也；或安而行之，或利而行之，或勉強而行之，及其成功，一也。

對於這段文字，朱子曾就「達道」與「智、仁、勇」三「達德」加以解釋說：

　　知之者之所知，行之者之所行，謂達道也。以其分而言，則所以知者，知也；所以行者，仁也；所以至於知之、成功而一者，勇也。以其等而言，則生知安行者，知也；學知利行者，

仁也；困知勉行者，勇也。[33]

在這裡，朱子除了把「生知安行」說成「智」、「學知利行」說成
「仁」，恰巧說反了[34]以外，對於「知行」、「達道」與「達德」之間
的關係，以及「智、仁、勇」三者交互涵攝的情形，都分辨得相當清
楚。從這裡足以看出，《中庸》的作者探本尋源地把「勇」和「仁」、
「智」一樣看成是「性之德」，而合為「三達德」，是有充分的理由的。

既然「勇」和「仁」、「智」一樣，都被看成是「性之德」，那
麼，它們與「忠恕」，當然也是同樣立根於「誠」的，因此，朱子在
《中庸》第二十章頭一個「所以行之者一也」句下注說：

> 一則誠而已矣；達道雖人所共由，然無是三德，則無以行之；
> 達德雖人所共得，然一有不誠，則人欲間之，而德非其德矣。
> 程子曰：「所謂誠者，止是誠實此三者，三者之外，更別無
> 誠。」[35]

程子和朱子把這個「一」字，都訓作「誠」，雖然在解說的依據上有
點問題[36]，但在義理上來說，卻與《中庸》的旨意，正好相合。因為

---

33 朱熹：《四書集註·中庸》，頁36。

34 生知安行，說的是天賦（性），照《中庸》「自誠明謂之性」的說法看，當先安行
　（仁）而後生知（智），是以仁為主的；而學知利行，則說的是人為（教），照《中
　庸》「自明誠謂之教」的說法看，當先學知（智）而後利行（仁），是以智為主的；
　所以《論語·里仁篇》說：「仁者安仁，智者利仁」。可見「諸說皆以生知安行為
　仁，學知利行為知。」見李沛霖疏，宋兆珩輯錄：《學庸章句義疏》（臺北市：編者
　印行，1970年版），頁99。顯較朱說為合理。

35 朱熹：《四書集註·中庸》，頁35。

36 對此「一」字，孔穎達疏云：「所以行之者一也，言百王以來，行此五道三德，其
　義一也，古今不變也。」見《十三經注疏·禮記》，頁2218。而朱子解為「誠」，則

《中庸》原本就是「即誠言性」的，而「智仁勇」既被看成是「性之德」，則與就「性情」、「中和」而言的「忠恕」，自然同樣是統攝於一個「誠」字了。所以趙順孫《中庸纂疏》引蔡氏說：

> 達道本於達德，而達德又本於誠。誠者，達道、達德之本，而一貫乎達道、達德者也。

並引真氏說：

> 一者誠也，三者皆真實而无妄，是之謂誠。[37]

可見「智仁勇」三達德與「忠恕」，是同樣「本於誠」的。

　　聖人率性凝道，「為天下後世法」，初由人我對待而言的「造端於夫婦」的一種「君子之道」至就個人而言的「君子之道四」，再進而拓展為就人我對待來說的「天下之達道五」，固然已漸漸擴大了「道」的規範範圍，然而還只是以「修身」、「齊家」為主，並沒有充分擴充到「治國」、「平天下」，到達十分周全的地步，於是繼「五達道」之後，又有了就特定個人——人君而言的「九經」之訂立，以作為「成己成物」、「治國平天下」的準則。這所謂的「九經」見於《中庸》的第二十章：

---

根據的是何孟春訂注的《家語》，因為這本《家語》引《中庸》在「行之者一也」句下有「一者，誠也」四字；不過，《家語》是部偽書，是信不得的。所以高明在〈學庸研究之回顧與前瞻〉一文說：「對於這個『一』字，孔疏和《朱子章句》的解說不同，而王念孫則說這個『一』字是衍文，究竟是王說對呢？還是原文對呢？像這些，又都是問題。」見《高明文輯》上（臺北市：黎明文化事業公司，1978年3月初版），頁341。

37　以上兩則引文，見順趙孫：《四書纂疏・中庸》，頁457。

凡為天下國家有九經，曰：修身也，尊賢也，親親也，敬大臣
也，體群臣也，子庶民也，來百工也，柔遠人也，懷諸侯也。
修身則道立，尊賢則不惑，親親則諸父昆弟不怨，敬大臣則不
眩，體群臣則士之報禮重，子庶民則百姓勸，來百工則財用
足，柔遠人則四方歸之，懷諸侯則天下畏之。齊明盛服，非禮
不動，所以修身也；去讒遠色，賤貨而貴德，所以勸賢也；尊
其位，重其祿，同其好惡，所以勸親親也；官盛任使，所以勸
大臣也；忠信重祿，所以勸士也；時使薄斂，所以勸百姓也；
日省月試，既稟稱事，所以勸百工也；送往迎來，嘉善而矜不
能，所以柔遠人也；繼絕世，舉廢國，治亂持危，朝聘以時，
厚往而薄來，所以懷諸侯也。

這一大段文字，據其內容來分，共可析為如下三個部分：

　　第一個部分自首至「懷諸侯也」止，說的是「九經之目」。大致
說來，在這「九經」中間，除了「修身」、「親親」、「敬大臣」和「體
群臣」四目，原就包含於「天下之達道五」（含君子之道四）之內
外，其餘的五目，則可說是由「君臣」、「朋友」之倫向邦國、天下擴
展而得的。這種擴展的道理，在《大學》的第九章裡曾作了如下簡要
的說明：

故君子不出家，而成教於國。孝者，所以事君也；弟者，所以
事長也；慈者，所以使眾也。

這段文字，依朱子的解釋是：

身修則家可教矣，孝、弟、慈，所以修身而教於家者也；然而

國之所以事君、事長、使眾之道，不外乎此，此所以家齊於上
而教成於下也。[38]

可見由屬於「修身」、「齊家」的「孝、悌、慈」，進一步擴展就成為
「治國平天下」之大經，本末可說是一貫的。

第二部分自「修身則道立」至「則天下畏之」止，說的是「九經
之效」。《中庸》的作者在此，把發揮「智仁勇」三達德，能「道成於
己」，並向外推及後所獲致的「成己←→成物」之效果，由近而遠地
說明得極其明白。《中庸》第二十章說：

知斯三者（智仁勇），則知所以修身；知所以修身，則知所以
治人（相當於大學之齊家）；知所以治人，則知所以治天下國
家矣。

能知所以「修身」、「治人」、「治天下國家」，當然就能收到「道立」、
「不惑」、「不怨」、「不眩」、「報禮重」、「百姓勸」、「財用足」、「四方
歸之」與「天下畏之」的效果了。

第三部分自「齊明盛服」至末，說的是「九經之事」。在這個部
分裡，《中庸》的作者依次說明了實行「九經」之要法，其中包括了
祭祀、任賢、待親、薪酬、服役、賦稅、考核、嘉善、濟弱[39]、扶
傾、朝聘、燕賜、納貢等各方面，它們雖然各有各的適用範圍，但是
其源頭卻只有一個，那就是「誠」，所以《中庸》的作者在說了「九

---

38 朱熹：《四書集註·大學》，頁11。
39 陳槃：「『嘉善而矜不能』，是說有善行的要獎勵他，能力薄弱的要同情他、憐惜他；
　這樣，遠地的人就會發生向心。」見《大學中庸新釋》（臺北市：正中書局，1966年
　4月臺增訂四版），頁51。

「經之事」後，便接著說：

> 凡為天下國家有九經，所以行之者，一也。

這個「一」字，指的就是「誠」；如果沒有這個「誠」作原動力，那麼，「九經」就等於是「虛文」[40]，是無法收到任何效果的。

把「九經」（包括君子之道四及天下之達道五）之事分開來說，雖有種種的名目，但若將它們合在一起，則可以用一個字來涵蓋，那就是「禮」。《禮記·曲禮上》說：

> 夫禮者，所以定親疏、決嫌疑、別同異、明是非也。道德仁義，非禮不成；教訓正俗，非禮不備；分爭辨訟，非禮不決；君臣上下，父子兄弟，非禮不定；宦學事師，非禮不親；班朝治軍，涖官行法，非禮威嚴不行；禱祠祭祀，供給鬼神，非禮不誠不莊；是以君子恭敬撙節，退讓以明禮。是故聖人作為禮以教人，使人以有禮，知自別於禽獸。

而〈禮運篇〉也引孔子的話說：

> 夫禮，先王以承天之道，以治人之情，故失之者死，得之者生，詩曰：「相鼠有體，人而無禮，人而無禮，胡不遄死？」是故禮，必本於天，殽於地，列於鬼神，達於喪祭射御冠昏朝聘，故聖人以禮示之，故天下國家可得而正也。

---

40 朱熹：「一者，誠也；一有不誠，則是九者皆為虛文矣，此九經之實也。」見《四書集註·中庸》，頁38。

可見禮乃「天之經」、「地之義」、「民之行」[41]，可說關係著個人、家國，甚至整個天下的福禍安危，影響極其遠大，因此對於它們的制作，自然就不能不格外地慎重。《中庸》第二十八章[42] 說：

> 雖有其位，苟無其德，不敢作禮樂焉；雖有其德，苟無其位，亦不敢作禮樂焉。

而第二十九章也說：

> 君子之道（指禮之質），本諸身，徵諸庶民，考諸三王而不繆，建諸天地而不悖，質諸鬼神而無疑，百世以俟聖人而不惑。質諸鬼神而無疑，知天也；百世以俟聖人而不惑，知人也。

從這兩段話裡，我們不僅可以容易地讀出這份慎重來，並且也可以曉得「至誠的聖人」，才能本著人情、天理來「制禮凝道」，把它們有效地推行出來，以發揮節制人情、調和物性的最大功用。說實在的，在

---

41 《左傳·昭公二十五年》：「吉（子太叔）也聞諸先大夫子產曰：『夫禮，天之經也，地之義也，民之行也。天地之經，而民實則之，則天之明，因地之性，生其六氣，用其五行。氣為五味，發而五色，章為五聲，淫則昏亂，民失其性，是故為禮以奉之。』」

42 此章因有「今天下，車同軌，書同文」數語，遂起後人之疑，以為這是秦統一天下以後的事情，而陳槃卻以為「隱元年《左傳》說：『天子七月而葬，同軌畢至』；正義：『鄭玄服虔皆以軌為車轍也。王者馭天下，必令車同軌，書同文。同軌畢至，謂海內皆至也』。可見『車同軌』這話，在孔子以前就有。也許實際上不能完全做到，但是對於時王客氣一點，挪來粉飾太平，未嘗不可。至於『書同文』這話，不必太認真去考覈。春秋以前的文字，誠然因時因地有不少的差別，然而總是『六書』一路發展下來的華夏民族的文字，所以春秋時儘管國別很多，但是朝聘天子，會盟諸侯，文書使節交互往來，沒有說彼此之間文字不能通曉的話，可見從大體上說，這就是『同文』了。」見《大學中庸新釋》，頁5。

此世上，也唯有身具「至德」的聖人，才能「順著人性向外發出」
（率性），「自誠而明」地達於「大仁大智」、「知人知天」的境界，自
然地，以此「知人知天」的「大仁大智」來「凝道設教」，也就不難
使人由明善（道）而盡性（自明誠），以確實地踐行「五常」、「九
經」了。

　　由以上所論看來，「率性之道」，上接於「天命之性」，下開了
「修道之教」，使得「自誠明」之性與「自明誠」之教得以上下串連
在一起，產生雙螺旋互動作用，而其作用是如此之大，是無怪要受到
《中庸》作者和歷代賢哲的重視的。

## 第二節　中庸對教的主張

　　聖人「率性」而為「道」，其唯一的目的，是在於想使人都能由
知「道」（明）而行「道」（誠），逐漸地恢復各自「純粹至善」的天
性，以造福人群，改善環境。這種事情，在「學者」來說，是
「學」，而就「聖人」而言，則為「教」了。所以《中庸》的作者在
說了「率性之謂道」後即說：

　　　　修道之謂教。

這句話，照鄭玄的註解是：

　　　　修，治也，治而廣之，人放傚之，是曰教。[43]

---

43 鄭玄注，孔穎達疏：《十三經注疏・禮記》，頁2189。

而朱子則說：

> 修，品節之也，性道雖同，而氣稟或異，故不能無過不及之差。聖人因人物之所當行者而品節之，以為法於天下，則謂之教。[44]

鄭注以「修」為「治」，所謂「治而廣之」，意思並不十分明白，不免有籠統的缺憾。而朱子以「品節」訓「修」，則有「調整」、「損益」的意思，這用在「禮之文」上，原是沒有什麼不可以的，如《論語·為政篇》載孔子之言說：

> 殷因於夏禮，所損益可知也；周因於殷禮，所損益可知也；其或繼周者，雖百世可知也。

可見「禮」是可以隨著時代、環境的不同，而加以損益調整的；不過，這種損益調整的對象，只限於「禮之文」，而不包括屬於「禮之質」的「道」在內[45]。因為「道」是不能損益調整（品節）的[46]，

---

44 朱熹：《四書集註·中庸》，頁21。

45 陳大齊在〈孔子的禮論〉一文中說：「孔子雖容許禮之可以有所變動，但並非主張禮的全部都可變動。孔子似乎主張，禮中有可變動的。亦有不可變動的。『其或繼周者，雖百世可知也』，細繹此語，一方面固容許禮之可以有所損益，他方面似乎亦主張，損益之中有不可損益者在。假使沒有不可損益的部分，則經過百世的損益，將不知變成怎樣的景象，如何還能說『可知也』？孔子敢於說『雖百世可知也』，可見孔子的心目中存有一個見解：禮中有其不可變動的部分，循此不可變動的部分以推測未來，百世以後的情景亦可預知。『林放問禮之本。子曰：「大哉問！禮與其奢也寧儉。」』（《論語·八佾》）『禮與其奢也寧儉』，儉是禮的一條基本準則，殆亦是孔子所認為禮中不可變動的一事。麻冕與拜下，同是古禮，祇因麻冕不及用純的儉，孔子寧捨古禮而從今禮。由此可見，冕的採用何種質料，是可變動

如果可損益調整的話，那就不能稱為「道」了。因此，朱、鄭兩人的
說法，都不免有些偏差，這是他們一律把「聖人」（時君或先王）當
作是「修道」者所導致的結果。而其實，這「修道」一詞的主語，依
文理看來，指的該是「教」的對象，亦即一般的「學者」而言。因此
王陽明說：

> 聖人率性而行，即是道。聖人以下未能率性，於道未免有過不
> 及，故須修道；修道則賢知者不得而過，愚不肖者不得而不
> 及，都要循著這個道，則道便是個教。[47]

而王船山《四書箋解》卷二也說：

> 所以為學之法，即教也。聖人立教，亦非本文之意，看下文及
> 一部《中庸》便見。時文又添個先王，愈謬。禮樂刑政，固亦
> 是教，而此章所言之教，即下存養省察之學，所謂由教而入
> 也。[48]

---

的，而以儉為準，是不可變動的。冕的用麻用純，是禮的文飾，儉是禮的準則。由
此更可推想，文飾是可變動的，準則是不可變動的。」見《孔子學說論集》（臺北
市：正中書局，1963年仲夏版），頁69-70。

46 《傳習錄》上載：「馬子莘問：『「修道之教」舊說謂聖人品節吾性之固有以為法於
天下，若禮、樂、刑、政之屬，此意如何？』先生曰：『道即性即命，本是完完全
全，增減不得，不假修飾的。何須要聖人品節，卻是不完全的對象！禮、樂、刑、
政是治天下之法，固亦可謂之教，但不是子思本旨。若如先儒之說，下面由教入道
的，緣何舍了聖人禮、樂、刑、政之教，別說出一段戒慎恐懼工夫？卻是聖人之教
為虛設矣。』」見王守仁著，葉鈞點註：《傳習錄》，頁97。

47 王守仁著，葉鈞點註：《傳習錄》，頁97。

48 王夫之：《四書箋解》，頁41。

王陽明以為除了聖人，於道都不免有過不及，故須「修道」；而王船山認為這裡所說的「教」，即「存養省察之學」，顯然都把「修道」視為「學者」之事。這樣來看「修道之謂教」這一句話，比起鄭、朱之說來，無疑是要合理得多了。

如果這個看法不錯，那麼這個「修」字，就該如《禮記·學記篇》「君子之於學也，藏焉，修焉」之「修」一樣，當作「習」解，而有學習（以知言）、涵養（以仁言）的意思；以這種解釋來看《中庸》的內容，是無不順當明白的。

既然「修道」，指的該是「學者」習道（知道、行事）之事，那麼，「學者」究竟是怎樣由無知而接受教育，逐步地「明道」、「行道」，以至於最後「盡其性」的呢？要解答這個問題，以了解《中庸》作者對「教」的主張，則只有從下列「修道」的三段過程上，配合「智仁勇」三達德，略作一番探討了。

先以「修道」之初程來說：

在上一章裡，我們已談過，人由於生下之後，往往為「氣稟所拘，人欲所蔽」，使「知性」與「仁性」都不免「有時而昏」[49]，以致無法時時發揮其全體功能，有效地從根本上來約束「喜怒哀樂」之情，使之「發而皆中節」[50]，於是在「知」的方面，既會產生障礙，誤圓為方，以非為是；而在「行」的方面，也難脫偏激，將循私縱欲，時踰準繩了。這可說是世上一切亂事的根源，不僅會傷害到自己而已，而且也將為禍社會、國家，以至於整個天下；聖人有鑑於此，遂出來設教興學，想透過後天教育之功效來激發天賦的潛能，以提高

---

[49] 朱熹：《四書集註·大學》，頁3。

[50] 王陽明說：「人性皆善，中和是人人原有的，豈可謂無？但常人之心既有所昏蔽，則其本體雖亦時時發見，終是暫明暫滅，非其全體大用矣。」見王守仁著、葉鈞點註：《傳習錄》，頁61。

知行活動的層面，逐步地邁向「至善」的目標。就在這「修道」的起始階段裡，因為還未收到後天教育的功效，自然地，一般人在「知行」上，便仍然極易形成或大或小的偏差；即使是靠著部分先天潛能的提發，能「好知」、「好仁」或「好勇」，也往往會犯上顧此失彼、過與不及的毛病。如《論語・陽貨篇》載孔子的一段話說：

> 好仁不好學，其蔽也愚；好知不好學，其蔽也蕩；好信（仁之一目）[51] 不好學，其蔽也賊；好直（亦仁之一目）[52] 不好學，其蔽也絞；好勇不好學，其蔽也亂；好剛（為勇之體）[53] 不好學，其蔽也狂。

足見人「不好學」，換句話說，就是在未習道或習而未見效果之前，雖能「好仁」（包括信、直）、「好知」、「好勇」（包括剛），卻由於無法以「道」對一切知行活動加以規範，並進而由外而內地觸發自己先

---

51 趙順孫引輔氏云：「信，則仁之實也。」見順趙孫：《四書纂疏・論語》，頁1412。而錢穆亦云：「子貢問友。子曰：『忠告而善道之，不可則止，毋自辱焉！』（〈顏淵〉）此亦不信則不得以竭吾之忠也。劉氏正義曰：『責善，朋友之道也。然不可則宜止，不復言，所以全交，亦所以養其羞惡之心，使之自悟也。』今按《正義》之說，見恕道焉。我之恕，足以召人之信，而達我之忠矣。故忠信也忠恕也，皆一貫之道也。皆始終一貫、物我一貫之仁道也。」見《論語要略》（臺北市：臺灣商務印書館，1965年臺一版），頁102。

52 錢穆曾舉《論語》「樊遲問仁」（〈顏淵篇〉）與「以德報怨」（〈憲問篇〉）章說明「直」與「仁」的關係說：「孔子言舉直錯諸枉，而子夏卻以舉皋陶伊尹而不仁者遠釋之。可見枉即是不仁者，而直即是仁者也。……以直道報怨者，其實則猶以仁道報怨也。以人與人相處之公道報怨也。我雖報吾之私怨，而使旁人不責我為過分，而公認我之報為正當焉，是即直道矣。報德可過分，而報怨不可以過分，此亦仁道也。若人有怨於我，而我報之以德，是未免流於邪枉虛偽，於仁為遠，故孔子不取。」見《論語要略》，頁88-89。

53 朱熹：「勇者，剛之發；剛者，勇之體。」見《四書集註・論語》，頁175。

天的精神潛能，於是都不免「各有所蔽」，而犯下「愚」、「蕩」、「賊」、「絞」、「亂」、「狂」等種種的偏失。所以人若不能以「道」來規範自己的「知行」活動，則自然地，其所好（動機）與所為（結果）就勢必南轅北轍了。

　　先以「仁」而言，一個人如果不能藉「修道」以呈顯知性，明辨是非，則非但採擷不到「仁」的純美果實，甚且還有陷於「不仁」的危險。就像一般父母之於子女，雖完全出於一片仁（愛）心，但在須管教時，所謂的「其蔽也愚」、所謂的「人莫知其子之惡」（《大學》第八章），卻只知一味地加以縱容、溺愛，而不能及時地使他們遷善，以致最後害了他們。這樣，若從其動機來看，當然可以說是仍不失其為「仁」的，譬如《論語·里仁篇》說：

　　　　子曰：「人之過也，各於其黨；觀過，斯知仁矣。」

對於這幾句話，朱子在他的《論語集註》中，曾引程子和尹氏的話加以解釋說：

　　　　程子曰：「人之過也，各於其類，君子常失於厚，小人常失於
　　　　薄；君子過於愛，小人過於忍」；尹氏說：「於此觀之，則人之
　　　　仁不仁可知矣。」[54]

可知人若「過於愛」，就其出發處來說，還是可以稱為「仁」的。然而，如持以嚴格，就其終極處（結果）而論，則有了這種過失，豈止是「其仁不足稱」[55] 而已，就是目為「不仁」，也是不為過的。

---

54 《四書集註·論語》，頁75。
55 語見《禮記·檀弓下》，《十三經注疏·禮記》，頁513。

　　次以「知」而言，如果一個人的智慧，僅僅凝自一己的經驗及冥想，而不能經由廣泛的學習來發揮的話，則他在日常所累積的知識，無疑地，大都將是有所偏差，且膚泛無根的。因為以個人的經驗來說，它經常會受到自身「形氣之私」的影響，以造成錯誤的累積，而導致他在知行上的種種偏差，譬如《大學》第八章說：

> 人之其所親愛而辟（偏私之意）焉，之其所賤惡而辟焉，之其
> 所畏敬而辟焉，之其所哀矜而辟焉，之其所敖惰而辟焉，故好
> 而知其惡，惡而知其美者，天下鮮矣。

其中所謂的「人之其所親愛（賤惡、畏敬、哀矜、敖惰）而辟焉」，說的正是由偏私經驗所累積而成的行為上的偏差；而鮮能「好而知其惡，惡而知其美」，則指的是人由偏私經驗所累積而成的認知上的過失。人一旦有了這種偏失，如不能從「修道」上作根本的補救，則久而久之，將只有至於《孟子》所謂「安其危，而利其菑，樂其所以亡者」（〈離婁上〉）的地步而後已了。而以個人的冥想來說，它與繼「博學」、「審問」（修道的工夫）而作的「慎思」，是全然不同的。「慎思」可說是辨別是非善惡的一個必經階段，而「冥想」，則由於無「道」作為階梯，勢將憑空「窮高極廣，而無所止」[56]，這樣，就是再如何的努力，也「終卒不得其義」，而「徒使人精神疲勞倦殆」[57]而已，所以孔子說：

> 思而不學則殆。（《論語‧為政》）

---

[56] 朱熹：《四書集註‧論語》，頁175。

[57] 邢昺疏云：「思而不學則殆者，言但自尋思，而不往從師學，終卒不得其義，則徒使人精神疲勞倦殆。」見《十三經注疏‧論語》卷二，頁46。

由此可見，人在「修道」之前，或於「修道」的初期，單憑個人經驗
與冥想所凝成的「知」（就內言是睿智，以外言為知識），往往是有所
偏差的，是「危而不安」[58] 的。

　　終以「勇」而言，一個人未經「修道」的努力，打好「知言」、
「持志」、「養氣」（見《孟子・公孫丑上》）的根基，則所發之
「勇」，大抵皆不出類似「撫劍疾視」的「小勇」、「匹夫之勇」[59] 而
已。而這種「小勇」、「匹夫之勇」，由於未能立根於「中和」的心
境，直接地繫諸「知性」與「仁性」的約束之下，所以也和「仁」與
「知」一樣，是時時會導向偏差的。為此，古聖先賢曾留下了不少的
訓言，譬如：

> 勇而無禮，則亂。（《論語・泰伯》）
> 君子義以為上；君子有勇而無義為亂，小人有勇而無義為盜。
> （《論語・陽貨》）
> 好勇鬥狠，以危父母，五不孝也。（《孟子・離婁下》）
> 勇而不中禮，謂之逆。（《禮記・仲尼燕居》）
> 勇敢強有力，而不用之禮義戰勝，而用之於鬥爭，則謂之亂
> 人。（《禮記・聘義》）

足見「勇」若不能透過「修道」之工夫，在根本的心性上用力，而配
之以「禮義」，則必將成為亂逆之源，是萬萬不可取的。

---

58　朱子於「思而不學則殆」句下注云：「不求諸心，故昏而無得；不習其事，故危而不
　　安。程子曰：『博學、慎問、慎思、明辨、篤行五者，廢其一，非學也。』」見《四
　　書集註・論語》，頁64。

59　《孟子・梁惠王篇下》載：「王曰：『大哉言矣！寡人有疾，寡人好勇。』對曰：『王
　　請無好小勇，夫撫劍疾視，曰：『彼惡敢當我哉？』此匹夫之勇，敵一人者也。』」

　　由此看來，「智仁勇」三者，若單就個人「修道」的初程（包括未修前）看，由於在源頭上未予溝通，使得彼此只有「各自為政」，而少協調、輔成的作用，以致經常形成「愚」、「蕩」、「亂」等等的偏失，所以與完全無缺的「大智」、「大仁」、「大勇」，可謂相去絕遠，是根本不能混為一談的。試用《禮記・樂記篇》說：

> 知者詐愚，勇者苦怯，疾病不養，老幼孤獨不得其所（當指仁是言），此大亂之道也。

又《論語・陽貨篇》說：

> 惡徼（伺察之意）以為知者，惡不孫以為勇者，惡訐以為直者（即仁者）。

這裡所謂的「知者」、「勇者」以及「直者」（仁者），與真正的「直者」（仁者）、「勇者」和「知者」，不單單是有別而已，簡直已是完完全全地「背道而馳」了。因此，這類所謂的「智仁勇」，如就個人來說，僅來自於一點先天潛能的發揮，既沒有緊密的連鎖關係，而且也是或多或少地帶有缺憾的。這也就難怪《中庸》的作者要主張透過「自明誠」之教以盡人「自誠明」之性了。

　　再以「修道」之中程來說：

　　「智仁勇」在「修道」的初程裡，既然或多或少地帶有缺憾，那麼，加以謀求補救，乃屬教育上刻不容緩之事。而思加以補救，則捨加緊「修道」，增進「自明誠」的人為效果，以求進一層地激發「自誠明」的先天潛能而外，實在別無良途。而《中庸》在這方面的主張，可謂兼顧了「知←→行」與「天←→人」之雙螺旋互動作用，是

既踏實而又完密的。譬如第二十章說：

> 在下位，不獲乎上，民不可得而治矣；獲乎上有道，不信乎朋
> 友，不獲乎上矣；信乎朋友有道，不順乎親，不信乎朋友矣；
> 順乎親有道，反諸身不誠，不順乎親矣；誠身有道，不明乎
> 善，不誠乎身矣。

在這裡所謂的「治民」、「獲上」（相當於大學之治國、平天下）、「信
友」、「順親」（相當於《大學》之齊家）、「誠身」（相當於大學之修身、
正心、誠意），說的便是「仁性」的發揮，即「誠」（行），而所謂的
「明善」（相當於《大學》之格物、致知），指的則是「知性」的發
揮，即「明」（知）。顯然地，《中庸》的作者主張由「明善」（明）而
「誠身」、「順親」、「信友」、「獲上」、「治民」（誠），所循的正和《大
學》之「格物」、「致知」（明）而「誠意」、「正心」、「修身」、「齊家」、
「治國」、「平天下」（誠）一樣，是一條「自明誠」的路，這是聖人
教人「修道」，以化私盡性的唯一途徑，是本末分明、先後有序的。
　　《中庸》「修道」之教，從上文所述看來，顯然它的重點放在
「明善」以「誠身」的上面，其他的「順親」、「信友」、「獲上」、「治
民」，則不過是由此加以擴充罷了，這與《大學》的「誠」、「正」、
「修」、「齊」、「治」、「平」以「格、致」為先的道理，可說是相同
的。所謂「明善」，朱子就曾配合《大學》的「格物致知」來加以闡
釋說：

> 欲誠乎身，又不可以襲取強為也，其道在明乎善而已，蓋不能
> 格物致知，以真知至善之所在，則好善必不能如好好色、惡惡
> 必不能如惡惡臭，雖欲勉焉，以誠其身，而身不可得而誠矣，

此必然之理也。[60]

可見就「自明誠」之教而言，《中庸》與《大學》的主張，是彼此相通的。

　　而一般的「學者」，要做到「明善以誠身」的地步，在《中庸》的作者看來，是非努力下一番「慎獨」以「擇善」、「固執」的苦功不可的。這一點在第一章裡，《中庸》的作者即強調說：

> 道也者，不可須臾離也，可離非道也；是故君子戒慎乎其所不睹，恐懼乎其所不聞，莫見乎隱，莫顯乎微，故君子慎其獨也。

這段話，依朱子的解釋是：

> 道者，日用事物當行之理，皆性之德，而具於心，無物不有，無時不然，所以不可須臾離也。若其可離，則豈率性之謂哉？是以君子之心，常存敬畏，雖不見聞，亦不敢忽，所以存天理之本然，而不使離於須臾之頃也。……獨者，人所不知，而己所獨知之地也。言幽暗之中、細微之事，跡雖未形，而幾則已動，人雖不知，而己獨知之，則是天下之事，無有著見明顯，而過於此者；是以君子既常戒懼，而於此尤加謹焉，所以遏人欲於將萌，而不使其潛滋暗長於隱微之中，以至離道之遠也。[61]

---

60 見《或問》，轉引自趙順孫：《四書纂疏·中庸》，頁487-488。對這問題，戴君仁曾撰〈大學格物致知之義與中庸明善相通〉一文，詳予辨析，見《梅園雜著》（臺北市：學海出版社，1975年版），頁1-6。

61 朱熹：《四書集註·中庸》，頁21-22。

可知「慎獨」乃「守敬致誠」的修道要領[62]，而人若能掌握這個修道的要領以「守敬存誠」，則對「天下之事」，都能看得一清二楚，而不致產生迷惑，這樣，自然就能「擇善」（明）而「固執」（誠）了。因此，《中庸》第二十章說：

> 誠之者，人之道也。……誠之者，擇善而固執之者也。

對於這幾句話，趙順孫《中庸纂疏》曾引陳氏作了一番說明：

> 自大賢以下，氣稟不能純乎清明，道理未能渾然真實無妄，所以不能無人欲之私。惟其未能生知，故知有不實，必思而後得；未能安行，故行有不實，必勉而後中。必思而後得，故須作擇善工夫；必勉而中，故須作固執工夫。擇善是辨析眾理，

---

62 《傳習錄》上載：「正之問：『戒懼是己所不知時工夫，慎獨是己所獨知時工夫，此說如何？』先生曰：『只是一個工夫，無事時固是獨知，有事時亦是獨知。人若不知於此獨知之地用力，只在人所共知處用功，便是作偽，便是「見君子而後厭然」。此獨知處便是誠的萌芽；此處不論善念、惡念，更無虛假，一是百是，一錯百錯正是王霸、義利、誠偽、善惡界頭，於此一立立定，便是端本澄源，便是立誠。古人許多誠身的工夫，精神命脈，全體只在此處，真是莫見莫顯，無時無處，無終無始，只是此個工夫。』見王守仁著，葉鈞點註：《傳習錄》，頁92。而戴君仁在〈荀子與大學中庸〉一文中亦云：「慎獨相當於至誠，亦即是相當於致誠。『是故君子慎其獨也』一語，亦見《禮記‧禮器篇》。鄭注說：『少其牲物，致誠愨。』『少其牲物』一語，解前文『以少為貴』，而『致誠愨』一語，即是解慎獨的。就天地四時說，應云有常，從有常即見其誠。從人說，順著天之賦與我者，就是順命。天賦與我者，即此誠，此誠亦可形容之為獨。《說苑‧反質篇》云：『誠者一也』，一即是獨。慎訓誠，乃動詞之誠；獨即誠體，純一不雜，乃名詞之誠。慎其獨，即誠其誠，亦即致其誠。慎字是說功夫的，功夫即在專壹。此無異宋儒之主敬，專壹即敬也，程子所謂主一無適。天可以自然地致其誠，人卻需要學為。」見《梅園論學集》（臺北市：開明書局，1970年9月版），頁229。

而求其所謂善；固執是所守之堅，而不為物移。未得善，則精
擇之；既得善，則固守之。擇善是致知之功，固執是力行之
功，須是二者並行，乃能至於真實無妄，此人道也。[63]

陳氏在此，對「學者」何以必須「擇善固執」的道理，就「全」
（生、安全屬聖人，學、困、利、勉全屬學者）的觀點上，說得非常
清楚。而以為「擇善是致知之功，固執是力行之功，須是二者並行，
乃能至於真實無妄」，也很有見地；這在「知（明）行（誠）合一」
的成德方面來看，是一點也不錯的；不過，「擇善固執」在此，主要
是提「自明誠」的「修道」順序，亦即「學之序」而言，這是十分明
顯的事。

　　既然「修道」非「擇善固執」、「自明而誠」不可。那麼，該如何
「擇善固執」，以「自明而誠」呢？對於這點，《中庸》的作者也提出
了一套踏實可行的辦法，那就是：

博學之，瘤問之，慎思之，明辨之（明），篤行之（誠）。有弗
學，學之弗能，弗措也；有弗問，問之弗知，弗措也；有弗
思，思之弗得，弗措也；有弗辨，辨之弗明，弗措也；有弗
行，行之弗篤，弗措也。人一能之，己百之；人十能之，己千
之。果能此道矣，雖愚必明，雖柔必強。

所謂「博學」、「審問」、「慎思」、「明辨」，說的是「明」的工夫，即
「智」之事；所謂「篤行」，說的是「誠」的工夫，即「仁」之事；
而所謂的「弗措」（包括人一己百、人十己千），說的則是「困知」

---

63 趙順孫：《四書纂疏・中庸》，頁468-469。

（智）、「勉行」（仁）的功夫，即「勇」之事[64]；至於所謂「雖愚必明，雖柔必強」，說的乃「擇善」（明）、「固執」（誠）的功效，亦即合「智、仁、勇」而為一的結果。這樣「由明而誠」，由偏而及全，最後匯「智、仁、勇」為一體，自然就可以「盡性」而收到「變化氣質」的「修道」目的，所以朱子《中庸章句》引呂氏說：

> 君子所以學者，為能變化氣質而已。德勝氣質，則愚者可進於明，柔者可進於強；不能勝之，則雖有志於學，亦愚不能明、柔不能立而已矣。蓋均善而無惡者，性也，人所同也；昏明強弱之稟不齊者，才也，人所異也；誠之者，所以反其同而變其異也。夫以不美之質，求變而美，非百倍其功，不足以致之。今以鹵莽滅裂之學，或作或輟，以變其不美之質；及不能變，則曰天質不美，非學所能變，是果於自棄，其為不仁甚矣。[65]

從這裡，我們知道只要自己能「警厲奮發」，即使資質再差，還是可以逐漸地向上邁進的。

而這種由偏及全，以至於「至誠能化」的道理，在《中庸》第二十三章中曾作了如下之說明：

> 其次致曲，曲能有誠，誠則形，形則著，著則明，明則動，動則變，變則化，唯天下至誠為能化。

由「推致一偏」，而「形」、「著」、「動」、「變」，達於「至誠能化」，

---

64 朱子：「君子之學，不為則已，為則必要其成，故常百倍其功，此困而知、勉而行者也，勇之事也。」見朱熹：《四書集註·中庸》，頁39。

65 朱熹：《四書集註·中庸》，頁39。

這是學者「修道」之極致，也是聖人設教的終極目標 [66]。

　　所以人在「修道」的過程中，如果能由此循序漸進，透過後天人為的努力——「教」（自明誠），以觸發先天不息的精神潛能——「性」（自誠明），那麼，「隨心所欲、不踰矩」（《論語·為政篇》）的「至善」、「至誠」境界，在人為與天賦力量的雙螺旋互動作用下，是能有到達的一天的。這種合「天人、知行」而一的道理，除了見於上引的《中庸》各章外，尚可從下段文字裡獲得更進一層的了解：

> 或生而知之，或學而知之，或困而知之，及其知之，一也；或安而行之，或利而行之，或勉強而行之，及其成功，一也。

這段文字的涵義，原是可分「天賦的差異」與「修道的層次」兩方面來加以說明的，惟前者 [67] 不在本段討論的範圍內，故在此僅就後者予以探討；那就是說：在「知」的方面，一個人能增進知識，有的是憑藉天生的悟力，有的是經由後天的學習，有的則透過困苦的嘗試，難易固然不同，卻可以得到一致的結果；在「行」的方面，一個人能踐行道理，有的是成於天賦的力量，有的是基於受利的觀點，有的則

---

66 吳康：「知行關係，為晚世性理學討論爭訟之基本問題，而其原蓋導自《中庸》。如《中庸》言，知有生知學知困知之分，行有安行利行勉強行之別。……由博學、審問、慎思、明辨，以逮篤行，皆以弗措為事，人一己百，人十己千，匯知行而為一，以不舍為先務，由推致偏曲，而形著動變，達於至誠能化，則學問之事畢矣，自明而誠之教終矣。」見《孔孟荀哲學》卷一第五篇第十二章（臺北市：臺灣商務印書館，1967年6月版），頁123。

67 趙順孫《中庸纂疏》引《朱子語錄》：「就人之所稟而言，又有昏明清濁之異。故上知生知之資，是氣清明純粹，而無一毫昏濁，所以生知安行，不待學而能，如堯舜是也；其次則亞於生知，必學而後知，必行而後至；又其次者，資稟既偏，又有所蔽，須是痛加工夫，人一己百，人十己千，然後方能及亞於生知者，及進而不已，則成功一也。」見《四書纂疏·中庸》，頁459。

出於畏罪的心理 [68]，情形雖然各異，卻可以獲致同樣的成效。這是針
對個人的知與行，把天賦與人為併在一起來談的；假如反過來，根據
個人的天賦與人為，將知與行合併起來說的話，則屬天賦的，是「生
而知之」與「安而行之」；屬人為的，是「學而知之」、「困而知之」
和「利而行之」、「勉強而行之」。而在人為（教）的範圍裡，經過後
天「修道」的努力，由「困知」、「學知」（明）來帶動「勉行」、「利
行」（誠），以預為天賦的「安行」蓄力，這就是所謂的「自明誠」
啊！至於在天賦（性）的範圍內，藉著人為教育效果的推動，由「安
行」（誠）而至於「生知」（明），以呈顯部分的「仁性」與「知性」，
來帶領人為的「困知」、「學知」升高至另一層面，這就是所謂的「自
誠明」啊！如此一環又一環地，由人為而天賦，由天賦而人為，不停
地靠雙螺旋互動之作用，向上推展，自然地就可以由偏而全地把
「性」的功能發揮到極致了。

　　探討到這裡，我們已可大致了解「自明誠」之教與「智仁勇」三
達德之間的關係，而這種關係在下引朱子注釋「智仁勇」的一段話
中，可以獲致更清楚的認識：

　　　明足以燭理，故不惑；理是以勝私，故不憂；氣足以配道義，
　　　故不懼；此學之序也。[69]

在此，他把「智仁勇」看作是有先後關係的「學之序」，識見是極高

---

68 孔穎達疏云：「或勉強而行之，或畏懼罪惡，勉力自強而行之。」見鄭玄注、孔穎達
　　疏：《十三經注疏‧禮記》，頁2219。而陳槃以為「文中之〈王道篇〉也說：『或安
　　而行之，或利而行之，或畏而行之』。又《禮記‧表記篇》說：『仁者安仁，知者利
　　仁，畏罪者強仁』。這和『安而行』，『利而行』，『勉強而行』的語法，完全一
　　樣。」見《大學中庸今釋》，頁46。
69 朱熹：《四書集註‧論語》，頁115。

的。透過這句「學之序」,「智仁勇」便完完全全地與那繫於「教」而
言的「自明誠」匯歸在一起了。十分明顯地,以「學之序」來說,所
謂的「智」,指的就是「明」;而所謂的「仁」,指的便是「誠」;至於
「勇」,則可說是人在認知(明)、成德(誠)上不可或缺的一種助
力,是原本就伴隨著智(明)與仁(誠)而存在的。所以《中庸》的
作者在介紹入手的工夫時說:

> 好學近乎知,力行近乎仁,知恥近乎勇。(第二十章)

所謂的「知恥」,由詞意看來,明明是關涉著「知」與「行」的,而
《禮記・祭統篇》也說:

> 其祖先無美而稱之,是誣也;有善而弗知,不明(即不智)
> 也;知而弗傳,不仁也;此三者,君子之所恥也。

如把這段話移就「修道」上來說,則「知恥」(勇)不正成了使人
「好學」(知)以知善、「力行」(仁)以傳善的一種內在推力嗎?因
此朱子《中庸章句》說:

> 此三近者,勇之次也。

又說:

> 困知(知)、勉行(仁)者,勇也。[70]

---

70 朱熹:《四書集註・中庸》,頁36。

而趙順孫《中庸纂疏》也引蔡氏將「三近」配合「三知」、「三行」加
以闡釋說：

> 三知主知，三行主仁，三近主勇。生知者，知之知也；學知
> 者，仁之知也；困知者，勇之知也。安行者，仁之仁也；利行
> 者，知之仁也；勉強行者，勇之仁也。好學者，知之勇也；力
> 行者，仁之勇也；知恥者，勇之勇也。[71]

可見「勇」，不但與「仁」、「智」不可分割，而且三者之間也是彼此
涵攝的。其關係密切如此，那就無怪「勇」雖無時無刻地「藏乎
身」，卻每每要被併入「智（明）」裡，「仁（誠）」裡而不名了。從入
手處看是如此，以終極處言，又何嘗不如此？譬如《孟子‧公孫丑
篇》載子貢之言說：

> 學不厭，智也；教不倦，仁也；仁且智，夫子既聖矣。

類似這種「仁（誠）」、「智（明）」並舉而略去「勇」的例子，在儒家
經典中，可謂隨處可見，是極為普遍的。

　　在通常，「勇」雖併於「智」、「仁」，而不列於「學之序」中，卻
一點也無損於它的存在與重要。我們都知道，在先秦孔門的賢哲中，
講「勇」講得最起勁、最徹底的，要推孟子，他曾告訴公孫丑說：

> 我知言，我善養吾浩然之氣。（〈公孫丑上〉）

---

71 趙順孫：《四書纂疏‧中庸》，頁460。

這所謂的「知言」，照孟子自己的解釋是：

> 詖辭，知其所蔽；淫辭，知其所陷；邪辭，知其所離；遁辭，
> 知其所窮。（全上）

從這段話中，我們很清晰地可看出，他所說的「知言」，就是「不惑」的意思，亦即「知性」的高度發揮；關於這點，朱子就曾說：

> 知言則義精而理明，所以能養浩然之氣；知言正是格物、致知。[72]

可見「知言」與《大學》的「格物」、「致知」，和《中庸》的「明善」、「擇善」，可說是義出一貫的。而所謂的「善養吾浩然之氣」，則屬「養勇」的另一說法，在這方面，《孟子》曾有一段精闢的說用：

> 志，氣之帥也；氣，體之充也。夫志，至焉；氣，次焉，故曰：持其志，無暴其氣。（〈公孫丑上〉）

透過這番說明，我們可了解「養勇」的根本就在於「持志」，如說得徹底一些，則完全有待於「仁性」的發揮——「仁」[73]。等到「知↔仁」之「性」發揮了，那麼，所養之氣——「勇」，便能「至大至剛」，能「配義與道」，使人在「成己」和「成物」兩方面都能「止

---

72 黎靖德編：《朱子語類》4（臺北市：文津出版社，1986年12月初版），頁1261。

73 趙順孫《孟子纂疏》引輔氏：「人當敬守其志（心），而又不可不致養其氣。守即持也，敬則主一而無適也。欲得守其志，非敬不可。」見趙順孫：《四書纂疏·孟子》，頁1668。由此可知欲「敬」，則非發揮「仁性（誠）」不為功。

於至善之地而不遷」[74]。這種由「知言」（智）而「持志」（仁），然後養「浩然之氣」（勇）的修養工夫，與「智仁勇」的「學之序」，可說是完全一致的。

由此看來，「智仁勇」三者，在學者從「入德」（偏）到「成德」（全）前的這段「修道」歷程裡，雖然由於「勇」，經常地或處於低一層面，藉以推動高一層的「智與仁」，使之繼續向上開展；或處於同一層面，以融合「智與仁」，卻略而不名，以致不免使人產生些微錯亂的感覺，然而它們在人為的「教」上，若完完全全地固定在同一層面來說，則是一直有著先後的緊密關係的。王船山《讀四書大全說》卷三說：

　　　知仁勇三德，或至或曲，固盡人而皆有之。[75]

若單以常人而論，想要藉著「修道」的努力，由「曲」（偏）而至於「至」（全），那就自然少不了層進而循環不已的「智仁勇」雙螺旋互動的一貫工夫了。就在這段循環推進的雙螺旋互動過程中，固然由於「智仁勇」皆未完全達於「至」的境地，有時也難免會像先前一樣，形成種種之偏失，不過，它們在程度上將日益輕微，而在次數上也會日趨減少，是必然的結果。

終以「修道」之終程來說：

人，如上所述，果能毫不懈怠地經由後天「修道」的努力，以不斷地激發先天的源源潛能，那麼，久而久之，必定可使「智仁勇」三德，由「曲」而「至」地邁向終程，而達於「至誠」（也是至明）的境界。《中庸》第三十一章說：

---

74　朱熹：《四書集註・大學3》，頁3。
75　王夫之：《讀四書大全說》卷三，頁241。

> 唯天下至聖，為能聰明睿知，足以有臨也；寬裕溫柔，足以有
> 容也；發強剛毅，足以有執也；齊莊中正，足以有敬也；文理
> 密察，足以有別也。

這段話若配合「至誠」與「智仁勇」來說，很明顯地，所謂「至
聖」，指的便是「至誠」；而所謂的「聰明睿知」，則是就「知性」的
完全發揮，亦即「大智」而言的，所以朱子注說：

> 聰明睿知，生知之質。[76]

足見「聰明（耳目）睿知（心思）」，乃屬「智」的全德，是合外內而
為一的。其次所謂的「寬裕溫柔」，是就「仁性」的完全發揮，亦即
「大仁」而言的，所以朱子《或問》引楊氏說：

> 寬裕溫柔，仁之質也。[77]

又《禮記・儒行篇》說：

> 溫良者，仁之本也；寬裕者，仁之作也。

可知「寬裕溫柔」，乃屬「仁」的全德，是合體用而為一的。再其次
所謂的「發強剛毅」，是就成自「仁知之性」的精神力量，亦即「大
勇」而言的，所以《禮記・聘義篇》說：

---

76 朱熹：《四書集註・中庸》，頁48。
77 趙順孫：《四書纂疏・中庸》引，頁569。

　　所貴於勇敢者，貴其敢行禮義也；故勇敢強有力者，天下無事，
　　則用之於禮義；天下有事，則用之於戰勝；用之於戰勝，則無
　　敵；用之於禮義，則順治；外無敵，內順治，此之謂聖德。

而《禮記・樂記篇》則說：

　　臨事而屢斷（同「足以有執」之執，即「斷決」之意[78]），勇
　　也。

可見「發強剛毅」，乃屬「勇」的全德，是合「禮義」而為一的。至
於「齊莊中正」和「文理密察」，則是就「形於外」的「仁與智」來
說的，所以王船山《讀四書大全說》卷三說：

　　文理密察，原以析事之知言，自與睿知之知不同。

而「齊莊中正」，指的雖是「禮」、是「敬」[79]，但其根本卻在於
「仁」，故仲弓問仁，孔子首先便答說：

　　出門如見大賓，使民如承大祭。（《論語・顏淵》）

孔子這樣說，很明顯地，乃是要人「敬以持己」，做到「心廣體胖，
動容周旋中禮」[80] 的意思。可知「齊莊中正」和「文理密察」，說的

---

78 見《十三經注疏・禮記》，頁2250。
79 趙順孫《中庸纂疏》引陳氏：「齊是齊嚴，莊是端莊，中則無過不及，正則不偏，此
　言禮也，故曰有敬。」見《四書纂疏・中庸》引，頁563。
80 朱熹：《四書集註・論語》引程子，頁132。

就是「形於外」的「智仁勇（略去勇）」，而「聰明睿知」、「寬裕溫柔」和「發強剛毅」，說的則是「誠於中」的「智仁勇」；三者這樣地通內通外，到了最高的境界，自然便可一統之於「至聖」（至誠）了。

　　這種由「修道」以臻至於合「智仁勇」三達德而為一的「至誠」（至聖）境界，是可從孔子成聖之歷程來獲致更進一步的了解的。《論語·為政篇》說：

　　　子曰：「吾十有五而志於學，三十而立，四十而不惑，五十而知天命，六十而耳順，七十而從心所欲、不踰矩。」

從這段話中，我們知道：孔子在十五歲時便開始立志學聖，到了三十而邁上了「立」的階段，這所謂的「立」，據《論語·季氏篇》載伯魚引述孔子的話說：

　　　不學禮，無以立。

又於〈堯曰篇〉說：

　　　不知禮，無以立也。

可知它是指學「禮（道）」、知「禮（道）」而言的。孔子就在這十五至三十的頭一階段裡，正如荀子所言：

　　　始乎誦經，終乎讀禮。（〈勸學〉）

用了十五年的時間不斷地「誦經」、「讀禮」，以熟悉往聖的思想與經

驗的結晶——「道」，而達於「知禮」的境地，既一面作為日常行事
的準則，又一面引為推求未知的依據。如此以已知推求未知，過了十
年，便人我內外「豁然貫通」（借前賢證自天理的寶貴經驗來豁醒自
家的內在睿智），而順利地達於「不惑」的階段；到了這時，梗塞於
心目間的認知障礙，自然就完全消去，達到不迷不眩而能直探本真的
地步，所以朱子在「四十而不惑」句下注說：

　　於事物之所當然，皆無所疑。[81]

這樣，對個別事物之理「皆無所疑」，而逐次地將「知」累積、貫
通、提升，經過十載，則所謂「知極其精」[82]，便對「本原」的「天
命」能了然於胸，這就進入了「知天命」[83] 的階段了。而知既極其
精，又極其大，於是再過十年，便到了「聲入心通」[84] 的「耳順」階
段，此時，就像陸隴其所言：

　　聞一善言，見一善行，若決江河，此聲之善者；詖、淫、邪、
　　遁，知其蔽、陷、離、窮，此聲之不善者，皆一入便通。[85]

可以說已充分地發揮了內地的睿智，把知識的領域開拓到了極度，達

---

81　朱熹：《四書集註・論語》，頁61。
82　朱子於「五十而知天命」句下注說：「天命即天道之流行，而賦於物者，乃事物所以
　　當然之故也。知此則知極其精，而不惑又不足言矣。」，《四書集註・論語》，頁61。
83　趙順孫《論語纂疏》引《朱子語錄》：「知天命，是知這道理所以然，如父子之親，
　　須知其所以親，只緣元是一個人，凡事事物物上，須知他本原一線來處，便是天
　　命。」見《四書纂疏・論語》引，頁685。
84　朱熹：《四書集註・論語》，頁61。
85　徐英：《論語會箋》引（臺北市：正中書局，1965年3月臺三版），頁18。

於「至明」的地步。進學（修道）至此，所謂「誠則明矣，明則誠矣」，在雙螺旋互動之作用下，經過了人為（自明誠）與天賦（自誠明）的最高一層融合，那麼到了「七十」，自然就能「從心自欲、不踰矩」，而臻於「不勉而中（誠），不思而得（明）」的「至誠」境界了。

　　雖然，由表面上看來，在這段孔子所自述的「成聖歷程」裡，自「十五」至「六十」的幾層進學（修道）階段，所謂「志於學」、「立」（知禮）、「不惑」、「知天命」與「耳順」，無可例外地，都偏向於「知」（明）來說，但在每個階段裡，皆無疑地是「知」中有「行」、「明」裡帶「誠」的。因為每個階段都包含有「修道」過程中的許多層面，而這修道的每個層面，如前所述，是一點也少不了「智仁勇」雙螺旋互動的「學之序」的。打從「志於學」開始，可以說即靠著這種「智仁勇」的「修道」次第，才能在「知 ←→ 行」、「天 ←→ 人」的雙螺旋交互作用下，一環進一環、一層進一層地向上遞升，邁過「耳順」，直達「從心所欲、不踰矩」的「至聖」領域，否則，「至聖」之境既無由造，而「智仁勇」也不能由「曲」而「至」地在終程統之於「至聖」（至誠）而冶為一爐了。

　　由此看來，「智仁勇」三者，經過「修道」的不斷努力，便將合歸一處，而凝為「至誠」，與「天 ←→ 人」合其德了。所以《中庸》的作者在第三十章讚美孔子的聖德說：

　　　仲尼祖述堯舜，憲章文武（成己——仁）；上律天時，下襲水
　　　土（成物——智）；辟如天地之無不持載，無不覆幬，辟如四
　　　時之錯行，如日月之代明；萬物並育而不相害，道並行而不相
　　　悖，小德川流，大德敦化，此天地之所以為大也（配天、配
　　　地）。

對於這段話，王船山曾總括起來解釋說：

> 小德、大德，合知仁勇於一誠，而以一誠行乎三達德者也。[86]

可見「合知仁勇於一誠」，以成己（盡人之性）、成物（盡物之性），而達於「配天」、「配地」（與天地參）的雙螺旋互動境界，乃人類「修道」的終極目標，我們不僅要「心鄉（嚮）往之」[87]，且須是以日新又新的實踐工夫努力以赴的。

---

86 王船山：《讀四書大全說》，頁331。
87 語見《史記・孔子世家贊》。

# 第六章
# 《中庸》「天←→人」雙螺旋互動思想之統合

　　在哲學或美學上，對所謂「對立的統一」、「多樣的統一」之概念，都非常重視，一向被目為最重要的變化規律或審美原則。而「對立的統一」，指的只是「一」與「二」；而「多樣的統一」指的則是「多」與「一」。這樣分別著眼於局部，雖凸顯出焦點之所在，卻往往讓人忽略了徹上徹下之「二」（陰陽）的居間作用，與其一體性之完整結構。因此本章試從《中庸》一書中，對應於《周易》（含《易傳》）與《老子》等古籍，捨異而求同，由「有象」而「無象」，找出「多→二→一（0）」之逆向結構；也由「無象」而「有象」，尋得「（0）一→二→多」之順向結構；並且透過《中庸》「誠則明矣，明則誠矣」之說，對應於《老子》「反者道之動」（四十章）、「凡物芸芸，各復歸其根」（十六章）與《周易・序卦》「既濟」而「未濟」之理，將順、逆向結構不僅前後連接在一起，形成互動、循環、往復、提升（下降）不息的雙螺旋層次邏輯結構 [1]，並特別凸顯「二」（陰

---

1　凡相對相成的兩者，如仁與智、明明德與親民、天（自誠明）與人（自明誠）等，都會產生互動、循環而提升的作用，而形成螺旋結構。參見陳滿銘：〈談儒家思想體系中的螺旋結構〉，臺灣師大《國文學報》29期（2000年6月），頁1-36。而所謂「螺旋」，本用於教育課程之理論上，早在十七世紀，即由捷克教育家夸美紐思所提出，乃「根據不同年齡階段（或年級），遵循由淺入深，由簡單到複雜，由具體而抽象的順序，用循環、往復螺旋式提高的方法排列德育內容。螺旋式亦稱圓周式」，見許建鉞編譯：《簡明國際教育百科全書》（北京市：新華書局北京發行所，1991年6月一版一刷），頁611。又，相對於人文，科技界亦發現生命之「基因」和「DNA」

陽、剛柔、仁智）的居間（徹上徹下）功能，與「一（0）」的根源力量，從而窺得《中庸》思想與《周易》（含《易傳》）與《老子》的密切關係，並由此呈現《中庸》「天 ⟷ 人」雙螺旋互動思想之精微奧妙。

# 第一節　《中庸》「0一二多」雙螺旋互動思想的淵源

　　宇宙萬物創生、含容的歷程，可以用「多」、「二」、「一（0）」的螺旋結構來呈現。而這種結構形成之過程，在《周易》的〈序卦傳〉裡即約略地加以交代，雖然它們或許「因卦之次，託以明義」[2]，但由於卦、爻，均為象徵之性質，乃一種概念性符號，即一般所說的「象」，象徵著宇宙人生之變化與各種物類、事類。就以《周易》（含《易傳》）而言，它的六十四卦，從其排列次序看，就粗具這種特色[3]。而各種物類在「變化」中，如循「由天（天道）而人（人

---

等都呈現螺旋結構。參見約翰‧格里賓著，方玉珍等譯：《雙螺旋探密——量子物理學與生命》（上海市：上海科技教育出版社，2001年7月），頁271-318。

2　戴璉璋：「韓康伯說：『凡〈序卦〉所明，非《易》之縕也。蓋因卦之次，託以明義。』（《周易注》卷九）孔穎達同意韓氏的說法，他找出六十四卦排列的原則是『二二相耦，非覆即變』（《周易正義》卷十四）。今天我們無法知道《周易》六十四卦當初是怎麼樣排列的。採取〈序卦傳〉所說的這種排列方式，也就是漢《石經》以來通行本的排列方式，究竟是基於甚麼理由，現在也很難找到正確答案了。比較〈序卦傳〉與孔氏『非覆即變』的說法，後者著眼於卦爻結構來解釋卦序，顯然比〈序卦傳〉更切合《周易》為占筮書的特性。因此說〈序卦傳〉寫作是『因卦之次，託以明義』，大體上是可信的。」見《易傳之形成及其思想》（臺北市：文津出版社，1989年6月臺灣初版），頁186-187。

3　徐復觀：「以三畫的倍數——六爻，演變而成為六十四卦。在此演變中出現有『數』的觀念。而易由兩個基本符號衍變為六十四卦，都是象徵的性質，這即是一般所謂的『象』。古人大概是以這六十四卦、三百八十四爻的相互衍變，來象徵，甚

事）」來說，所呈現的是「（一）二→多」的結構，這可說是〈序卦傳〉上篇的主要內容；如循「由人（人事）而天（天道）」來說，則所呈現的是「多→二（一）」的結構了，這可說是〈序卦傳〉下篇的主要內容。其中「（一）」指「太極」，「二」指「天地」或「陰陽」、「剛柔」，「多」指「萬物」（包括人事）。雖然「太極」（「道」）與「陰陽」（「剛柔」）等觀念與作用，在〈序卦傳〉裡，未明確指出，卻皆含蘊其中，不然「天地」失去了「太極」（「道」）與「陰陽」（「剛柔」）等作用，便不可能不斷地「生萬物」（包括人事）了。再看《易傳》：

> 乾知大始，坤作成物。（《周易·繫辭上》）
> 一陰一陽之謂道，繼之者善也，成之者性也。……生生之謂易，成象之謂乾，效法之謂坤。（同上）
> 是故易有太極，是生兩儀，兩儀生四象，四象生八卦。（同上）

在這些話裡，《易傳》的作者用「易」、「道」或「太極」來統括「陰」（坤）與「陽」（乾），作為萬物生生不已的根源。而此根源，就其「生生」這一含意來說，即「易」，所以說「生生之謂易」；就其「初始」這一象數而言，是「太極」，所以《說文解字》於「一」篆下說

---

至是反映宇宙人生的變化；在這種變化中，找出一種規律，以成立吉凶悔吝的判斷，因而漸漸找出人生行為的規律。」見《中國人性論史》（臺北市：臺灣商務印書館，1978年10月四版），頁202。又，馮友蘭：「〈繫辭傳〉說：『易者，象也。』又說：『聖人有以見天下之賾，而擬諸其形容，象其物宜，是故謂之象。』照這個說法，『象』是模擬客觀事物的複雜（賾）情況的。又說『象也者，象此者也』；象就是客觀世界的形象。但是這個模擬和形象並不是如照像那樣下來，如畫像那樣畫下來。它是一種符號，以符號表示事物的『道』或『理』。六十四卦和三百八十四爻都是這樣的符號。」見《馮友蘭選集》上卷（北京市：北京大學出版社，2000年7月一版一刷），頁394。

「惟初太極，道立於一，造分天地，化成萬物」[4]；就其「陰陽」這一原理來說，就是「道」，所以說「一陰一陽之謂道」。分開來說是如此，若合起來看，則三者可融而為一。關於此點，馮友蘭分「宇宙」與「象數」加以說明云：

> 《易傳》中講的話有兩套：一套是講宇宙及其中的具體事物，另一套是講《易》自身的抽象的象數系統。〈繫辭傳·上〉說：「易有太極，是生兩儀，兩儀生四象，四象生八卦。」這個說法後來雖然成為新儒家的形上學、宇宙論的基礎，然而它說的並不是實際宇宙，而是《易》象的系統。可是照《易傳》的說法：「易與天地準」（同上），這些象和公式在宇宙中都有其準確的對應物。所以這兩套講法實際上可以互換。「一陰一陽之謂道」這句話固然是講的宇宙，可是它可以與「易有太極，是生兩儀」這句話互換。「道」等於「太極」，「陰」、「陽」相當於「兩儀」。《繫辭傳·下》說：「天地之大德曰生。」《繫辭傳·上》說：「生生之謂易。」這又是兩套說法。前者指宇宙，後者指易。可是兩者又是同時可以互換的。[5]

他從實（宇宙）虛（象數）之對應來解釋，很能凸顯《周易》這本書的特色。這樣，其順向歷程就可用「一→二→多」的結構來呈現，其中「一」指「太極」、「道」、「易」，「二」指「陰陽」、「乾坤」（天

---

4　黃慶萱：「太極，是原始，也是無窮。從數方面來講，原始的數是一，所以《說文解字》於「一」篆下云：『惟初太極，道立於一，造分天地，化成萬物。』可見太極既為初為一；及其化成萬物，又可至於無窮。」見《周易縱橫談》（臺北市：東大圖書公司，1995年3月初版），頁33-34。

5　馮友蘭：《馮友蘭選集》上卷，頁286。

地),「多」指「萬物」(含人事)。如果對應於〈序卦傳〉由天而人、由人而天,亦即「既濟」而「未濟」之循環來看,則此「一→二→多」,就可以緊密地和逆向歷程之「多→二→一」接軌,形成其雙螺旋互動結構[6]。

就這樣,《周易》先由爻與爻的「相生相反」的變化[7],以形成小循環;再擴及這種變化到卦,由卦與卦「相生相反」的變化,以形成大循環。而大、小循環又互動、循環不已,形成層層上升之雙螺旋結構。關於這點,黃慶萱說:

> 《周易》的周,……有周流的意思。《周易》每卦六爻,始於初,分於二,通於三,革於四,盛於五,終於上。代表事物的小周流。再看六十四卦,始於〈乾卦〉的行健自強;到了六十三卦的「既濟」,形成了一個和諧安定的局面;接著的卻是「未濟」,代表終而復始,必須作再一次的行健自強。物質的構成,時間的演進,人士的努力,總循著一定的周期而流動前進,於是生命進化了,文明日益發展。[8]

---

6 陳滿銘:〈論「多」、「二」、「一(0)」的螺旋結構——以《周易》與《老子》為考察重心〉,臺灣師大《師大學報‧人文與社會類》48卷1期(2003年7月),頁1-19。

7 勞思光:「爻辭論各爻之吉凶時,常有「物極必反」的觀念。具體地說,即是卦象吉者,最後一爻多半反而不吉;卦象凶者,最後一爻有時反而吉。」見《新編中國哲學史》〔一〕(臺北市:三民書局,1981年2月增訂初版),頁85-86。

8 黃慶萱:《周易縱橫談》,頁236。又黃慶萱:「賈氏(公彥)為《周禮》作疏,在〈春官‧大卜〉『掌三易之法』條下疏云:『以《周易》以純乾為首,乾為天,天能周匝於四時,故名《易》為周也。』」近人錢基博力主此說,於《周易解題及其讀法》指出:「周」之為言「周匝」也。「周而復始」也。非賈君後起之義,而孔子繫《易》以來授受之微言大義也。何以明其然?孔子繫泰之九三,曰:「无平不陂,无往不復。」〈象〉復見天地之心;而作〈序卦〉以序六十四卦相次之義;泰之受以否也,剝之窮以復也,損而不已必益,生之不已必困,如此之類,原始要終,罔不根極於復;所以深明易道之「周」也。其見義於〈繫辭下〉者,曰:「《易》之為書也

所謂「周流」、「終而復始」、「周期而流動前進」，說的就是《周易》
互動不已的雙螺旋式結構。而這種結構，如對應於「三易」（《易緯‧
乾鑿度》）而言，則「多」說的是「變易」、「二」說的是「簡易」，而
「一」說的是「不易」。因此「三易」不但可概括《周易》之內容與
特色，也可以呈現「多 ⟷ 二 ⟷ 一」的雙螺旋互動結構。

　　這種螺旋結構，在《老子》一書中，不但可以找到，而且更完整：

　　道可道，非常道；名可名，非常名。无，名天地之始；有，名
　　萬物之母。（第一章）
　　致虛極，守靜篤，萬物並作，吾以觀復。凡物芸芸，各復歸其
　　根。歸根曰靜，是謂復命，復命曰常。知常曰明，不知常，妄
　　作凶。知常容，容乃公，公乃王，王乃天，天乃道，道乃久，
　　沒身不殆。（第十六章）
　　道之為物，惟恍惟惚。惚兮恍兮，其中有象。恍兮惚兮，其中
　　有物。窈兮冥兮，其中又精。其精甚真，其中有信。（第二十
　　一章）
　　有物混成，先天地生，寂兮寥兮，獨立不改，周行而不殆，可
　　以為天下母，吾不知其名，字之曰道，強為之名曰大。大曰
　　逝，逝曰遠，遠曰反。（第二十五章）
　　知其雄，守其雌，為天下谿；常德不離，復歸於嬰兒。知其
　　白，守其黑，為天下式；為天下式，常德不忒，復歸於無極。
　　知其榮，守其辱，為天下谷；為天下谷，常德乃足，復歸於
　　樸。（第二十八章）

---

不可遠；為道也屢遷，變動不居，周流六虛，上下无常，剛柔相易，不可為典要，
惟變所適。」斯尤明稱易道變動之「周流六虛」焉。周匝變易，終而復始，為《周
易》的進化論。」見同書，頁3。

> 反者道之動，弱者道之用。天下萬物，生於有，有生於无。
> （第四十章）
> 道生一，一生二，二生三，三生萬物。萬物負陰而抱陽，沖氣
> 以為和。（第四十二章）

從上引各章裡，不難看出老子這種由「无（無）」而「有」而「无
（無）」的主張。所謂「道可道非常道」、「道之為物，惟恍惟惚」、
「道生一，一生二，二生三，三生萬物」、「有生於无」、「有物混成，
先天地生，……可以為天下母」等，都是就「由无（無）而有」的順
向過程來說的。而所謂「反者道之動」、「復歸於無極」、「復歸於
樸」，是就「有」而「无（無）」的逆向過程來說的。而這個「道」，
乃「創生宇宙萬物的一種基本動力」，如就本末整體而言，是「无」
（無）與「有」的統一體；如單就「本」（根源）而言，則因為它
「不可得聞見」（《韓非子‧解老》），「所以老子用一個『無（无）』字
來作為他所說的道的特性」[9]。而「由无（無）而有」，所說的就是
「由一而多」之宇宙萬物創生的過程，所以宗白華說：

> 道的作用是自然的動力、母力，非人為的，非有目的及意志
> 的。「萬物生於有，有生於无」這個素樸混沌一團的道體，運
> 轉不已，化分而成萬有。故曰：「大道氾分，其可左右。」（三
> 十四章）「周行而不殆。」（二十五章）「反者道之動。」（四十
> 章）「樸，則散為器。聖人用之，則為官長。」（二十八章）道
> 體化分而成萬有的過程是由一而多，由无形而有形。[10]

---

9　徐復觀：《中國人性論史》，頁329。
10　林同華主編：《宗白華全集》2（合肥市：安徽教育出版社，1996年9月一版二刷），
　　頁810。

而徐復觀也說：

> 宇宙萬物創生的過程，乃表明道由無形無質以落向有形有質的
> 過程。但道是全，是一。道的創生，應當是由全而分，由一而
> 多的過程。[11]

如就「有」而「无（無）」，亦即「多而一」來看，老子在此是以
「反」作橋樑加以說明的。而這個「反」，除了「相反」、「返回」之
外，還有「循環」的意思。陳鼓應引述「反者道之動」說：

> 在這裡「反」字是歧義的（ambiguous）：它可以作相反講，又
> 可以作返回講（「反」與「返」通）。但在老子哲學中，這兩種
> 意義都被蘊涵了，它蘊涵了兩個概念：相反對立與返本復初。
> 這兩個概念在老子哲學中都很重視的。老子認為自然界中事物
> 的運動和變化莫不依循著某些規律，其中的總規律就是「反」
> 事物向相反的方向運動發展；同時事物的運動發展總要返回到
> 原來基始的狀態。[12]

在此談到了「反」的「相反」與「返回」兩種意涵。又，勞思光闡釋
「反者道之用」說：

> 「動」即「運行」，「反」則包含循環交變之義。「反」即
> 「道」之內容。就循環交變之義而言，「反」以狀「道」，故老

---

11 徐復觀：《中國人性論史》，頁337。
12 陳鼓應：《老子今註今譯及評介》（臺北市：臺灣商務印書館，1985年2月修訂十
　　版），頁154。

子在《道德經》中再三說明「相反相成」與「每一事物或性質
皆可變至其反面」之理。[13]

而姜國柱也說：

> 「道」的運動是周行不殆，循環往復的圓圈運動。運動的最終
> 結果是返回其根：「復歸其根」、「復歸於樸」。這裡所說的
> 「根」、「樸」都是指「道」而言。「道」產生、變化成萬物，
> 萬物經過周而復始的循環運動，又返回、復歸於「道」。老子
> 的這個思想帶有循環論的色彩。[14]

這強調的是「循環」，乃結合「相反」之義來加以說明，是有「雙螺
旋互動」意涵在內的。

　　如此「相反相成」、互動、循環、往復不已，說的就是「轉化」，
而「轉化」的結果，就是「返回」至「道」的本身，這可說是「轉
化」不已之一個循環，亦即「雙螺旋互動」之歷程。唐君毅釋此云：

> 道之自身，……既可稱為有，亦可稱為無，即兼具能有能無知
> 有相與無相，已成其玄妙之常者。然彼道所生物，則當其未生
> 為無，便只具無相，不具有相；唯其未生，即尚未與道分異。
> 當物既生，即具有相，而離其初之無相，即與道分異而與道相
> 對。至當物復歸於無，則復無其有相，以再具無相，又不復與
> 道分異。以道觀物，物之由未生而生，以再歸於無，及物之以

---

13 勞思光：《新編中國哲學史》，頁240。
14 姜國柱：〈壹、先秦卷〉，《中國歷代思想史》（臺北市：文津出版社，1993年12月初
　　版一刷），頁63。

其一生之歷程，分別體現道之能有能無之有相與無相，亦即由
與道不分異，而分異，再歸於不分異者。此正所以使道之能有
能無之有無二相，依次表現於物，使道得常表現其自己之道相
於物，以成其常久存在，而不得不如此者也。由是而物之一
生，以其生壯老死之事中，表現更迭而呈現之既有還無之二
相，所成之變化歷程，便皆唯是道體之自身，求自同自是，以
常久存在之所顯；而物之一生之變化歷程之真實內容，即唯是
此道之常久。[15]

他把「道」這種「有」與「无」，「依次」（秩序）、「更迭」（變化）而
分分合合所形成循環不已（聯貫、統一）的「歷程」，說明得極清
楚，而所呈現的就是「一→多」與「多→一」的雙螺旋互動結構。

　　這樣，結合《周易》和《老子》來看，它們所主張的「道」，如
僅著眼於其「同」，則它們主要透過「相反相成」、「返本復初」而互
動、循環、往復不已的作用，不但將「一→多」的順向歷程與「多
→一」的逆向歷程前後銜接起來，更使它們層層推展，轉化不已，而
形成了雙螺旋互動式結構，以呈現宇宙創生、含容萬物之運動規律。

　　就在這「由一而多」（順）、「多而一」（逆）的過程中，是有
「二」介於中間，以產生承「一」創生「多」、「多」歸根「一」的作
用的。而這個「二」，從「道生一，一生二，二生三，三生萬物」等
句來看，該就是「一生二，二生三」的「二」。雖然對這個「二」，歷
代學者有不同的說法，大致說來，有認為只是「數字」而無特殊意思
的，如蔣錫昌、任繼愈等便是；有認為是「天地」的，如奚侗、高亨
等便是，有認為是「陰陽」的，如河上公、吳澄、朱謙之、大田晴軒

---

15 唐君毅：《中國哲學原論‧導論篇》（香港：人生出版社，1966年3月出版），頁387-
　　388。

等便是。其中以最後一種說法，似較合於原意，因為老子既說「萬物負陰而抱陽」，看來指的雖僅僅是「萬物的屬性」，但萬物既有此屬性，則所謂有其「委」（末）就有其「源」（本），作為創生源頭之「一」或「道」，也該有此屬性才對，所差的只是，老子沒有明確說出而已。所以陳鼓應解釋「道生一」章說：

> 本章為老子宇宙生成論。這裡所說的「一」、「二」、「三」乃是指「道」創生萬物時的活動歷程。「混而為一」的「道」，對於雜多的現象來說，它是獨立無偶，絕對對待的，老子用「一」來形容「道」向下落實一層的未分狀態。渾淪不分的「道」，實已稟賦陰陽兩氣；《易經》所說「一陰一陽之謂『道』」；「二」就是指「道」所稟賦的陰陽兩氣，而這陰陽兩氣便是構成萬物最基本的原質。「道」再向下落漸趨於分化，則陰陽兩氣的活動亦漸趨於頻繁。「三」應是指陰陽兩氣互相激盪而形成的均適狀態，每個新的和諧體就在這種狀態中產生出來。[16]

而黃釗也說：

> 愚意以為「一」指元氣（從朱謙之說），「二」指陰陽二氣（從大田晴軒說），「三」即「叁」，「參」也。若木《薊下漫筆》「陰陽三合」為「陰陽參合」。「三生萬物」即陰陽二氣參合產生萬物。[17]

---

16 陳鼓應：《老子今注今譯及評介》，頁106。
17 以上諸家之說與引證，見黃釗：《帛書老子校注析》（臺北市：臺灣學生書局，1991年10月初版），頁231。

他們對「一」與「三」（多）的說法雖有一些不同，但都以為「二」
是指「陰陽二（兩）氣」。而這種「陰陽二氣」的說法，其實也照樣
可包含「天地」在內，因為「天」為「乾」為「陽」，而「地」則為
「坤」為「陰」；所不同的，「天地」說的是偏於時空之形式，用於持
載萬物[18]；而「陰陽」指的則是偏於「二氣之良能」（朱熹《中庸章
句》），用於創生萬物。這樣看來，老子的「一」該等同於《易傳》之
「太極」、「二」該等同於《易傳》之「兩儀」（陰陽），因此所呈現
的，和《周易》（含《易傳》）一樣，是「一→二→多」（順）與
「多→二→一」（逆）之原始結構。

　　不過，值得一提的是：（一）即使這「一」、「二」、「多」之內
容，和《周易》（含《易傳》）有所不同，也無損於這種結構的存在。
（二）「道生一」的「道」，既是「創生宇宙萬物的一種基本動力」，
而它「本身又體現了無（无）」[19]，那麼正如王弼所注「欲言無（无）
耶，而物由以成；欲言有耶，而不見其形」[20]，老子的「道」可以說
是「无」，卻不等於實際之「無」（實零）[21]，而是「恍惚」的「无」
（虛零），以指在「一」之前的「虛理」[22]。這種「虛理」，如勉強以

---

18　徐復觀：「中國傳統的觀念，天地可以說是一個時空的形式，所以持載萬物的；故在
　　程序上，天地應當生於萬物之先。否則萬物將無處安放。因此，一生二，即是一生
　　天地。」見《中國人性論史》，頁335。

19　林啟彥：「『道』既是宇宙及自然的規律法則，『道』又是構成宇宙萬物的終極元素，
　　『道』本身又體現了『無』。」見《中國學術思想史》（臺北市：書林出版社，1999
　　年9月一版四刷），頁34。

20　王弼：《老子王弼注》（臺北市：河洛圖書出版社，1974年10月臺景印初版），頁16。

21　馮友蘭：「謂道即是无。不過此『无』乃對於具體事物之『有』而言的，非即是零。
　　道乃天地萬物所以生之總原理，豈可謂為等於零之『无』。」見《馮友蘭選集》上
　　卷，頁84。

22　唐君毅：「所謂萬物之共同之理，可為實理，亦可為一虛理。然今此所謂第一義之
　　共同之理之道，應指虛理，非指實理。所謂虛理之虛，乃表狀此理之自身，無單獨
　　之存在性，雖為事物之所依循、所表現，或是所然，而並不可視同於一存在的實
　　體。」見《中國哲學原論·導論篇》，頁350-351。

「數」來表示，則可以是「（0）」。這樣，順、逆向的結構，就可調整為「（0）一→二→多」與「多→二→一（0）」，以補《周易》（含《易傳》）之不足，這就使得宇宙萬物創生、含容的順、逆向歷程，可概括為「0一二多」（含順、逆雙向），而更趨於完整而周延了。

這種完整而周延的雙螺旋互動結構，對《中庸》的思想而言，顯然是有影響的，這透過梳理，便可清晰地發現。

# 第二節　《中庸》「（0）一→二→多」的順向結構

《中庸》「（0）一→二→多」順向結構，主要是針對第四章之「天道思想」來討論的。關於這種順向結構之形成，最值得注意的是《中庸》的第二十六章（依朱熹《章句》，下併同）：

> 故至誠無息，不息則久，久則徵，徵則悠遠，悠遠則博厚，博厚則高明。博厚，所以載物也；高明，所以覆物也；悠久，所以成物也。博厚配地，高明配天，悠久無疆；如此者，不見而章，不動而變，無為而成。天地之道，可一言而盡也：其為物不貳，則其生物不測。

這一段話，大致可當作是《中庸》的宇宙觀來看待。它直接認定了「至誠」是創生、含容天地萬物的一種粹然至善、真實無妄的動能，所謂「既無虛假，自無間斷」，自然就能形成「久」、「徵」、「悠遠」、「博厚」、「高明」等「外驗」。對這一段話，朱熹首先注「至誠無息」云：

> 既無虛假，自無間斷。

其次注「不息則久」二句云：

> 久，常於中也；徵，驗於外也。

又其次注「徵則悠遠」三句云：

> 此皆以其驗於外者言之。鄭氏所謂「至誠之德，著於四方」者
> 是也。存諸中者既久，則驗於外者益悠遠而無窮矣。悠遠，故
> 其積也廣博而深厚；博厚，故其發也高大而光明。

再其次注「博厚，所以載物也」六句云：

> 悠久，即悠遠，兼內外而言之也。本以悠遠致高厚，而高厚又
> 悠久也。此言聖人與天地同用。

接著注「博厚配地」七句云：

> 見，音現。見，猶示也。不見而章，以配地而言也。不動而
> 變，以配天而言也。無為而成，以無疆而言也。

最後注「天地之道」四句云：

> 此以下，復以天地明至誠無息之功用。天地之道，可一言而
> 盡，不過曰誠而已。不貳，所以誠也。誠故不息，而生物之
> 多，有莫知其所以然者。[23]

---

23 以上幾則注，見《四書集註・中庸》（臺北市：學海書局，1984年9月初版），頁42-
43。

針對《中庸》這段文字，參考朱熹這幾則注釋，可分如下幾方面來
探討：

一

　　朱熹所謂「此言聖人與天地同用」，雖然看來重點落在「人」（聖
人）來說，但《中庸》的作者是以「人」來證「天」，而又由「天」
來驗「人」的，因此「天」和「人」是互動的，是一體的。關於此
點，蕭兵在其《中庸的文化省察》中就闡釋說：

> 「博」且「厚」是地的品性，「高」而「明」是天的特徵。「博
> 厚」才能夠負載起萬物，「高明」便可以覆罩著大千。這似乎
> 只是自然的物質本性，然而這又是人類的品徵。……兩者都關
> 係著「誠」。「故至誠無息，不息則久，久則徵，徵則悠遠，悠
> 遠則博厚，博厚則高明。」人心誠，天心亦誠。如上說，這是
> 一種擬人性的譬喻，是文學式的語言；但它又是一種雙關性的
> 陳述，陳述著自然的本性。我們可以將它翻譯為（或復原為）
> 非譬喻性的「科學語言」：天道以其永恆的規律性運作表現它
> 中正庸直的本性（此所謂天或天道之「誠」）。這種規律性的運
> 動是永恆的，不間斷的（無息），是真正的久遠。[24]

如此將「人類的品徵」和「自然的本性」上下結合為一體，而同匯歸
之於「至誠」，可看出《中庸》天人合一思想的特色。這樣，把《中

---

24 蕭兵：《中庸的文化省察》（武漢市：湖北人民出版社，1997年9月一版一刷），頁
　　1041-1042。

庸》這段文字所述，看成是《中庸》之宇宙觀，也就是天到關，該是
不會太勉強的。

　　其實，透過《中庸》對「性」的主張，也可窺出這種看法，是有
依據的。因為《中庸》的作者「即誠言性」，其範圍不僅是「人」（成
己、成人）而已，也兼顧了「物」（成物），這可說是《中庸》性善觀
的第一大特色。對於這一點，朱熹在《中庸章句》裡就以「陰陽五
行，化育萬物」來釋「天命之謂性」之「性」，他說：

> 命，猶令也。性，即理也。天以陰陽五行化生萬物，氣以成
> 形，而理亦賦 焉，猶命令也。於是人物之生，因各得其所賦
> 之理，以為健順五常之德， 所謂性也。[25]

顯然以為「性」，除了「人」性之外，還包括了「物」性，而陳氏
（淳）更申釋云：

> 天固是上天之天，要之即理是也。然天如何而命於人，蓋藉陰
> 陽五行之氣，流行變化，以生萬物。理不外乎氣，氣以成形，
> 而理亦賦焉，便是上天命令之也。……本只是一氣，分來有陰
> 陽；又分來有五個氣，二與五只管分合運行去，萬古生生不息
> 不止，是箇氣必有主宰之者，曰理是也。理在其中，為之樞
> 紐。故大化流行，生生未嘗止息。命即流行而賦予物者。[26]

這種說法，雖受到相當多人的肯定，卻有一些學者持反對的意見，以

---

25 朱熹：《四書集註‧中庸》，頁21。
26 趙順孫：《四書纂疏‧中庸纂疏》（臺北市：文史哲出版社，1986年10月再版），頁
　 264。

為這樣無法貫徹性善之說，而且也講不通「率性之謂道」這句話，如
王船山便說：

> 天命之謂性，乃程子備《中庸》以論道，須如此說。若子思本
> 旨，則止說人性，何曾說到物性上；物之性卻無父子、君臣等
> 五倫，可謂之天生，不可謂之天命。至於率性之謂道，亦兼物
> 說，尤為不可，牛率牛性，馬率馬性，豈是道？若說牛耕馬
> 乘，則是人拿著他做，與猴子演戲一般，牛馬之性何嘗要耕要
> 乘，此人為也，非天命也。此二句斷不可兼物說。[27]

其實，所謂「率性之謂道」，說的確是「人」，而且是聖人之事，如王
陽明所說：

> 眾亦率性也，但率性在聖人分上較多，故「率性之謂道」屬聖
> 人事；聖人亦修道也，但修道在賢人分上多，故「修道之謂
> 道」屬賢人事。[28]

卻也不一定要固執地把「性」規範在「人」的身上，因為《中庸》在
很多地方談「成物」之事，如：

> 天地位焉，萬物育焉。（第一章）
> 誠者，物之始終，不誠無物。（第二十五章）

---

27 王夫之：《四書箋解》（臺北市：廣文書局，1977年1月初版），頁40-41。

28 王守仁：《王陽明全集》上（上海市：上海古籍出版社，1997年8月一版三刷），頁
　97-98。

天地之道，可一言而盡也：其為物不貳，則其生物不測。（第
二十六章）

發育萬物，峻極于天。（第二十七章）

唯天下至誠，為能經綸天下之大經，立天下之大本，知天地之
化育，夫焉有所倚。（第三十二章）

又於第二十二章明白說：

唯天下至誠，為能盡其性；能盡其性，則能盡人之性；能盡人
之性，則能盡物之性；能盡物之性，則可以贊天地之化育；可
以贊天地之化育，則可以與天地參矣。

這裡所謂「盡其性」之「其」，指的是自身（我）；而「盡人之性」之
「人」，指的是他人，即家人、國人，以至於全天下的人；至於
「物」，則當然指真正之物，即物質而言，而非一般人所指的「家」、
「國」、「天下」。所以朱熹說：

人、物之性，亦我之性，但以所賦形氣不同，而有異耳。[29]

唯其「人、物之性，亦我之性」，故至誠之聖人才有可能「仁且智」[30]
地填補人我、物我的鴻溝，逐步「盡己之性」、「盡人之性」、「盡物之
性」，而臻於「與天地參」的最高境界。因此唐君毅說：

---

29 朱熹：《四書集註·中庸》，頁40。

30 《孟子·公孫丑上》：「昔者，子貢問於孔子曰：『夫子聖矣乎？』孔子曰：『聖，則
吾不能。我學不厭，而教不倦也。』子貢曰：『學不厭、智也；教不倦，仁也。仁且
智，夫子既聖矣！』見《四書集註·孟子》，頁237。

《中庸》之歸於言人能盡其性，則能盡人性、盡物性，正見《中庸》亦以天命遍降於物，以成人、物之性之思想。[31]

而徐復觀也說：

「天命之謂性」，絕非僅只於是把已經失墜了的古代宗教的天人關係，在道德基礎之上，與以重建；更重要的是：使人感覺到，自己的性，是由天所命，與天有內在的關聯；因而人與天，乃至萬物與天，是同質的，因而也是平等的。⋯⋯「誠者天之道也」（二十章）、「天地之道，可一言而盡也，其為物不貳」（二十六章），天只是誠。「誠者物之終始，不成無物」（二十五章），萬物也是誠。由此可見天、人、物，皆共此一誠。[32]

這樣看來，在《中庸》一書裡，是可以找到它以「一誠流貫」的宇宙觀或天道觀的。

二

在此，朱熹對所謂「至誠」，雖沒有直接解釋，但在二十四章「至誠如神」下卻以「誠之至極」來釋「至誠」，意即「誠之極致」。而單一個「誠」，則在十六章「誠之不可揜如此夫」下注云：

誠者，真實無妄之謂。[33]

---

31　唐君毅：《中國哲學原論・導論篇》，頁537-538。
32　徐復觀：《中國人性論史》，頁117-152。
33　朱熹：《四書集註・中庸》，頁31。

這個注釋，受到眾多學者的注意與肯定。如果稍加尋繹，便可發現這與《老子》與《周易》脫不了關係。《老子》說：

> 道之為物，惟恍惟惚。惚兮恍兮，其中有象。恍兮惚兮，其中有物。窈兮冥兮，其中有精。其精甚真，其中有信。（第二十一章）

此所謂「真信」，即「真實」，因為《說文》就說：「信，實也」。而此「真實」，指的就是《老子》「无，名天地之始」（一章）、「有生於无」（四十章）之「无」[34]，亦即「无極」。馮有蘭說：

> 「恍」、「惚」言其非具體之有；「有象」、「有物」、「有精」，言其非等於零之无。第十四章「无狀之狀，无物之象」，王弼注云：「欲言无耶，而物由以成；欲言有耶，而不見其形」，即此意。[35]

因此朱熹以「真實」釋「誠」，該與老子「无」之說有關，而且加上「无妄」兩字，取義於《周易·无妄》，表示這種「真實而不是虛無（零）」的特性；看來是該有周敦頤「太極本无極」之義理邏輯在內的。這樣，「至誠」也因此可看作是「先天地而自生的道體」[36]了。

　　「至誠」既然可以「先天地而自生的道體」，亦即「无極」來看

---

34 宗白華即引《老子》二一章云：「道是无名，素樸，混沌。這個先天地而自生的道體，它本身雖是具體的，然尚未形成任何有形的事物，所以不能有名字。它是素樸混沌，不可視聽與感觸。正是『道常无名樸』（三十二章）。」見《宗白華全集》2，頁810。

35 馮友蘭：《馮有蘭選集》上卷，頁85。

36 林同華主編：《宗白華全集》2，頁810。

待，那麼在《中庸》這段文字裡，相應於「太極」來說的，究竟是什麼呢？這就要看「徵」這個字了。所謂的「徵」，朱熹解作「外驗」，指「至誠」在「無息」與「久」之作用下「形之於外」的效驗，也就是「由无而有」之初始徵驗。蕭兵說：

> 「徵」舊說是「徵而有驗」，是至誠不息而久遠的事實證明。語云：規律是現象的不斷重複，此「徵」之所謂也。「徵」是證實，「重複」和「積累」才能證實。……這樣，「不息─悠久─徵實」，便可能逐次推論出：「悠遠則博厚，博厚則高明。博厚，所以載物也；高明，所以覆物也；悠久，所以成物也。……」。[37]

由此說來，《中庸》「至誠無息，不息則久，久則徵」這三句話，對應於「（0）一→二→多」結構來看，將它視為其中之「（0）一」，是相當合理的。

## 三

　　「至誠」作用不已，先經過「久」的時間歷程，而有所徵驗，成為「（0）一」；再由時間帶出空間，經過「悠遠」的時空歷程，終於形成「博厚」之「地」與「高明」之「天」。而此「天」為「乾元」、「地」為「坤元」，《周易》云：

> 大哉乾元，萬物資始，乃統天。雲行雨施，品物流行。大明終

---

37 蕭兵：《中庸的文化省察》，頁1046。

始，六位時成，時乘六龍以御天。乾道變化，各正性命。保合
大和，乃利貞。首出庶物，萬國咸寧。(〈乾彖〉)

至哉坤元，萬物資生，乃順承天。坤厚載物，德合无疆。含弘
光大，品物咸亨。(〈坤彖〉)

乾坤其易之門邪！乾，陽物也；坤，陰物也。(〈繫辭下〉)

據知萬物之所以生、所以成的首要依據，有兩種：即乾元與坤元。由
於「元」乃「氣之始」[38]，因此對應於「乾，陽物也；坤，陰物也」
的說法，可知「乾元」，指陽氣之始，是「一種剛健的創生功能」；
「坤元」，指陰氣之始，為「一種柔順的含容功能」，而萬物就在這兩
種功能之作用下生成、變化。對此，戴璉璋闡釋說：

乾元由一種剛健的創生功能來證實。所謂「剛健」，是由「變
化不已」來規定，而「變化不已」，又由「各正性命」、「保合
大和」來規定。這就是說：乾元的作用，在使萬物變化不已；
而這不已的變化，並非盲目的、機械的，它有所指歸，它使萬
物充分地、正常地實現自我，以達到高度的和諧境界。換句話
說，萬物盡其本性實現自我、以獲致高度和諧境界的過程中，
種種變化、健動的功能，都屬於乾元的作用。……坤元由一種
柔順的含容功能來證實。所謂「柔順」，由「含弘光大」來規
定，而「含弘光大」又由「品物咸亨」、「德合无疆」來規定。

---

38 李鼎祚：「《九家易》曰：『陽稱大，六爻純陽，故曰大。乾者純陽，眾卦所生，天
之象也。觀乾之始，以之天德，惟天為大，惟乾則之，故曰大哉。元者，氣之始
也。』」見《周易集解》卷一（臺北市：世界書局，1963年5月初版），頁4。又，戴
璉璋：「在先秦，『元』是『首』意思，指頭部。由此引申，乃有『首出』、『首要』、
『開始』、『根源』等意義。」見戴璉璋：《易傳之形成及其思想》，頁92。

這就是說：坤元的作用，在使萬物蓄積富厚，而這種富厚的蓄積，並非雜亂的、僵硬的，它有所簡別，有所融通，而簡別、融通的指歸，則在順承乾元的創生功能，使萬物調適暢遂地完成自我。換句話說，萬物盡其本性完成自我的過程中，種種蓄積、順承的功能都屬於坤元的作用。[39]

如此先由「乾元」創生，再由「坤元」含容，萬物就不斷地盡其本性而實現、完成自我，以趨於和諧之境界，所呈現的就是「一（元）、二（乾、坤）、多（萬物）」的過程。

由此看來，《中庸》所說「博厚，所以載物也；高明，所以覆物也；悠久，所以成物也。博厚配地，高明配天，悠久無疆」這幾句話，和《周易》「乾元」、「坤元」的道理是相通的。因此在這裡把「天」（陽）、「地」（陰），對應於「（0）一→二→多」的結構，看成是「二」（陰陽），該不會太牽強才對。

## 四

既然「天地」可視為「二」，而它們是「為物不貳」的，所以能「無息」地創生、含容萬物，經過「悠久」之時空歷程，所謂「不見而章，不動而變，無為而成」，自然就達於「生物不測」的地步。如何「生物不測」呢？《中庸》的作者作了如下的描述：

天地之道，博也，厚也，高也，明也，悠也，久也。今夫天，斯昭昭之多，及其無窮也，日月星辰繫焉，萬物覆焉；今夫

---

39 戴璉璋：《易傳之形成及其思想》，頁93。

地，一撮土之多，及其廣厚，載華嶽而不重，振河海而不洩，
萬物載焉；今夫山，一卷石之多，及其廣大，草木生之，禽獸
居之，寶藏興焉；今夫水，一勺之多，及其不測，黿鼉蛟龍魚
鱉生焉，貨財殖焉。

在這段話裡，《中庸》的作者首先告訴我們：天地之道是可以用一句
話來概括的，那就是「其為物不貳，則其生物不測」，這所謂的「為
物」，猶言「為體」，指的是天地「運行化育之本體」[40]；而「不貳」，
義同「無息」、「不已」，乃「誠」的作用[41]。這是《中庸》的作者透
過「內在的遙契」、「通過有象者以證無象」所獲致的結果[42]。了解了

---

40 王船山：「其為物，物字，猶言其體，乃以運行化育之本體，既有體，則可名之曰
　物。」見《讀四書大全說》卷三（臺北市：河洛圖書出版社，1974年5月初版），頁
　299-300。

41 王船山：「無息也，不貳也，也已也，其義一也。章句云：『誠故不息』，明以不息代
　不貳。蔡節齋為引申之，尤極分曉；陳氏不察，乃混不貳與誠為一，而以一與不貳
　作對，則甚矣其惑也。」見《讀四書大全說》卷三，頁312。

42 牟宗三在〈由仁、智、聖遙契性、天之雙重意義〉一文中，曾引《中庸》「肫肫其
　仁」一章，對「內在的遙契」作過如下之說明：「內在的遙契，不是把天命、天道推
　遠，而是一方把它收進來作為自己的性，一方又把它轉化而為形上的實體，這種思
　想，是自然地發展而來的。……首先《中庸》對於『至誠』之人做了一個生動美妙
　的描繪。『肫肫』是誠懇篤實之貌。至誠的人有誠意，有『肫肫』的樣子，便可有
　如淵的深度，而且有深度才可有廣度。如此，天下至誠者的生命，外表看來既是誠
　篤，而且有如淵之深的深度，有如天浩大的廣度。生命如此篤實深廣，自然可與天
　打成一片，洋然無間了。如果生命不能保持聰明聖智，而上達天德的境界，又豈能
　與天打成一片，從而了解天道化育的道理呢？當然，能夠至誠以上達天德，便是聖
　人了。」見《中國哲學的特質》（臺北市：臺灣學生書局，1976年10月四版），頁
　35。又唐君毅：「中國先哲，初唯由『人之用物，而物在人前亦呈其功用』、『物之感
　人、而人亦感物』之種種事實上，進以觀天地間之一切萬物之相互感通，相互呈其
　功用，以生生不已，變化無窮上，見天道與天德。而此亦即孔子之所以在川上嘆
　『逝者之如斯，不舍晝夜』，而以『四時行，百物生』，為天之無言之盛德也。」見
　《哲學概論》（上）（臺北市：臺灣學生書局，1985年全集校訂版），頁108-109。

這點，那就無怪乎他在說明了天道之「為物不貳」後，要接著用聖人「至誠無息」之外驗來上貫於天地，而直接說「博厚」、「高明」、「悠久」就是「天地之道」，以生發下文了。很明顯地，這所謂「高明」指的就是下文「日月星辰繫焉，萬物覆焉」的天德；所謂「博厚」，總括來說，指的就是「載華嶽而不重（山），振河海而不洩（水），萬物載焉（山和水）的地德；分開來說，指的乃是「草木生之，禽獸居之，寶藏興焉」的山德與「黿鼉蛟龍魚鱉生焉，貨財殖焉」的水德；而「悠久」，指的則是天光及於「無窮」（高明）、地土及於「博厚、山石及於「廣大」、水量及於「不測」（博厚）的時、空歷程。《中庸》的作者透過此種天的「高明」與「地」（包括山、水）的「博厚」，經由「悠久」一路追溯上去，到了時、空的源頭，便尋得「斯昭昭」、「一撮土」、「一卷石」、「一勺水」等天地的初體，以致終於洞悟出天地會由最初的「昭昭」或「一」而「多」而「無窮」、「不測」，以至於「博厚」、「高明」，及是至誠在無息地作用所形成的規律性「外驗」，也就是「生物不測」的結果。可見這段話所呈現的是「二而多」的邏輯結構。

　　如此由「至誠」而「徵」（「（０）一），「徵」而「博厚」〔地〕、「高明」〔天〕（「二」），「博厚」〔地〕、「高明」〔天〕而「生物不測」（「多」），形成的正是「（０）一→二→多」的順向結構。

# 第三節　《中庸》「多→二→一（０）」的逆向結構

　　在此，主要是針對第五章之「人道思想」來論述的。本來「（０）一→二→多」的順向結構，是可以分「天」與「人」兩層形成「雙螺旋互動」關係加以考察的，但為保留於「人」之範圍內往復（順和逆）結構的完整，以凸顯《中庸》置重於「人」之特點，因此在上個

部分暫時略而不提。而本章則因主要著眼於學者或人為來說的「多
→二→一（0）」之逆向結構，又必須用主要著眼於聖人或天然來說
的「（0）一→二→→多」之順向結構作為基礎，略作交代，以帶出
「多→二一（0）」的逆向結構來。

　　而要交代主要著眼於聖人或天然來說的「（0）一→二→多」之
順向結構，必須處理《中庸》開篇的三句話：

　　　天命之謂性，率性之謂道，修道之謂教。

「這三句話『一氣相承』，乃《中庸》一書之綱領所在。作者在此，
很有次序地，先由首句點明人性與天道的關係，用『性』字把天道無
息之『誠』下貫為人類天賦『至誠』（包括『誠』與『明』）的隔閡衝
破；再由次句點明人道與人性的關係，用『道』字把人類（聖人）天
賦之『誠』通往天賦之『明』（自誠明）的過道打通，而與人類人為
之『誠』與『明』套成一環；然後由末句點明教化與人道的關係，用
『教』字把人類（學者）人為之『明』邁向人為之『誠』（自明誠）
的大門敲開，而與人類天賦之『誠』與『明』融為一體。這樣由上而
下地逐層遞敘，既為人類天賦之『誠』、『明』尋得了源頭，也為人為
之『誠』、『明』找到了歸宿。」[43] 而由此一開篇就精要地凸顯了《中
庸》「天←→人」雙螺旋互動之思想。

　　如此，對應於「（0）一→二→多」順向結構來說，「天命」為
「（0）一」、「率性」之「道」與「修道」之「教」，都屬於「多」。而
「天命」之「性」則是「二」，因為「性」之內含有二，即「知」
（智）與「仁」。《中庸》第二十五章說：

---

43 陳滿銘：〈學庸導讀〉，《國學導讀》（臺北市：三民書局，1994年9月初版），頁509-
　　510。

　　　　誠者，非自成己而已也，所以成物也。成己，仁也；成物，知
　　　　也；性之德也，合外內之道也。

朱熹釋此云：

　　　　誠雖所以成己，然既有以自成，則自然及物，而道亦行於彼
　　　　矣。仁者，體之存；知者，用之發；是皆吾性之固有，而無內
　　　　外之殊。[44]

在此，朱熹以為「仁」和「知」（智），雖有體用之分，卻皆屬「吾性
之固有」，是沒有什麼內外之別的。關於這點，王夫之在其《讀四書
大全說》裡，也作了如下的闡釋：

　　　　有其誠，則非但成己，而亦以成物矣；以此誠也者，足以成
　　　　己，而無不足於成物，則誠之而底於成，其必成物審矣。成己
　　　　者，仁之體也；成物者，知之用也；天命之性、固有之德也。
　　　　而能成己焉，則仁之體立也；能成物焉，則知之用行也；仁知
　　　　咸得，則是復其性之德也。統乎一誠而已，物胥成焉，則同此
　　　　一道，而外內固合焉。[45]

可見「仁」和「知」（智），都是「性」的真實內容，而「誠」則「是
人性的全體顯露，即是仁與知（智）的全體顯露」[46]。如此說來，在

---

44　朱熹：《四書集註・中庸》，頁42。
45　王夫之：《讀四書大全說》，頁299-300。
46　徐復觀：「誠是實有其仁；『誠則明矣』（二十一章），是仁必涵攝有知；因為明即是
　　知。『明則誠矣』（同上），是知則必歸於仁。誠明的不可分，實係仁與知的不可分。

《中庸》作者的眼中，「性」顯然包含了兩種能互動、循環而提升的精神潛能：一是屬「仁」的，即仁性，乃人類與生俱來的一種成己（成德）力量；一是屬「知」的，即知性，為人類生生不已的一種成物（認知）動能。《周易‧說卦傳》說：

> 昔者聖人之作《易》也，將以順性命之理，是以立天之道曰陰與陽，立地之道曰剛與柔，立人之道曰仁與義，兼三才而兩之。

很明顯地，這所謂的「仁與義」就相當於《中庸》的「仁與知（智）」，因為「義」是偏於「知」（智）來說的 [47]，可見「仁與知（智）」有著「陰與陽」、「剛與柔」的關係，其中「仁」性屬陰柔、「知（智）」性屬陽剛，正是徹上以承「（0）一」、徹下以統「多」之「二」，居於關鍵地位。

　　因此，《中庸》開篇三句所呈現的是由「天命」（「（0）一」）而「率性」（「二」）而「修道」〔教〕（「多」）之「（0）一→二→多」的順向結構，而聖人即順此發揮「天命」之性能（知性與仁性），凝「道」設「教」，使學者透過人為的「修道」（教）努力，由偏而全地豁醒「天命」之性能（知性與仁性），而這種人為努力的歷程所形成的，正是「多→二→一（0）」的逆向結構。而兩者正呈現了「雙螺旋互動」之關係。

　　這種順、逆向的結構，是可用一個「誠」字來貫通的。其中

---

仁知的不可分，因為仁知皆是性的真實內容，即是性的實體。誠是人性的全體顯露，即是仁與知的全體顯露。因仁與知，同具備於天所命的人性、物性之中；順著仁與知所發出的，即成為具有普遍妥當性的中庸之德之行；而此中庸之德之行，所以成己，同時即所以成物，合天人物我於尋常生活行為之中。」見《中國人性論史》，頁156。

47 陳滿銘：〈談《論語》中的「義」〉，《高中教育》6期（1999年6月），頁44-49。

「（0）一→二→多」的順向結構，是屬「誠者」，為「天之道」；而「多→二→一（0）」的逆向結構，是屬「誠之者」，為「人之道」。所以《中庸》二十章說：

> 誠者，天之道也；誠之者，人之道也。誠者，不勉而中，不思而得，從容中道，聖人也；誠之者，擇善而固執之者也。

朱熹注此云：

> 誠者，真實無妄之謂，天理之本然也。誠之者，未能真實無妄，而欲其真實無妄之謂，人事之當然也。聖人之德，渾然天理，真實無妄，不待思勉而從容中道，則亦天之道也。未至於聖，則不能無人欲之私，而其為德不可見能皆實。故未能不思而得，則必擇善，然後可以明善；未能不勉而中，則必固執，然後可以誠身，此則所謂人之道也。不思而得，生知也。不勉而中，安行也。擇善，學知以下之事。固執，利行以下之事也。[48]

可見「聖人」是偏於「生知」、「安行」的，而一般常人或學者則是偏於「學知」（含困知）、「利行」（含勉強行）的。對此，王陽明闡釋說：

> 聖人只是保全，無些障蔽，兢兢業業，亹亹翼翼，自然不息，便也是學，只是生的分數多，所以謂之「生知、安行」。眾人自孩提之童，莫不完具此知，只是障蔽多，然本體之知自難泯

---

48 朱熹：《四書集註・中庸》，頁39。

息，雖問學克治也只憑他，只是學的分數多，所以謂之「學
知、利行」。[49]

這樣，若從「仁」與「知」（智）切入來看，則「生知」、「學知」（含
困知），說的是「知」（智）；「安行」、「利行」（含勉強行），說的是
「仁」。因此《中庸》所謂「不勉而中」、「擇善」，是「仁」；「不思而
得」、「固執之」，是「知」（智）。而聖人由「仁」（不勉而中）而「知
（智）」（不思而得），使一舉一動都合乎「道」的要求，循的就是
「（0）一→二→多」的順向結構。至於學者（常人）由「知（智）」
（擇善）而「仁」（固執之），以實踐各種德行，循的則是「多→二
→一（0）」的逆向結構。因此要辨別順、逆向，可從「仁」與「知」
（智）產生互動之歷程來看出，亦即其歷程是由「仁」而「知」
（智），以發揮天然（「性」）功能的，為順向；由「知」（智）而
「仁」，以發揮人為（「教」）作用的，為逆向。《中庸》二十一章說：

　　自誠明，謂之性；自明誠，謂之教。

在此，「誠」即「仁」、「明」即「知（智）」，而「性」、「教」是「所
性」、「所教」，也就是「性的功能」、「教的作用」的意思。因此認定
「自誠明」為順向，所呈現的是由「性」而設「教」（修道）之歷程；
而「自明誠」則為逆向，所呈現的乃由「教」（修道）而復「性」（率
性）之歷程。前者為「天之道」，後者為「人之道」。所以朱熹注云：

　　聖人之德，所性而有者也，天道也。先明乎善，而後能實其善

---

49 王守仁：《傳習錄下》，《王陽明全集》上，頁95。

者，賢人之學，由教而入者也，人道也。[50]

顯然朱熹是就「全」的角度，亦即由道的本原與踐行上來看待「自誠明」與「自明誠」的，因此他斷然的把它們上下明顯的割開，以為「自誠明」全是聖人之事、「自明誠」全是賢人之事。其實，若換個角度，由「偏」的一面，亦即就人的天賦與人為上來看，學（賢）者又何嘗不能動用天賦的部分力量，使自己由「誠」而「明」呢？因為「性」，無論是「知性」或「仁性」，都是人人所生具的精神動能，固然一般人不能像聖人那樣，完全的把它們發揮出來，但若因而認定他們絕對無法由局部「仁性」（誠）的發揮，而發揮局部的「知性」（明），那也是不十分合理的。《中庸》的作者特別強調：「自誠明，謂之性。」、「誠者（自誠明），不勉而中（行），不思而得（知）。」就是要告訴我們：「自誠明」乃出自天然力量的作用，是不假一絲一毫人力的。假如有這麼一個人，能自然的發揮自己全部的「仁性」與「知性」，時時都「從容中道」的，那自然是「聖人也」；至於「日月至焉而已」、「告諸往而知來者」，只能自然的發揮自己局部的「知性」與「仁性」的，則是賢（常）人了。也幸好人人都能局部的發揮這種天然的力量：「誠」，才有進一步認知（明）的可能，不然「自明誠」的努力，便將是空中樓閣，虛而不實了。因此，我們人，無疑的，都可藉後天教育之功（自明誠——人為）來誘發先天的精神潛能，再由先天潛能的提發（自誠明——天賦）來促進後天修學的效果，在人為與天賦的交互作用下，由偏而全的把「知性」與「仁性」發揮出來，最後臻於「從心所欲不踰矩」（《論語・為政》篇）的「至誠」（也是「至明」）境界[51]。

---

50 朱熹：《四書集註・中庸》，頁40。
51 陳滿銘：《學庸義理別裁》（臺北市：萬卷樓圖書公司，200年1月初版），頁317-318。

　　既然學者（常人）是循這這種逆向之結構來努力提升的，就必須從「擇善而固執之」打好基礎，《中庸》二十章在講「誠之者，擇善而固執之者也」之後，緊接著說：

> 博學之，審問之，慎思之，明辨之，篤行之。有弗學，學之弗能弗措也；有弗問，問之弗知弗措也；有弗思，思之弗得弗措也；有弗辨，辨之弗明弗措也；有弗行，行之弗篤弗措也；人一能之己百之，人十能之己千之。果能此道矣，雖愚必明，雖柔必強。

在此，《中庸》的作者，首先以「博學之」五句，說明「誠之」的條目，其中「博學之」四句，說的是「擇善」，為「知」（智）之事；「篤行之」一句，說的是「固執之」，為「仁」之事；這是針對著「修道」來說的。朱熹注此云：

> 此誠之之目也。學、問、思、辨，所以擇善而為知，學而知也。篤行，所以固執而為仁，利而行也。程子（頤）曰：「五者廢其一，非學也。」

他指出「擇善」是「知」（智）、「固執之」為「仁」，而程子（頤）以為都屬於「學」之事，顯然此所謂「學」，是合「知」與「行」（仁）來說的。王陽明說：

> 夫問、思、辨、行，皆所以為學，未有學而不行者也。如言學孝，則必服勞奉養，躬行孝道，然後謂之學；豈徒懸空口耳傳說，而遂可以謂之學孝乎？學射則必張弓挾矢，引滿中的；學

　　書則必伸紙執筆，操觚染翰；盡天下之學，無有不行而可以言
　　學者；則學之始固已即是行矣。篤者，敦實篤厚之意。已行
　　矣，而敦篤其行，不息其功之謂爾。蓋學之不能以無疑，則有
　　問，問即學也，即行也；又不能無疑，則有思，思即學也，即
　　行也；又不能無疑，則有辨，辨即學也，即行也，辨既明矣，
　　思既慎矣，問既審矣，學既能矣，又從而不息其功焉，斯之謂
　　篤行。非謂學問思辨之後，而始措之於行也。[52]

可見「知」與「行」（仁）是二而一、一而二的關係。如此，「仁」
（行）與「知」（智），如就此外在之表現而言，即是「多」；而就其
內在之性能而言，則為「二」了。《中庸》第二十章說：

　　在下位不獲乎上，民不可得而治矣；獲乎上有道：不信乎朋
　　友，不獲乎上矣；信乎朋友有道：不順乎親，不信乎朋友矣；
　　順乎親有道：反諸身不誠，　不順乎親矣；誠身有道：不明乎
　　善，不誠乎身矣。

這裡所謂的「治民」、「獲上」、「信友」、「順親」、「誠身」（「固執
之」：「篤行」），說的便是「仁性」的發揮（行），即「誠」；所謂的
「明善」（「擇善」：「博學、審問、慎思、明辨」），指的則是「知性」
的發揮（知），即「明」。《中庸》的作者要人由「擇善」而「固執
之」，換句話說，就是要人由「明善」而「誠身」、「順親」、「信友」、
「獲上」、「治民」，循的正是「自明誠」的路，這與《大學》八條目
所開示的為學次第，可以說是大致相同的。人果能由此循序漸進，透

---

52 王守仁：《傳習錄中》，《王陽明全集》上，頁45-46。

過後天為的力量——「教」（自明誠），來激發先天不息的動能——
「性」（自誠明），那「從心所欲不踰矩」的「至誠」境界是能有到達
的一天的。

　　既然聖人設教，要從「明善」、「擇善」著手，以期有一天達於
「至誠」的目標，那麼，這所謂的「善」，為了收到使「知性」與
「仁性」復其初的一致效果，便必須要有一個具體而客觀的依據與標
準，這個依據與標準，就是「道」。「道」，抽象一點說，是日用事物
之間當行之路[53]；具體一點說，則包含了一切的禮樂制度與行為規
範。而這些制度與規範，由於關係著個人、家國，甚至整個天下的安
危，影響極其遠大，因此對它們的制作，自然就不能不格外的慎重，
《中庸》第二十八章說：

　　　雖有其位，苟無其德，不敢作禮樂焉；雖有其德，苟無其位，
　　　亦不敢作禮樂焉。

又第二十七章說：

　　　大哉！聖人之道，洋洋乎發育萬物，峻極於天。優優大哉！禮
　　　儀（大儀則）三百，威儀（小儀則）三千，待其人而後行，故
　　　曰：苟不至德，至道（指禮儀與威儀）不凝焉。

從這兩段文字裡，很容易讀出這份慎重來。而且在這世上，也的確唯
有身具「至德」的聖人，才有至高的睿智來凝就通天人而為一的「至
道」，並且有效地把它們推行出來。因為只有身具「至德」（誠）的聖

---

53 《中庸》首章「修道之謂教」句下朱注，《四書集註‧中庸》，頁21。

人，才能由「誠」而「明」，完全地發揮自己的知性（明），做到「大仁」（誠）、「大智」（明）的地步。自然地，以此「大仁」、「大智」（「率性」）來凝道設教（「修道」），也就不難使人由「明善」而「誠身」（「順親」、「信友」、「獲上」、「治民」）──「多」，做到「孝」、「悌」、「敬」、「信」[54]……的地步，以「盡性（仁、智）」──「二」、「復命」──「一（0）」了。

因此，常人或學者作「誠之」（「擇善而固執之」）之不斷努力，循的是「由知（智）而仁」（自明誠）之歷程，而所呈現的就是「多→二→一（0）」的逆向結構。

---

[54] 《中庸》第十三章說：「忠恕違道不遠，施諸己而不願，亦勿施於人。君子之道四，丘未能一焉：所求乎子以事父，未能也；所求乎臣以事君，未能也；所求乎弟以事兄，未能也；所求乎朋友，先施之，未能也。」從這段話裡，我們可以曉得「恕」可以分為兩類：一為消極性的，那就是「施諸己而不願，亦勿施於人」；一是積極性的，那就是「所求乎子以事父」、「所求乎臣以事君」、「所求乎弟以事兄」、「所求乎朋友先施之」。這兩種「恕」，兼顧了「施」與「勿施」，周密而完備，可以說是群德的一個總匯，因為所謂的「所求乎子以事父」，是「恕」，也是「孝」；所謂的「所求乎臣以事君」，是「恕」，也是「敬」（《大學》第三章說：「為人臣，止於敬。」）；所謂的「所求乎弟以事兄」，是「恕」，也是「悌」；所謂的「所求乎朋友先施之」，是「恕」，也是「信」。而「施諸己而不願，亦勿施於『父』」、「施諸己而不願，亦勿施於『君』」、「施諸己而不願，亦勿施於『兄』」、「施諸己而不願，亦勿施於『朋友』」，既是「恕」，又何嘗不是「孝」？不是「敬」？不是「悌」？不是「信」呢？可見同樣的一個「恕」「藏乎身」是可隨著對象的不同而衍生出各種不同的道德行為來的。「恕」所以能如此，追根究柢的說，乃是由於它緊緊的立根於源源不斷的一個力量泉源──「忠」的緣故。「忠」，從字形上看，是「中心」的意思，這與首章「喜怒哀樂之未發」的「中」，同樣是繫於天命之「性」來講的。這樣看來，「恕」是偏於「修道」之「多」來說，而「忠」則偏於「天命之性」之「二、一（0）」來說的。參見陳滿銘：《學庸義理別裁》，頁154。

# 第四節　《中庸》「0一二多」雙螺旋互動層次邏輯系統

在《中庸》一書裡，就「天」而言，雖可以找出「（0）一→二→多」的順向結構，以呈現宇宙創生萬物、含容萬物之歷程，卻找不到「多→二→一（0）」之逆向結構，以直接呈現萬物「歸根」的歷程。而這種萬物「歸根」的歷程，卻間接地透過以「人」為範圍之「多→二→一（0）」之逆向結構的雙螺旋作用，由「人」（成己）而「天」（成物）地予以呈現。這種由「天」而「人」、由「人」而「天」之歷程，在《中庸》首章，即含藏「0一二多」（含順、逆雙向）雙螺旋互動結構，將《中庸》一篇的要旨，作了精要的說明。朱熹在《中庸章句》裡，將此段文字訂為「第一章」，並且在章後說：

> 右第一章，子思述所傳之意以立言。首明道之本原出於天，而不可易，其實體備於己，而不可離；次言存養省察之要；終言聖神功化之極。蓋欲學者於此，反求諸身而自得之，以去夫外誘之私，而充其本然之善，楊氏所謂一篇之體要是也。

所謂「體要」，就是綱領，亦即要旨。他以「首」、「次」、「終」為序來說明，很能掌握這一章的脈絡與大意。茲依此順序加以探討。

首先看「道之本原出於天」，而「體備於己」的部分，《中庸》的作者一開篇就說：

> 天命之謂性，率性之謂道，脩道之謂教。道也者，不可須臾離也；可離，非道也。

這七句話，即朱熹所謂「首」的部分，所含藏的主要是「天」、「人（聖人）」兩層的「（0）一→二→多」順向結構。它的上三句，說明「道之本原出於天而不可易」。而這裡所說的「天」，含藏了「天」的「（0）一→二→多」順向結構，以帶出「人（聖人）」層面的「（0）一→二→多」順向結構來。而「道」，指人道，是指「日用事物當行之理」（見朱注），如說得具體一點，就是「禮」，《中庸》第二十七、二十八、二十九等章，就是以「禮」來說「道」的，譬如第二十七章說：

> 大哉！聖人之道！洋洋乎，發育萬物，峻極于天。優優大哉！禮儀三百，威儀三千，待其人而後行。故曰：「苟不至德，至道不凝焉。」

其中「發育萬物」，說的是「天之道」（天理）；「禮儀三百，威儀三千」，說的是「人之道」（人情）；而「至道」，指的就是「至善」之「禮」。《論語・季氏》載伯魚引述孔子的話說：

> 不學禮，無以立。

又〈堯曰〉載孔子的話說：

> 不知禮，無以立也。

可見孔子主張學者是要「學禮（道）」以「知禮（道）」的。而這種「禮」，有本有末；就其「本」言，為仁義，是永遠不變的。《中庸》第二十章說：

> 仁者，人也，親親為大；義者，宜也，尊賢為大。親親之殺、
> 尊賢之等，禮所生也。

把「禮」生於「仁義」的意思，說得很明白。如就其「末」言，則指
的乃「日用事物當行之理」的形式，是會因時空的不同而改變的。而
這種「禮」，無論是本或末，都經由往聖之體悟驗證，載於「文」
（《詩》、《書》）之上。《論語‧雍也》說：

> 子曰：「君子博學於文，約之以禮，亦可以弗畔矣夫！」

這裡的「文」，就是指往聖所傳下來的《詩》、《書》，而「《詩》、
《書》的具體內容，即是『禮（樂）』」[55]。因此，《中庸》所謂的「修
道」，就是「學禮」以「知禮」；而教導學者「學禮（道）」以「知禮
（道）」，來掌握人情天理（宇宙人生的道理）的，便是「教」。
　　聖人為什麼能掌握這個「道」（禮）以立教呢？那是由於他能「率
性」的緣故。這「率性」二字，孔穎達《禮記正義》引鄭玄注云：

> 率，循也；循性行之。[56]

而朱熹《中庸章句》則說：

> 率，循也。……人物各循其性之自然。[57]

---

55 徐復觀：《中國思想史論集》（臺北市：臺灣學生書局，1974年三版），頁236。

56 鄭玄注，孔穎達疏：《十三經注疏‧禮記》（臺北市：藝文印書館，1989年十一版），
　　頁879。

57 朱熹：《四書集註‧中庸》，頁21。

鄭、朱兩人的說法，除了一純就人，一兼指物來說明外，其餘的都沒
有什麼不同。當然，「物」在正常的情況下，能夠循性，也將與人一
樣，是「莫不自然各有當行之路」的；惟這裡所謂的「率性」，據下
句「修道之謂教」所指的對象來推斷，在《中庸》作者的原意裡，當
也只是專就「人」來說，而未把「物」包括在內。因此，「率性」兩
字，只能當作「順著人性向外發出」來解釋，才算合理；而聖人「順
著人性向外發出」[58]，掌握人情天理，以形成種種準則（禮樂），為
「群體所共由共守」（見同上）。而此準則，就是所謂的「道」，所以
《中庸》說：「率性之謂道。」

　　聖人率性而為道，最關緊要的，就是「性」。這個「性」是怎麼
來的呢？《中庸》的作者以為來自於「天命」，所以有「天命之謂
性」的說法。對此，朱熹在《章句》裡解釋說：

> 命猶令也，性即理也。天以陰陽五行化生萬物，氣以成形，而
> 理亦賦焉，猶命令也；於是人物之生，因各得其所賦之理，以
> 為健順五常之德，所謂性也。[59]

在這段話裡，朱熹首先提出了「性即理」的新觀點，然後以理氣二元
論來解釋萬物成形賦理的真相，從而把理、命、健順五常之德和性的
關係提明，可說是深入聖域後所體會出來的見解。但《中庸》的作
者，卻「即誠言性」[60]，特別用「至誠」來貫通性命、物我，指出天
道之「至誠」，是透過「命」，而賦予「人」和「物」的。錢穆在其

---

58 徐復觀：《中國人性論史》，頁119。

59 朱熹：《四書集註・中庸》，頁21。

60 唐君毅：《中國哲學原論・原性篇》（香港：新亞書院研究所，1968年2月出版），頁
　58。

《中庸新義》說：

> 性則賦於天，此乃宇宙之至誠。[61]

這是十分合理的解釋。

　　人、物之性，雖同賦於天，卻有偏全之不同。由於人得其全，所以其內容就不同。《中庸》第二十五章說：

> 誠者，非自成己而已也，所以成物也。成己，仁也；成物，知也；性之德也，合外內之道也。

可見「仁」和「知」（智），同是「性之德」，乃「吾性之固有」（見朱注），而「誠」則是「人性的全體顯露，即是仁與知的全體顯露」[62]，是足以成己、成物的。而《中庸》第二十一章又說：

> 自誠明，謂之性；自明誠，謂之教。誠則明矣，明則誠矣。

據知統之於「至誠」的仁與知（智），是可經由互動、循環、提升的螺旋作用，而最後融合為一的。也就是說「如果顯現了部分的仁性（誠），就能連帶地顯現部分的知性（明）；同樣地，顯現了部分的知性（明），就能連帶地顯現部分的仁性（誠）。正由於這種相互的作用，有先後偏全之差異，故使人在盡性上也就有了兩條內外、天人銜接的路徑：一是由誠（仁性）而明（知性），這是就先天潛能的提發

---

61 錢穆：《中國學術思想史論叢》（臺北市：東大圖書公司，1976年版），頁295。
62 徐復觀：《中國人性論史》，頁156。

來說的；一是由明（知性）而誠（仁性），這是就後天修學的努力而言的。而這『天然』（性）與『人為』（教）的兩種作用，如一旦能內外銜接，凝合無間，則所謂『誠則明矣，明則誠矣』，必臻於亦誠亦明的至誠境界。到了此時，仁既必涵攝著智，足以成己，而智亦必本之於仁，足以成物了。」[63]而這種作用，可用下圖來表示：

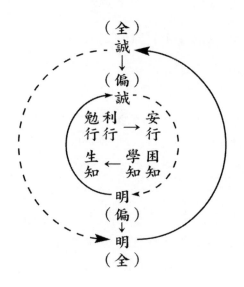

這個表的虛線代表天賦──「性」，實線代表人為──「教」。外圈指「全」，屬聖人；內圈指「偏」，屬學者。藉此可辨明「誠」與「明」、天賦與人為的交互關係。人就這樣在交互作用之下，自明而誠，自誠而明，互動而循環、往復而提升，形成不斷往復之雙螺旋結構，使自己的知（智）性與仁性，由偏而全地逐漸發揮它們的功能，最後臻於「至誠」（仁且智）的最高境界。至此，「誠」（仁）和「明」（智）便融合為一了。這樣，就為下個部分「學者」之「多→二→一（0）」的螺旋義理結構，預先搭好了橋樑。

---

63 陳滿銘：《中庸思想研究》（臺北市：文津出版社，1989年4月再版），頁109。

　　至於「道也者」四句，則說明「體備於己而不可離」的部分。這
四句，朱熹在《章句》裡解釋說：

　　　　道者，日用事物當行之理，皆性之德，而具於心，無物不有，
　　　　無時不然，所以不可須臾離也。若其可離，則豈率性之謂哉？[64]

而徐復觀在《中國人性論史》裡說：

　　　　按「道也者不可須臾離也」二句，乃緊承「率性之謂道」而
　　　　來；人皆有其性，即人皆有是道。道乃內在於人的生命之中，
　　　　故不可須臾離。不可離，所以必見於日常生活之中，故成為中
　　　　庸之道。[65]

朱、徐二人都把「道」是「本然」而非「外物」的意思，解釋得很清
楚。有了這四句話作橋樑，便很自然地過到「修道」的要領──「慎
獨」之上了；也就是說，由「（0一）→二→多」過渡到「多→二→
一（0）」了。

　　其次看「存養省察之要」的部分，《中庸》的作者緊接「可離非
道也」句，又說：

　　　　是故，君子戒慎乎其所不睹，恐懼乎其所不聞。莫見乎隱，莫
　　　　顯乎微，故君子慎其獨也。

這五句話，說的是「修道」的要領，也就是「存養省察之要」，由此

---

64　朱熹：《四書集註・中庸》，頁21。
65　徐復觀：《中國人性論史》，頁123。

從聖人之「（0一）→二→多」進入學者「多→二→一（0）」之義理
邏輯結構。朱熹在《章句》裡闡釋云：

> 君子之心，常存敬畏，雖不見聞，亦不敢忽，所以存天理之本
> 然，而不使離於須臾之頃也。

又云：

> 幽暗之中、細微之事，跡雖未形，而幾則已動，人雖不知，而
> 己獨知之，則是天下之事，無有著見明顯，而過於此者；是以
> 君子既常戒懼，而於此尤加謹焉，所以遏人欲於將萌，而不使
> 其潛滋暗長於隱微之中，以至離道之遠也。[66]

把「慎獨」之精義，闡釋得極其簡明。而徐復觀說：

> 在一般人，天命之性，常常為生理的欲望所壓、所掩。性潛伏
> 在生命的深處，不曾發生作用；發生作用的，只是生理的欲
> 望。一般人只是順著欲望而生活，並不是順著性而生活。要性
> 不為欲望所壓、所掩，並不是如宗教家那樣，對生理欲望加以
> 否定；而是把潛伏的性，解放出來，為欲望作主；這便須有戒
> 慎恐懼的慎獨的工夫。所謂「獨」，實際有如《大學》上所謂
> 誠意的「意」，即是「動機」；動機未現於外，此乃人所不知，
> 而只有自己才知的，所以便稱之為「獨」。「慎」是戒慎謹慎，
> 這是深刻省察、並加以操運時的心理狀態。「慎獨」，是在意念

---

初動的時候，省察其是出於性？抑是出於生理的欲望？出於性的，並非即是否定生理的欲望，而只是使欲望從屬於性；從屬於性的欲望也是道。一個人的行為動機，到底是「率性」？不是率性？一定要通過慎獨的工夫，才可得到保證的。沒有這種工夫，則人所率的，並不是天命之性，而只是生理的欲望。在這種地方，真是差之毫釐，謬以千里。[67]

他將人之所以要「慎獨」的理由，交代得很充分。

這種「慎獨」之說，又見於《大學》：

> 所謂「誠其意」者，毋自欺也。如惡惡臭，如好好色，此之謂自謙。故君子必慎其獨也。小人閒居為不善，無所不至；見君子，而后厭然，揜其不善而著其善。人之視己，如見其肺肝然，則何益矣？此謂誠於中，形於外。故君子必慎其獨也。

《大學》的作者在此指出：要「誠意」就必須「慎獨」，而能「誠意」，則必然「誠於中，形於外」。這所謂的「誠於中」，就相當於《中庸》所說的「戒慎乎其所不睹，恐懼乎其所不聞」；而「形於外」，則相當於《中庸》的「莫見乎隱，莫顯乎微」。如此「誠於中，形於外」，正是「修道」的關鍵所在，是合知（明）與行（誠）來說的。當然，從表面上來看，在《大學》裡，「慎獨」是針對「誠意」來說的，但「格物」、「致知」難道就不必「慎獨」了嗎？王陽明將「格物」釋作「正意所在之事」[68]，而「正意所在之事」，說得明白一點，就是「誠意」，所以唐君毅說：

---

67 徐復觀：《中國人性論史》，頁124。
68 王守仁：《王陽明全集》上，頁5-6。

> 《大學》立言次序，要是先格物、次致知、次誠意、次正心。
> 大學言物格而後知至，知至而後意誠，而未嘗言意誠而後知
> 至，知至而後物格。如依陽明之說，循上所論以觀，實以致
> 「知善知惡，好善惡惡」之知，至於真切處，即意誠，意誠然
> 後方得為知之至。又必意誠而知至處，意念所在之事，得其
> 正，而後可言物格。是乃意誠而後知至，知至而後物格，非
> 《大學》本文之序矣。[69]

這種次序雖不合《大學》本文之序，卻合於孔子「行有餘力，則以學
文」（《論語・學而》）的意思，更合於《中庸》「自誠明」的道理。這
是因為「知」（明）與「行」（誠）、「致知」（明）與「誠意」（誠），
原是互動、循環、往復、提升而形成雙螺旋關係的[70]。由此看來，
《中庸》的「慎獨」，也一樣兼顧了智性（明）與仁性（誠）的開發
來說，《中庸》第二十章說：

> 博學之，審問之，慎思之，明辨之，篤行之。

其中「博學之」四句，說的是智性（明）開發之事；「篤行之」，說的
是仁性（誠）開發之事，兩者都一定要「慎獨」，不然，在知（明）與
行（誠）上就要形成偏差了。《大學》第八章（依朱熹《章句》）說：

> 人之所親愛而辟（偏私之意）焉，之其所賤惡而辟焉，之其所
> 畏敬而辟焉，之其所哀矜而辟焉，之其所敖惰而辟焉，故好而

---

69 唐君毅：《中國哲學原論・導論篇》，頁293。
70 詳見陳滿銘：〈談儒家思想體系中的螺旋結構〉，臺灣師大《國文學報》29期（2006年6月），頁1-36。

> 知其惡，惡而知其美者，天下鮮矣；故諺有之曰：「人莫知其
> 子之惡，莫知其苗之碩。」

這種因心有所偏、情有所蔽——不仁，而導致認知上的偏差，但見一
偏，不見其全——好而不知其惡，惡而不知其美（「莫知其子之惡，
莫知其苗之碩」），甚至產生錯覺、顛倒是非，如孟子所謂「安其危，
而利其菑，樂其所以亡者」（〈離婁〉上），便是由於存心不誠（仁），
無法慎獨的緣故。人患了這種弊病，修身已不可得，更不用說是齊家
治國平天下了。如果人再以此種有了偏執或錯誤的「已知」作為依
據，去推求那無涯之「未知」，則勢必一偏再偏，一誤再誤，使得知
（明）與行（誠）判為兩途，終至形成偏激、邪惡的思想與行為。這
樣，不僅將害人害己，且又要為禍社會國家；孟子從前所以要大聲疾
呼「我亦欲正人心，息邪說，距詖行，放淫辭」（〈滕文公〉下），就
是看出這種禍害的重大。慎獨之要，由此可見。而學者之「多、二、
一（0）」逆向結構，即由此基礎建立。

　　最後看「聖神功化之極」的部分，《中庸》的作者在談了「慎
獨」之後，接著說：

> 喜怒哀樂之未發，謂之中；發而皆中節，謂之和。中也者，天
> 下之大本也；和也者，天下之達道也。致中和，天地位焉，萬
> 物育焉。

這段文字，用以說明「聖神功化之極」，含三個部分：

　　頭一部分為「喜怒哀樂之未發」四句，是就「成己」來說「修
道」（慎獨）的內在目標。也就是說：人在「修道」的過程中，經由
「慎獨」，使智性（明）與仁性（誠）產生互動、循環、提升的螺旋

作用，就可以將「性」的功能發揮到相當程度，有力地拉住「情」，以免它泛濫成災，而達於「中和」的境界。這含藏的是學者之「多→二→一（0）」逆向結構。而這所謂的「中」，是就「性」來說的；「和」是就「中節」之「情」來說的。朱熹《章句》注此云：

> 喜怒哀樂，情也；其未發，則性也；無所偏倚，故謂之中。發而皆中節，情之正也；無所乖戾，故謂之和。[71]

而高明在〈中庸辨〉裡也說：

> 就其性而言是「中」；就其情而言是「和」；就其體而言是「中」；就其用而言是「和」；就其靜而言是「中」；就其動而言是「和」。合言之，只是一個「中」；析言之，則有「中」與「和」的分別。[72]

「中」（性）與「和」（情）的關係，可由此了解大概。而「修道」至此，就可以「盡其（己）性」、「盡人之性」（《中庸》第二十二章），而使人倫社會得以純化了。

第二部分為「中也者」四句，可以說是由「成己」過到「成物」的橋樑，是合「成己」、「成物」來說「修道」的，所照應的是「人」與「天」之「多→二→一（0）」逆向結構。朱熹在〈中庸或問〉裡說：

> 謂之中者，所以狀性之德，道之體也；以其天地萬物之理，無

---

71 朱熹：《四書集註·中庸》，頁22。
72 高明：《高明文輯》上（臺北市：黎明文化事業公司，1978年3月初版），頁261。

所不睹，故曰天下之大本。謂之和者，所以著情之正，道之用
也；以其古今人物之所共由，故曰天下之達道。蓋天命之性，
純粹至善，而其於人心者，其體用之全本皆如此，不以聖愚而
有加損也。然靜而不知所以存之，則天理昧而大本有所不立
矣；動而不知所以節之，則人欲肆而達道有所不行矣。[73]

而徐復觀在《中國人性論史》中也說：

中和之「中」，不僅是外在的中的根據，而是「中」與「庸」
的共同根據。《廣雅·釋詁》三：「庸，和也」；可見和亦即是
庸。但此處中和之「和」，不僅是「庸」的效果，而是中與庸
的共同效果。中和之「中」，外發而為中庸，上則通於性與
命，所以謂之「大本」。中和之「和」，乃中庸之實效。中庸有
「和」的實效，故可為天下之達道。「和也者，天下之達道
也」，實際等於是說，「中庸者天下之達道也」。中和的觀念，
可以說是「率性之謂道」的闡述，亦即是「中庸」向內通，向
上提，因而得以內通於性，上通於命的橋樑。[74]

可見所謂的「大本」、「達道」，已經由「人」而擴及於「物」，由「成
己」而推及於「成物」了。

　　第三部分為「致中和」三句，這是就「成物」來說「修道」（慎
獨）的外在目標，以為人天賦之「性」（智性 ←→ 仁性），經「修道」
加以發揮，不但可以「成己」（仁），也可「盡物之性」以「成物」

73 趙順孫：《四書纂疏·中庸》，頁306。
74 徐復觀：《中國人性論史》，頁127。

（智），而使物質環境得以改善 [75]；所含藏的是銜接於「人」的「天」之「多→二→一（0）」逆向結構。朱熹《章句》注此云：

> 自戒懼而約之，以至於至靜之中，無少偏倚，而其守不失，則極其中而天地位矣。自謹獨而精之，以至於應物之處，無所差謬，而無適不然，則極其和而萬物育焉。蓋天地萬物，本吾一體，吾之心正，則天地之心亦正矣；吾之氣順，則天地之氣亦順矣。故其效驗至於如此，此學問之極功，聖人之能事，初非有待於外，而修道之教，亦在其中矣。是其一體一用，雖有動靜之殊，然必其體立，而後用有以行，則其實亦非有兩事也。[76]

所謂「吾之心正」、「吾之氣順」，就是「成己」；而「天地之心亦正」、「天地之氣亦順」，就是「成物」。因此《中庸》第二十五章說：「誠者，非自成己而已也，所以成物也。」便可說成：

> 誠者，非自致其中和而已也，所以致物之中和也。

又第二十二章說：「唯天下至誠，為能盡其性；能盡其性，則能盡人之性；能盡人之性，則能盡物之性；能盡物之性，則可以贊天地之化育；可以贊天地之化育，則可以與天地參矣。」也一樣可說成：

> 唯天下至誠，為能致其中和；能致其中和，則能致人之中和；能致人之中和，則能致物之中和；能致物之中和，則可以贊天地之中和；可以贊天地之中和，則可以與天地參矣。

75 詳見陳滿銘：〈中庸的性善觀〉，臺灣師大《國文學報》28期（1999年6月），頁1-16。
76 朱熹：《四書集註·中庸》，頁22。

這樣，意思是一點也不變的。

　　而這所謂的「中和」，是就「狀態」一面來說的；如就「心理」一面來說，就是「忠恕」了。朱熹在《論語・里仁》「夫子之道，忠恕而已矣」章下引程子說：

> 忠者，天道；恕者，人道。忠者，無妄；恕者，所以行乎忠也。忠者，體；恕者，用；大本達道也。……「維天之命，於穆不已」，忠也；「能道變化，各正性命」，恕也。[77]

顧炎武在其《日知錄》中說：

> 夫子之道，忠恕而已矣；忠也者，天下之大本（中）也；恕也者，天下之達道（和）也。[78]

而呂維祺在《伊洛大會語錄》裡也說：

> 天地聖賢夫婦，同此忠恕耳。天地為物不貳，故元氣流行，化育萬物，此天地之忠恕，即天地之貫也；聖人至誠不息，故盡人盡物，贊化育，參天地，此聖人之忠恕，即聖人之貫也；賢人亦此忠恕，但或勉強而行，未免有作輟純雜之不同，故有貫有不貫，而其貫處即與聖人同；即愚夫婦亦此忠恕，但為私欲遮蔽，不能忠恕，即不能貫，或偶一念之時亦貫異，而其實處亦即與聖人同。……忠恕只是一個心，實心為忠，實心之運為

---

77 朱熹：《四書集註・論語》，頁77。
78 顧炎武撰，黃汝成集釋：《日知錄集釋》（京都：中文出版社，1978年版），頁153。

恕，即一也。[79]

可見「忠恕」（心理）與「中和」（狀態），和就「潛能」來說的「性」與「中節」之「情」，指向是一致的，只是落點有所不同而已。它們的關係，可用如下結構簡圖來表示：

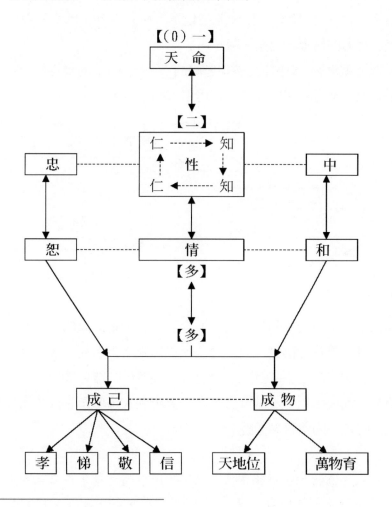

79 陳夢雷編輯：《古今圖書集成・學行典（上）》（臺北市：鼎文書局，1977年版），頁1257-1258。

其中「中」、「性」與「忠」，指的是「天之道」，即「大本」；「和」、「情」（中節）與「恕」，指的是「人之道」，即「達道」。而人要達到這種「中和」、「忠恕」的境界，就必須經由「修道」（博學、審問、慎思、明辨、篤行）的工夫，由偏而全地將天賦之性（智性 ←→ 仁性）加以發揮，這樣才可以「成己」（盡其性、盡人之性）、「成物」（盡物之性），而臻於「贊天地之化育，與天地參」的最高理想；這是學者努力的目標，也是天職。

　　總結起來看，《中庸》義理邏輯的「0一二多」的雙螺旋層次邏輯結構系統，都含藏在這一章，它可用下圖來表示：

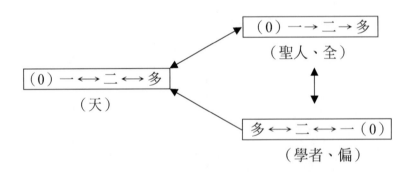

很顯然地，這和《周易》、《老子》全著眼於天道來說的，不但有所不同，而且又將重心落到「人」之上，以確定「人」與「天地參」之地位，為人類「成己」（純化人倫社會）、「成物」（改善物質環境）之永恆努力，鋪成了以「一誠流貫」之一條康莊大道；這是《中庸》思想的最大特色。因此唐君毅說：

> 人之為物，能窮理盡性，以極其所感通之量，而仁至義盡，亦即與天地之陰陽乾坤之道合德，而達於其性命之原之天命者也。此即《易傳》、《中庸》之以「大人與天地合其德」，以人

盡其性即人盡人性、物性而贊天地之化育，以文王之德之純，
比同於天之「於穆不已」之論所由出也。[80]

而徐復觀也以為：

> （《中庸》）說「誠者非自（僅）成己而已也，所以成物也」，
> 因為誠則與己與天合一，因而即與物合一，自然人與物同時完
> 成。所以又說「合外內之道也」。內是己，而外是物。把成就
> 人與物，包含於個人的人格完成之中，個體的生命，與群體的
> 生命，永遠連接在一起，這是中國文化最大的特性。……因為
> 人性中有此要求，所以人便可以向此方向作永恆的努力。而人
> 類的前途，即寄託在這種永恆努力之上。[81]

所謂「人性中有此要求」，所謂「這種永恆的努力」，就奠基於《中
庸》義理邏輯之「0一二多」的「天←→人」雙螺旋互動結構之上。
　　《中庸》的作者在這部書裡，直接承襲孔子的「仁、知（智）」
思想，並間接受到《周易》、《老子》「宇宙生成論」之影響，而特地
將重心由「天」降於「人」的身上，用「天命之性」（含「知〔智〕」
性與「仁」性），從內在來貫通「天←→人」、「物←→我」，為人類
「修道」（教）以「成己」（純化人倫社會）、「成物」（改善物質環
境）的一條大路，尋得「真實無妄」的源頭——「至誠」與其「悠久
無疆」的歸趨——「與天地參」，而在其義理邏輯上，又形成層層天
人互動、循環、往復而提升之「0一二多」雙螺旋結構系統，以呈現

---

80　唐君毅：《中國哲學原論・導論篇》，頁539。
81　徐復觀：《中國人性論史》，頁152。

「一誠流貫」的完整歷程。這可說是「驚天動地」[82] 的一件大事，是值得大家大聲喝采的。

---

82 徐復觀語，《中國人性論史》，頁119。

第七章
# 中庸「天←→人」雙螺旋互動思想的價值

## 第一節　學術價值

　　《中庸》的思想，經由上面三章的探討，成足以看出它是合「天人」、「知行」而為一的。這種合「天人」、「知行」而為一的雙螺旋互動思想，在《中庸》一書裡，可以說是透過「整、零、整」的篇章結構，歸本於「0一二多」的雙螺旋層次邏輯系統，很有系統地把它闡發出來的。這點，朱子在《中庸章句》的開頭即引程子的話說：

> 此篇乃孔門傳授心法，子思恐其久而差也，故筆之於書，以授孟子。其書始言一理，中散為萬事，末復合為一理。放之則彌六合，卷之則退藏於密，其味無窮，皆實學也。[1]

這裡所說的「始」、「中」、「末」，程子雖未就章節作明確的劃分，但根據《中庸》一書的內容來看，這所謂「始言一理」，指的該是首章的「一篇之體要」[2]，為「整」的部分；所謂「中散為萬事」，指的為第二章至第二十章前半所論有關修身、為政的事情，為「零」的部分；而所謂「末復合為一理」，則指的是第二十章後半至篇末以誠

---

1　朱熹：《四書集註・中庸》（臺北市：學海出版社，1984年9月初版），頁21。
2　朱熹：《四書集註・中庸》，頁23。

「一以貫之」的道理，為「整」的部分。這三個部分，不惟不分歧，而且始終是「繩聯而珠貫」[3] 的。

先以「始言一理」的首章來看，《中庸》的作者在此即開宗明義地說：

> 天命之謂性（誠），率性之謂道（自誠明），修道之謂教（自明誠）。道也者，不可須臾離也，可離非道也；是故君子戒慎乎其所不睹，恐懼乎其所不聞，莫見乎隱，莫顯乎微，故君子慎其獨也（自明誠）。喜怒哀樂之未發，謂之中；發而皆中節，謂之和。中也者，天下之大本也；和也者，天下之達道也（盡己之性以盡人之性——誠）。致中和，天地位焉，萬物育焉（盡物之性以贊天地之化育——明）。

這段文字，依其內容看，大致可分為如下兩大部分：

第一部分自篇首至「修道之謂教」止。這三句話「一氣相承」，乃《中庸》一書的綱領所在[4]，是任何讀過此書的人都曉得的。在這「一氣相承」的三句話裡，《中庸》的作者很有次序地，先由首句點明「性」（包括知性與仁性）與「天」（包括精神與物質）的關係，用「性」字把「天道」無息之「誠」下貫為人類天賦之「誠」的隔閡衝破；再由次句點明「道」與「性」的關係，用「道」字人把人類天賦之「誠」（安行天理）通往天賦之「明」（生知天理）的大門敲開；然

3 黎立武語，高明：《高明文輯》上引（臺北市：黎明文化事業公司，1978年3月初版），頁306。

4 蔣中正：「『天命之謂性，率性之謂道，修道之教。』這三句是一氣相承的，乃是《中庸》全書之綱要，而中間『率性之謂道』一句為承接上下兩句之樞紐。」見《科學的學庸》（臺北市：中華文化出版事業委員會，1955年1月版），頁18。

後由末句點明「教」與「道」的關係，用「教」字把人類人為之「明」（困知、學知天理）邁向人為之「誠」（勉行、利行天理）的過道打通，而與人類天賦之「誠」與「明」連成一體[5]。這樣由上而下地由雙螺旋互動使之逐層遞升，既為人類天賦之「誠」與「明」尋得了源頭，也為人為之「誠」與「明」找到了歸宿了。

第二部分自「道也者不可須臾離也」至末，《中庸》的作者在這個部分裡，首先承上一部分的「修道之謂教」句，闡明「修道」之要領就在於「慎獨」，以扣緊「不可須臾離」的「道」，為「自明誠」（擇善固執）以「致中和」之教奠好鞏固的基礎。接著承上個部分的「率性之謂道」句，就喜怒哀樂「未發」之「性」，說「中」說「大本」；就喜怒哀樂「發而皆中節」之「情」，說「和」說「達道」，以間接表明「慎獨」的目的（修道的內在目標），就在於保持性情的「中和」（盡性），而堅實地為「自誠明」之「性」架好了一座「復其初」的橋樑。然後承篇首之「天命之謂性」句，直接指出「致中和」之目的（修道的外在目標），就是使「天地位焉，萬物育焉」，以確切地肯定人類「盡性」以「贊天地化育」的天賦能力，為人類的「誠」、「明」開啟了無限向上的道路。顯然地，這樣自下而上地由「慎獨」而「盡性以至於命」[6]，一路「還原」上去，到了最後，正

---

5　自來讀《中庸》的人，泰半都從「全」的角度——即道的本原與踐行上來看「自誠明」與「自明誠」，因此斷然地把它們上下分割為二，以為「自誠明」全是聖人之事，「自明誠」全是學者之事。其實，若換個角度，由「偏」的一面——即人之天賦與人為上來看，學者又何嘗不能激發天賦的部分潛能，使自己由誠而明呢？因為性，無論是知性或仁性，都是人人生具的精神動能，只是一般人不能像聖人那樣，完全把它們發揮出來而已。所以「自明誠」與「自誠明」，是可以內外上下產生雙螺旋互動，而銜接在一起的。

6　王陽明云：「『修道』字與『修道以仁』同。人能修道，然後能不違於道，以復其性之本體，則亦是聖人率性之道矣。下面『戒慎恐懼』，便是修道的工夫，『中和』便是復其性之本體，如《易》所謂『窮理盡性以至於命』，『中和位育』，便是盡性至

如在第三十二章所說的「唯天下至誠，為能經綸天下之大經（和），立天下之大本（中），知天地之化育」，由此促動螺旋互動的結果，不但可以「成己」，而且也是足以「成物」的。

　　再以「中散為萬事」的十幾章來看，這十幾章，高明在〈中庸辨〉一文中，曾把它們總括為三大章，並分別說明了它們的大意。其中第一大章，包括朱注的第二至十二等共十一章，指出它的大意是：

> 承首章「致中和」，雜引孔子的話，以闡發「中庸」的理論。由君子行「中庸」與小人不同說起，慨歎於以「中庸」之美而能行者之少；接著舉舜、顏回、子路，闡明知、仁、勇與中庸的關係，亦以見行中庸的不易；最後自言其依中庸而行，並力贊中庸之道的精微和博大。

第二章包括朱注的第十三至十九等七章，其大意為：

> 承上章講「中庸」的理論之後，更講「中庸」的實踐，先由「修身」說到「齊家」，對父母的喪祭之禮說得尤為詳切。「齊家」以盡孝為先，盡孝須本於「誠」，所以特舉舜的「大孝」和武王、周公的「達孝」為證，以明「繼志」、「述事」的重要。

第三大章從朱注第二十章的「哀公問政」起至「道前定則不窮」止，其大意是：

---

命。」見王守仁撰，吳光等編：《王陽明全集》（上海市：上海古籍出版社，1997年8月一版三刷），頁38。

續由「修身」說到「治國」、「平天下」。說「修身」須「知人」、「知天」，因「知人」而說到「五達道」、「三達德」，因「知天」而說到「生知」、「學知」、「困知」、「安行」、「利行」、「勉強行」的區別，並以歸趨相同，勉勵天賦較差的人。說「修身」為「治國」、「平天下」的根本後，接著就說到「九經」的名目、效果、方法和實行的共同條件，皆是從「人治」、「治人」來說的。[7]

很明顯地，《中庸》的作者在這個「零」的部分裡，把首章「慎獨」以「致中和」的一理，散而為「智、仁、勇」三德（修身）、「君子之道，造端乎夫婦」、「君子之道四」、「天下之達道五」和「凡為天下國家有九經」（齊家、治國、平天下），由內而外地將《中庸》的理論和實踐步驟闡發出來，條理是極其縝密的。

終以「末復合為一理」的十數章來看，依其內容，也可以分成如下三個部分：

第一個部分自第二十章「在下位不獲乎上」起至二十六章止，在此部分裡，《中庸》的作者承上個部分的「修、齊、治、平」，把它們翻轉過來，由末而本地自「治民」、「獲上」（治、平）、「信友」、「順親」（齊），逆推到「誠身」、「明善」（修），從而專就「誠身」之「誠」字與「明善」之「明」字，指出「不勉而中，不思而得」（自誠明）的「誠者」是「天之道」、「擇善而固執」（自明誠）的「誠之者」是「人之道」，並進一步地申明「擇善而固執」（自明誠）的「修道」要目是「學、問、思、辨、行」，工夫乃「弗措」，而效果則為「雖愚必明，雖柔必強」。接著先「用『誠』與『明』的先後，說明

---

7　以上三則引文，見高明：《高明文輯》（上），頁303-306。

『誠者』與『誠之者』的區別，且為第一節（章）的『性』和『教』再下一注腳」[8]，再就發揮「自誠明」功能的「誠者」，從「盡其（己）性」、「盡人之性」說到「盡物之性」、「贊天地之化育」，以至於「與天地參」的「盡性」過程，並就發揮「自明誠」工夫的「誠之者」，從「致曲」，說到「誠」、「形」、「著」、「明」、「動」、「變」，以至於「至誠為能化」的「修道」次第，以見「至誠如神」的莫大功用；然後說明君子所以貴「誠之」的工夫，乃是由於「誠者」非但可藉「仁」的「性之德」以「成己」、且又能藉「知」的「性之德」以「成物」的緣故。而聖人能「成己成物」，發揮「至誠無息」的功用，到了極處，是能「博厚配地，高明配天」的，於是由「聖人之至誠」直接證出「天道之至誠」，分別以天、地、山、水為例，闡明「至誠無息」以「生物不測」的功用。這樣以一個「誠」字將「天 ⟷ 人」、「物 ⟷ 我」打成一片，與首章之「一理」遙遙呼應，無疑是程子所謂「末復合為一理」的精髓所在，是值得人深加「玩索」的。

　　第二部分自第二十七章至二十九章止，共三章。在這三章裡，《中庸》的作者針對著「道」，先就「成德（全）」處，盛讚聖人「率性」所凝「至道」的「充足」與「高大」[9]；再就「入德（偏）」處，敘明君子「不偏不倚」、「誠 ⟷ 明」互修的修道（自明誠）準則；然後進一步地說明「制禮凝道」當適時適位與必有徵信的道理，以補足首章「率性之謂道」的意思。

　　第三部分自第三十章至末，共四章，《中庸》的作者在此，首讚「孔子集先聖的大成，參天地之化育，其道極為偉大」；再敘合

---

8　高明：《高明文輯》（上），頁306。

9　《中庸》第二十七章說：「大哉！聖人之道，洋洋乎，發育萬物，峻極于天。優優大哉！禮儀三百，威儀三千。」朱子注云：「峻，高大也，此言道之極於至大而無外也。……優優，充足有餘之意，……此言道之入於至小而無間也。」見《四書集註‧中庸》，頁44。

「智、仁、勇」為一體的「至聖」（至誠）境界，以見「至德」之「廣大如天」；然後「雜引《詩經》中的話，說明君子之道「闇然而日章」，化民於無形，正是『修道之謂教』的極致」，而《中庸》一書的最高理想也在這裡表現出來了」[10]。

根據上述，我們可知《中庸》一書，即使書中難免和其他古籍一樣，有後人增益的部分，然仔細讀來，無論在其「思想脈絡」或「篇章結構」上，卻都完密得使人不能不感到驚奇；這在先秦儒家的典籍裡，可以說是很難找出一部來跟它相比的。就以關係至為密切的《大學》來說吧！在「篇章結構」上，固然足以稱得上是十分嚴密的一部書，不過，在思想內容方面，卻顯然地，只闡發了「自明誠」之教，「以明明德為人生修養之起點，以親民為人生行為之目的，然後推進於至善之境」[11]，而未及於「自誠明」之「性」。換句話說，也就是僅著眼於「方法論」，而忽略了「本體論」，所以蔣中正曾說：

> 《大學》、《中庸》二書是不可分的，一般所謂《學》《庸》，便是指這兩部書互相貫通的要旨而言。程子謂：「《大學》者，孔氏之遺書，而初學入德之門也。」又言：「《中庸》此篇乃孔門傳授心法……子思筆之於書以授孟子。」我們再看兩書的要點，《大學》以格致誠正為本，而《中庸》一書，亦以慎獨存誠的「誠」字為體，所謂「自誠明謂之性，自明誠謂之教」，這就是可以看出《中庸》是「本體論」，而《大學》則是「方法論」，乃是我們中華民族四千年來古聖昔賢遞相傳習的道統。[12]

---

10 見高明：〈中庸辨〉一文，《高明文輯》（上），頁308。

11 見林耀曾：〈六十年來之大學中庸〉一文，《中國哲學論叢》（臺北市：學海出版社，1976年9月初版），頁11。

12 蔣中正：《中庸要旨》（臺北市：陽明山莊，1959年版），頁1-66。

可見《大學》雖對「下學」的人道提供了具體的「修學」門徑，但要在「上達」的「天道」尋得堅實的「人倫」根源，是不能不求備於《中庸》的。

再看看《論語》一書，大家都曉得，它記載著許多有關孔子對人格修養、社會倫理與國家政治的寶貴教訓。而這些教訓，泰半可說是傳諸百世而無疑、放諸四海而皆準的；只可惜書屬語錄形式，編次的體例，既未曾預定，而篇章的先後，也缺乏關聯；再加上孔子教人，又往往因材施教，變化無方；因而使得學者難於直接從書中辨明各個章節、各個德目彼此的關係，以了解整個思想的體系，進而由根本上去掌握「修道」的方法、次第與目標。舉個例來說，書中散亂地提到了「仁」、「孝」、「弟」、「慈」、「忠」、「恕」、「敬」、「信」等各種德目，譬如：

> 夫仁者，己欲立而立人，己欲達而達人；能近取譬，可謂仁之方也已。(〈雍也〉)
> 孝弟也者，其為仁之本與！(〈學而〉)
> 弟子入則孝，出則弟。(仝上)
> 孝慈則忠。(〈為政〉)
> 子曰：「參乎！吾道一以貫之。」曾子曰：「唯」；子出，門人問曰：「何謂也？」曾子曰：「夫子之道，忠恕而已矣。」(〈里仁〉)
> 其事上也敬。(〈公冶長〉)
> 朋友信之。(仝上)

這些德目，在「修己治人」上，的確都是人人所不可或缺的；然而它們彼此的關係若何？根源何在？想要成就這些德行，將從何處著手？

方法怎樣？最後的歸趨又如何？這一連串的問題，實在無法在書中找到確切明晰的答案；而這些答案卻非常完整而有系統地展現在《中庸》一書上面。《中庸》的作者在首章與二十章便先後拈出「中和」與「誠」[13] 來經綸萬彙、統攝眾德。就以「孝」、「弟」、「慈」、「敬」、「信」來說吧！如果一個人能發揮自己與生俱來的精神動能——「誠」，那麼，他必定可以去除私欲，隨時保持「情性之正」，而享有「中和」的心境與「忠恕」的心體，以此「中和」的心境、「忠恕」的心體去待人接物，自然就無往而不宜。譬如說，他所待的對象是父母，那就可以做到「孝」的地步；若是兄弟，那就可以做到「弟」的地步；若是子女，那就可以做到「慈」的地步；若是長上，那就可以做到「敬」的地步；若是朋友，那就可以做到「信」的地步；這種道理在第一與十三章中，是闡發得頗為清楚的。

　　既然統攝眾德、經綸萬彙的是「誠」，是「中和」，那麼要如何入手才能由偏及全地做到「誠」以「致中和」的地步呢？關於這點，《中庸》的作者分別在第二十、二十一與二十五章裡明白地告訴了我們，要先從「明善」（格物致知）做起，等到「格物致知」使「知性」引發至一定程度，足以「明善」了，再由「勉強行」、「利行」而「安行」，「自明而誠」地把「仁性」發揮出來。這一段「修道」歷程，是由「明善」而「誠身」，以至於「順親」、「信友」、「獲上」、「治民」，而最後臻於「至誠能化」的「至善」境界，可以說把「修己治人」的次第與目標，都是條不紊地交代得一清二楚。對此「中和」之重要，錢穆在《中庸新義》中強調說：

---

13　《中庸》首章云：「喜怒哀樂之未發，謂之中；發而皆中節，謂之和（成己）。……致中和，天地位焉，萬物育焉（成物）。」又二十五章云：「誠者，非自成己而已也，所以成物也。」可見「中和」說的也不外是一個「誠」字而已。

天地雖大，萬物雖繁，其得安住與滋生，必其相互關係處在一
「中和」狀態中。換言之，即是處在一恰好的情況中。如是而
始可有存在，有表現。故宇宙一切存在，皆以得中和而存在。
宇宙一切表現，皆以向「中和」而表現。宇宙一切變動，則永
遠為從某一「中和」狀態趨向於另一「中和」狀態而變動。換
言之，此乃宇宙自身永遠要求處在一恰好的情況之下一種不斷
的努力。[14]

這說的正是《中庸》「致中和，天地位焉，萬物育焉」的道理。可見
《中庸》「中和」之說，對儒學而言，不能不說是一大貢獻，它所加
惠於後學的，無論是從認知或踐行上來看，都是相當大的。

　　看過了《大學》與《論語》，接著再看看《易傳》。《易傳》和
《中庸》，自古以來，即被認定彼此的血緣極近，在對「天道」的看
法上，有許多相似的地方，就拿最基本的觀念來說吧！兩書的作者同
樣地認為「天道」是生生不已的，在他們看來，「天道是寓於生生之
理中，而當它把生生之理賦予萬物時，也把自己納入了萬物。所以萬
物的生生不已，正是天道的生生之德」[15]，這是儒家「天道觀念」的
一大特色，也是《易傳》和《中庸》的血脈所在。不過，對於這個特
色，兩者立論的依據，無可否認地，卻又稍有不同；因為在《易傳》
作者的眼裡，「道」就是「一陰一陽」的變化，萬物之化生既是導源
於這種「陰陽」的作用，而「天道」所賦予萬物的「生生之理」，也
不外是「一陰一陽」以促成雙螺旋互動的兩個動力而已。因此，在整
個變化的過程中，全由「陰 ←→ 陽」生生不已地支配著一切，能順應

14 錢穆：《中庸新義》，《中國學術思想史論叢》二（臺北市：東大圖書公司，1980年再
　　版），頁295。
15 見吳怡：《中庸誠字的研究》第四章（臺北市：文化大學華岡出版部，1974年版），
　　頁44。

並持續這種變化的是「善」，而稟受這種動力，促成這種變化的，則是「性」了，所以《易‧繫辭上傳》第五章說：

> 生生之謂易。
> 一陰一陽之謂道，繼之者，善也；成之者，性也。

十分明顯地，這是就「物象」與「陰陽」上來立論的[16]，所持的是比較偏於「物質性的天道觀」；而《中庸》則不然，它更周延地在物質的另一面，找到了完整的精神世界，因為它的作者不僅是「即誠言性」而已，並且也更進一步地將「性」這種精神的動能大別為「仁」與「知」兩類，由「仁性」來統攝人倫道德，以上接於「精神性的天道」，為人類「成己」（引發精神動力，健全人倫社會）的目標，鋪設一條康莊的大道；由「知性」來燭照事理物理，以上應於「物質性的天道」，為人類「成物」（引發物質動力，改善自然環境）的努力，推開一扇永恆的大門。這種置重於精神而又不自外於物質的「天道觀念」，比起《易傳》來，無疑地是要嚴密、周延多了。

再說《易傳》在「天道」與「人道」方面的觀念或主張，個別看來，雖然有許多是與《中庸》相通的，譬如：

> 天地設位，而《易》行乎其中矣，成性存存，道義之門（〈繫辭上傳〉第七章）
> 昔者，聖人之作《易》也，將以順性命之理，是以立天之道，曰陰與陽；立地之道，曰柔與剛；立人之道，曰仁與義。（〈說

---

16 吳怡說：「《易傳》的道是一陰一陽的變化。順這種變化的是善，稟受這種變化的是性。可見《易傳》所謂的道、善和性都是受陰陽的限定。後來朱子註《中庸》『天命之謂性』一句時，也同樣以陰陽五行去釋性。但性是心之體，我們的心之體如果完全稟受陰陽而成的話，豈不是物質化了嗎？」《中庸誠字的研究》，頁44。

卦傳〉第二章）

聖人以神道（即天道）設教，而天下服矣。（〈觀卦・象辭〉）

若把這幾節話聯貫起來看，則與《中庸》「天命之謂性，率性之謂道，修道之謂教」的總綱，道理是可以相通的。又如：

窮理盡性，以至於命（合乎天道之意）。（〈說卦傳〉第一章）

閑邪存其誠，善世而不伐，德博而化。（〈文言・乾〉第十一章）

君子學以聚之，問以辨之，寬以居之，仁以行之。（仝上，第二十章）

君子以多識前言往行，以畜其德。（〈大畜象辭〉）

這裡所謂的「窮理」、「閑邪」（正面來說即「明善」）[17]、「君子學以聚之，問以辨之」及「多識前言往行」，說的正是《中庸》「明善」（博學、審問、慎思、明辨）的工夫，而所謂的「盡性以至於命」、「存其誠，善世而不伐，德博而化」、「寬以居之，仁以行之」及「畜其德」，說的則是《中庸》「誠身」、「順親」、「信友」、「獲上」、「治民」（篤行）的事情。然而，這些與《中庸》相通的觀念或主張，卻都散見於《易傳》的各傳各章，並沒有像《中庸》那樣周密、具體而有組織地闡發出來，這也就無怪乎《中庸》會受大眾特別的重視，而視為群經的總會樞要了。譬如黎立武《中庸指歸》說：

經之作，至中庸至矣！故中庸者，群經之總會樞要也。

---

17 徐復觀說：「『閑邪』乃所以存誠，而『閑誠』之正面即是『明善』。」見《中國思想史論集》（臺北市：臺灣學生書局，1974年5月三版），頁86。

而黃玉潤《經書補註》也說：

> 《中庸》一書，六經之淵源也。[18]

《中庸》一書在儒家經書中重要的地位與價值，由此可見一斑。

實在說來，《中庸》一書，不僅在先秦儒家的經書中，佔有重要的地位與價值而已；對於老佛思想、宋明理學或當前西方的思潮而言，也是或多或少地有著彌補、針砭、貫通或調和之功用的。

先就老佛思想看，朱子在《中庸章句‧序》中就曾說：

> 《中庸》何為而作也？子思子憂道學之失其傳而作也。蓋自上古聖神，繼天立極，而道統之傳有自來矣。其見於經，則「允執厥中」者，堯之所以授舜也；「人心惟危，道心惟微，惟精惟一，允執厥中」者，舜之所以授禹也。……其曰「天命」、「率性」，則道心之謂也；其曰「擇善固執」，則精一之謂也；其曰「君子時中」，則執中之謂也。世之相後，千有餘年，而其言之不異，如合符節，歷選前聖之書，所以提挈綱維，開示蘊奧，未有若是之明且盡者也。自是而又再傳，以得孟氏，為能推明是書，以承先聖之統，及其沒而遂失傳焉。則吾道之傳，不越乎言語文字之間，而異端之說，日新月盛，以至於老佛之徒出，則彌近理，而大亂真矣！然而尚幸此書之不泯，故程夫子兄弟者出，得有所考，以續夫千載不傳之緒，得有所據，以斥夫二家似是之非，蓋子思之功，於是為大，而微程夫子，則亦莫能因其語而得其心也。[19]

---

18 以上兩則引文，見高明：《高明文輯》上，頁255。
19 朱熹：《四書集註‧中庸》，頁19-20。

從朱子的這段話中，我們可知朱子和程子他們是有意「續夫千載不傳之緒」，把《中庸》這種「承先聖之統」的心法發揚光大，來對抗老佛兩家「心性」之說，以斥其「似是之非」的。這所謂的「似是之非」，吳怡在《中庸誠字的研究》第七、八兩章中，曾提出他的看法，以為主要是產生在道家之自然（道）[20]思想和佛家的「心性」主張上，譬如道家主張：

> 道可道，非常道；名可名，非常名。无，名天地之始；有，名萬物之母。故常无，欲以觀其妙；常有，欲以觀其徼。此兩者同出而異名，同謂之玄，玄之又玄，眾妙之門。（《老子》第一章）
>
> 道生之，德畜之，物形之，勢成之。是以萬物莫不尊道而貴德；道之尊，德之貴，夫莫之命，而常自然。故道生之，德畜之，長之育之，亭之毒之，養之覆之，生而不有，為而不恃，長而不宰，是謂玄德。（《老子》第五十一章）
>
> 有物混成，先天地生，寂兮寥兮，獨立而不改，周行而不殆，可以為天下母，吾不知其名，字之曰道，強為之名曰大，大曰逝，逝曰遠，遠曰反。（《老子》第二十五章）

而佛家（以禪宗為代表）則以為：

---

20 吳怡：「《老子》在二十五章中曾說：『人法地，地法天，天法道，道法自然』，這裡所謂的地和天，是指我們眼睛看得見的有形的蒼穹，也就是一般所謂的現象界，或自然界。而地和天所法的道，當然是指支配天地間一切現象的原則，不過這個原則不是由一個超然的神所規定的，也不是由人自己所假想的，而是宇宙本身就是如此變化的，所以是『道法自然』。這裡的自然不是指有形的天地，也不是指在道之外，另外有一個境界，而是去限定這個道，說明它就是自生自因的。這樣一來，道就是自然，自然就是道。」見《中庸誠字的研究》第七章，頁79。

教外別傳，不立文字，直指人心，見性成佛。(《指月錄》卷
一)

心是地，性是王，王居心地上，性在王在，性去王無，性在身
心存，性去身心壞。(《六祖壇經疑問品》第三)

其性無二，無二之性，即是實性。實性者，處凡愚而不減，在
賢聖而不增，住煩惱而不亂，居禪定而不寂。不斷不常，不來
不去，不在中間，及其內外，不生不滅，性相如如，常住不
遷，名之曰道。(《六祖壇經護法品》第九)

道家這種「玄妙莫測」、「自生而生物」和「周行而不殆」的「天道
觀」，與《中庸》將「至誠」認定為「如神」、「自成」、「無息」的看
法，既甚為相似；而佛家「心和性合一」，以「自性契合於自然」的
「心性觀」，與《中庸》將「至誠」認定為「能化」、「配天」的說
法，也有相似的面貌。不過，從「道」的特性來說，道家與《中庸》的
看法雖極「似是」，但對「道」的運用方面而言，卻在全不同，譬如：

人之生也柔弱，其死也堅強；萬物草木之生也柔脆，其死也枯
槁。故堅強者，死之徒；柔弱者，生之徒。是以兵強則不勝，
木強則兵；強大處下，柔弱處上。(《老子》第七十六章)

墮肢體，黜聰明，離形去知，同於大道，此之謂坐忘。(《莊
子·應帝王》)

道家在「道」的運用上，這樣以「弱」、「忘」為尚，顯然在骨子裡，
和《中庸》「雖愚必明，雖柔必強」的思想，是迥然不同的。而佛家
主張由「禪定」，亦即藉調身、調息，使心念專一，以體認「真我」；
或直接由「頓悟」，藉突如其來的一聲、一境以敲開心扉，融「真

我」於自然，在表面上，和《中庸》之「誠者自成」有點相似，但由
於它所修持的目標在於「出世」，所以也就缺乏有關人倫、日用方面
的一段切實的下學工夫，譬如程明道說：

> 釋氏本怖死生為利，豈是公道？惟務上達而無下學，然則其上
> 達處，豈有是也？元不相連屬，但有間斷，非道也。孟子曰：
> 「盡其心者，知其性也」，彼所謂識心見性是也。若存心養性
> 一段事，則無矣，彼固曰：出家獨善，便於道體自不足。[21]

而《傳習錄》卷上也載：

> 王嘉秀問：「佛以出離生死，誘人入道；仙以長生久視，誘人
> 入道；其心亦不是要人做不好，究其極至，亦是見得聖人上一
> 截。有非入道正路；如今仕者，有由科，有由貢，有由傳奉，
> 一般做到大官，畢竟非入仕正路，君子不由也。仙、佛到極
> 處，與儒者略同，但有了上一截，遺了下一截，終不似聖人之
> 全。然其上截同者，不可誣也。……」先生曰：「所謂大略亦
> 是，但謂上一截、下一截，亦是人見偏了如此，若論聖人大中
> 至正之道，徹上徹下，只是一貫，更有甚上一截、下一截！」[22]

所謂「無下學」、「遺了下一截」，並不是說他們「不知道佛家也有很
嚴肅的修持之學，他們的意思是認為佛家的修持，畢竟只是作出世的
準備，而與修身齊家之內聖，經國治民之外王，毫無關涉，所以佛家

---

21 朱熹纂集，江永集註：《近思錄集註》，《四部備要・子部》卷十三，中華書局據通行
　本校刊（臺北市：臺灣中華書局，1965年版），頁2。
22 王守仁撰，吳光等編：《王陽明全集》，頁18。

在工夫的起點便走偏了，最後自然無法上達，無法見聖人之全」[23]。

　　道家既然由於在道的運用上，主「弱」與「忘」，以致在天人合一與「內聖外王」之道上，不免產生割裂的缺陷；而佛家則由於主張「禪定」、「頓悟」，也使得下學走偏，不免流於空疏；那麼，要彌補這種缺陷、針砭這種空疏，便只有賴於《中庸》涵攝著「仁←→智」，由「下學而上達」、「一以貫之」的「誠」字來達成了。所以吳怡說：

> 雖然道家和中庸在「天道」方面，有許多相似之處，但在「人之道」方面，途徑卻完全不同，中庸的誠字，本著儒家的精神，是強調成己之仁、成物之知，這和道家的「處弱」、「坐忘」，顯然不能混為一談。尤其以儒家的觀點來看，道家的「處弱」和「坐忘」，在天人合一，內聖外王之道上，還有許多無法彌補的缺陷，而中庸的誠字，卻正可以填補了這個缺陷。……禪宗或佛家所追求的自性，或真我，就同我們照鏡子時一樣，把臉擦得愈乾淨，才能看出自己的本來面目。而中庸的誠字由「自誠」而「成物」，卻對著這個本來面目，更要進一步的問：如何去充實這個我，如何去發展這個我和其他人物的關係。[24]

這樣看來，《中庸》對老佛思想而言，是有其「補苴罅漏」的功用的。不過，從「求異」面來看是如此，若就「求同」面來說，卻互有調和融通的地方。對此，歷代都有多人討論，到了民國又涉及西學，討論的範圍更大。林義正說：

---

23 見吳怡：《中庸誠字的研究》第八章，頁99。
24 吳怡：《中庸誠字的研究》第八章，頁99。

民國以來，西學傳入，中土又從三教會通問題轉移成中西哲學的會通，所以，三教都同樣要面對西學，除了本身要現代化之外，也可能會有儒西、道西、佛西的會通問題，只要傳統三教間異同爭論還在，問題會更加複雜，於是會有儒、道、佛、西任何兩者、三者、甚至四者之間的異同與會通的問題。就目前所知，民國高僧印光（1861-1940）、太虛（1889-1947），居士歐陽竟無（1871-1943）等大體亦踵前代僧人以釋攝儒之儒釋調和論之故轍。另當代新儒家熊十力（1884-1968）著《新唯識論》會通儒佛而歸宗《大易》，亦踵宋明以來以儒攝佛之融通策略。此外，像梁漱溟（1893-1988）作〈儒佛異同論〉謂「儒佛不相同，只可言其相通耳」，其相通處在因勢利導，而裨人進於明智與善良也。當代第二代新儒家唐君毅（1909-1978）、牟宗三（1909-1995）諸先生對儒佛異同亦有辨明，然大體上傾向於二家哲理之判別，並不措意於儒佛會通，而是將整個心思轉到中西哲學會通上去了。1995年傅偉勳教授（1933-1996）曾撰〈儒道佛三教合一的哲理探討〉一文，對儒佛可否會通、如何會通作過說明，他認為強調超世俗的佛教與偏重世俗倫理的儒家之間要融通是有困難的，不過只要重新詮釋儒家的根本義諦就能在「心性體認本位的生死學與生死智慧」上與佛道相通。易言之，吾人在「終極關懷」問題上，以「實存主體」之「心性」去體證「終極真實」（天理‧天道‧空空‧如如）原是超心物、主客、有無、生死等等之不二，這就他的「三教異源同歸」論。看來他好像有新的見地，其實也不出傳統既有的說法。[25]

---

25 林義正：〈儒佛會通方法研議〉，《佛學研究中心學報》7期（2002年7月），頁185-211。

可見從從「求同」切入，是可由「判別」而趨於「融通」的。

　　再就宋明理學看，它正如牟宗三所說的，「並存著重視主觀性原則與重視客觀性原則的兩條思路」[26]，其中重視客觀性原則的，就是所謂的「程朱一派」，而重視主觀性原則的，則是所謂的「陸王一派」。這兩派，由於各走一偏，所以觀點也就難免對立，譬如宋孝宗淳熙二年乙未，呂伯恭曾約陸象山與復齋，會朱子於鵝湖寺，辯論學術異同，而象山作了一首詩抒發感想說：

　　　　墟墓興衰宗廟欽，斯人千古不磨心；涓流積至滄溟水，拳石崇
　　　　成泰華岑。易簡工夫終久大，支離事業竟浮沈；欲知自下升高
　　　　處，真偽先須辨只今。[27]

於會後三年，朱子也和了一首詩說：

　　　　德義風流夙所欽，別離三載更關心；偶扶藜杖出寒谷，又枉籃
　　　　輿度遠岑。舊學商量加邃密，新知培養轉深沈；只愁說到無言
　　　　處，不信人間有古今。[28]

所謂「易簡工夫終久大，支離事業竟浮沈」，所謂「舊學商量加邃密，新知培養轉深沈」，朱、陸兩人思想的根本差異，可以明顯地從中看出來。也正因為象山力守「易簡」，以發明本心為主，與禪宗直

---

26　見牟宗三：《中國哲學的特質》第七講（臺北市：臺灣學生書局，1976年10月四版），頁49。

27　陸九淵：《象山先生全集》卷三十四（臺北市：臺灣商務印書館，1968年版），頁428。

28　朱熹：《朱文公文集》（臺北市：臺灣商務印書館，1979年版），頁104。

指人心，見性成佛的宗旨，大為類似，於是朱子便譏為「禪」[29]；而朱子則因為力倡「博覽」，以窮理致知為先，難免有「漫無統紀」、「無本以自立」[30]的缺憾，所以象山就斥為「支離」。《象山全集》三十六〈象山年譜〉中記有這麼一段話：

> 鵝湖之會，論及教人，元晦之意，欲令泛觀博覽，而後歸之約。二陸之意，欲先發明人之本心，而後使之博覽。朱以陸之教人為太簡，陸以朱之教人為支離。[31]

而朱子自己在〈答項平甫書〉中也承認：

> 大抵子思以來，教人之法，惟以尊德性、道問學兩事為用力之要。今子靜（象山字）所說，專是尊德性；而某平日所論，卻是道問學上多。[32]

對此，杜保瑞認為：

> 象山之所言，則表現出明確地堅持由此心行實踐一路的重大功效，因言之：「易簡工夫終久大，支離事業竟浮沈。」，這句話即是從此朱陸學問風格差異的型態定位語，學界多即以之說兩

---

29 朱子與劉子澄書云：「子靜一味是禪，卻無許多功利術數。日下收斂得學者身心，不為無力，然其下稍無所依據，恐亦未免害事也。」見《朱文公文集》卷三十五。

30 朱子〈答呂子約書〉云：「覺得此心存亡，只在反掌之間，向來誠是太涉支離。若無本以自立，則事事皆病耳。……若只如此支離，漫無統紀，展轉迷惑，無出頭處。」見《宋元學案》卷五十八。

31 陸九淵：《象山先生全集》卷三十六，頁498。

32 朱熹：《朱文公文集》，頁957。

造。然而易簡何義？支離何義？究其實，就是「要求直接做工夫」與「尚在做關於做工夫的學問研究以至於沒有直接做工夫」之別。這次的會面，據記載朱熹不是十分愉快的，經過了三年的沈澱以及象山兄長的一些態度轉變，朱熹才有所回應，朱熹詩文中言：「舊學商量加邃密，新知培養轉深沈。」即表示對自己投入遍注群經研議典籍以彰顯儒家學說意旨的工作意義的信念，而對於象山自以為易簡之說者，朱熹即以為此說將「卻愁說到無言處，不信人間有古今。」亦即恐將一切皆以自己的當下情意為斷，以致「說是天理，恐是人欲。」主體見識尚未提升，就要當下直截，恐將人欲當作天理，還理直氣壯任意而行」，這也就是朱熹強調格物致知工夫所要避免的錯誤。

並且說：

針對鵝湖之會，《宋元學案》中留下了不少欲調和兩家的評價，如黃百家言：百家謹案：鵝湖之會，此三詩乃三先生所論學旨者，其不合與論無極同。蓋二陸詩有支離之詞，疑紫陽為訓詁；紫陽詩有無言之說，譏二陸為空門。兩家門人，遂以成隙，至造作言語以相訾毀。然紫陽晚年，乃有見于學者支離之弊，屢見于所與朋友之書札，考全集內不啻七八九通。而陸子亦有「追維曩昔，麤心浮氣，徒致參辰」之語，見于奠東萊之文。以是知盈科而後進，其始之流，不礙殊途，其究朝宗于海，同歸一致矣。乃謂朱、陸終身不能相一，豈惟不知象山有克己之勇，亦不知紫陽有服善之誠，篤志于為己者，不可不深考也。黃百家確指朱陸二家各有對對方學思之批評，一指朱熹為訓詁、為支離，一指象山為無言、為空門，然到後來兩家亦

　　有對自己被批評意旨的反省，說象山有克己之勇，說朱熹有服
善之誠，亦即兩人在後來的相處中，雙方的意見確有互為接受
的態度表示。依據陳來教授的研究，兩家後來有一段時間內確
實可以互相欣賞對方的為學方法的優點，也都能謙虛地反省自
己。這就是筆者所說的，兩造對對方的批評，如果是為學風格
的批評，也就是修養境界的批評，則兩人可以互斥到底，也可
以互相接受，因為這並不是理論主張的問題，一旦互相接受，
也就是兩人都做了自我反省的工夫，這就是兩家的人格修養的
自我進步之事，至於兩家的為學方法的理論主張，則亦是極有
可能在把話說得更為周備圓融的發展中，而各自消除了早先的
缺失。[33]

由此看來，朱、陸觀點的尖銳對立 [34]，看來是壁壘分明，好像絕對無
法相容似的。而其實，換個角度看，朱子主張「泛觀博覽，而後歸之
約」，亦即以「道問學」為先，所著重的正是《中庸》「自明誠」之
教；而象山主張「發明人之本心，而後使之博覽」，亦即以「尊德
性」為先，所用力的則為《中庸》「自誠明」之性。這兩者，一屬人
為，一屬天賦，原本就是彼此內外銜接，相輔相成，而產生雙螺旋互

---

33 杜保瑞：〈朱陸鵝湖之會的倫理義涵〉，發表於臺灣大學哲學系主辦的「傳統中國倫
　　理觀地當代省思國際學術研討會」上（2008年5月15-17日），頁7-14。

34 余英時：「朱陸的異同，若從此淺處去說，便必然要歸結到讀書的問題上。所以鵝
　　湖之會象山最後提出了『堯舜之前何書可讀』的質難。這裡轉出了思想史上一個帶
　　有普遍性的問題：即智識主義與反智識主義的衝突。西方基督教傳統中的『信仰』
　　與『學問』的對立，便是這種衝突的一個例證。……就整個宋代儒學來看，智識主
　　義與反智識主義的對立，雖然存在，但並不十分尖銳。其所以如此，或是由於兩宋
　　時，二氏之學（尤其是禪學）尚盛，儒者忙於應付外敵，內部的歧見因此還沒有機
　　會獲得充分的發展。」見《歷史與思想》（臺北市：聯經出版事業公司，1978年7月
　　初版四刷），頁91-93。

動作用的的；因為「自明誠」之教，本來即植基於天賦的「自誠明」之性上，而天賦「自誠明」之性的發揮，則亦有賴於人為「自明誠」之教的推動。惟有如此，將外內連成一環，才能一環進一環、由偏及全地把「天命」之性發揮至極致，達於「至聖」（亦誠亦明）的理想境界。否則，「自誠明」之性的發揮，既將自外於「客觀性」的物理世界（包括人本身的生理），成為空中樓閣，虛而不實；而「自明誠」之教，也無法落腳在人的心性上，將變得支離破碎，百病叢生了。所以《中庸》說：

> 自誠明，謂之性；自明誠，謂之教；誠則明矣，明則誠矣。
> （第二十一章）
> 君子尊德性（性）而道問學（教），致廣大（性）而盡精微（教），極高明（性）而道中庸（教），溫故而知新（教），敦厚以崇禮（性）。（第二十七章）

可見朱、陸只得《中庸》之一偏而已，透過《中庸》，他們的「尊德性」與「道問學」之爭，從大處言，是可以獲得貫通、調和，而走上相輔相成之一途的[35]，能這樣，自然便不會有「太簡」或「支離」之蔽了。

　　《中庸》這種貫通、調和的作用，不但可施用於朱、陸「道問

---

[35] 高明在〈中庸辨〉一文中說：「《中庸》說：『故君子尊德性而道問學』，本來就不是墮於一邊的，而是合乎『中庸』的。朱、陸二子到了晚年，纔能體會出這道理，實在太遲了！其實，《中庸》在『故君子尊德性而道問學』句下，還有『致廣大而盡精微，極高明而道中庸，溫故而知新，敦厚以崇禮』幾句，都是闡明入道的門徑，也都是兩兩相對、不墮一邊，而合乎『中庸』的。朱、陸二子如果早一些把握著『中庸』的精神，自不會偏重『尊德性』或『道問學』，而引起一番爭論了！」見《高明文輯》（上），頁318-319。

學」與「尊德性」之爭而已，對於朱、王「格致說」的爭論而言，也是可適用的。朱子在〈大學章句〉裡說：

> 致，推極也；知，猶識也；推極吾之知識，欲其所知無不盡也。格，至也；物，猶事也；窮至事物之理，欲其極處無不到也。[36]

而王陽明在〈大學問〉中則說：

> 致知云者，非若後儒所謂充廣其知識之謂也，致吾心之良知焉耳。良知者，孟子所謂是非之心，人皆有之也；是非之心，不待慮而知，不待學而能，是故謂之良知，是乃天命之性，吾心之本體自然靈昭明覺者也。……然欲致其良知，亦豈影響恍惚而懸空無實之謂乎？是必實有其事矣，故致知必在於格物。物者，事也，凡意之所發，必有其事，意所在之事，謂之物。格者，正也，正其不正，以歸於正之謂也。正其不正者，去惡之謂也；歸於正者，為善之謂也；夫是之謂格。[37]

在此，我們撇開朱、王訓釋「格物」之是非[38]不談，單就「致知」來看，在表面上，朱子訓「知」為「知識」，是偏布於外，學而後知的，與陽明訓「知」為「良知」，是本有於內，不學而知的[39]，似乎

---

36 朱熹：《四書集註・大學》，頁4。

37 王守仁撰，吳光等編：《王陽明全集》，頁971-972。

38 對此問題，高明在〈大學辨〉一文中曾詳加辨析，見《高明文輯》（上），頁243-245。

39 余英時說：「王氏的『致良知』之教，雖然後來流入反知識的路向，但陽明本人則並不取反知的立場。他正視知識問題，並且要知識融入他的信仰之中。所以他和柏格

落落難合，而實際上，朱子所謂的「知」，如同陽明，也是根於「心性」來說的，試看他在〈格致傳〉裡說：

> 蓋人心之靈，莫不有知；而天下之物，莫不有理。惟於理有未窮，故其知有不盡也。是以大學始教，必使學者即凡天下之物，莫不因其已知之理，而益窮之，以求至乎其極。至於用力之久，而一旦豁然貫通焉，則眾物之表裏精粗無不到，而吾心之全體大用無不明矣。[40]

可見他也認為「知」（智）原本就存於人的心靈之內，是人人所固有的，只不過是須藉事物之理由外而內地使它顯現罷了。因此，他和陽明的不同，並不在它的根源處，而是在從入的途徑上。朱子由於側重人類人為（教）的一面——「道問學」，所以主張採「自明誠」的途徑，藉「窮至事物之理」來「推極吾之知識」，以期「一旦豁然貫通焉」（將粗淺的外在知識提升為純淨的內在睿智），而收到「吾心之全體大用無不明」的效果；陽明由於側重人類天賦的一面——「尊德性」，所以主張循「自誠明」的途徑，藉正「意之所發」來「致吾心之良知」，以期「吾良知之所知者，無有虧缺障蔽，而得以極其至」，而達到「吾心快然無復餘憾而自慊」[41] 的地步。他們兩人的主張，雖然從《大學》的本旨來看，朱子的說法要比陽明為符合，因為《大學》所談的原只是「自明誠」的道理而已；不過，若從整個人類「盡

---

森一樣，是『超知識的』而非『反知識的』。王陽明自己說過，他的『良知』兩字是經過百死千難得來的，不得已而與人一口道盡。陽明經過艱苦深刻的奮鬥，最後發明了良知學說，解決了知識問題對他的困擾。但是後來的人沒有經過『百死千難』，就拿到了良知，那就是現成良知，或『偽良知』。」見《歷史與思想》，頁132。

40 朱熹：《四書集註・大學》，頁8。

41 王守仁撰，吳光等編：《王陽明全集》，頁972。

性」的過程上著眼，則雖都各有其價值，卻也不免各有所偏，因為天賦與人為，就像《中庸》所告訴我們的，是交互為用，缺一不可的。

　　根據上述朱陸、朱王之爭，與《中庸》貫通、調和之功，我們可知在宋明理學中，程朱一派「重視客觀性原則」的思路與陸王一派「重視主觀性原則」的思路，是可以經由《中庸》以澄清彼此的歧異，而匯合統一，以趨於「至善」之境的。不過，正如牟宗三所說的，「當日的理學家，在此中甚深的義理方面，不甚能自覺，……不但無法澄清雙方的真正歧異之處，而且浪費了許多寶貴的精力，主要以書信回還的方式，互相作不著邊際的責斥」[42]，這真是十分可惜的事。

　　粗淺地探討了《中庸》對老佛與宋明理學的彌補與調和效用，以見《中庸》在我國學術思想上的價值後，接下來要談的，就是《中庸》對當前西方思想所將作的貢獻了。

　　我們都知道，十七世紀的工業革命，引發了一連串搖撼西方世界達三百餘年之久的大震動。就在這一連串的大震動中，從好的一面說，它的確迅速地震出了科學的萬丈火花，帶動了醫藥、工業，交通各方面的蓬勃發展，而形成二十世紀的物質文明，使人類得以享受到減少死亡率、提高生活水準、促進文物交流等等的好處；然而，無可否認地，它更為人類帶來了種種的禍害，譬如「環境污染、空氣污染、輻射塵、工業疾病、工業心理病、交通擁擠現象、噪音、人口往大都市集中、自然景觀的遭受破壞、大眾傳播工具的濫用……等」[43]，可說在在都威脅到人類的生存與安全；而最嚴重的是，在高度的工業技術之下，日益增大的物質壓力促成了人類文化創造的活力與精神活

---

42 見牟宗三：《中國哲學的特質》第七講，頁50。

43 見杜佛勒著、蔡伸章譯：《未來的衝擊‧譯者序》（臺北市：志文出版社，1984年版），頁12。

動的相對萎縮，使得人類正統的宗教與道德的信仰都受到莫大的破壞，以致一切都失去了控制，而造成墮落、暴力、混亂、絕望、虛無等反知識（科學）、反道德等各種「失調現象」。這種西方所面臨的重大危機，不單單是我們東方人有目共睹 [44]，就是西方人自己也是有所警覺的，譬如美國的杜佛勒就說：

> 美國白宮的都市問題首席顧問丹尼爾・P・毛尼漢所言：「美國人的典型特質是——精神崩潰。」遑論神經或內分泌組織的過度負荷，會引起的病理，單只是感覺性、認識性、或決定性的過度刺激，所累積下來的撞擊，已在我們內心中伏下了病因。這種疾病，已逐漸加重地反映在我們的文化，我們的哲學，以及我們對現實的態度。許許多多極平常的人，每提到這世界，總會以「瘋人院」來形容。再者，有關「瘋狂」的主題，在最近已變成文字、藝術、戲劇，以及電影等方面的資料來源。……科學首先使人類能控制環境，繼而又使他控制未來。但在這種情況下，未來卻因喪失了變動不居的根，而破壞了穩定及神秘的氣息。今日，社會的失去控制已使人類對科學失去信心。而其結果乃導致神秘主義的復活。占星術很快地便風行起來。禪、瑜珈術、降神會、巫法等成為大眾的消遣。大

---

44 譬如程石泉在〈從比較哲學看中國人的基本信念〉一文中說：「西方科學家津津樂道科學家如何為了反對教會權威，遭受了教會的迫害、甚至政治的迫害。同時也津津樂道如何以科學的知識和由此知識所產生的技術，改善了人類衣食住行，根除了流行病，增進人類『視聽之娛』。而不願提起科技所提供的特效藥，如何導致新的疾病，甚至遺害給後代子孫。更避免談到工商社會極度繁榮，導致人類物慾的熾盛，社會犯罪率年年增加，新的疾病（神精病和精神病）的層出不窮，環境污染的有增無減。更可怕的是科技所提供的殺人利器，足以使全人類同歸於盡。」見《孔孟學報》第38期（1979年9月），頁38。

家一窩蜂地追求酒神式的狂歡，追求非語言化、非符號化的心電感應。大家開始看重視覺經驗，輕蔑思維經驗，好像它們是兩種完全相矛盾的東西。存在主義宣言匯合了天主教的神秘主義者、榮格派的心理學家、及印度的宗教師等群起以情感及神秘性的經驗，來對抗科學及理性思維。……但是倘若他們因不滿現狀就盲目地反對科學，走入非理性主義，躭溺於病態的鄉愁，或一味地享受「現在」，那麼他們不僅態度錯誤，而且會造成極大的危機。這種人對技術的態度，正如他們對工業主義的態度一樣，他們不是走向未來，而是走回去。世界最嚴重的危機莫過於「失調現象」。無可否認的，人類對自身所處的世界，已逐漸喪失控制力。無論在人口控制、空氣淨化、裁軍、或未來衝擊的避免上，我們再也不能坐視這種生死攸關的決策，在毫無計畫的情況下，盲目進行。「以不變應萬變」祇會造成集體的自殺而已。我們既不能返回過去的非理性主義，也不能消極地任其自然，更不能陷入絕望或虛無主義，也不能消極地任其自然，更不能陷入絕望或虛無主義。我們所迫切需要的是，一種強有力的新策略。……我們可以創造一種比目前更合乎人性、更具遠見、更具民主的計畫形式。簡言之，我們可以超越技術主義。[45]

而社會學家素羅金在其名著——《這一代的危機》一書裡也說：

幾年前，在我的一些書中，尤其是「社會和文化的動力學」一書中，曾詳細說明：「西方社會的生活，組織，和文化的每個

---

45 杜佛勒著，蔡伸章譯：〈社會未來主義的策略〉，《未來的衝擊：如何對應劇變的明日社會》第二十章，頁431。

重要方面，都面臨著極大的危機。……無論是身或心，沒有一處不是病痛，沒有一根神經不是錯亂的。……我們好像介於兩個截然不同的時代之間。一個是曾使過去非常輝煌的感性文明，一個是猶待創造的精神文明，我們是處於六百年來感性文明的世紀末，夕陽猶反映著過去的光榮，可惜只是已近黃昏了。我們只看到它慢慢拖長的影子，漸漸的迷糊了，消失了。展現在我們面前的，是朦朧的黑夜，驚人的夢魘，幢幢的鬼影，但過此以後，精神文明的曙光，卻在迎接著我們。」我不同意時下的一般看法，在該書中特別指出戰爭和革命在廿世紀非但不會減少，而且發展到高潮，比以前更危險，更可怕。民主政體軟弱無力，代之而起的，是各種新式的專制。西方文化創造的活力是逐漸凋謝了，乾枯了。[46]

這兩位西方學者的話，正代表著西方有識人士的普遍呼聲，他們在惶恐之同時，都不約而同地期待著能創出一種「合乎人性」的「精神文明」，來挽救這麼一個反道德、反科學（知識）的「極大的危機」，而這種能化「破壞力」為「激發力」，且「合乎人性」的精神文明，據英國著名的學者湯恩比看來，則將由東方的中國領頭促成，他說：

假使要使西方所未能解決的人類生活重新獲得穩定，假使要西方的活動力加以緩和，使之在人類的事務中成為一種激發力，而不再是一種破壞力，那麼，我們就必須在西方的範圍外找尋下一次運動的首倡者了。這些首倡者之將會出現在中國，並不是不可想像的。……中國的皇帝們自認為，而且也被他們的人

46 轉引自吳怡：《中庸誠字的研究》第九章，頁120-121。

民認為，是一個「中國」的唯一合法統治者，而「中國」本身
則是「天下」的合法宗主國。中國人對於這種天命的觀念，以
及在維持著中國帝國之政治統一中所顯示的對這種觀念的實際
證明，藉著一個持續了二〇六〇（從紀元前二二一年至一八三
九年）的經驗，在中國人的意識中造成了深刻的印象。中國備
受屈辱地在西方與日本的擺佈中度過了隨後的一個世紀之後，
依然是最出類拔萃的民族。他們在歷史上的種種成就，反映在
他們那種具有歷史性的世界觀裡，而這個世界觀則指派他們扮
演著使世界趨於統一與安定的角色。不過，我們還看不出，中
國人或其他人類是否能在一個傳統的「正」和現代西方的
「反」之間，找出一個能使人類免於自我毀滅的「合」。[47]

從湯氏的這段話中，我們可知，他是由那種使中國持續穩定的歷史性
世界觀上，推測出西方新文明的首倡者「將會出現在中國」的。這種
推測，若進一層地從「幾千年來中國人智慧積累而得的大本原、大傳
統」的「儒、釋、道」三家思想來看，則無疑地也是相當合理的。因
為中國的「儒、釋、道」三家確實「具有內在的『沛然莫之能禦』的
潛力」[48]，尤其是儒教中被目為「六經淵源」的《中庸》，更有著一套
「極高明而道中庸」（下學而上達）的踏實工夫，確確實實地能夠使
人透過人為「自明誠」的「修道」路徑，激發天賦人性創造的無息力
量，自「誠」而「明」地，一面以「涵攝著智」的「仁性」，培養出
人類高尚的人格與博大的胸懷，使道德有睿智作後盾，以免蔽於

---

47 湯恩比（Toynbee, Arnold Joseph）著，林綠譯：〈文明在空間上的接觸〉，《歷史的研
   究（A Study of History）》第九部（臺北市：源成文化圖書供應社，1978年10月版），
   頁756-757。
48 見牟宗三：《中國哲學的特質》第十一講，頁88。

「愚」，來健全我們的心靈世界與人倫社會——「盡己之性」、「盡人性」；一面以「本之於仁」的「知（智）性」，「培養出物質科學、生物科、物理科學」[49]，使科學受道德的指引，以免流於「蕩」，來開闢我們的物質環境與生命領域——「盡物之性」、「贊天地之化育」；而最後達於「與天地參」的理想境界。這樣，知識（科學）與道德、精神與物質便自然地產生雙螺旋的互動作用，相輔相成，而凝聚成一股「沛然莫之能禦」的絕大「激發力」，既足以化解形成西方危機的「破壞力」，更足以推動人類的文明向「至善」之境邁進，真正地使「人變做宇宙的精神主宰」，這是「真實的人性變遷發展所到達的最後結果」[50]，也是人生的最高價值所在。

　　所以我們可以這麼說，《中庸》這種博大精深的思想，過去既是中國人思想的主流，那麼，將來相信也仍會是中國人、甚至全人類思想的核心。如今面對著當前與未來的衝擊，我們中國人不但不能妄自菲薄，喪失信心，而且是該有「舍我其誰」的雄大志概，把湯氏未定的推測轉變為肯定之事實的[51]。

---

49　見方東美：〈當前世界思潮概要〉一文，《方東美先生演講集》（臺北市：黎明文化事業公司。1980年10月再版），頁264。

50　方東美：〈當前世界思潮概要〉，《方東美先生演講集》，頁265。

51　張起鈞、吳怡：「要真正解決今日的問題，為人類找一條出路，卻唯有以我們救人救世的傳統精神為張本。我們既忝為中國人，便應該稟於自己的特殊責任，而去好好的發揚我們聖哲一脈相傳的這種精神；使這種精神成為今後哲學思想的推動主力。我們要在這種推動下來融合古今的思想的智慧，運用近代的知識技能，而為人類建立一條長治久安的合理大道。到這時，中國哲學才算有一個光輝的未來；同時也把世界的哲學帶到一個新的境界。近多年來，時常聽到『光明來自東方』的呼聲。在這一呼聲的背後，反映著西方的哲學思想，精神文化都已發展到『窮則變』的階段，而希望能從另一個世界中產出新生的力量。中國哲人固不可僅因生於東方，便有驕傲的幻覺；但是卻應該當仁不讓，堅定的有此信念，勇毅的盡此天責。我們要在這五千年智慧的燈塔上，點燃起舉世期待的光明。」見《中國哲學史話》（臺北市：新天地書局，1973年9月五版），頁352。

## 第二節　實用價值

　　凡是學問，如眾所知，是無可例外地都必須經過「篤行」的實際
考驗，才能真正顯現出它的價值來的。如果說，有這麼一個「生命的
學問」，它一點也不能使人著實地用「心」去懇切的體認，生出「於
我心有戚戚焉」（《孟子·梁惠王上》）的感受，進而使它跳動著生命
的脈息，以有效地轉換成自家的生命經驗，那麼，它必然是沒有價值
的，要受到淘汰的。因此《中庸》的價值，除了它在學術思想上有著
極高的成就，可算得上是「六經之淵源」，並對老佛思想、宋明理學
和當前西方的思想具有彌補、針砭、貫通或調和之功外，更重要的
是，它的理論由於是直接建立在「真實無妄」的精神與物理之上的，
所以也就能夠毫無障礙地運用到人的身上來，在精神方面，收到啟迪
「知（智）性」、發揮「仁性」的效益；而在生理方面，也獲致「增
進健康」、「延長壽命」的雙螺旋互動效果。

　　我們先從精神方面說起，《中庸》的作者在第二十章中就明白介
紹「自明誠」的下學工夫說：

　　　　不明乎善（明），不誠乎身（誠）矣。……誠之者，擇善
　　　　（明）而固執之（誠）者也：博學之，審問之，慎思之，明辨
　　　　之（明），篤行之（誠）。

《中庸》這種由「博」、「問」、「思」、「辨」（明）而「篤行」（誠）的
「修道」要領，我們在上文已談過，和《大學》由「格」、「致」
（明）而「誠」、「正」、「修」（誠）的說法，是彼此相通的。《中庸》
的作者在此，主張人要從「明善」，亦即「格」、「致」開始著手，說

得明白一點，就是要我們先藉知識領域的拓大（擴充聞見之知），來發揮我們先天的「知（智）性」（呈顯德性之知）。對於這段工夫，自宋以來，即一直有人提出異議，以為此路不可通，譬如張橫渠在其《正蒙・大心篇》說：

> 大其心，則能體天下之物。物有未體，則心為有外。世人之心，止於聞見之狹。聖人盡性，不以見聞梏其心；其視天下，無一物非我。孟子謂盡心，則知性知天，以此。天大無外，故有外之心，不足於合天心。見聞之知：乃物交而知；非德性所知。德性所知，不萌於見聞。[52]

而程伊川也說：

> 聞見之知，非德性之知。物交物，則知之非內也；今之所謂博物多能者是也。德性之知，不假見聞。[53]

可見在他們看來，「聞見之知，非德性之知」[54]，人是不可能由此體現

---

52 張載：《張子全書》，《四部備要・子部》，中華書局據高安朱氏藏書本校刊（臺北市：臺灣中華書局，1965年版），頁21。

53 程頤、程灝撰，陸費逵總勘：《二程全書》，《四部備要・子部》，中華書局據江寧刻本校刊，頁2。

54 對於德性之知與見聞之知，載璉璋曾作如下之解釋：「見聞之知，是我們與物接觸時，憑藉感觸知覺，對物的實然所作的一種了別與認知。這種認知活動，以我們的感性、知性或者說認識心為能知的主體；而以物為所知的對象。它形成經驗知識，也必囿於經驗，限於經驗的範圍。德性之知，橫渠稱德性所知或誠明所知。所謂「誠明」，義本乎中庸，意指道德本心。本心誠明，不為見聞所梏，能體天下之物，天大無外。因此它不與物對，無能所的關係。因此，德性所知、誠明所知，意即德性之知，指道德本心的明覺發用。」見《牟宗三先生七十壽慶論文集》（臺北市：臺灣學生書局，1978年版），頁681-707。

出「天德良知」[55] 的。而其實，「見聞之知」之所以不能轉為「德性之知」，並不是絕對的，是有其範圍的。撇開人的因素不談[56]，就以「知」的本身來說吧！我們都曉得，「知」雖有多種[57]，但若分得大一點，則如《莊子・齊物論》中所說的：

　　　　大知閑閑，小知間間。

只有「小知」與「大知」的區別而已。這所謂的「小知」，指的是瑣碎的、粗淺的知識，乃是就一事一物的「現象」而言的；而所謂的「大知」，指的是貫通的、純淨的知識，則是就萬事萬物的「原理」而言的。當然，我們不能寄望於那種「間間」的「小知」來豁醒自己「知性」的蒙昧，因為它與「德性之知」，的確扯不上什麼直接的關係，更何況這些個別的「小知」又未必全是「真實無妄」、「毫無偏差」的呢！因為無論是人事或自然，或由於「物」與「人」的內在潛能（誠）不能完全發揮出來，或由於受到人為力量的諸多干擾，都多多少少地會導致不善或不正常現象的產生[58]，而以一般的是非標準來說，往往又難免隨著社會文化背景或階層之不同，而有所差異，因而我們如果一不小心，那就要犯上以偏概全、倒因為果，甚至誤圓為方、視病態為正常的種種毛病了。《中庸》的作者會特別強調人要「明善」、「擇善」，也就是由於這個緣故。所以單從這個角度看，「見

---

55 張載：《張子全書》卷三：「誠明所知，乃天德良知；非聞見小知而已。天人異用，不足以言誠；天人異知，不足以盡明。所謂誠明加，性與天道，不見乎小大之別也。」見張載：《張子全書》，《四部備要・子部》，頁21。

56 人如不能先存誠立本，則在認知的過程中容易犯上偏差的毛病，說詳第五章第二節。

57 參見唐君毅：《哲學概論》上（臺北市：臺灣學生書局，1985年全集校訂版），頁309-333。

58 參見第四章第一節。

聞之知」自然是「非德性之知」了。

　　不過，正確的、個別的「小知」，經日積月累的分析比較、融貫綜合，把廣度與深度增至一個程度以後，所謂「知類通達」[59]，無疑地，可以變為「大知」，而在人的心靈上逐漸地提升，凝成睿智。所以方東美在〈中國哲學之通性與特性〉一文中說：

> 有多少人只有平凡的才能，所以在知識上面一件件地累積，累積到高級的知識，才看到一切低級的知識是一種束縛，而不是解放。這樣子層層累積，層層解放，就可以看出原來的層層束縛，才培養出來，成為智慧！[60]

當然，這種分析比較、融貫綜合，而最後將「小知」（低級知識）提升為「大知」（高級知識）的過程，非常複雜，不易辨明，但就基層部分來說，卻可借科學上廣泛流行的「類屬系統」作簡單的解釋。而這種科學系統，方東美曾在其《哲學三慧》一書中作了如下之說明：

> 我們觀察一些事物，覺其散漫零散，互不相涉，於是運用分析比較，擷取各物間的公同屬性或公同關係，據為基礎，將之納入一個共名或類的概念之下，或定律的範圍之中，俾能互相銜接，構成系統。但是類有大小之分，名有等級之殊，定律有廣狹之別，依次構成之系統亦迥然不同。[61]

在下學的範圍內，這樣由許許多多「散漫零散，互不相涉」的「小

---

59　《禮記・學記篇》云：「九年知類通達，強立而不反，謂之大成。」
60　方東美：《方東美先生演講集》，頁58-59。
61　方東美：《哲學三慧》（臺北市：三民書局，2007年6月版），頁35。

知」，透過分析比較，「化異為同，從同生異，融貫綜合」[62] 後，自然可以順利地往上累積，構成「互相配合和諧」的不同大小、層級的雙螺旋互動系統。而此種和諧的不同大小、層級的系統知識，到了一個標準，除了在「成物」上具有不同大小、層級的實用價值外，也自然還可以使人經由性體的作用，將它轉換成不同大小、層級的內在睿智（智），以連帶地激發不同大小、層級的成德潛能（仁）與實踐推力（勇）。

　　一般說來，外在知識的系統範圍越小、層級越低，則相對地，它所轉換成的內在睿智、所激起的成德潛能與實踐推力，也就越小、越低；同理，外在知識的系統範圍越大、層級越高，則它所轉換成的內在睿智、所激起的成德潛能與實踐推力；也就越大、越高。所以「智仁勇」三德是否能彼此融貫，成為一體；「知」與「行」是否能確實合而為一（大部分的人不能「即知即行」）；便端視這種範圍、層級的大小、高低而定。其範圍越大、層級越高，就越能由外而內（自明誠）地將「智（知）仁勇（行）」三達德融為一體，以發揮「自誠明」的天賦性能，繼續自內而外地將系統知識之範圍拓大、層級提高。這樣外（自明誠）內（自誠明）交替循環，產生雙螺旋互動作用，不斷地「上達」，到了最後，以《中庸》的作者而言，便自然地撥雲霧而睹青天，終於確認了宇宙原屬一大「中和」（就境言）的系統；換句話說，就是所謂的「一誠（就能言）之歷程」，這是本著「仁 ←→ 智」性體的作用所開出來的一條「下學而上達」的康莊大道，是由雙螺旋互動通貫「天 ←→ 人」、「知 ←→ 行」，合「智仁勇」而為一的。

　　由「曲」（見聞）而「至」（德性）地來說是如此，若要由「至」

---

62 方東美：《哲學三慧》，頁35。

（德性）而「曲」（聞見）地從根源上來進一步辨明「德性之知」與
「見聞之知」之所從出，以見其融通的情形，則可由戴璉璋在〈德性
之知與見聞之知〉一文中，本著「牟（宗三）先生之意」所闡釋的一
段話中，獲得充分的認識，他說：

> 我們的道德本心，當它為道德實體，即開道德界；當它為形而
> 上的實體，即開存在界。這時，它都是無執的無限心。而當它
> 自我坎陷，即轉而成為有執的有限心，因此而有現象界。無限
> 心的知用是德性之知；有限心的知用是見聞之知（感性、知
> 性）。有限心原是無限心所坎陷，見聞之知也可說是德性之知
> 的曲用。同一物，對德性之知言，是物自身；對見聞之知言則
> 是現象。在這裡「無心外之物」可以充分證成：有限心之外無
> 現象，無限心之外無物自身。就有限心與現象來說，它們的執
> 著性，是一個價值性的決定。因此，它們可以被轉出，也可以
> 被轉化。它們被轉出，是為了成就必要的知識。它們被轉化，
> 是回歸於道德本心與物自身。這時，知識就在道德的實踐中被
> 「一以貫之」，發揮它應有的價值。當然，有限心與現象的轉
> 出與轉化都有其必要性。如果沒有這步轉出，則本心將不免躭
> 虛滯寂，空懸而無實。如果沒有這步轉化，則識心將必逐物而
> 不返，執著僵滯而導致物化的人生。生活在今天這個時代，而
> 對於當前人類文明的危機稍有感受的人，當更能確認這轉出與
> 轉化的必要性。道德本心對於這識心與現象，必須「無而能
> 有」，而又「有而能無」。當它「無而能有」，見聞之知就能致
> 其曲用；當它「有而能無」，德性之知就能直道而行。在這裡，
> 我們可以看出德性之知與見聞之知融通的意義。就儒家內聖外
> 王的成德之教來說，必須有這步融通，人才能盡己之性，進而

　　盡人之性，盡物之性；人才真能知周乎萬物而道濟天下。[63]

既然「德性之知」是「無限心的知用」、「見聞之知」是「有限心的知用」，而有限心又「原是無限心所坎陷」，那麼，一個常人如果能透過局部「道德本心」的當然作用，將「見聞之知」，從「有執的有限心」往上提升到「無執的無限心」，而轉化為「無限心的知用」——「德性之知」，而回歸於「道德的本心」，也就是說能由「知（智）性」的發揮而及於「仁性」的發揮，這樣，自然就能經由兩者的雙螺旋互動作用，孕育出「廓然大公」的胸懷與「旁通統貫」的智慧、了然於人我，物我密不可分的關係，從而體悟出人類與宇宙內外「中和」之一體性（中和」則吉，否則是凶），儘量涵養一己的性情（中和），以助成人類與自然的生機（中和），收到「成己←→成物」的雙螺旋互動成果。這種道理，從下引唐君毅所說的一段話中，是可以獲得進一步之了解的：

　　　　我們如立於知識世界外，看知識之價值，則知識乃不只所以求
　　　知之目標，以表現或實現真理之價值為事者。我們可說，人類
　　　知識，尚有實用之價值。此即實用主義之真理論之所重。而知
　　　識之實用價值中之最重要者，即由知識之使我們知現實中之事
　　　物之理，而知我們對之如何行為，即可加以改變，以達我們之
　　　人生目標知價值。由此而人乃不只是被動的受環境之支配，而
　　　成為能支配環境之一主人。人之所以能由自然人至文明人，能
　　　製造種種工具，以開發礦藏，運用水火，栽培植物，畜牧動
　　　物，醫療疾病，建築房屋，裁製衣裳，烹調食物，修築道路橋

---

63 戴璉璋：〈德性之知與見聞之知〉，《牟宗三先生七十壽慶論文集》，頁681-707。

樑，製造一切日常所需之什物，及為達文化目標之用器，由紙
筆以至精密之儀器，無不本於人對自然之知識，面對自然加以
改造之結果。而人之一切改造社會，建立各種政治社會經濟制
度之事業，亦無不多多少少，本於人對社會本有之種種知識。
此知識，或為常識，或為科學，其為知識則一。故我們無論要
改造自然與社會，皆不能不根據於我們對之之知識。我們此知
識之為真，亦即不只有純粹之真理價值，而是同時有實用價值
者。……亦可說具道德價值。如人在求真知時，一心唯真理是
求，則人可只見真理而忘我；同時亦於一般世俗之利害得失，
不再縈擾於心。由此而人即養成一超拔之胸襟，而自然少私寡
欲。此即可為一切德性之起點或根源。西方近代哲學家，如斯
賓諾薩之以人必須能求真知，而後能為自愛、愛人之自由人，
亦即從此立論。至蘇格拉底之以知識即道德，則是從道德原理
皆為普遍者，人必能知普遍之道德原理，乃有真道德上說。此
是就另一義，以言知識之具道德價值者。至於近代之羅素，論
科學知識之價值，亦偏重從科學知識之解除成見偏見，並訓練
人之從宇宙眼光，看人類自己。而自種種擬人的宇宙觀中解脫
上說。然此亦正即所以使人漸自其個人之私欲超拔，而養成一
廓然大公之心情之道。[64]

可見知識的實用價值，在於「成物」（致物之中和），以「改造自然與
社會」，而知識的道德價值，則在於「成己」（致己之「中和」與人之
「中和」），以作「一切德性之起點或根源」。前者可說是「知（智）
性」發揮的結果，也是一種「仁」的表現；而後者則可說是「仁性」

---

64 唐君毅：《哲學概論》，頁309-333。

發揮的結果，也是一種「智」的表現；其雙螺旋互動關係是很密切的。所以《中庸》第二十五章說：

> 誠者（中和），非自成己而已也，所以成物也。成己（致己與人之中和），仁也；成物（致物之中和），知（智）也；性之德也，合外內之道也，故時措之宜也。

這樣看來，「德性之知」又怎麼能說「不假於見聞」、「不萌於見聞」呢？

　　因此，人若能「即知即行」，按照《中庸》所提供的修學方法──「博學 ←→ 審問 ←→ 慎思 ←→ 明辨 ←→ 篤行」，繼續不斷地做去，則必定可以漸次將「聞見之知」提升為「德性之知」，而把自己的「知（智）性」與「仁性」發揮出來，逐步「復其初」，以隨時保有精神的高度和諧，使自己的「喜怒哀懼愛惡欲」之情，「發而皆中節」，達到「無入而不自得」（《中庸》第十四章）的地步，從而促進身體的健康，延長個人的壽命。《中庸》第十七章說：

> 大德必得其位，必得其祿，必得其名，必得其壽。

而《大學‧誠意章》也說：

> 富潤屋，德潤身，心廣體胖（胖，音盤，安舒之意）。

所謂的「心廣體胖」，所謂的「大德必得其壽」，說的正是這個道理。而醫家自來也有這種說法，譬如《黃帝素問》卷一載：

　　夫上古聖人之教下也，皆謂之：虛邪賊風（竊害中和之意），
避之有時，恬淡虛無，真氣從之，精神內守，病安從來？是以
志閒而少欲，心安而不懼，形勞而不倦，氣從以順，各從其
欲，皆得所願，故美其食、任其服、樂其俗，高下不相慕，其
民故曰朴，是以嗜欲不能勞其目，淫邪不能惑其心，愚智賢不
肖，不懼于物，故合于道，所以能年皆百歲，而動作不衰者，
以其德全不危也。[65]

而唐朝的孫思邈在他的《千金要方》一書也說：

　　養性者，欲所習以成性；性自為善，不習無不利也。性既自
善，內外百病皆悉不生；禍亂災害，亦無由作，此養性之大經
也。（卷二十七〈養性篇〉）
　　人之壽夭，在於撙節，若消息得所，則長生不死；恣其情欲，
則命同朝露也。（仝上）[66]

可見人的「生理」與「精神」本來就是密不可分的雙螺旋互動關係，
如果想要有健全的「生理」，便得先有健全的「精神」。對此，美國的
戴爾‧卡耐基在其所著《人性的優點》一書中也說：

　　在研究過梅育珍所的一萬五千名胃病患者的記錄之後，得到了
證實。每五個人中，有四個並不是因為生理原因而得到胃病。
恐懼、憂慮、憎恨、極端的自私、以及無法適應現實生活，才

---

65 見《圖解黃帝內經素問》（西安市：陝西師範大學出版社，2009年版），頁26-36。
66 見孫思邈：《孫真人備急千金要方》冊六‧二十七卷（臺北市：臺灣商務印書館，無
　 出版年），頁1-6。

是他們得胃病和胃潰瘍的原因。……柏拉圖說過：「醫生所犯的最大錯誤是，他們想治療身體，卻不想醫治思想。可是精神和肉體是一體的，不能分開處置。」醫藥科學界，花了兩年的時間，才看清這個道理。我們剛剛才開始發展一種新的醫學，稱之為「心理生理醫學」，用來同時治療精神和肉體。這是應該做這件事的最好時機，因為醫學已經大量地消除可怕的、由細菌所引起的疾病——比方說天花、霍亂、黃熱病，以及其他種種曾把數以百萬計的人埋進墳墓的傳染病症。可是醫學界一直還不能治療精神、和身體上那些不是由細菌所引起，而是由於情緒上的憂慮、恐懼、憎恨、煩燥，以及絕望所引起的病症。這種情緒上疾病所引起的災難，正日漸增加，日漸廣泛，而速度又快得驚人。[67]

這種「精神和肉體是一體」的看法，中西都是一樣的。而要獲得健全的精神，由《中庸》的作者看來，則又必須植根於「中和」的心境。所以人果能由「窮理（明）而盡性（誠）」，化消形氣之私，保持心境之「中和」，與宇宙巨大的「中和本體」相感相應，互通生息，則久而久之，自然就能引發體內潛能，彌補先天缺陷，增進一己之健康，改變個人之命運，而獲得延年益壽的效果。

　　不過，或許有人會覺得這種「大德必得其壽」的說法，只是空洞的理論罷了，與事實是未必相符的，因為在這世上，儘多是「好人」早夭、惡人「長壽」的例子。其實，這是由於一般人對「大德」與「壽」的觀念有著些微偏差的緣故。

---

67 戴爾・卡耐基著，李祥譯：《人性的優點》（臺北市：名人出版社，1989年版），頁41-43。

　　先以「大德」來說吧。《中庸》裡的「大德必得其壽」這句話，原是針對舜帝而言的。舜帝可說是位「大知」（明）、「大仁」（誠）的聖人，所以孔子讚美他說：

> 舜其大知也與！舜好問而好察邇言。隱惡而揚善。執其兩端，用其中於民，其斯以為舜乎！（《中庸》第六章）
> 舜其大孝也與！德為聖人，尊為天子，富有四海之內，宗廟饗之，子孫保之。（《中庸》第十七章）

孔子這樣來讚美他，這就正好告訴了我們：「大德者」乃是指一個能發揮自己的「知性」和「仁性」，隨時保有內在睿智與「中和」心境的「仁且智」的人而言，與一般未能把所謂的「道德」（離開睿智沒有真正的道德）建立在睿智之上，以致時常「無知」地傷害自己、「好心」地傷害別人的「好人」，是不能相提並論的。因此，「好人」早夭的事實，若從這個角度看，與「大德必得其壽」的說法，是不相衝突的。

　　至於「壽」字，照《說文》的解釋，是「久」的意思；引申開來，則凡是指「年齒」、「天年」（常人的天年皆久長）的，都可以說是「壽」。《正字通》說：「凡年齒皆曰壽。」而《呂氏春秋‧尊師篇》「以終其壽」句下，高誘也注說：「壽，年也。」可知「壽」不一定是要指七、八十以上的歲數來說的，只要是盡了個人的天年，那就可以稱做「壽」了。大家都曉得，每個人在出生之際，所受自自然（生理）的，剛柔厚薄，都不免各有不同，也正因此限定了個人在一生當中或一段時間（通常以「四十不惑」、「不動心」為一大轉關）內發展的最大極限 [68]，一般人所謂的「命」，便是指此而言的。

---

68 此一極限，可由後天「擇善而固執」之功來突破，《中庸》第二十章說：「人一能

　　因此假設有這麼一個人，他得自先天（生理）的非常厚，但卻不能珍惜它，順利地使自己踏上「尊德性而道問學」的人生坦途；反而盡情地放縱自己，作自身私欲的奴隸，以致殘害了身心，結果就像孫思邈在《千金要方》卷二十七〈養性篇〉裡所告誡的：

　　　　勿汲汲於所欲，勿悁悁懷忿恨，皆損壽命。

不但不能「終其壽」，且又縮短了自己的生命歷程；這樣，他即使是活了七、八十歲，還是不能算是「得壽」的。

　　反過來說，如果有一個人，得自先天的並不好，但他勇於向命運挑戰，堅決地憑後天修學的努力，使自己由「明」而「誠」地引發先天的精神潛能——「知性」與「仁性」，以擺脫形象的桎梏，孕育「中和」的心境，使自己就像孫思邈所說的：

　　　　道德日全，不祈善而有福，不求壽而自延；此養生之大旨也。
　　　　（仝上）[69]

不僅得盡天年，甚且還延益了年壽；那麼，與就是只活了五、六十歲，仍然可以說是「得壽」的。

　　由此看來，世上儘管多的是「好人」早夭、惡人「長壽」的實例，但是一點也掩蓋不了「大德必得其壽」這句古訓的光輝的。因此，我們如能讀《中庸》而行《中庸》，發揮「仁 ⟷ 智」雙螺旋互動而呈顯之「性」，以成就「大德」，那麼，除了能夠外以「成物」

---

　　之，己百之；人十能之，己千之；果能此道矣，雖愚必明，雖柔必強。」也就是這個意思。

69　以上兩則引文，見：《孫真人備急千金要方》冊六‧二十七卷。

外，對於本身亦即「成己」而言，在精神上保持和諧，在生理上由「體胖」而「得其壽」，也可以說是必然的結果，只是在時間與程度上，早晚長短，不免因人而異罷了。這就無怪程子要讚美《中庸》說：

> 其味無窮，皆實學也；善讀者，玩索而有得焉，則終身用之，有不能盡者矣。[70]

這確是「玩索而有得」的話，而《中庸》「天←→人」雙螺旋互動所促成的實用價值，也可由此見其一斑了。

---

70 朱熹：《四書集註・中庸》，頁21。

# 第八章
# 綜（結）論

## 第一節　思想體系

　　經過上面幾章的探討，可知「中庸」一詞，取義於「中和之為用」、是可以涵蓋《中庸》的核心思想內容的。因為「中和」既可徹下於「人」（性）、徹上於「天」（命），以形成雙螺旋互動的密切關係，持續運動不已，而形成其完整體系。

　　對這種「中和」，徐復觀在《中國人性論史》中說：

> 中和之「中」，不僅是外在的「中」的根據，而是「中」與「庸」的共同根據。《廣雅・釋詁》三：「庸，和也」；可見「和」亦即是「庸」。但此處「中和」之「和」，不僅是「庸」的效果，而是「中」與「庸」的共同效果。「中和」之「中」，外發而為「中庸」，上則通於「性」與「命」，所以謂之「大本」。「中和」之「和」，乃「中庸」之實效。「中庸」有「和」的實效，故可為「天下之達道」。「和也者，天下之達道也」，實際等於是說，「中庸者天下之達道也」。「中和」的觀念，可以說是「率性之謂道」的闡述，亦即是「中庸」向內通，向上提，因而得以內通於「性」，上通於「命」的橋樑。[1]

---

1　徐復觀：《中國人性論史》（臺中市：東海大學，1969年版），頁127。

雖然對「庸」字採《廣雅》「和」之解釋，但從義理層面來說，與「中和為用」的說法，並不衝突。而由此可見所謂的「大本（陰）⟷達道（陽）」不斷地透過雙螺旋的互動作用，已經由「人」而擴及於「物」，由「成己」（陰）而推及於「成物」（陽）了。

　　《中庸》的作者能如此確定，是有其淵源的。關於這點，我們在第三章已指出：「由周初的『天命哲』（智）、『民之秉彝，好是懿德』（仁），而至劉康公的『民受天地之中以生』（不分仁智），再到孔子的『仁⟷智』對顯、互動，可說已逐步地使『天命』下貫到人的身上而凝結為『性』，所差的只不過是還未直接地明用『性』字把它們貫穿起來而已 [2]。就在這步步下貫為『性』的同時，先哲也同樣地透過了自覺，由居中的『天命』上通而尋得了『天道』，逐漸地、普遍地使『人格神的天』轉化而為『形而上的實體』，這是宗教人文化、哲學化的必經過程，如果不經這種過程，『天命』是不可能徹底地下貫而為『人（物）之性』的[3]。」由此可見《中庸》「中和」觀念是可以通貫全書的。

　　從義理層面來看是如此，如著眼於《中庸》「篇章結構」而言，則像前文所引程子所說的：最開頭說的是「一理」，中散為「萬事」，末復合為「一理」。依此，我們現在看《中庸》的第一章和後面的部

---

2　關於仁與性、性與天的關係，徐復觀曾加以闡發說：「天是偉大而崇高地客體，性是內在於人的生命中的主體。若按照傳統的宗教意識，天可以從上面，從外面，給人的生活行為以規定；此時作為底命主體的人性，是處於被動地消極地狀態。但在孔子，則天是從自己的性中轉出來；天的要求，成為主體性的要求；所以孔子才能說『我欲仁，斯仁至矣』這類的話。對仁作決定的是我而不是天。對於孔子而言，仁以外無所謂天道。……性與天道的貫通合一，實際是仁在自我實現中所達到的一種境界；而『我欲仁，斯仁至矣』的仁，必須是出於人的性，而非出於天，否則『我』便沒有這樣大的決定力量。」見《中國人性論史》，頁99。

3　參見牟宗三：《中國哲學的特質》第四講（臺北市：臺灣學生書局，1976年10月四版），頁23。

分，其實道理是一樣的，只是說法不一而已；也可以說是從不同的角
度來說明這個道理，始終是繞此「一理」加以論述的。

　　《中庸》一開篇就說：

　　　天命之謂性，率性之謂道，修道之謂教。

這是《中庸》綱領之所在，一部書的最核心的內容，就是這三句話。
在孔子之前，是一個神權非常發達的時代，人沒有自由的意志，一切
都為上天所左右，完全不知道人有自主的力量。經過那麼多先聖先賢
觀察人事、觀察天象後，能夠略掉形象的部分，也就是所謂「現象
界」，透視到本體的部分，找出一樣東西把「天 ⟷ 人」雙螺旋互動
的大門，完全打通，以確定了人類有完全自主、無限往上的「自覺」
力量，這不但非常困難，甚且是不可能的事情。當然《中庸》的思想
是前有所承的，它的作者累積前人的結晶，由外到內，從形象到主
體，沒有被「金木水火土」迷惑，掌握了一個體系，以貫通「天 ⟷
人」，是極其了不起的貢獻。所以徐復觀說過這是「驚天動地」[4] 的
一件大事。

　　而這種「天 ⟷ 人」之間，居然由一個精神的「動能」[5] 把它貫

---

4　徐復觀：《中國人性論史》，頁119。
5　陳立夫：「誠既為動能，動能之表現為波，如光波、聲波、電波、力波等，波可集
　中，光波之集中於一點，謂之焦點，為最明亮。故曰：『誠則明』。聲波之集中於一
　點復轉換成電波，則可廣播至無遠弗屆，故至誠能成其大，能及其遠，由『不息則
　久』以達『悠久無疆』。電波聚集與透過於極細微之電路，可以生熱。故曰『熱
　誠』。用之以解析物質，謂之電化，故曰：『唯天下之至誠為能化。』力波集中於一
　點，則力大可以推動他物，且銳不可當，無堅不摧，故曰：『至誠而不動者，未之
　有也；不誠，未有能動者也。』諺曰：『精誠所至，金石為開。』」見《四書道貫》
　（臺北市：世界書局。1975年7月版），頁251。

穿起來，既可自主，又能無限向上，與天地同德。那就是說把「神」的主權，拉到「人」自己身上來。所謂「天命之謂性」這句話，指出「天」經由「命」將「性」賦予下來，以對象而言，既然賦予人類「性」，當然也賦予萬物「性」。這個「性」就「人」來說，由於人是萬物之靈，比較偏於「得其全」，而「物」則可以說比較偏於「得其偏」，所以第二句「率性之謂道」的「率性」，只就「人」而言，而且能成「道」，那指的當然就是「聖人」了。

那怎麼樣成為一個「聖人」呢？因為「人」不是一出生就能成為「聖人」的，他必須經由「凡人」努力「修道」的層層階段，使「明 ←→ 誠」、「成己 ←→ 成物」產生雙螺旋互動之作用，逐漸提升、融通，最後才成為「聖人」的。而他成為「聖人」之過程中，把自己的經驗提供出來，讓一般的人也「修道」不已，走上「聖人」這一條神聖之路，也繼過往「聖人」，完全以自己的經驗引導別人，使別人吸取自己的經驗，以減少錯誤，而也一樣向「聖人」的領域而盡心盡力。

既然「性」是「天」所「命」的，其主要內容究竟是怎麼樣？對此，《中庸》這部書已經很明白地告訴了我們：

　　　誠者，自成也。（第二十五章）

「誠」是一個動力，它可以「成己」、「成物」。而「性之德」主要有兩種：

　　　誠者，非自成己而已也，所以成物也。成己，仁也；成物，知也；性之德也，合外內之道也。（第二十五章）

用一個「性」溝通「天 ⟷ 人」，所以「成己」之後就可以「成物」。
當然「成己」而「成物」，也不是單向的，是循環不已的。「成己」多
少，就「成物」多少；「成物」多少，就「成己」多少。那是一個
「循環、往復而提升」的雙螺旋互動過程，「由偏而全」地達到最理
想的境地。所謂「成己，仁也；成物，知也。」是說「成己」靠的是
「仁」的作用，而「成物」靠的是「知」（即「智」，下併同）的作
用，這都是與生俱來的「性之德」。

　　道德的「德」與得到的「得」有時是通用的，那是「得之於天」
的一種精神潛能。它有兩種：一種屬於「知（智）」，一種屬於
「仁」。我們知道《中庸》作者所以把這兩種納入「性」的內涵，是
受到孔子的影響。孔子的思想是「仁、知（智）合一」的，這點眾人
皆知，不過後人把「知（智）」撇開來談「仁」，就使人在認識孔子的
思想上有了偏差。我們仔細看孔子，他認為在起點的時候，「仁」、
「知（智）」是分開的，因為在源頭上沒有把它們理通，沒有把它們
溝通好，所以顧得了「仁」就顧不了「知（智）」，顧得了「知
（智）」就顧不了「仁」。所以孔子才會以為：人想要求「知（智）」、
求「仁」，非經由「學」不可。人一定要開發它們，因為不開發它們
的話，彼此之間根本沒有多大的關聯，就好像發出了五燭光、十燭光
的光芒而已，那是每個人與生俱來都能夠發揮的。但是，是不是這樣
就好了呢？完全不必開墾，不必開發，不必提升？當然我們現在認為
那是不可能的，那是守株待兔，所以必須用心開發。孔子以為開發的
階段，「仁」、「知（智）」是會互動的：「仁」影響「知（智）」，「知
（智）」影響「仁」。《論語》一書中談「仁 ⟷ 知（智）」互動的地方
是蠻多的，簡單的說，像「行有餘力則以學文」，那是「由仁而知
（智）」。「十室之邑，必有忠信如丘者焉，不如丘之好學也」，也是
「由仁而知（智）」。「博學以文，約之以禮」，這個是「由知（智）而

仁」，這種地方很多。也就是說，孔子那個時候知道兩者之間是一種
互動的關係。這種隱含雙螺旋互動的作用，不是一次即可完成，而是
不斷地「由偏而全」的努力不已，最後才能使「仁 ←→ 知（智）」慢
慢的由互動，而融合為一，這就是所謂的「仁且智」的境界，也就是
「聖人」的境界。子貢稱讚孔子「仁且知（智），夫子既聖矣」，那是
「仁、知（智）合一」的最高境界。孔子的思想影響《中庸》的作者
實在很大很大，不過，孔子還沒有把「仁」、「知（智）」納入性體裡
面，而《中庸》的作者，便硬是把兩者放入「性」之中，成為「性」
的兩種最重要的內涵。

　　那就是說，人與生俱來就具有「仁性」跟「知（智）性」，但要
怎麼開發呢？這是一個值得探討的問題。如不主張開發，讓它們與生
俱來又原原本本的帶回墳墓，我們說得不好聽一點，就是「暴殄天
物」。所以儒家走積極的路來開發它們。《中庸》第二十一章：

　　　　自誠明，謂之性；自明誠，謂之教。誠則明矣，明則誠矣。

這所謂的「性」跟「教」，跟一開端的所謂「天命之謂性，率性之謂
道，修道之謂教」的「性」跟「教」是不太一樣的。清朝王船山就呼
應宋代的朱子之說[6]，指出：這個「性」是「所性」，所謂的「所
性」就是「性」的作用[7]；「教」是「所教」，就是「教」的作用。我
們現在是透過「所教」的這一面來看，也就是透過「人為」的一面來
看。要先開發「知性」，而後及於「仁性」。這就像《大學》裡面說的

---

6　朱熹：「聖人之德，所性而有者也。……賢人之學，由教而入者也。」見《四書集
　　註・中庸》（臺北市：學海出版社，1984年9月初版），頁40。
7　王夫之：《讀四書大全說》卷三（臺北市：河洛圖書出版社，1974年5月初版），頁
　　269-275。

先「格物、致知」，然後「誠意、正心、修身」是一樣的。這就是要用「萬殊之理」來豁醒「一本之智」的。也就是說「自明誠」之「教」一定要跟「自誠明」之「性」結合；同理，「自誠明」之「性」一定要和「自明誠」之「教」結合；不這樣透過雙螺旋互動之作用來累積之效果，是沒有用的，這就好像移花接木，那是絕對沒有辦法的，一定要直接的對準它「撞擊」，就是說：用「自明誠」來撞擊「自誠明」；而「自誠明」之「性」，則由於是天然之所有，人不能夠直接用「撞擊」讓它發生作用，是要透過「人為之教」來產生力量來帶動，使它上徹而產生作用的。所以說「所性」是天然的作用，那就是說要走向「聖人」，一定要先發揮「知（智）性」，而及於「仁性」。由「仁性」的發揮帶動天然的力量，也就是使人的「知（智）性」能夠提升到另一個階段，而且這個又跟人工銜接，變成一層又一層之交互循環：「自明誠」而「自誠明」、「自誠明」而「自明誠」，形成「人為」跟「天然」的雙螺旋互動系統，生生不已。

　　所謂用「萬殊之理」來豁醒「一本之智」，在《中庸》第二十章中，從「知」與「行」之間的關係，留下有明顯的線索：

> 或生而知之，或學而知之，或困而知之，及其知之，一也。或安而行之，或利而行之，或勉強而行之，及其成功，一也。

這就是非常有名的「三知」、「三行」。很多學者是從一般的角度來看，認為人一出生因為資質的不同，於是有的人偏於「生知」，有的人偏於「學知」、「困知」；有的人偏於「安行」，有的人偏於「利行」、「勉強行」。這個也是事實，因為同一個道理，在不同人的身上，有的人可以「生知」，有的人卻要「學知」，有的人則要「困知」；同一個道理，有的人要「勉強行」，有的人要「利行」，有的人

卻可以「安行」。另從一個角度來看，同樣一個人，他學某些道理，
要知道某些道理，他可以靠「生知」，學某些道理要「學知」，學某些
道理要「困知」；行某些道理要「勉強行」，行某些道理要「利行」，
某些道理他又可以「安行」。它們由此而也是形成一層又一層之「互
動、循環、往復而提升」的雙螺旋系統。如果把「學知」和「困知」
當成一組、「勉強行」和「利行」當成一組、「安行」和「生知」是一
組。將它們扣緊在《中庸》的原文來看，所謂的「自明誠」的「明」
的這一部分，那是由「困知」、「學知」而來。那要怎麼「學」呢？這
點，《中庸》第二十章說：

　　　博學之，審問之，慎思之，明辨之，篤行之。

由「博學之，審問之，慎思之，明辨之」讓你「困知」、「學知」，經
雙螺旋互動作用，而提升到某一個基準，就可以產生一種力量，帶動
你「仁性」的發揮，那就是要「篤行」。所以「篤行」是針對「勉強
行」、「利行」來說的。那就是：「困知」、「學知」是由「博學之，審
問之，慎思之，明辨之」而來；「勉強行」、「利行」是「篤行」的階
段。「篤行」之後就可以邁向「安行」，而「安行」已經觸到天然的力
量，那一定馬上可以觸動「生知」。所以從另外一個觀點來看，所謂
的「學知、困知」，那是「聞一」，所謂的「知十」，是「生知」；「舉
一」是屬於「學知、困知」，「反三」是屬於「生知」。這樣子來看
待，可進一步用我們本身來驗證《中庸》「天 ←→ 人」雙螺旋互動的
思想。

　　統合以上之論述，可知涵蓋「下徹」與「上徹」，是可將《中庸》
「天 ←→ 人」雙螺旋互動的思想體系完整地呈現出來的。

## 第二節　義理邏輯

　　義理邏輯，涉及思想內容與「層次邏輯」[8] 的雙螺旋互動。這種互動包含了「作者之創造」與「讀者之研究」。「讀者」想要藉著研究，深入「作者」所創造之義理內容，是要掌握居間可上、下徹之「層次邏輯」的。而這種居間的「層次邏輯」，就「作者」而言，源於「自然而然」的創造「直覺」；就「讀者」來說，則是「知其所以然」之科學方法或方法論 [9]。因此，要觀察《中庸》的雙螺旋互動思想，是有其科學方法、方法論的。其中最普遍、最重要的來說，有兩種：一為「歸納 ←→ 演繹」[10]，一為「偏 ←→ 全」[11]。

　　首先就「歸納 ←→ 演繹」來看，既不可忽略假設性的「演繹」（全、無限、整體），又要特別注重驗證性的「歸納」（偏、有限、部分），因為如果讓自己的主觀思維跑得很廣很遠，無法用客觀的事實來驗證的話，那必定是空中樓閣、海市蜃樓、一廂情願的事情，是非常危險的。所以一定要透過本身，透過周圍，不只是就現在，還要用

---

8　陳滿銘：〈論層次邏輯——以哲學與文學作對應考察〉，臺灣師大《國文學報》37期（2005年6月），頁91-135。又，陳滿銘：〈層次邏輯與意象（思維）系統——以「多」、「二」、「一（0）」螺旋結構作對綜合考察〉，臺灣師大《中國學術年刊》30期・春季號（2008年3月），頁255-276。

9　直覺出於自然，可作直觀表現；科學方法屬於人為，可作模式探索。參見陳滿銘：〈篇章風格論——以直觀表現與模式探索作對應考察〉，臺灣師大《中國學術年刊》32期・春季號（2010年3月），頁129-166。

10　詳見陳滿銘：〈「歸納（陽）←→ 演繹（陰）」雙螺旋互動〉，《陰陽雙螺旋互動論》第二章（臺北市：萬卷樓圖書公司，2016年7月初版），頁35-72。

11　「層次邏輯」也稱「章法」，見陳滿銘：「所謂的『偏』，是指局部或特例；而『全』，是指整體或通則。作者在創作詩文之際，往往會用『局部』與『整體』、『特例』與『通則』的相應條理來組合情意材料。」見〈談幾種特殊的章法〉，臺灣師大《國文學報》31期（2002年6月），頁175-204。

古人，甚至伸向未來，可從各個角度或層面，不斷地提供一些驗證或
假設的材料，才能獲得雙螺旋互動之效果。若是缺乏這些材料，而只
是在文字、符號上打轉的話，是不能累積成「學問」而跟你的「生
命」結合在一起的。反過來說，能透過這些材料，累積成「學問」，
套句牟宗三的話，就是「生命的學問」[12]，那就可以由此開展出「發
展知識」，以求融貫、提升而為「智慧」的。就以《中庸》來說，其
第二十六章云：

> 故至誠無息，不息則久，久則徵，徵則悠遠，悠遠則博厚，博
> 厚則高明。博厚，所以載物也；高明，所以覆物也；悠久，所
> 以成物也。博厚配地，高明配天，悠久無疆；如此者，不見而
> 章，不動而變，無為而成。天地之道，可一言而盡也：其為物
> 不貳，則其生物不測。

《中庸》的作者特地在此，用了一個「徵」[13]字，表示了他在運用創
造思維，形成《中庸》思想的過程中，是不斷從「現象界」作「歸
納」式的驗證，以相應地反射出「演繹」性的「本體論」——「天地
之道」來的[14]。對此，蕭兵說：

---

12 見牟宗三：《生命的學問》（臺北市：三民書局，2011年8月版），頁1-264。

13 朱熹「徵，驗於外也。」見《四書集註・中庸》，頁42。

14 大體說來，人類的祖先，生活在廣大「時空」之中，整天面對紛紜萬狀之現象界，
　為了探其源頭，確認其原動力，以尋得其種種轉化的規律，孜孜不倦，日積月累，
　先後留下了不少寶貴的智慧結晶。大致說來，他們先由「有象（現象界）」（歸納）
　以探知「無象（本體界）」（演繹），再由「無象（本體界）」（演繹）以解釋「有象
　（現象界）」（歸納），就這樣一順（演繹→歸納）一逆（歸納→演繹），往復探
　求、驗證，久而久之，終於形成了他們的宇宙人生觀。而這種宇宙人生觀，各家雖
　各有所見，但若只求其同而不其求異，則總括起來說，都可以從「（0）一、二、
　多」（順）與「多、二、一（0）」（逆）的「互動、循環、往復而提升」的雙螺旋關

　　「徵」舊說是「徵而有驗」，是至誠不息而久遠的事實證明。
語云：規律是現象的不斷重複，此「徵」之所謂也。「徵」是：
「重複」和「積累」才能證實。……這樣，「不息——悠久——
徵實」，便可能逐次推論出：「悠則博厚，博厚則高明。博厚，
所以載物也；高明，所以覆物也；悠久，以成物也。……」。[15]

所謂「事實證明」、「逐次推論」，指的正是「歸納←→演繹」雙螺旋
之互動作用。而《中庸》的作者又在本章針對這種作用說：

　　天地之道，博也，厚也，高也，明也，悠也，久也。今夫天，
斯昭昭之多，及其無窮也，日月星辰繫焉，萬物覆焉；今夫
地，一撮土之多，及其廣厚，載華嶽而不重，振河海而不洩，
萬物載焉；今夫山，一卷石之多，及其廣大，草木生之，禽獸
居之，寶藏興焉；今夫水，一勺之多，及其不測，黿鼉蛟龍魚
鱉生焉，貨財殖焉。

在此，《中庸》的作者認為：「天地之道」是可以用一句話來概括的，
那就是「其為物不貳，則其生物不測」，這所謂的「為物」，猶言「為
體」，指的是天地「運行化育之本體」[16]；而「不貳」，義同「無息」、

---

係上加以統合。參見陳滿銘：〈論「多」、「二」、「一（0）」的螺旋結構——以《周
易》與《老子》為考察重心〉，《師大學報・人文與社會類》48卷1期（2003年7月）
頁1-20。

15 蕭兵：《中庸的文化省察》（武漢市：湖北人民出版社，1997年9月一版一刷），頁
1046。

16 王船山：「其為物，物字，猶言其體，乃以運行化育之本體，既有體，則可名之曰
物。」見《讀四書大全說》卷三，頁299-300。

「不已」，乃「誠」的作用 [17]。如以「歸納」、「演繹」切入來看，所謂的「其為物不貳」為「誠的作用」，是就「演繹」層面來說的；而「生物不測」（萬物覆、萬物載：天地、山河、草木、禽獸……），則是就「歸納」層面舉例來說明的。如此使得這章文字，從頭到尾流貫著「歸納 ←→ 演繹」雙螺旋互動的義理邏輯。

此外，以最近科技界的兩大發現來看吧！

先看「重力波」：對此，國際科學界表示：「他們已探測到『重力波』的首個直接證據，即愛因斯坦於一個世紀前（1916年左右）預測的『時空漣漪』，這是物理學和天文學界的劃時代發現。研究人員宣布：當兩個黑洞於約十三億年前碰撞，兩個巨大質量結合所發出的擾動，於二〇一五年九月十四日抵達地球，被地球上的精密儀器偵測到。……將會加深我們對宇宙的理解，引發超乎預料的發現。」[18]

後看「黑洞不是全黑的」：據大陸新聞中心綜合報導（1916年8月20日）：「史蒂芬霍金在1974年就提出黑洞可能不是完全黑暗的理論，相反，量子效應可能導致輻射從黑洞的邊界逃逸出來。霍金的理論認為，黑洞應該有能力熱製造和釋放亞原子粒子，即霍金輻射，直到黑洞完全耗盡能量。網易據《每日郵報》報導，在一九七四年的聲明中，霍金解釋到，黑洞周圍有著強大的引力場，根據量子理論，這種引力場可影響粒子和反粒子的配對生成，如同在真空中一直存在的現象一樣。如果粒子就在黑洞的視界（event horizon）外生成，可能成為逃逸的正粒子——觀察到的就是從黑洞釋放出的熱輻射——而負粒

---

17 王船山：「無息也，不貳也，也已也，其義一也。章句云：『誠故不息』，明以不息代不貳。蔡節齋為引申之，尤極分曉；陳氏不察，乃混不貳與誠為一，而以一與不貳作對，則甚矣其惑也。」見《讀四書大全說》卷三，頁312。

18 〈科學家發現重力波，愛因斯坦百年前預測今被證實〉，2016年2月12日中央社華盛頓11日綜合外電報導。

子可能落回黑洞。海法以色列理工學院的教授傑夫斯坦豪爾（Jeff Steinhauer）在八月十七日出版的《自然物理學》雜誌中一篇論文上證明了此效應。他製造一種聲音黑洞而非光黑洞，使用的是帶聲音粒子即聲子『視界』的長管。二〇一四年斯坦豪爾教授發現，視界上隨機產生了聲子。在他最新的結果中，斯坦豪爾證明這些聲子是一對相關聲子中的一個，從而證明了霍金輻射的量子效應。在黑洞中視界是指界限清晰的表面或邊緣，在視界後面沒有光能逃逸，因為逃逸的速度必須快於光速。斯坦豪爾教授使用了波色·愛因斯坦冷凝物製造了相同的條件，但只是聲音黑洞。在兩年前的試驗中，他發現與霍金預測的一樣，制造聲波的能量沒有從黑洞中洩露。現在他更進一步，以量子的方式展示這種能量行為。」[19]

　　以上兩則報導，如就「歸納（求異：顯性）⟷演繹（求同：潛性）」[20]來看，愛因斯坦百年前「廣義相對論」中有關「重力波」的「預測」、霍金「黑洞不是全黑的」的「推測」，都是「演繹（求同：潛性）」，而如今獲得「直接證據」則為「歸納（求異：顯性）」。而它們的關係可表示如下簡圖：

---

19 大陸新聞中心綜合報導（1916年8月20日）引自：http://www.nownews.com/n/2016/08/20/2207687.

20 「歸納」重求異，屬顯性；「歸納」重求同，屬潛性。參見陳滿銘：《陰陽雙螺旋互動論——以「0一二多」層次邏輯系統作通貫觀察》第二章。又，「顯」和「潛」此一「陰陽二元」，由於是宇宙人生「一切事物存在的方式，也是一切事物運動、發展的方式」，其適應面自然是極廣的。而此二者之對待，簡單地說，就像「三一語言學」創始人王希杰所說的：是在場的和不在場的，看得見的和看不見的，有形式標誌的和沒有形式標誌的，說得出的和說不出的等一些深層的和表層的虛實關係。由於它們無所不在，因而不但可在哲學上追索其理論依據，也可在辭章上尋出其應用例證，更可在美學上找到相應之詮釋。見陳滿銘：〈論潛性與顯性之互動類型——以辭章章法為例作觀察〉，《畢節學院學報》27卷1期（2009年1月），頁1-7。

可見注重「假設性之演繹（哲學）」與「實證性之歸納（科學）」所得，是創造與研究的重要基礎，就以《中庸》而言，亦不例外。

　　然後看「偏 ⟷ 全」：「偏全」是非常普遍的雙螺旋層次邏輯類型，「三一」語言學派創始人王希杰認為這是一種「方法論」，說：「值得一提的是，在〈從偏全的觀點試解讀四書所引生的一些糾葛〉一文[21]中……說：『讀古書，尤其是有關義理方面的專著，很多時候是不能一味單從「偏」（局部）或「全」（整體）的觀點來了解其義的。讀《四書》也不例外，必須審慎地試著辨明「偏」還是「全」的觀點來加以理解，才不至於犯混同的毛病。』……這一說法是具有『方法論』意義的。」[22]而《中庸》第二十三章說：

　　　　其次致曲，曲能有誠，誠則形，形則著，著則明，明則動，動
　　　　則變，變則化，唯天下之至誠為能化。

由此凸顯了「曲 ⟷ 化（至）[23]」的雙螺旋互動過程，朱子注云：

　　　　曲無不致，則得無不實，而形、著、動、變之功，有不能已；

---

21　陳滿銘：〈從偏全的觀點試解讀《四書》所引生的一些糾葛〉，臺灣師大《中國學術
　　年刊》13期（1992年4月），頁11-22。

22　王希杰：〈陳滿銘教授和章法學〉，《畢節學院學報》總96期（2008年2月），頁1-5。

23　王船山：「知仁勇三德，或至或曲，固盡人而皆有之。」見《讀四書大全說》卷三，
　　頁21。

積而至於能化，則其至誠之妙，亦不異於聖人矣。[24]

可見這所謂的「曲 ⟷ 化」，指的就是「偏 ⟷ 全」。就以《中庸》一書之「篇章結構」來說，程子指出：

> 其書始言一理，中散為萬事，末復合為一理。放之則彌六合，卷之則退藏於密；其味無窮，皆實學也。[25]

這顯然說的就是「全 ⟷ 偏 ⟷ 全」的義理邏輯系統。而《中庸》首章也說：

> 天命之謂性（誠明、天人合一：全），率性之謂道（自誠明——由天而人：偏），修道之謂教（自明誠——由人而天：偏）。道也者，不可須臾離也，可離非道也；是故君子戒慎乎其所不睹，恐懼乎其所不聞，莫見乎隱，莫顯乎微，故君子慎其獨也（自明誠——由人而天：偏）。喜怒哀樂之未發，謂之中；發而皆中節，謂之和（自誠明——由天而人：偏）。中也者，天下之大本也；和也者，天下之達道也。致中和，天地位焉，萬物育焉（誠明、天人合一：全）。

這章文字以「偏全」針對「天 ⟷ 人」的層次互動所形成的雙螺旋結構系統，可用結構系統圖呈現如下：

---

24　朱熹：《四書集註·中庸》引，頁41。
25　朱熹：《四書集註·中庸》引，頁21。

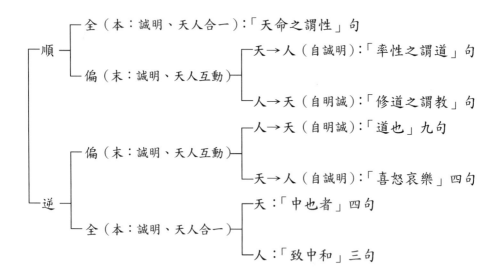

如凸顯「層次邏輯」，並配合「０一二多」雙螺旋結構系統，則可用如下簡圖來表示：

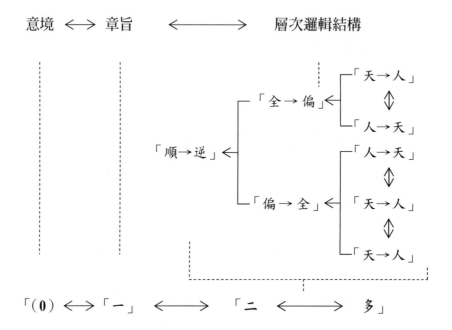

如凸顯其「陰陽」變化，則可用如下簡圖來表示

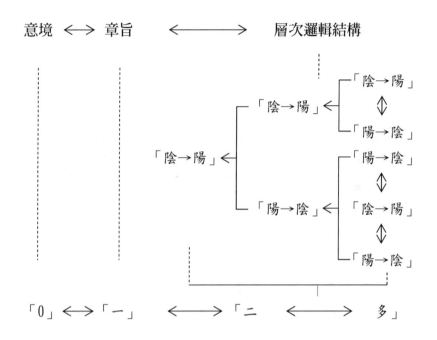

其中以「順→逆（陰→陽）」、「全→偏（陰→陽）」、「天→人（陰
→陽）」（三疊）、「因→果（陰→陽）」（兩疊）的順向「移位」與
「偏→全（陽→陰）」、「人→天（陽→陰）」（兩疊）的逆向「移
位」，形成「秩序與變化」；以「包孕」組合四層結構，定「調和」為
一，形成「聯貫與統一」。而由此徹上，本章文字的「0一二多」雙螺
旋層次邏輯結構系統，就由此呈現。

　　上述「歸納（陽）←→演繹（陰）」與「偏（陽）←→全（陰）」
雙螺旋層次邏輯類型，是可對應於西方心理學家之「完形論」來觀察
的。而「完形」論之核心觀點，是「異質（同形）同構」與「部分相
加不等於整體」。它源自維臺默（Max Wertheimer, 1880-1943）的一個
實驗，朱立元、張德興等認為：「格式塔心理學……的一個著名原則

便是：各種現象都是格式塔現象，整體不等於部分之和。一九一二年，維臺默做過一個著名的似動現象的實驗。他受到玩具影器的啟發，企圖用「似動現象」來解釋看活動電影時的運動現象。這個實驗表明：在一定的條件下，靜止的各個「部分」卻能夠產生運動的「整體」效果。根據這個實驗，他首次提出了「部分相加不等於整體」的基本觀點，從而標誌了柏林格式塔心理學派的誕生。阿恩海姆關於「知覺」的概念遵循了這一基本原則，強調了知覺的整體性。」[26] 這一實驗的「部分」是「靜」的、「整體」是「動」的，由「靜」而「動」產生了「整體」之效果，是有「雙螺旋」義涵在內的，也就是說，「部分」與「整體」之間，因「由靜而動」而產生雙螺旋互動作用，致「部分相加不等於整體」，藉此「強調了知覺的整體性」，而這種「整體性」，自然也涵蓋了「異質（同形）同構」中「心理場（力）」之「整體」與「物理場（力）」之「部分」的觀點。

　　而這種觀點，是可以配合《易傳》來看的，〈繫辭上〉云：

　　　　子曰：「書不盡言，言不盡意。」然則，聖人之意，其不可見乎？子曰：「聖人立象以盡意，設卦以盡情偽，繫辭焉以盡其言，變而通之以盡利，鼓之舞之以盡神。（第十二章）

對此，葉朗也從美學角度，將《易傳》所言之「象」與「意」，關涉到了「空白」、「補白」理論，闡釋得相當扼要而明白，他說：

　　　　「象」是具體的，切近的，顯露的，變化多端的，而「意」則

---

26 蔣孔陽、朱立元主編：《西方美學通史》第六卷（上海市：上海文藝出版社，1999年），頁709。

是深遠的，幽隱的。〈繫辭傳〉的這段話接觸到了藝術形象，以「個別」表現「一般」，以「單純」表現「豐富」，以「有限」表現「無限」的特點。[27]

所謂的「個別」（象）與「一般」（意）、「單純」（象）與「豐富」（意）、「有限」（象）與「無限」（意），說的就是「象」永遠小於「意」、「意」永遠大於「象」之相互關係，凸顯「意」（「整體」）＞「象」（「部分＋部分」）的原則。因此「部分相加」≠（＜）「整體」。而這所謂的「部分」就相當於「歸納」、「偏」、「曲」，所謂的「整體」就相當於「演繹」、「全」、「化」。如對應於「雙螺旋互動」與「0一二多」來看，可表示如下簡圖：

其一、「異質（同形）同構」：

$$「心理場」≠（＞）⟷「同構」⟷「物理場」$$
$$「（0）一」　⟷　「二⟷多」$$

其二、「部分相加不等於整體」：

$$「整體」≠（＞）⟷「不等於」⟷「部分相加」$$
$$「（0）一」　⟷　「二⟷多」$$

經由上述，足以看出格式塔的「完形」理論與「意⟷象」之互動，關係十分密切。就其「求同」層面來說，「異質（同形）同構」之「異質」，與「意」、「象」相通；「同形」與「意、意」、「象、象」

---

27 葉朗：《中國美學史大綱》（臺北市：滄浪出版社，1986年9月初版），頁26。

相通。而「部分相加不等於整體」之「部分」與「象」相通、「整體」與「意」相通；至於「靜止的各個部分卻能夠產生運動的整體效果」，與「意」與「象」的「統合」作用相通。而兩者建構如此可以相通的主要理論，又與「(0) 一二多 ←→ 多二一 (0)」的螺旋結構有關。這些關係，都可從許多作品中獲得驗證。

其實，這種關係是可以提升其層面加以看待的，也就是說：同一創作家的一一本書和一篇作品對其所有作品，甚至一個創作家對所有創作家、所有創作家對「普遍性存在」而言，也都是一層層「部分相加不等於整體」的關係，形成一層一層的「(0) 一≠或> ←→ 二 ←→ 多」的雙螺旋層次邏輯系統。不但哲學、文學作品是如此，其他的藝術作品也一樣。對此，格式塔學派中的魯道夫・安海姆解釋說：「我們自己心中生起的諸力，只不過是在遍宇宙之內同樣活動的諸力之個人的例子罷了。……我們自己心不論是形式和主題，都不是藝術作品的最終極的內涵。它們都只是藝術形式的工具。它們只是用來使看不見的普遍性具有軀體而已。」[28] 他所說的「形式和主題」，就涉及「象與意」；而所謂「個人的例子」「工具」、「軀體」是指「部分」；至於所謂「普遍性」則顯然超脫了一般之「意」──「遍宇宙之內同樣活動的諸力」、「最終極的內涵」來著眼了。這種整體性的「遍宇宙諸力」、「終極的內涵」，是可相應於《老子》「道生一」的「道」、周敦頤〈太極圖說〉「太極本無極」[29] 的「無極」來看待的。而這樣來看待藝術、文學、哲學或其他作品，都層層經由「雙螺旋」的「互動、循環、往復、提高」之作用，使其「異質（同形）<或≠同

28 安海姆著，李長俊譯：《藝術與視知覺心理學》（臺北市：雄師圖書公司，1982年9月再版），頁444-448。
29 周敦頤〈太極圖說〉見黃宗羲撰，全祖望補：《宋元學案》上（臺北市：世界書局，2009年7月一版六刷），頁291-292。

構」、「部分＜或≠整體」、「象＜或≠意」之「普遍性」，該是值得大家留意的。

　　依此，自古以來，我們面對之宇宙，無時無刻不在持續進行著「偏（曲、部分）←→全（化、整體）」雙螺旋互動之「轉化」運動，而要認識這種運動，也非持續地用「歸納（局部）←→演繹（整體）」來突破不可；使得「偏（曲、部分）」永遠≠（＜）「全（化、種體）」；也因此，我們人類對它的關切與研究是不能稍停的。

## 第三節　系統圖示

　　讀《中庸》而行《中庸》，必須投入「歸納（陽：局部）←→演繹（陰：整體）」、「偏（陽：曲、部分）」永遠≠（＜）「全（陰：化、整體）」的大網裡，體認「陰陽二元互動」的雙螺旋層次邏輯的重大功用。而眾所周知：在哲學或美學上，對所謂「對立的統一」、「多樣的統一」，即「二而一」、「多而一」之概念，都非常重視，一向被目為事物最重要的變化規律或審美原則，似乎已沒有進一步探討之空間。不過，「對立的統一」，指的只是「一」與「二」；而「多樣的統一」指的則是「多」與「一」。這樣分別著眼於「局部」，雖凸顯出焦點之所在，卻往往讓人忽略了徹上・徹下之「二」（陰陽）的居間作用，與其「整體性」之完密結構。若從《周易》（含《易傳》）與《老子》等古籍中去考察，則可使它更趨於精密、周遍，不但可由「有象」而「無象」，找出「多→二→一（0）」之逆向結構；也可由「無象」而「有象」，尋得「（0）一→二→多」之順向結構；並且透過《老子》「反者道之動」（四十章）、「凡物芸芸，各復歸其根」（十六章）與《周易・序卦》「既濟」而「未濟」之說，將順、逆向結構不僅前後連接在一起，更形成「互動、循環、往復而提升」不已

的雙螺旋層次邏輯結構系統，以反映宇宙萬物「轉化」不已的基本動
態規律 [30]，可適用於事事物物。這樣，此種規律、結構，用於「創
造」（寫作）一面，自然可呈現「（0）一→二→多」的順向結構；
而落到「研究」（閱讀）一面，則自然可呈現「多→二→一（0）」
之逆向結構 [31]。而由於「研究（閱讀）」與「創造（寫作）」是互動
的，當然納入「0一二多」的雙螺旋層次邏輯系統了。

　　而這種互動，如就同一創造之作品來說，「創造（寫作）」者是由
「意」而「象」地在從事順向（「（0）一→二→多」）的；同時，也
會一再地由「象」而「意」地如「研究（閱讀）」者作逆向（「多→
二→一（0）」）之檢查；同樣地，「研究（閱讀）」者，由「象」而
「意」地作逆向（「多→二→一（0）」）研究（閱讀）的同時，也會
一再底由「意」而「象」地如作者在作順向（「（0）一→二→多」）
之揣摩。這樣順，逆「互動、循環、往復而提升」，形成層層雙螺旋
結構，而最後臻於「至善」，自然使「研究（閱讀）」與「創造（寫
作）」合為一軌了 [32]

　　如此以「一偏之見」，聚焦於《中庸》「天 ←→ 人」雙螺旋互動
思想提出來，為呈現其重要要的思想內容，製成以下兩種簡表，供
參考：

---

30 見陳滿銘：〈論「多」、「二」、「一（0）」的螺旋結構——以《周易》與《老子》為考
　察重心〉。又，相對於人文，科技界亦發現生命之「基因」和「DNA」等都呈現螺
　旋結構。參見約翰・格裏賓著，方玉珍等譯《雙螺旋探密——量子物理學與生命》
　（上海市：上海科技教育出版社，2001年7月），頁271-318。又，參見陳滿銘：〈哲
　學「多二一（0）」與科學「DNA」雙螺旋的對應、貫通〉，《國文天地》30卷12期
　（2015年5月），頁116-125。

31 見陳滿銘：〈辭章章法的哲學思辨〉，《辭章學論文集》（福州市：海潮攝影藝術出版
　社，2002年12月），頁40-67。

32 參見陳滿銘：〈論思維力與語文螺旋結構之形成——以「多」、「二」、「一（0）」螺旋
　結構加以考察〉《畢節學院學報》24卷6期（2008年12月），頁1-6。

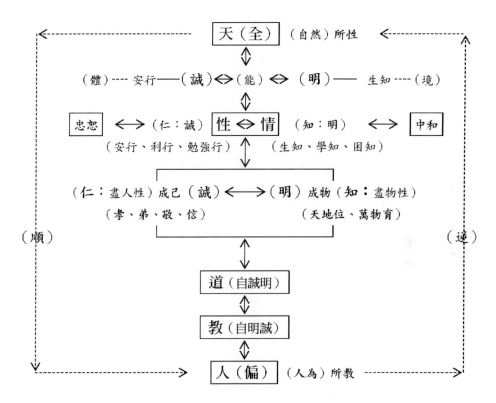

由此可見《中庸》思想是用「誠←→明」（天人、偏全）邏輯「一以
貫之」而形成其雙螺旋層次邏輯系統的。其中「順」偏於「創造」、
「逆」偏於「研究」，如單就其「0－二多」雙螺旋系統而言，則可用
如下簡圖來表示：

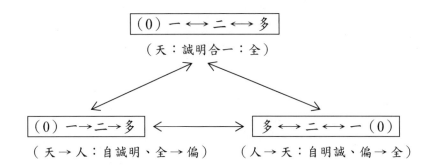

很顯然地，《中庸》將重心由「天」落到「人」之上，以確定「人為」
（自明誠）與「天然」（自誠明）之雙螺旋互動關係，為人類「成己」
（純化人倫社會）、「成物」（改善物質環境）之永恆努力，通向「至
誠」（誠明合一）的最高境界，鋪成了一條康莊大道；由此凸顯《中
庸》在「學術與實用」上的最大價值與可「下徹以求異、上徹以求
同」之特色[33]；希望這種看法，對一些讀者而言，會稍稍具參考的
價值。

33 陳滿銘：〈談《中庸》的思想體系〉，《學庸義理別裁》（臺北市：萬卷樓圖書公司，
　2002年1月初版），頁328-347。

國家圖書館出版品預行編目（CIP）資料

跨界章法學研究叢書
中庸天人雙螺旋互動思想研究 ； 陳滿銘著.
許錟輝總策畫 ； 中華章法學會主編
-- 初版. -- 臺北市：萬卷樓，2016.11
6 冊 ； 17（寬）x23（高）公分
ISBN 978-986-478-033-4（全套:精裝）
ISBN 978-986-478-039-6（第 6 冊:精裝）

1.漢語 2.篇章學 3.文集

820.7607                              105018940

跨界章法學研究叢書

中庸天人雙螺旋互動思想研究 ISBN 978-986-478-039-6

作　　者　陳滿銘
總 策 畫　許錟輝
主　　編　中華章法學會
出　　版　萬卷樓圖書股份有限公司
總 編 輯　陳滿銘
發　　行　萬卷樓圖書股份有限公司
發 行 人　陳滿銘
聯　　絡　電話 02-23216565　　　傳真 02-23944113
　　　　　網址 www.wanjuan.com.tw
　　　　　郵箱 service@wanjuan.com.tw
地　　址　106 臺北市羅斯福路二段 41 號 6 樓之三
印　　刷　百通科技股份有限公司
初　　版　2016 年 11 月
定　　價　新臺幣 12000 元　全套六冊精裝　不分售

書號：0812B02
ISBN 978-986-478-033-4
定價：新臺幣12000元